2월
30일생

2월 30일생

김서진 장편소설

나무옆의자

:: 차례

눈(雪)의 감촉

혜린의 시체가 발견된 것은 토요일 오후였다. 그 며칠 전에는 엄청난 폭설이 쏟아졌다. 한겨울에도 따뜻한 남부의 소도시 J시에 눈이 내린 것은, 그것도 2월에 눈이 내린 것은 30여 년 만의 일이었다. 눈은 솜털처럼 가볍게 살랑거리며 J시의 모든 지붕과 거리, 그리고 J시의 모든 것이라 할 수 있는 항구와 바다 위에 내려앉았다. 어린아이들은 죄다 밖으로 뛰쳐나와 생애 첫 눈사람을 만드느라 강아지처럼 돌아다녔고, 거리 곳곳에서는 여고생들이 사진을 찍느라 분주했으며, J시의 모든 연인들은 서둘러 약속을 잡았다. 그렇게 도시 전체가 눈을 즐기는 동안 혜린은 호흡을 멈춘 채 눈을 덮고 누워 있었던 것이다.

생각해보면 그 눈이 모든 것을 바꿔놓았다. 하지만 그때는 그런 것을 전혀 몰랐다.

하긴, 그때 내가 몰랐던 것이 그것만은 아니었다. 남해안의 따뜻한 햇볕에 쌓였던 눈이 금세 녹아내리고, 강가에 버려진 혜린의 시체가 모습을 드러냈듯 모든 진실이 드러났을 때, 나는 그동안 내가 아무것도 알지 못한 채 살아왔다는 것을 깨달았다. 하지만 그것은 한참 후의 일이다. 눈 내리던 그날 밤에 나는 모든 기억과 시간이 끊어진 완벽한 암흑 속에 있었을 뿐이다. 내가 아무것도 몰랐다는 것, 어쩌면 그것만이 그 후로 펼쳐진 모든 사건의 핵심인지도 모르겠다.

눈은 늦은 밤부터 내리기 시작했다. 저녁에 우리 가족은 최근 새로 들어선 동강 호텔에서 저녁 식사를 함께했다. 호텔은 동강과 지천이 만나는 지점에 위치해 있어 전망이 아주 좋았다. 내가 어렸을 때 이 부근은 그저 갈대밭과 낚시꾼들만 모여드는 습지였지만 최근 개발 붐으로 인해 대형 마트와 함께 새로운 상가들이 속속 들어서면서 어항(漁港) 주변의 전통적 상권을 밀어내고 새로운 중심가로 변하고 있었다. 우리 가족은 미리 예약해둔 1층의 한정식 레스토랑에 모여 앉았다. 창문 너머로 겨울 갈대가 마른 잎을 서로 비비며 바람에 휩쓸리는 모습이 보였다.

우리 가족은 제일 상석에 앉은 할아버지를 중심으로 부모님과 작은아버지 내외가 자리를 잡고, 미래와 내가 마주 보며 그 옆에 앉았다. 아내는 모습을 보이지 않았지만 아무도 아내에 대해 묻지 않았다. 분위기를 깨고 싶지 않은 것이었다.

특별한 기념일을 챙기기 위해 모인 자리는 아니었다. 지역 방송사에서 곧 다가올 삼일절 기념으로 할아버지의 생애에 대한 다큐멘터리를 준비하고 있었다. 할아버지는 독립투사 집안에서 태어나 온갖 풍상을 겪으며 치과 의사가 되어 지역 유지로 자리 잡은 분이었다. 그전부터 할아버지의 생애를 방송에서 소개하고 싶다는 요청이 여러 번 있었지만 할아버지는 거절했다. 하지만 이번에는 아버지가 국회의원 공천을 신청한 탓에 할아버지가 수락한 것이었다.

"역시 할아버지는 누구를 언제 움직여야 할지 정확하게 아는 분이셔."

촬영 때문에 고향 집으로 간 나에게, 2층 거실에 여전히 걸려 있는 나와 아내의 결혼 사진을 보며 여동생 미래가 말했다. 미래는 짧게 자른 머리카락을 이마 위로 쓸어 올리며 악동 같은 미소를 지었다.

할아버지는 손주들의 이름을 지을 때 집안의 항렬 따위는 신경 쓰지 않고 나에게는 현재에 충실히 살라는 의미로 '현재', 여동생에게는 항상 앞을 생각하라는 의미로 '미래'라는 상당히 현대적인 이름을 붙여주었다. 그래서 가끔 나는 어디에선가 '과거'라는 이름을 가진 다른 형제가 튀어나올지 모른다며 농담을 하기도 했다.

이름처럼 나는 대체로 나에게 주어진 현재의 일에 최선을 다하며 살았던 것 같다. 1979년생인 나에게는 학생운동도, 민주화도 아무것도 알지 못하던 초등학교 시절에 지나갔다. 그 덕에 고등학교를 졸업하고 대학에 진학한 후에도 나는 그저 도서관과 강의실만을 왔다 갔다 했으니, 혁명도, 사랑도 모두 흘러간 옛 노래처럼 나와는 무관하게 비켜 갔던 셈이다. 그 결과 나에게 남은 것은 '범생이'라는 지루한 이미지의 딱지였다. 하지만 미래는 좀 달랐다.

미래는 나와는 열 살 터울의 늦둥이여서 내가 서울로 대학 진학을 할 때 고작 초등학교 3학년이었다. 그렇다 보니 미래와 나는 유전자적으로 남매이긴 하나 거의 남처럼 지냈다. 간간이 미래가 어릴 적부터 공부와는 담을 쌓고 오직 게임과 만화에 빠져 살 뿐만 아니라, 얼마나 고집이 센지 누구의 말에도, 심지어 할아버지의 협박과 회유에도 눈썹 하나 까딱하지 않는다는 이야기를 어머니를 통해 풍문처럼 들을 때도 나는 재미있다고만 생각했을 뿐 심각하게 받아들이지 않았다.

요컨대 나는 미래에게 큰 관심을 가진 적이 없었다. 고등학교에 진학할 무렵 미래는 일주일을 단식한 끝에 자신의 고집대로 대안학교로 진학했고, 대안학교를 졸업한 후에는 유학이다 어학연수다 하며 외국으로 나돌았기 때문에 철이 들고 난 후 미래와 나는 얼굴을 본 것조차 몇 번 되지 않았다. 심지어 미래는 나의 결혼식 때도 "결혼이라니, 오빠의 용기에 진정으로 찬사를 보내. 행복은 장님과 같으니까 오빠한테 찾아갈 수도 있겠지"라는 축하인지 저주인지 알 수 없는 글이 적힌 카드 한 장을 달랑 보냈을 뿐이다.

미래와 진지하달 수 있는 얘기를 나눠본 것도 사실 이번이 처음이었다. 나는 할아버지에 대한 다큐멘터리에 가족 모임의 모습을 넣고 싶다는 피디의 요청에 따라 고향 집으로 내려왔다. 피디는 '할아버지의 생애를 되짚어보는 손자'라는 콘셉트를 세워두었는데, 나는 그 콘셉트가 그다지 마음에 들지 않았다. 하지만 방송이 아버지의 공천에 도움이 될 거라고 하니 모른 척할 수 없는 데다, 나 역시 방송국 밥을 먹는 처지라 피디에게 적극적으로 협조를 하는 게 동종 업계의 윤리라는 생각도 들었다. 다행히 내가 하던 프로그램이 봄 개편에 폐지되는 것으로 결정되었고, 나는 마지막 촬영분의 편집을 모두 끝내둔 상태여서 쉽게 휴가를 낼 수 있었다. 피디는 이미 할아버지의 고향에도 다녀왔고, 여러 차례에 걸쳐 할아버지와의 인터뷰를 따두었다. 남은 것은 잘 길러낸 후손들과 행복한 노후를 보내는 할아버지의 인자한 모습이었다.

할아버지가 아내를 어떻게 설득했는지는 모르겠지만 아내도 촬영 당일 아침에는 집에 도착하기로 되어 있었다. 아내가 할아버지를 상대로 위자료 협상을 벌이고 있다는 것을 나는 알고 있었다. 할아버지는 협상 상대로는 대단히 깐깐한 분이기 때문에 아내도 방송의 소품 노릇을 허락하지 않을 수 없었을 것이다. '소품'이라는 단어를 처음 꺼낸 건 미래였다.

"오빠와 새언니는 방송에 적합한 소품이지."

"무슨 말이야?"

"유복한 집안에서 범생이로 자라, 곧 태어날 아이를 기다리는 신혼부부. 사람들은 그런 예쁘장한 걸 보고 싶어 하잖아. 백화점에서 파는 수입 그릇 같아, 오빠와 새언니는."

나는 아내와 나를 그릇에 비교하는 것이 썩 듣기 좋지는 않았지만 피식 웃음이 나왔다. 나도 늘 아내를 도자기에 비유하곤 했던 것이다. 미래의 말을 듣고 나니 도자기보다는 수입 그릇이 더 적절한 비유처럼 느껴졌다. 방송에서는 그 값비싸 보이는 수입 그릇 세트에 금이 가 있는 것은 전혀 보이지 않을 터였다.

고향 집에 도착한 날 밤이었다. 외지에서 의사로 일하는 작은아버지 내외까지 와서 집 안은 모처럼 와자했다. 나는 여러 가지로 피곤함을 느꼈고, 좀 조용한 곳에 혼자 있고 싶어 2층으로 올라간 참이었다. 2층 거실에서 미래가 혼자 담배를 피우다 계단을 올라오는 나를 힐끔 돌아보았다. 나는 흠칫 놀랐다. 담배 때문이 아니라 고개 돌려 나를 쳐다보는 그 모습이 너무나 혜린을 닮았기 때문이다.

혜린아…….

나는 나도 모르게 튀어나오는 그 이름을 겨우 삼켰다. 잠시 잊었던 파문이 다시 내 가슴속에서 퍼져나갔다. 손끝이 가볍게 떨렸다. 나는 잠자코 미래 옆으로 가서 앉았다. 미래는 나에게 담배를 건넸다. 나는 불을 붙여주기 위해 가까이 다가온 미래의 얼굴을 물끄러미 쳐다보았다. 혜린을 연상하게 만드는 부분이 어디인지는 정확하게 알 수 없었지만 확실히 닮은 데가 있었다. 그러자 혜린에 대한 생각이 홍수처럼 나를 덮쳤다. 나는 표정을 감추기 위해 피곤한 듯 눈을 감고 소파에 기대 담배 연기만 들이마셨다.

미래는 이번 방송에 어떤 식으로든 할아버지의 의지가 개입되었을 것이라고 짐작하고 있었다. 사실은 나 역시 비슷한 생각이었다. 판사와 변호사 경력에도 불구하고 아버지가 국회의원 공천을 받는 데 가장 큰 걸림돌은 낮은 인지도였고, 반대로 할아버지는 이 지역에서 모르는 사람이 없었기 때문에 아버지가 바로 할아버지의 아들이라는 것을 알릴 필요가 있었다.

"왜 할아버지는 직접 정치에 뛰어들지 않았을까? 할아버지 성격으로 직접 하시는 게 맞는데 말이야."

"예전에 할아버지한테 공천 얘기가 꾸준히 있었다고 들었어. 할아버지가 다 거절하셨지만."

"신기하네. 그걸 거절하실 분이 아닌데 말이지."

"그땐 할아버지가 학교 이사장으로 가신 지도 얼마 되지 않았으니 경황이 없으셨겠지. 또 그땐 할아버지한테 안 좋은 일도 많았어."

"화력발전소 사건 말이지? 그건 나도 알아."

할아버지는 J시가 고향은 아니지만 6·25 전쟁 후부터 여기서 자리를 잡아 오랫동안 지역 유지로 활약해왔다. 당시 J시는 국내 최대의 멸치 어장으로 돈이 들끓는 도시였다. 들어오는 배마다 만선이었고, 문을 연 술집마다 만석이었다. 선원들은 흥청망청 돈을 뿌렸고, 그 덕에 모든 관련 업종들, 술 도매상에서부터 옷 가게, 포목 가게, 미장원, 그릇 가게까지 덩달아 흥청망청했다.

그랬는데 이곳에 화력발전소가 들어선다는 소식이 전해졌다. 전두환이 집권하던 80년대 초반이었다. 대부분의 J시 사람들은 화력발전소가 무엇을 의미하는지 잘 몰랐지만 할아버지는 달랐다. 바닷가에 화력발전소가 들어서면 그 폐수로 인해 바닷물의 온도가 올라가고 그것은 멸치 어장의 끝을 의미했다. 멸치 어장의 끝은 J시의 끝이었다.

당시 전두환 정권 치하에서 정부의 결정에 반발한다는 것은 있을 수 없는 일이었다. 사람들은 어차피 되지 않을 일이라면서 체념했지만 그때도 할아버지는 달랐다. 할아버지는 화력발전소유치반대위원회를 조직했다. 위원회를 결성했다고 해도 사실 정부가 두려워 모두가 이름 올리기를 거부했고, 서명을 해준 사람은 J시의 중심을 차지하는 중앙시장의 이름 없는 상인들, 할아버지가 돈을 뿌리고 다녔던 술집의 마담들과 아가씨들이 고작이었다. 그럼에도 할아버지는 그 명단을 들고 야당 정치인을 찾아다니며 그 불가함을 호소했다. 당시 야당의 거물 정치인 중에 멸치에 대해 좀 아는 인물이 있어 화력발전소는 결국 다른 곳으로 가게 되었다. 하지만 그 일 때문에 할아버지는 안기부에까지 끌려갔고, 꽤나 혹독한 고생을 치렀다. 당시 야당에서 할아버지에게 공천 말을 꺼낸 것은 그 일이 계기가 되었음이 분명했다. 그러나 할아버지는 정치인이라면 끔찍하다는 이유로 거절했다.

"그런데도 아버지를 국회의원으로 만들기 위해 할아버지는 백방으로 노력하셨어."

"마음이 변하셨겠지. 또 자식 문제가 되면 부모는 달라지니까."

"아버지가 먼저 원했다고 생각해? 아냐. 할아버지가 늘 아버지에게 출마해야 한다고 말씀하셨어. 아버지는 할아버지 말씀에 절대 복종이잖아. 나는 아버지보다는 할아버지가 정치로 나가는 게 더 어울렸을 거라고 생각해. 에너지도 더 강하고, 더 치밀하고, 게다가 더 꼴통이고."

나는 할아버지에 대해 서슴지 않고 꼴통이라고 말하는 미래의 얼굴을 쳐다보았다. 얼마 전에는 진보 정당에 가입했노라고 집안에 선언해서 아버지와 대판 다퉜다는 얘기도 어머니로부터 전해 들었다. 미래는 이런 식으로 집에서 가족들을 도발하며 혼자 노는 모양이었다. 나는 미래와는 달리 소속 정당도 없었고, 정치에 대한 관심도 없었다.

나에게는 공들여 빚은 도자기처럼 단정하고 예쁜 아내와 그 아내의 배 속에서 자라는 7개월 된 아이가 있고, 남들 몰래 만났던 연인이 있었다. 혜린은 미래 또래였고, 나는 혜린과 비겁하게 헤어졌다. 불과 3개월 전이다.

할아버지는 손수 우리에게 향기 좋은 술을 부어주었다. 창밖으로 보이던 갈대숲은 어둠에 묻혀 보이지 않았다. 식사는 마지막 코스까지 다 끝났고 종업원들은 디저트로 수정과와 색색의 경단을 가져다 놓고 나갔다. 나는 식사하면서 받아 마신 술 때문에 취기를 느꼈다.

"저쪽에서는 말이야……."

저쪽이란 아버지와 같은 정당 출신으로 이 지역에서 이미 3선의 경력을 쌓은 현역 국회의원을 말했다. 아버지로서는 버거운 상대임에 틀림없었다. 그러나 그는 얼마 전부터 비리에 연루되었다는 소문이 파다한 데다, 당권을 쥔 세력과 껄끄러운 관계여서 낙천할 거라고 다들 떠들어댔다. 이 지역은 여당의 공천만 받으면 무조건 당선되는 곳이라 공천이 선거의 모든 것이었다.

"저쪽에서는 우리가 인지도가 낮다는 것을 주로 물고 늘어지겠지. 하지만 이번 방송이 나가면 인지도는 꽤 올라갈 거야."

"이게 전국 방송이면 더 좋은데 말이죠."

작은아버지는 그렇게 말하며 나를 쳐다보았다. 얼마 전에도 작은아버지는 나에게 전화를 걸어, 전국 방송으로 내보낼 수 없느냐고 물은 적이 있었다. 나는 그런 결정을 하려면 방송국 사장이나 이사

급이 되어야 한다고 말했다. 나는 지난해에 겨우 조연출 딱지를 뗀 신참 피디에 불과했다.

"그래, 방송국은 재밌냐?"

작은아버지가 물었다.

"직장 생활이란 게 다 그렇죠, 뭐. 그래도 할 만해요."

내가 학위를 포기한 채 갑자기 유학에서 돌아왔을 때 가장 실망한 사람은 할아버지였을 것이다. 할아버지는 내가 재경부 관리나 대학 교수가 되기를 강력하게 희망했고, 그것을 이루지 못하리라고는 전혀 생각하지 못했던 것 같다. 하지만 할아버지는 나에게 아무것도 묻지 않았다. 아버지와 어머니가 나를 설득해서 다시 미국으로 돌려보내려 할 때도 그냥 놔두라며 오히려 내 편을 들어주었다.

"요즘은 방송인들이 국회로 많이 가더구면."

그것이 할아버지의 진심이었던 것이다. 나는 국회의원이 되느니 차라리 죽어버리는 것이 낫겠다고 생각하고 있었지만 아무 말도 하지 않았다. 대신 반드시 아버지가 국회의원이 되어서 부디 할아버지의 뜻을 실현해주기만을 바랐다. 할아버지가 마음먹은 이상 그것은 이루어질 거라는 확신 같은 것이 나에게 있었는데, 그것은 할아버지만의 고유한 능력이었다.

내가 알기로 할아버지는 검찰에서부터 조폭까지, 모두와 친하고 호형호제했다. 동시에 할아버지는 늘 누군가와 소송 중이었으며, 또 누군가와는 연애 중이었다. 내가 고등학생일 때는 간통으로 피소되어 법정에 선 적도 있었다. 아버지와 어머니는 소문이 날까 봐 전전긍긍했지만 J시에서 그 사건을 모르는 사람은 아무도 없었다.

그러나 아무도 할아버지를 비난하지 않았다.

"아무나 그렇게 못 하지, 대단한 양반이야."

"힘도 좋아, 암튼."

"그게 힘만 가지고 될 일이냐? 돈 있지, 인물 좋지, 말발은 좀 세? 다 갖췄지, 다 갖췄어."

"고소한 그놈이 미친놈이지. 칠순 노인네한테 마누라 뺏긴 게 무슨 자랑이라고 고소야, 고소가! 조용히 합의를 볼 것이지!"

할아버지는 결국 합의를 보고 나왔다. 고소한 남자는 할아버지에게 당시 돈으로 5천만 원을 요구했는데, 할아버지가 "니 마누라 값이 그것밖에 안 되냐"며 천만 원을 더 얹어줬다는 이야기가, 믿거나 말거나 온 거리에 좍 퍼졌다. 그리하여 할아버지에게는 '6천만 원의 사나이'라는 별명이 붙었다.

부모님은, 내가 그 사실을 알게 되면 엄청난 충격을 받을 거라고 생각한 듯했지만 나는 전혀 그러지 않았다. 나는 할아버지가 당신의 이기적 목적과 만족을 위해 다소 구린 일도 태연하게 해낼 수 있는 분이라는 것을 알았지만, 바로 그 이유로 나는 할아버지를 항상 좋아했다. 아마 자신과는 정반대의 성향을 지닌 사람에게 끌리는 것과 유사한 원리일 것이다. 할아버지도 어릴 적부터 나를 무척 귀여워했고, 항상 나를 믿어주었다. 혜린의 문제가 집안에 알려졌을 때도 결국은 할아버지가 수습해주었다.

도대체 아내가 혜린의 일을 어떻게 알게 되었는지는 지금도 미스터리다. 혜린은 나와 같이 일하는 작가였던 데다, 내가 아내의 의심을 살 만한 행동은 전혀 하지 않았음에도 불구하고 정말 여자들은 동물 같은 본능이 있는지도 모르겠다. 아쉽게도 나의 외도에는 할아버지의 간통과는 달리 공감이나 선망의 대상이 될 만한 점이 아무것도 없었다. 나는 결혼 3년 만에, 더욱이 그토록 기다리던 아이까지 생긴 처지에 바람이나 피우고 다닌 뻔뻔스럽고 파렴치한 인간이었을 뿐이다.

백화점의 수입 그릇처럼 예쁜 아내는 친정으로 가버렸다, 라고만 표현한다면 그것은 아내에게 너무 심한 말이 될 것이다. 나는 아내가 대단히 충격을 받았다는 것을 인정한다.

"나는 나쁜 생각 같은 건 하지 않을 거야. 절대로 나쁜 생각은 하지 않아. 내 배 속에는 아이가 있으니까, 좋은 생각만 할 거야, 좋은 생각만……"

나의 부정을 알았을 때, 아내는 바들바들 떨며 그렇게 말했다. 며칠 동안 아내는 심한 몸살을 앓았지만, 약 한 봉지 삼키지 않고 버텼다. 40도를 넘는 고열에 시달리면서 그녀는 배 속의 아이만 걱정했다. 나는 아내가 아픈 것이 다행이라고 생각했다. 몸이 아프지 않았다면 배신감으로 인한 마음의 상처를 견딜 수 없었을 것이다. 몸살에서 깨어난 후 아내는 침묵했다. 어떤 앙탈이나 분노도 드러내지 않았다. 어머니와 마찬가지로 독실한 기독교 신자인 그녀가 배 속에 아이를 가진 채 얼마나 갈등하고 힘들어했을지, 그걸 모른다고 할 수는 없다.

나는 곧장 J시로 불려 와 아버지의 호통과 어머니의 눈물 섞인 하소연을 들어야 했다. 심지어 어머니는 기도서와 성경을 머리맡에 놓고 아예 드러누웠다.

"너까지 그럴 줄은 몰랐다. 정말 너까지 그럴 줄은……."

나는 어머니께 정말 죄송했지만 그럼에도 나에게 가장 큰 영향을 준 것은 아무래도 할아버지였다. 할아버지는 나에게 언성도 높이지 않았다.

"평생 한 여자, 한 남자만 쳐다보며 살라는 건, 사실 우스운 얘기지. 힘든 얘기기도 하고. 그렇지만 이걸 알아야 해. 아무리 좋은 여자도, 아니 여자가 아니라도 마찬가지야. 모든 것은 지나간다. 어떤 것도 지나가지 않는 것은 없어. 잘 생각해, 모든 것은 지나가는 거야."

모든 것은 지나간다……. 그 말은 이상하게 내 가슴에 뭉클한 것을 만들었다. 어쩌면 그것이 할아버지의 힘인지도 모르겠다. 할아버지한테는 아무리 허황한 이야기도 다른 사람들로 하여금 믿게 만드는 묘한 힘이 있었다. 그것은 산전수전 다 겪은 할아버지의 인생 역정에서 나오는 연륜 때문일 수도 있고, 할아버지 당신이 가지고 있는 분명한 확신 때문일 수도 있었다. 자신이 믿지 않는 것을 다른 사람에게 믿게 만들 수는 없다. 나는 할아버지가 당신이 믿는 진심을 말하고 있다는 것을 믿었다. 그리고 내가 믿는 만큼 그 말이 나에게도 진실이 되기를 바랐다.

혜린과 나는 지나가는 관계다. 그렇게 될 수밖에 없다고 나는 되뇌었다. 나와 혜린이 꿈꾸었던 것은 들키지 않고 오래오래 만나는 것이었고, 아내가 어떻게 알았는지 모르겠지만 들킨 이상 우리가 만난다는 것은 불가능했다. 그것은 혜린과 내가 처음 시작할 때부터 암묵적으로 합의되어 있던 것이었다. 아니, 합의되어 있다고 나는 믿었다.

그러나 나는 정말 믿었나? 나는 내 마음을 알 수 없다. 혜린은 헤어지자는 합의 이후에도 계속 나에게 전화를 걸었다. 나 역시 때로는 남은 할 말이 있는 척, 때로는 화를 내는 척하며 혜린을 계속 만났다. 때로는 혜린의 전화를 기다린 것 같기도 하다. 그때마다 이래서는 안 된다고 나를 다잡았지만, 그 얘기를 하기 위해 나는 혜린을 또 만났다.

아내는 혜린이 나에게 전화를 할 때마다 칼같이 알아냈다. 아무리 통화 목록과 문자 메시지 저장함을 지우고 관리해도 아내의 날카로운 촉수를 피할 수는 없었다. 혹 아내가 통화 목록을 복원하는 프로그램이라도 가지고 있는 게 아닌가 의심스러울 정도였다.

"이건 단지 헤어지는 과정일 뿐이야."

나는 그걸 변명이라고 했다. 그러니 별거는 당연한 수순이었다. 아내는 가방을 챙기며 말했다.

"더 간단한 방법을 가르쳐줄게. 둘이 결혼해서 같이 살아. 그럼 쉽게 끝낼 수 있을 거야."

나는 아내가 친정으로 가는 것을 막지 못했지만 그렇다고 아내와 이혼할 의사는 없었다. 나는 아내를 만나거나 전화를 걸어, 배 속의 아이와 집안 식구들의 상심 등등 이혼해서는 안 되는 이유를 거의 매일 말했지만 아내는 진부하고 허울뿐인 핑계로 받아들였다.

"당신은 그저 이혼이 골치 아프고 번거로운 거야. 그래서 피하려는 거야."

아내의 말이 사실인지도 모른다. 나는 내 인생에 이렇게 부담스러운 일이 닥친 것에 대해 당황하고 있었다. 살면서 힘겨운 일을 그다지 겪어보지 못한 나는 쉽게 지쳐버렸다. 정말이지 나는 그 모든 것이 어서 지나가기만을 바랐다. 그래서 가까스로 나는 혜린의 전화를 받고도 아무 말 없이 끊는 경지까지 발전했다.

나는 달콤한 디저트를 먹으며 할아버지의 이야기에 귀를 기울이는 다정한 내 가족들이 이 모습, 이대로 변하지 않기를 바란다. 설령 그 모습이 나와는 아무런 상관 없는 그저 아름다운 배경일 뿐일지라도 나는 나라는 존재가 여전히 그 배경 속의 한 부분으로 남기를 바란다. 내 마음 어딘가에는 여전히 피 흘리고 있는 어떤 지점이 있지만, 그것을 열어보고 싶지 않다. 혜린과 관련해서 그 어떤 것도 돌아보고 싶지 않다. 돌아보지 않아야 한다.

나는 화장실에 가려고 일어나 복도로 나갔다. 화장실은 중앙 로비 옆에 있었다. 나는 가능한 한 천천히 걸었다. 서늘한 공기가 취기로 달아오른 내 얼굴에 부딪혔다. 맞은편 엘리베이터가 열리면서 사람들이 걸어 나왔다.

순간, 심장이 쿵 하고 떨어졌다. 사람들 속에서 혜린의 얼굴을 본 것이다. 나는 이내 스스로의 어리석음이 민망해서 피식 웃고 고개를 돌렸다. 혜린과 헤어진 후 종종 그런 착시를 경험하곤 했다. 깜짝 놀라 다시 보면 전혀 엉뚱한 여자일 뿐이었다. 그러나 화장실로 들어가던 나는 다시 튀어나왔다. 그 여자가 입고 있는 옷이 혜린의 것이라는 생각이 든 것이다. 여자는 막 호텔 입구를 빠져나가고 있었다. 나는 그녀에게 다가갔다. 호텔 입구에 도착한 택시에 올라타는 얼굴, 그 작고 흰 얼굴은 환영이 아니었다. 혜린이 틀림없었다.

"혜린아!"

혜린이 나를 돌아보았다. 놀라는 눈빛이 나와 마주치는 순간, 택시가 출발했다. 나는 멍하니 택시가 사라진 곳을 쳐다보며 서 있었다. 도대체 혜린이 왜 J시에 나타났을까. 내가 알기로 혜린은 J시에 전혀 연고가 없었다. 어떤 남자가 멍하니 서 있는 나를 이상하다는 듯이 힐끔 쳐다보고 지나갔다. 나는 프런트로 가서 투숙객 중에 이혜린이라는 사람이 있느냐고 물어보았다. 프런트에서는 투숙객이 아니라고 확인해주었다. 아마 12층에 있는 스카이라운지에서 내려온 것 같았다.

화장실로 돌아가 볼일을 보고 손을 씻으며 혜린이 J시에 온 이유에 대해 곰곰이 생각해보았다. 나와 관련한 일이라는 것은 명백했다. 분명 나를 겨냥한 것이 틀림없었다.

맙소사, 겨냥이라니! 도대체 혜린이 나의 무엇을 겨냥한다는 말인가. 겨냥해서 무엇을 하려고? 지난 1년간 혜린이 나에게 보여준 감정을 나는 결코 의심하지 않았다. 혜린이 나에 대한 집착을 버리지 못하고 계속 연락을 해 오는 것도 그 감정의 연장선이라고 나는 당연하게 믿었다. 그러나 혜린과 호텔 입구에서 마주친 순간, 그런 믿음은 순식간에 사라지고, 내가 전혀 알지 못했던 어떤 면이 혜린에게 있어 그녀가 갑자기 스토커로 돌변했거나, 아니면 국회의원 출마를 앞두고 있는 아버지를 빌미로 나에게 무슨 협박이라도 하려는 것이 아닐까 하는 의심이 들었다.

나는 심호흡을 하며 가족들이 모여 있는 식당 안으로 돌아갔다. 가족들은 일어나 코트를 입고 있었다.

"로비에서 고등학교 동창을 만났어요. 술 한잔 하고 들어갈게요."

"아버지가 출마하신다고 꼭 얘기해. 네 또래 표가 제일 중요해."

작은아버지가 말했다.

"네."

나는 말 잘 듣는 아이처럼 대답했고, 식구들은 두 대의 차에 나눠 타고 호텔을 빠져나갔다.

나는 호텔 커피숍으로 들어가 혜린에게 전화를 걸었다. 배터리가 고갈 표시를 내고 있어 나는 커피숍의 공중전화기를 썼다.

"너 도대체 왜 그래?"

나는 혜린이 전화를 받자마자 다짜고짜 말했다. 혜린은 잠자코 있었다.

"너 여기까지 쫓아와서 뭘 어쩌겠다는 거야?"

나는 혜린에게 좀 더 부드럽게 말해야 한다고 생각했지만 생각처럼 말이 나오지 않았다. 불쾌함과 어떤 두려움 같은 것이 나를 공격적으로 만들었다.

"감독님 쫓아온 거, 아니에요. 취재 왔어요."

"취재? 무슨 프로인데? 너 계속 일 안 하고 있잖아. 내가 소개해준 최 피디한테 찾아가지도 않았다면서?"

혜린은 야단맞는 아이처럼 아무 말도 하지 않았다. 나는 혜린에게 호텔 커피숍으로 당장 오라고 소리쳤다.

"알았어요."

전화를 끊고 커피숍 의자에 앉아 등을 기대는 순간 후회가 밀려왔다. 어린아이처럼 머뭇머뭇하는 혜린의 목소리를 들으니 안됐기도 하고, 그런 만큼 짜증이 치밀었다. 한편으로는 내 짜증이 너무나 뻔뻔하고 이기적이라는 생각을 하면서도, 혜린의 무력한 태도가 나를 더욱 뻔뻔한 놈으로 만들고 있다는 생각도 들었다. 어차피 뻔뻔해질 수밖에 없는 입장이라면 더더욱 뻔뻔해지는 것이 혜린이나 나, 그리고 나를 둘러싼 모든 이들에게 더 나으리라. 그러니 혜린이 무슨 짓을 하든 나에게 아무런 영향을 줄 수 없다는 것을 분명히 하고, 단념시키자.

그렇게 생각하고 있을 때, 혜린이 커피숍으로 들어왔다. 가뜩이나 마른 몸이 그사이 훨씬 더 말라 있었고, 청승스러워 보였다. 나는 벌떡 일어나 혜린에게 다가가 그녀의 손목을 낚아채 커피숍 밖으로 끌고 나갔다. 커피숍 안의 사람들이 모두 혜린과 나를 쳐다보았다. 혜린은 이러지 말라는 말도 못 하고 나에게 질질 끌려 호텔 밖으로 나왔다. 나는 호텔과 면한 강변 자전거 도로에 가서야 혜린의 팔목을 놓았다.

갈대숲과 이어진 자전거 도로에는 인적이 없었다. 드문드문 켜진 오렌지 빛 가로등 불빛이 강가로 펼쳐진 갈대밭을 더욱 을씨년스러워 보이게 만들었다. 혜린은 내 시선을 피하며 아무 말이 없었다.

"힘들지?"

"……"

"나도 힘들어. 정말 힘들거든?"

"나 때문에 힘드실 거 없어요. 감독님이 생각하시는 이유로 내가 여기 온 거 아니에요."

"무슨 이유인지 상관없어. 그냥 우리 그만 보자. 안 보게 해줘. 응?"

혜린이 시선을 돌려 물끄러미 나를 쳐다보았다. 그 눈동자에는 약간의 원망과 아쉬움 같은 것이 들어 있었다. 나는 기운이 쭉 빠졌다. 비로소 나는 혜린과 헤어지기로 한 후 이런 식의 다툼이 여러 번 있었다는 것, 그때마다 나는 매번 마음이 약해져서 오히려 혜린에게 빌미를 주었다는 것, 아니 혜린이 아니라 나 자신에게 스스로 빌미를 주어왔다는 것을 알았다. 심지어 지난달에도 마지막 정리라고 만나서 혜린과 같이 자는 것으로 끝나버렸다. 그래놓고는 허둥지둥 나를 변명하고 달아나기에 바빴다.

그렇다, 나는 일부러 사실을 보려고 하지 않았다. 나는 그때까지도 어떻게 이 고비를 넘기고, 그러고 나면 다시 만날 수도 있지 않을까 하는 한심한 생각을 하고 있었다. 그것이 솔직히 내가 바라는 바였다.

나는 기가 막혀 허허 웃었다. 혜린이 그 웃음을 자신에 대한 비난으로 생각했는지 입을 열었다.

"감독님한테 무슨 피해를 주려는 게 아니에요. 제가 그러고 싶다고 해도 뭘 어떻게 할 수 있겠어요?"

"너 지금 무슨 말 하는 거야?"

"이런저런 생각이 많지만…… 감독님한테 어떻게 하려는 건 없어요. 저는 그냥, 처음 감독님과 제가 만난 것부터 뭔가 이상한 일이 아닌가, 그런 생각이 들었어요. 아, 감독님은 모르셔도 돼요. 감독님과 상관없는 일이라니까요!"

"너 횡설수설할래? 나와 상관없다면서 여긴 왜 와? 너 나 스토킹하니? 내가 고향 오는 건 어떻게 알았어? 방송국에 전화했었니?"

자전거 한 대가 우리 옆을 스치고 지나갔다. 나는 아랑곳하지 않고 계속 소리 질렀다. 그러지 않으면 내가 또 어떤 여지를 남길 것 같았다.

"나한테 해코지를 할 수 있다면, 한번 해봐, 어디. 우리 식구 이미 다 아는데, 뭘 더 어쩔 거야? 네가 하고 싶은 대로 해. 그렇지만 이건 알아둬. 너하고 난 분명히 끝난 거야. 네가 뭘 하든 달라지지 않아. 너는 정말 끝까지 날 나쁜 놈으로 만들고 싶은 모양인데, 할 수 없지. 내가 나쁜 놈 될게."

"그게 중요해요? 감독님이 나쁜 놈인지, 아닌지?"

하긴 그게 뭐가 중요한가. 그럼에도 나는 억지를 부리며 계속 혜린에게 소리를 질렀다. 혜린은 잠자코 듣기만 했다. 내 목소리에서 점차 기운이 빠졌다. 나는 입을 다물었다. 날씨는 매섭게 추웠다.

"서울로 가. 당장."

"내일 갈 거예요. 약속이 있어요."

"약속? 누구랑?"

"알 거 없어요. 감독님과 상관없는 일이라니까요. 내일 올라갈 테니까 신경 쓰지 마세요."

나는 누구를 만날 거냐고 계속 따져 물었지만 혜린은 말하지 않았다. 나는 혜린을 데리고 호텔 뒤편에 있는 포장마차로 갔다. 그것이 결정적으로 나빴다.

혜린은 아무 말 없이 나를 따라왔지만 속이 좋지 않다면서 술을 입에 대지 않았다. 나는 이런저런 말들을 두서없이 뱉으며 혼자 소주 두 병 혹은 세 병을 마셨다. 그러고는 어떻게 되었는지 기억이 없다. 필름이 끊긴 것이다. 술이 과하면 필름이 끊기는 것은 내 오랜 버릇이다. 한번 술을 마시면 필름이 끊길 때까지 마시는 것인지도 모르겠다. 딱 하나 어렴풋이 기억나는 것은 내가 택시에서 내려 집으로 돌아왔을 때 눈이 내리고 있었다는 것, 내 뺨 위로 차가운 눈의 감촉을 느낀 것, 그것이 전부였다.

다음 날 아침 내가 잠에서 깼을 때, 세상은 눈으로 하얗게 덮여 있었다. 흰 눈으로 덮인 세상은 누구의 눈에도 순결하게만 보인다. 모든 허물과 상처는 눈 아래 덮여 영원히 침묵할 것만 같다. 창문 너머로 펼쳐진 흰 세상을 보며, 나는 이제 모든 것이 끝났다고, 모든 것을 눈이 덮어버렸다고 생각했다. 미래가 눈을 굴리며 마당에 나타났다. 눈사람을 만드는 모양이었다. 나를 발견한 미래가 한쪽 손을 들며 웃어 보였다. 나도 미래를 향해 손을 들어 보였다. 술에 취한 채 어디서 긁혔는지 오른손에 상처가 나고 멍이 들어 있었다. 하지만 그 상처는 시간이 조금만 지나면 사라질 것들이었다. 모든 것은 지나가니까.

경찰이 찾아온 것은 거의 일주일이 지난 후였다. 그사이 방송국에서 촬영팀이 두 차례나 방문하여 우리 가족의 모습을 찍어 갔고, 마지막 촬영이 진행 중이었다. 아내는 약속대로 촬영 직전에 집에 도착했다. 아내는 인근 호텔—아마 동강 호텔이겠지만—에 투숙한다고 말하고는 아무렇지도 않게 앞치마를 둘렀다. 가족들 역시 마치 아무 일도 없었던 것처럼 아내에게 친절하게 대했고 아내도 예의 바르게 대답했다. 감히 내가 그 하모니를 깬다는 것은 말도 되지 않는 일이었기 때문에 나도 성심성의껏 다정한 남편 역을 연기했다. 우리 가족 전체가 똑같은 무늬와 광택을 가진 수입 그릇 세트가 되는 순간이었다.

피디는 할아버지와 나, 두 사람만의 모습을 카메라에 담고 싶다고 했다. 그림이 좋다는 것이었다. 할아버지가 원하는 것은 가능한 한 아버지가 많이 나오는 것이겠지만 할아버지는 잠자코 허락했다. 할아버지와 나는 마당에서 눈을 치웠다. 가만히 앉아 있는 모습보다는 움직이는 것이 찍히는 사람 입장에서도 편하고, 그림도 잘 나오는 법이다. 그사이 눈은 빠르게 녹아 미래가 만든 눈사람은 흉물스럽게 녹아내렸고, 응달만 빼고는 질척이는 흙바닥이 드러났다. 할아버지는 빗자루를 들고 마당에 남아 있던 눈을 치웠다. 구순 가까이 되는 고령에도 불구하고 할아버지는 군살 하나 없는 체격에 건강을 유지하고 있었다. 나는 삽으로 구석의 눈을 한곳으로 치웠다.

경찰이 마당으로 들어선 것은 그때였다. 거의 20년째 집안일을 도와주는 함안 아주머니가 문을 열어주었다. 경찰은 마당을 가로질러 걸어오며 할아버지에게 예를 갖춰 인사를 했다.

"J 경찰서 강력계 최 형삽니다."

"아, 그래요. 어쩐 일이신가?"

"손자분께 몇 가지 묻고 싶은 게 있어 찾아왔습니다."

"우리 손자? 근데 왜?"

경찰은 힐긋 카메라를 쳐다보았다. 할아버지는 카메라맨에게 손을 들어 보였다. 카메라맨은 조용히 카메라를 끄고 거실로 들어갔다. 나는 할아버지 옆에 가서 섰다. 갑자기 알 수 없는 불안으로 가슴이 요동쳤다.

"동강 호텔 근처에서 불미스러운 사건이 발생했습니다. 알고 보니 손자분과 관련이 있는 여성이어서……."

"혜린이가요? 혜린이가 죽었어요?"

나중에 알았지만 그것은 나의 실수였다. 경찰은 혜린이 죽었다고는 말하지 않았다. 하지만 그 순간 나는 혜린이 죽었다고 생각했다. 그러지 않았다면 경찰이 나를 찾아올 리가 없다고 순간적으로 판단한 것이다. 그리고 내 생각은 사실이었다.

"잠시 경찰서로 같이 가주셔야겠습니다."

그때 할아버지가 형사 앞으로 다가갔다. 거실에서 다른 가족들이 무슨 일인가 하며 밖으로 나왔다. 아내만이 주방 창문으로 바깥을 내다보고 있었다.

"어떤 사건인지는 말해주셔야지요. 심각한 사건이면 더더욱 가족들이 알아야 되지 않겠소?"

할아버지가 침착하게 말했다. 경찰은 조금 망설이는 듯하더니 결국은 사건 개요를 설명했다.

"이혜린이라는 여성이 변사체로 발견되었습니다. 그런데 이 여성은 손자분과 가까운 사이인 것으로 드러났습니다. 그러니 몇 가지 사실만 확인해주시면 됩니다."

"그 여성이 죽은 게 언제입니까?"

"지난주 수요일입니다. 발견된 건 사흘 전이고요."

"지난주 수요일에는 우리 가족이 모두 같이 식사를 했소만. 아참, 넌 동창을 만난다고 했지? 그러고는 술에 취해서 12시쯤 집에 왔잖아. 설마 동창이 아니라 그 아가씨를 만난 거냐?"

"……."

나는 아무 말도 하지 못했다. 할아버지는 다시 경찰에게 물었다.

"혹시 체포 영장이라도 가지고 오셨소?"

"아닙니다. 지금은 참고인 수사입니다."

"하지만 조사 과정에서 의심스러운 점이 드러난다면 영장 청구도 가능하겠지."

"그야……."

"경찰이 하는 일을 방해할 수는 없지. 하지만 나는 우리 애를 철석같이 믿고 있어요. 만약 우리 애가 용의자가 된다거나 할 경우에는 변호사를 선임할 수 있도록 우리 쪽에 미리 알려주시겠지요?"

"그럼요. 경찰도 예전처럼 무지막지하게 조사하지 않습니다."

"다행이군. 예전에 내가 화력발전소 건으로 잡혀갔을 때는 고문까지 당했어. 그때 나를 조사했던 경찰들은 나중에 모두 옷을 벗었지. 나는 그런 건 용납할 수가 없어. 공권력은 엄격하게 집행되어야 하는 거요."

"알겠습니다, 걱정 마십시오."

아내가 웃옷을 가져다주었다. 옷을 건네는 아내의 손이 파들파들 떨렸다. 나는 눈으로 미안하다고 말했지만 아내는 나를 쳐다보지 않았다. 다른 식구들은 침묵을 지켰다. 할아버지가 나를 쳐다보았다. 나는 다녀오겠다고 인사를 하고는 할아버지가 쳐둔 방어막의 보호를 받으며 경찰을 따라갔다. 대문을 나설 때 할아버지의 경쾌한 목소리가 마당을 울렸다.

"피디 양반, 다 같이 점심을 먹고 다시 촬영합시다. 우리 집에 볼거리가 많아 지루하진 않지요?"

내가 범인일까?

나는 평생 나 자신을 모범생이라고 생각하며 살았다. 어린 시절 부모님의 불화나 어머니의 병치레 같은 몇 가지 어두운 기억들이 있었지만 나는 동네에서 말하는 '언덕 위의 큰 집'에 사는 아이였다. 초등학교 때나 중학교 때 수업을 마치고 집으로 돌아오면 내 또래의 소녀들이 대문 앞에 서서 나무 대문 틈에 눈을 대고 집 안을 구경하는 모습과 종종 마주쳤다. 내가 초인종을 누르고 대문이 열리기를 기다리노라면 소녀들은 저만치 서서 나를 힐끔힐끔 훔쳐보곤 했다. 선생님들조차 "네가 그 집 아들이냐?"라고 물어볼 정도였다. 그러니 나의 정체성이란 내가 사는 집과 무관하지 않았다.

할아버지는 치과 의사로 일하던 70년대 중반에 이 집을 지었다. 내가 태어나기도 전이다. 당시 할아버지는 먼 충청도까지 사람을 보내 집터를 보는 지관을 불러 왔는데, 터를 보고 난 지관은 고개를 절레절레 저었다. 땅기운이 너무 세서 사람을 칠 수 있다는 것이었다. 하지만 기가 더 센 사람이 있어 땅을 휘어잡으면 큰 영화를 얻게 될 것이라는 말에 할아버지는 망설임 없이 땅을 사들였다. 그리고 그 기가 센 땅 위에 멀리서도 보일 만큼 크고 웅장하게, 1층에만 방 다섯 개, 2층에 네 개, 도합 아홉 개의 방이 있는 이 집을 지었다. 할아버지는 특별히 설계를 변경하여 2층 베란다 밑에는 화강암으로 만든 큰 기둥까지 추가로 세웠다. 땅기운을 눌러야 한다는 논리였다. 화강암 기둥 때문인지, 아니면 할아버지의 기 때문인지 모르겠지만 그 후로 할아버지는 승승장구했다. 할아버지의 인생만 보면 땅기운은 성공적으로 잡힌 것이다.

하지만 나는 어린 시절에 그 얘기를 들었을 때부터 마치 이 집이 언제 뚫고 튀어나올지 알 수 없는 악귀를 깔고 앉은 것 같아 늘 불안했다. 그 악귀는 오로지 할아버지만이 누를 수 있어 이 집에서 할아버지만 사라지면 당장에 벽과 바닥을 뚫고 나올 것 같았다. 내가 어릴 때부터 늘 시름시름 앓아오던 어머니가 입버릇처럼 "이 집은 기가 너무 세서 내가 아픈 거야"라고 말했기 때문인지도 모른다. 바다에서 폭풍이 몰려올 때는 마치 땅끝에서 악귀가 풀려나고 싶어 안달이라도 하는 것처럼 집 전체가 부르르 떨렸다. 그때마다 나는 무서워서 땅보다 더 기가 세다는 할아버지의 품속으로 숨곤 했다. 그러나 아침이면 바다로부터 비쳐드는 찬란한 햇빛과 함께 간밤의 불안과 공포는 씻은 듯이 사라지고, 나는 든든한 할아버지와 넉넉한 집안을 가진 복 많은 아이로 돌아가 한결같은 보살핌 속에서 자랐다.

돈이 모든 문제를 해결해주는 것은 아니지만 대부분의 문제는 해결해준다. 나는 사람을 지치고 주눅 들게 만드는 대부분의 문제에서 자유로웠다. 나는 크게 친한 친구도 없고, 좋아하는 여학생도 한 명 없었지만 나에게 주어진 조건에 감사하며 부모님 말씀 잘 듣고, 착실하게 공부하는 범생이로 자랐다.

　나에게 예외적인 시간이 있었다면 그것은 미국 유학 시절일 것이다. 몇 번의 마리화나, 몇 번의 코카인, 그로 인한 몇 가지 실수……. 그중 어떤 일은 아직도 나에게 죄책감을 불러일으킨다. 말하자면 나는 미국에서 생애 처음으로 방종의 맛을 경험한 것이었다. 당시에는 그다지 죄책감을 느끼지 않았던 것이, 같이 공부하던 친구들 사이에서 일어난 일이고, 그 친구들도 다들 괜찮은 집안 출신인 데다 공부도 무섭게 잘하는 애들이어서 방종이 그다지 죄처럼 느껴지지 않았다. 미국 캘리포니아라는 장소가 마약을 일종의 패션 아이템처럼 느끼게 만들었는지 모르겠다.

　어느 날 아침 나는 한국으로 돌아가기 위해 가방을 쌌다. 그리고 친구들에게 메모 한 장 남기지 않은 채 비행기에 올랐다. 박사 과정을 고작 한 학기 남겨둔 때였다. 집에서는 학위를 포기하고 돌아온 나에 대해 충격과 실망을 감추지 않았다. 아버지와 어머니는 일시적인 스트레스 때문일 거라고 생각하고 다시 돌려보내려고 온갖 설득을 다 했지만 그때도 할아버지가 내 편을 들어주었다. 어쩌면 할아버지는 나에게 무슨 일이 일어났다는 것을 알아챘던 것 같다. 결국 할아버지 덕분에 나는 한국에 남을 수 있었고, 다시 모범생의 길을 갔다. 나는 방송사 시험에 합격했고, 집안에서 소개한 여자와 몇 개월 사귄 후 결혼했다. 아내는 예쁘고, 착하고, 성실하고, 여러 모로 좋은 여자였다. 아내와 있으면 나는 안도감을 느꼈고, 아이가 빨리 생기지 않는 것만 제외하고 내 생활은 완벽했다.

혜린을 만난 것은 1년 전쯤이었다. 나는 조연출을 끝내고 사건 재연 프로그램에 투입되어 처음으로 연출을 맡은 참이었다. 「의혹 속으로」라는 그 프로그램은 과거의 미제 사건들, 해결되었다 하더라도 의문이 남은 사건들을 새로운 시각에서 파헤친다는 내용이었는데, 나는 같이 일할 작가를 섭외하는 중이었다.

혜린은 내가 맡은 프로그램의 작가로 일하고 싶다며 나를 찾아왔다. 내가 조연출일 때 같이 일하다 미국으로 공부하러 간 작가가 있었는데, 그녀가 나를 소개해줬다고 말했다. 경력이 있는지 물어봤더니 작가연수원을 1년 정도 다녔고, 다른 방송사에서 스크립터로 1년 정도 일했다고 했다.

사실 자료 조사도 조사지만 써야 하는 글 분량이 많았기 때문에 나는 좀 더 경험 있는 작가를 원하고 있었지만 선뜻 허락했다. 나는 처음부터 혜린을 마음에 들어 했던 것이다. 심지어 나는 팀장에게 전부터 내가 알고 지내던 실력 있는 작가라고 거짓말까지 했다.

일의 특성상 혜린과 나는 거의 늘 붙어 다녔다. 둘이서 회의하고, 둘이서 인터뷰를 따러 가고, 편집 때도 혜린은 내 옆에 있었다. 혜린은 키가 그다지 크지 않고 아주 마른 편이어서 청바지에 헐렁한 티셔츠를 입고 돌아다닐 때는 어딘가 미처 성숙하지 못한 미소년 같은 느낌이었다. 처음에 나는 혜린을 귀여운 여동생쯤으로 생각한다고 애써 믿으려 했다. 하지만 그것은 사실이 아니었다. 나는 처음부터 혜린을 볼 때마다 그녀와 같이 자는 것을, 어린애 같은 그녀의 몸을 마구 움켜쥐는 것을 상상하며 흥분에 휩싸이곤 했다. 단지 그것을 보통의 남자들이 가지는 판타지라고 치부하고 특별한 의미를 두지 않으려고 애썼을 뿐이다.

그러던 중에 나는 우연히 미국으로 간 작가와 통화를 하게 되었는데, 내가 혜린을 소개해줘서 고맙다고 인사하자 그녀는 그런 적이 없다고 말했다. 심지어 그 작가는 혜린을 알지도 못했다. 나는 혜린이 일했다는 프로그램의 홈페이지를 검색해보았다. 제작진 정보에 혜린의 이름은 없었다. 경력도 거짓이라는 뜻이었다.

나는 엄청나게 화가 나서 당장 혜린을 불러냈다. 내가 왜 그렇게까지 화를 냈는지를 당시에는 이해하지 못했다. 혜린은 어떻게든 프로그램을 맡고 싶어 거짓말을 했다고 말했다. 방송국에서는 대개 알음알음으로 일을 시작하기 때문에 엉뚱한 핑계를 대고 접근한 것일 테고, 일만 제대로 해냈다면 그다지 문제 삼을 일이 아님에도 불구하고 나는 스스로 어색할 만큼 화가 났다. 혜린은 일을 그만두었다. 그러고도 여러 번 나에게 미안하다고 문자를 보냈다. 나는 혜린의 문자를 씹었다. 혜린은 방송국으로 나를 만나러 왔다.

일은 그날 터졌다. 방송국 로비에 서 있는 혜린을 보는 순간 내 몸이 먼저 반응했다. 그동안 내가 은밀히 즐기면서 동시에 억눌러왔던 욕망의 구체적인 형태가 또렷하게 떠올랐다. 나는 그녀와 자고 싶었다. 욕망에 휘말린 사람은 그 욕망의 성취를 위해 얼마나 교활해질 수 있는지. 나는 혜린과 술을 마셨고, 비겁하게도 술과 혜린의 거짓말을 핑계로 그녀를 울게 만들고, 결국 내가 원하는 바를 얻었던 것이다. 하지만 나는 혜린과 처음 자던 날을 전혀 기억하지 못한다. 완전히 필름이 끊겨버렸기 때문이다.

처음 나는 혜린과 나의 관계를 사고라고 생각했다. 많은 사람들이, 특히 사회적으로 공인되지 못한 관계에 빠져드는 사람들이 자신에게 일어난 일을 '사고'라고 합리화한다. 마치 자신의 의지나 의도가 개입되지 않았다는 듯이. 나 역시 그랬다. 그것은 나의 선택이 아니라 그저 우발적인 사고라고 생각했다. 내가 그날 밤 일을 기억조차 하지 못한다는 것도 나에게 그럴듯한 핑계를 만들어주었다.

하지만 혜린과의 관계는 그 이후에도 이어졌고, 나는 혜린을 사랑하는 것이 아니라 그저 그 육체에 끌리는 것이며, 일탈의 매혹에 빠진 것뿐이라고 나를 계속 합리화했다. 그래서 나는 계속 혜린을 만나면서도 언제나 끝내야 한다고 중얼거렸다. 나는 혜린에게 우리의 관계는 결코 오래 지속될 수 없으며 나는 이 관계를 진지한 연애로 생각하지 않는다고 잘라 말했다. 그리고 비겁한 사람들이 흔히 저지르는 수법, 선택을 상대방에게 떠넘기는 방법을 택했다. 혜린은 내 말에 수긍하면서 자신은 상관없다고 말했다. 나는 혜린의 그 말을 내 비겁함에 대한 면죄부로 받아들였다.

그래서 아내가 혜린과 나의 관계를 알게 되었을 때 나는 망설임 없이 혜린에게 그만두자고 말할 수 있었다. 그때는 어렵지 않았다. 오히려 혜린에게 냉정하게 결별을 선언하며 내가 자제력 있는 인간이라는 사실을 확인했고, 그 때문에 적이 만족스럽기까지 했다. 혜린은 실수였고, 나는 실수에도 불구하고 다시 모범생의 길을 갈 것이었다. 나는 그렇게 믿었다.

할아버지의 부탁 때문이겠지만, 형사는 나에게 친절했다. 최소한 나를 취조했던 두 형사 중에서 자신을 '김'이라고 밝힌 젊은 형사는 그랬다. 그보다 나이가 훨씬 들어 보이는 형사―그는 '최'라고 자신을 소개했다―는 말이 별로 없었고 표정도 없이 나를 묵묵히 쳐다보고만 있었다. 취조는 주로 김 형사가 이끌고 나갔다.

혜린은 둔기로 머리를 맞았다. 하지만 그 상처는 치명적이지 않았다. 부검 결과 사인은 교살이었다. 쓰러진 혜린의 목을 조른 것이다. 혜린의 지갑이 현금과 카드가 사라진 채 부근에서 발견되었고, 그 때문에 경찰은 혜린의 신원을 쉽게 파악할 수 있었다. 경찰은 주변을 탐문한 결과, 어떤 남자가 혜린을 호텔 커피숍에서 끌고 나가는 것을 봤다는 호텔 직원의 증언과 밤늦은 시각에 강변 자전거 도로에서 남녀가 다투는 것을 봤다는 증언, 그리고 혜린이 어떤 남자와 술을 마시면서 다투었다는 포장마차 주인의 증언까지 모두 확보해두었다. 안타깝게도 증언 속의 어떤 남자가 바로 나였다. 경찰은 심지어 내가 호텔의 공중전화에서 혜린에게 전화를 건 사실까지 알고 있었다.

나는 혜린과 나의 관계부터 설명해야 했다. 김 형사는 친절한 말투로 관계가 언제부터 시작되었고 끝났는지, 마지막으로 잠자리를 한 것은 언제였는지 따위를 꼬치꼬치 캐물었다.

"수사상 필요하니까요. 양해 좀 하십시오."

내가 불쾌해하는 것을 눈치챘는지 김 형사가 싹싹하게 덧붙였다.

"사귄 지 1년 정도 되었습니다. 방송국에서 같이 일하던 작가였는데…… 어쩌다 보니 그렇게 되었지만, 지금은 다 정리했습니다."

경찰 앞에서 털어놓고 보니 혜린과 나의 관계는 초라하기 짝이 없었다. 불륜이란, 다른 사람들에게 들키기 전까지만 아름다운 사랑이다. 남들이 알게 되는 순간부터 그것은 하나의 스캔들, 들춰내면 들춰낼수록 추잡해 보이는 욕망에 불과하다.

"헤어졌다……. 하지만 계속 연락을 주고받은 걸로 나오는데요. 피살자의 휴대폰 기록을 보니 지난 한 달 동안에도 수차례 문자를 주고받았고, 피살자와 통화한 기록도 있어요."

"그건 다투는 과정에서 주고받은 겁니다. 나는 헤어지기로 마음을 먹은 상태였는데, 혜린이가 그걸 받아들이지 못했어요. 그래서……."

"그래서 많이 다투셨나요?"

"아뇨. 그냥 조금."

"혹 피살자가 협박을 했나요?"

"협박이라뇨?"

"가만히 있지 않겠다, 다 까발리겠다, 뭐 그런 거 있지 않습니까? 알려져서 좋을 거 없는 관계니까."

"그런 말은 한 적이 없습니다."

"그럼 피살자와 만날 약속을 할 때 휴대폰을 쓰지 않고 굳이 공중전화에서 전화를 한 건 뭡니까? 꼭 흔적을 남기지 않으려는 사람처럼."

"배터리가 없었어요."

나는 솔직히 말했다.

"그럴 수 있죠. 아니면 전화 기록을 감추기 위해 일부러 공중전화를 썼을 수도 있고요."

나는 김 형사의 눈을 보며 힘주어 다시 한 번 강조했다.

"혜린이가 감정을 다 정리하지 못한 건 있지만, 나를 협박하거나 그런 적은 없습니다. 그럴 애도 아니고요."

"하지만 협박은 통하지 않는다고 피살자에게 소리치셨다면서요? 포장마차 주인이 증언했습니다."

"그건, 그냥……. 그건 공연히 제가 혼자 흥분해서……. 게다가 술에 취해 있어서, 격앙해서 그렇게 된 거죠."

"뭐 그럴 수 있다 치고, 우리가 이상하게 생각하는 건 왜 피살자가 J시까지 왔느냐는 겁니다. 당신이 아니면 아무런 연고도 없는 곳인데 말이죠."

나도 그것이 궁금했다. 문득 혜린이 했던 말이 떠올랐다.

"누군가와 약속이 있다고 했어요."

"그게 누구죠?"

"그건 저도 몰라요. 분명히 약속이 있다고 했어요."

"피살자의 통화 기록이 깨끗해요. 누군가와 약속을 했다면 통화 기록이 남지 않았겠어요? 근데 언니와 전화한 것 빼고는, 근처에 있는 '휴'라는 술집으로 전화한 것이 전부예요."

"혹 술집 주인과 아는 사이 아닌가요?"

"열흘 전에 혼자 가서 술을 마셨는데 카드를 두고 갔다더군요. 나중에 찾으러 갔고, 그게 다예요."

"열흘 전이요?"

"그렇습니다. 피살자는 열흘 전에 여기로 왔어요. 오자마자 방아도에 가서 사흘을 머물렀다가 다시 돌아왔습니다."

방아도는 최근 관광지로 각광받는 곳이었다. 한때는 거의 버려지다시피 한 섬이었지만 경관이 아름답다고 소문이 나자 펜션이 들어서기 시작했고, 때마침 이 부근에 일고 있는 개발 붐과 맞물리면서 많은 사람들이 찾고 있었다.

"언니와 통화를 했는데 언니에게는 강원도로 여행 왔다고 거짓말을 했다더군요."

혜린은 언니 이야기를 종종 했었다. 언니는 증권회사에 다니고 있었는데 대학을 나오지 않았지만 꽤나 능력이 있어서 대졸자보다 더 많은 돈을 받는다고 자랑하곤 했다. 혜린과 언니는 나와 미래보다 터울이 더 많이 져서 자매라기보다는 차라리 엄마와 딸 같은 사이인 것 같았다. 아무리 가까운 자매간이라 해도 나와의 관계까지 언니에게 다 털어놓을 수는 없었을 것이다. 그러니 언니에게 거짓말을 한 것도 충분히 이해가 갔다. 다시 김 형사가 입을 열었다.

"헤어지자고 한 게 언제입니까? 지난 연말이죠?"

"네. 11월쯤이었습니다."

"지난 12월에도 피살자는 혼자 J시에 왔던 걸로 확인됐습니다."

"혜린이가요?"

"그때 당신 고향 집으로 전화한 기록이 있어요. 몇 차례 전화를 했는데, 당신 어머니와도 통화를 했다고 하더군요."

"뭐라고요?"

"당신과 일하는 사람이라고 소개하고 이런저런 걸 물었다고 합니다. 별로 중요한 얘기는 나오지 않았지만 통화를 한 건 사실입니다."

"도대체 왜 그런 짓을……."

김 형사는 내 얼굴만 멀뚱멀뚱 쳐다보았다. 마치 모든 것이 뻔한 거 아니냐고 반문하는 듯 보였다. 하긴, 혜린이 여기 와서 우리 집에 전화까지 했다면 모든 것은 뻔했다. 손바닥 안처럼 좁고 빤한 이 동네에서 작정만 한다면, 나에 대해, 우리 가족에 대해, 아버지가 국회의원에 출마할 예정이고, 할아버지가 이 지역에서 이름만 대면 알 만한 사람이라는 걸 알아내는 것은 아무 일도 아닐 것이다. 하지만 나는 혜린이 그렇게 주도면밀하게 내 주변을 탐색하고, 더욱이 나를 협박할 의도를 가지고 그렇게 했다는 것이 도저히 납득이 되지 않았다. 내가 알던 혜린은 절대로 그런 애가 아니었다. 비록 나는 비겁했을지언정 혜린은 나에 대해 순수했다고 나는 믿고 있었다. 내가 호텔에서 만난 혜린에게 나를 협박하러 여기까지 왔느냐고 소리친 건 사실이지만 진심으로 그렇게 믿지는 않았다. 나는 혜린이 어떻게든 나와 계속 연결되기를 바란다고만 생각했다. 그것이 나의 착각이었나? 정말 사람 속은 알 수 없는 것인데, 나 혼자서, 내가 편할 대로 믿고 있었던 것인가?

"협박 같은 건 없었어요. 혜린과 내 관계는 이미 우리 식구들이 다 알고 있어요."

"하지만 임신은 다른 문제죠."

"네? 뭐라고요?"

"피살자가 임신 상태인 걸 모르셨습니까? 임신 3개월이었습니다."

나는 정말로 충격을 받았다. 혜린은 단 한 번도 그런 내색을 한 적이 없었을 뿐만 아니라, 나 역시 꿈에도 그 가능성을 생각해보지 못했다. 혜린을 만나는 동안 그 문제만큼은 철저하게 관리를 했다고 생각했다. 마지막으로 예기치 않게 잠자리를 가지게 되었을 때도 나는 혜린에게 안전한지 분명히 물어보았다. 그때 안전하다고 했던 말도 거짓말이었을까.

"나, 나는 전혀 몰랐어요. 우, 우리는 헤어지기로 했었기 때문에 그럴 줄은 전혀……."

나는 충격이 너무 커서 형사의 질문에 제대로 대꾸도 할 수 없었다. 가만히 나를 쳐다보는 최 형사의 무표정한 얼굴이 보였다.

"협박 같은 건 정말 없었어요. 내가 협박을 받았다면 뭐하러 호텔 커피숍에서 약속을 했겠습니까? 아무도 안 보는 데서 만나죠."

내 목소리가 저절로 높아졌다. 김 형사가 나를 달래듯 말했다.

"너무 기분 나쁘게 듣지는 마세요. 우리는 경찰이니까, 수사하는 사람의 입장에서 생각해보면 이런저런 추론을 할 수 있는 거 아니겠습니까?"

"……."

"저희도 처음부터 계획적으로 사건이 일어났다고 생각하지는 않습니다. 아마 설득하려고 했겠죠. 당신은 피살자에게 다 포기하고 서울로 가라고 몇 번이나 말했지만 피살자는 거부했습니다. 그래서 포장마차에서 나온 후에 다툼이 일어났고, 우발적으로 사건이 터진 거죠. 그런 일은 흔해요. 이해도 하고요. 막상 정신을 차려보니 여자는 죽어 있고, 놀라서 지갑에서 돈을 빼서 강도로 위장한 것 아닙니까?"

나는 그제야 내가 용의자라는 사실을 깨달았다. 그때까지만 해도 나는 혜린이 어느 부랑자에 의해 죽임을 당했고, 그 과정에서 재수 없게 내가 연루된 것임을 경찰도 알고 있으리라고 생각했다. 그러나 내 결백의 근거는 빈약했다. 그것은, 나는 살인을 한 적이 없다는, 더욱이 혜린을 죽인다는 것은 생각조차 해본 적이 없다는 믿음에 전적으로 근거하고 있었다. 그 믿음은 오직 나만의 것이었다. 경찰도 내 주장의 빈약한 근거를 눈치채고 있었다.

"우리가 당신 집으로 찾아갔을 때 당신은 분명히 이혜린이 죽었냐고 물었어요? 왜 죽었다고 생각한 거죠?"

"그건 그냥, 일반적인 사건이었다면 경찰이 직접 나를 찾아오지는 않을 테니까……. 하지만 나는 정말 아니에요. 혜린이한테 아무 짓도 하지 않았다고요!"

"필름이 끊겼다면서요? 어떻게 기억합니까?"

나이 든 최 형사가 그제야 입을 열었다. 그의 목소리는 차분하고 나지막했지만 그는 분명히 나를 의심하고 있었다.

"아무리 필름이 끊겨도 그런 걸 잊어버릴 수는 없어요!"

"그렇죠. 그런 걸 잊어버릴 수는 없죠."

사람이 자신의 기억을 어디까지 믿어야 할까. 나는 가끔 내가 기억하는 것 중에 그것이 정말 사실일까 의심하는 것들이 더러 있다. 이를테면 나는 할머니에 대한 기억이 혼란스럽다. 할머니는 내가 초등학교에 다닐 무렵 돌아가셨고, 돌아가시기 전에도 병원에서 오래 투병하셨기 때문에 할머니에 대한 기억은 거의 없다. 어머니의 말씀에 따르면 할머니는 굉장히 깔끔한 데다 자상하고 특히 나를 무척 아꼈다고 하지만 내 기억에 할머니는 음산하고 무서운 분으로 남아 있다. 그것은 어린 시절 내게 사진처럼 새겨진 할머니에 대한 기억에 근거한 것이다.

내가 초등학교에 막 들어갔을 때쯤이었을 것이다. 그때는 아직 결혼하지 않은 고모들도 같이 살고 있었지만 그날은 집에 아무도 없었다. 저녁 무렵인지 늦은 밤이었는지도 정확하지 않지만 집 안은 분명 어두웠다. 나는 자다가 깨어 잠이 덜 깬 눈을 비비며 방을 나와 어머니를 찾았다. 집 안에는 정적만이 무겁게 드리워 있었고, 바깥에는 비가 내리고 있었다. 열어둔 거실 창—그러니까 여름이었던 것 같다—으로 빗물이 마구 들이쳤다. 주방에 불이 켜진 것이 보였다. 나는 후다닥 달려갔다.

할머니가 식탁에 앉아 약을 먹고 있었다. 정확하게 말하자면 약을 먹고 있었는지도 명확하지 않다. 당시에 나는 술을 마시는 중이라고 생각했지만 나중에 할머니는 술을 전혀 마시지 못했다는 어른들의 이야기를 듣고 그럼 약이었을 거라고 짐작할 뿐이다. 내가 칭얼거리는 목소리로 "할머니" 하고 부르는 순간, 할머니가 천천히 나를 향해 고개를 돌렸다.

나는 그때 할머니의 얼굴을 잊을 수가 없다. 눈은 퀭하니 들어가고, 묘하게 비틀어져 올라간 입술에는 섬뜩한 미소가 걸려 있었다. 할머니는 손을 들어 나에게 오라는 신호를 해 보였지만 내 눈에 할머니의 손은 나무 막대기처럼 보였다. 그 순간 나는 집이 덜컹 움직이는 것을 느꼈다. 비바람에 창문이 흔들리는 정도가 아니라 마치 땅이 꿈틀거리듯이 집 전체가 움찔했다. 땅기운이 집을 뚫고 올라오는 것이라고 나는 생각했다. 나는 덜컥 겁이 나면서 오금이 저려 왔다.

"현재야……."

할머니의 입에서 신음처럼 내 이름이 흘러나왔다. 나는 대답도 하지 않고 뒤로 물러났다. 할머니는 식탁 의자에서 천천히 일어나 나에게 다가왔다. 등 뒤에 켜져 있는 식탁 등의 빛을 받아 짙은 음영이 드리운 할머니의 얼굴은 더욱 기괴하게 보였다.

"현재야……."

"악!"

나는 비명을 지르며 내 방으로 달아났다.

그 뒤로는 기억이 잘 나지 않는다. 내가 울다가 다시 잠이 들었는지, 아니면 누군가 다른 사람이 달려와 나를 달래주었는지 명확하지 않다. 어쩌면 그 모든 것이 꿈이었는지도 모르겠다. 왜냐하면 그 후 부모님에게 들은 이야기를 종합해보면 그때는 할머니가 병원에 장기 입원하고 있던 무렵이어서 시간적으로 뭔가 맞지 않기 때문이다. 무엇보다 그때 내가 느낀 공포감 자체가 너무 강렬하고 비현실적인 것이기도 했다.

하지만 사실이냐 꿈이냐는 중요하지 않다. 그날 할머니의 모습은 한 장의 스냅사진처럼 내 머릿속에서 굳어져버렸고, 할머니의 이른 죽음으로 인해 교정의 기회를 갖지 못했다. 마치 어머니가 땅의 기운에 눌려 늘 아프다고 말한 것처럼, 할머니도 땅의 기운에 사로잡혀 넋을 빼앗겨버린 것이 아닐까. 어린 나는 늘 그렇게 생각했다.

할머니의 기억은 그 이후 일어난 다른 일들에 대한 기억에도 영향을 미쳤다. 내가 땅기운에 대해 막연한 불안과 공포심을 가지고 자란 것도 아마 그때 일이 출발이 되었던 것 같다. 그리고 나에게 할아버지는, 일찍 아내를 저세상으로 보내고 재혼도 하지 않은 채 혼자 산 분, 게다가 음울한 아내와 평생을 불행하게 보낸, 왠지 마음 아프고 안쓰러운 존재가 되었다.

사실은 분명 그와 달랐다. 어머니의 말씀에 따르면 할머니는 할아버지에게 매우 헌신적인 분이었고, 오히려 할아버지가 끝없는 여자 문제로 할머니를 몹시 힘들게 했다는 것이다. 아마도 할머니가 돌아가신 후에 재혼을 않고 혼자 산 것도 할머니에 대한 애정이나 미안함의 문제가 아니라 할머니의 집안과 복잡하게 얽혀 있던 재산 문제 때문일 가능성이 더 높았다. 할아버지가 이사장으로 취임한 사학 재단은 원래 할머니 집안의 것이었고, 그 때문에 내가 태어날 무렵부터 복잡하게 얽힌 소송이 여러 차례 있었다고 들었다.

그럼에도 내 기억은 제멋대로 자리를 잡고 뿌리를 내리는 잡초처럼 할머니는 무서운 분이고, 할아버지는 피해자라는 그림을 만들어냈다. 그래서 수많은 여자들과의 소문과 간통으로 피소되는 소동에도 불구하고 할아버지는 혼자 마당에 서서 물끄러미 먼바다와 항구를 바라보고 있는 모습, 나를 무릎에 앉히고 전쟁 때 꼽추였던 누이를 업고 달아나던 이야기를 조곤조곤 들려주던 다정한 모습으로만 남았다. 그것이 할아버지에 대한 내 인식을 형성하는 원형질이었고, 나머지는 그저 예외적인 사건이거나 할아버지의 전체나 본질이 아닌 지극히 부분적인 일면이라고 인식해버렸던 것이다.

내가 혜린에 대해 가지고 있는 기억들도 마찬가지다. 나에게 혜린은 어딘가 어린애 같다는 이미지로 굳어져 있다. 그것은 내가 처음 혜린을 봤을 때의 인상과 일치하는 것이며, 어쩌면 내가 여자에 대해 가지고 있는 취향 같은 것이 그 이미지에 반영되었는지도 모른다.

나의 취향……. 그것은 자신할 수 없다. 나는 여자 경험이 많지 않고, 어떤 여자에게 미칠 듯이 반해본 적도 없다. 본격적으로 여자를 안 것도 미국 유학 시절이니 늦어도 한참 늦은 것이었다. 그 당시에 시험이 끝나고 나면 친구들과 나는 기분 전환으로 마리화나, 그리고 드물긴 해도 몇 번이나 코카인을 즐긴 적이 있었고, 그때 종종 여자를 찾았었다.

필름이 끊기는 증상도 그 시절에 생긴 것이다. 아마 마약 성분이 나의 뇌에 어떤 작용을 한 것임에 틀림없다. 어디선가 읽은 바에 따르면 필름이 끊기는 것은 대뇌 전두엽의 이상이라고 했다. 전두엽에는 충동 조절 장치가 있어 그 부위가 손상되면 충동 조절에 문제가 생긴다는 것이다. 그래서인지 필름이 끊긴 다음 날이면 술에 절어 내 옆에 곯아떨어진 여자와 더불어 콘돔이며 휴지, 찢어진 속옷 따위가 널려 있었고, 그 모습은 늘 나를 당혹하게 만들었다. 내 방종과 일탈의 증거가 그토록 뚜렷했음에도 불구하고 내 기억은 간밤에 내린 눈이 모든 흔적을 지운 듯 완벽하게 아무것도 없었다.

그 사건, 나를 너무나 불쾌하게 만들었던, 아니 이것은 적절한 표현이 아니다, 너무 위험해서 더는 미국에 머물러서는 안 되겠다고 생각하고 결국 나를 한국으로 돌아오게 만든 사건도 그렇게 일어났다. 나는 어떤 일이 있었는지 충분히 짐작했고, 그 짐작은 분명 사실이었지만 아침에 일어났을 때는 아무 기억도 없었다.

한국에 돌아와서도 술이 과하면 기억이 사라졌다. 다행히 귀국한 후에 나는 다시 범생이로 돌아왔기 때문에 미국에서처럼 위험하거나 불쾌한 일이 일어난 적은 없었다. 혜린과 있었던 일만 빼고는.

나는 혜린과 처음 잠자리를 가졌던 날에 대한 기억도 없다. 그날 나는 분명 혜린을 원하고 있었고, 의도적으로 혜린과 술을 마셨다. 하지만 기억은 거기까지다. 내가 어떻게 혜린을 유혹했을까, 뭐라고 했을까, 전혀 기억하지 못한다. 어쩌면 내가 유혹한 것이 아닐지도 모른다. 언젠가 혜린은 나에게 이런 말을 한 적이 있었다.

"내가 감독님을 꼬신 건데, 감독님은 감독님이 나를 꼬셨다고 알고 있죠?"

그때 혜린은 깔깔대며 웃었다.

"집에 가지 말자고 했던 것도 나였다고요. 심지어 감독님은 그럴 수 없다고 그랬는걸요. 사실은 겁났던 거죠? 그렇죠?"

그 이야기를 들을 때는 누가 먼저 유혹했는지가 중요하지 않았기 때문에 나는 그저 흘려들었다. 하지만 지금 와서 생각해보면 그것은 내가 혜린에 대해 모르고 있는 것이 많다는 명백한 증거가 된다. 혜린은 어린애 같아 보일 뿐이지 어린애가 아니었다. 그 애는 나보다 훨씬 더 경험이 많고 더 대담했다. 모범생이라는 내 이미지에 맞춰 미국에서의 일화들을 삭제했듯이 혜린에 대한 기억 역시 이미지와 일치하지 않는 부분들을 진지하게 기록해놓지 않았을 뿐이다.

그렇다면 혜린이 죽던 날에는 정말 무슨 일이 일어난 것일까. 포장마차에서 나온 것까지는 기억이 나는데, 그 뒤에 무슨 일이 일어났던 것일까. 혜린과 나는 정말 싸웠을까. 어쩌면 내가 왜 J시에 왔느냐고 계속 추궁하는 과정에서 혜린이 나에게 임신했다고 말하고, 나를 협박했는지도 모른다. 그래서 내가 불같이 화를 내고……경찰이 의심하는 대로 일이 벌어졌는지도 모른다.

나는 혜린과 만난 다음 날 내 손에 나 있던 상처를 생각했다. 상처는 금방 사라졌지만 그것이 어디에서, 무엇으로부터 생긴 상처인지는 아무런 기억이 없었다. 만약 그 상처가 혜린의 죽음과 관련된 것이라면, 단지 내가 기억을 하지 못할 뿐이라면? 나는 절대로 그랬을 리가 없다고 믿고 있지만 그 믿음, 그 기억이 내가 할머니에 대해, 혜린에 대해 그랬던 것처럼 내가 보고 싶고, 믿고 싶은 것만을 믿은 결과라면?

나는 있는 힘을 다해 그날 밤, 혜린과의 마지막이 되었던 그날 밤의 기억을 끌어모으려고 애를 썼다. 그러나 내 끊어진 기억, 그 암전 속에는 혜린의 마지막 모습에 대한 어떤 이미지도 남아 있지 않았다. 내 기억의 마지막은 포장마차에서 본 혜린의 모습이었다. 그때 혜린이 나에게 뭐라고 말했던가.

"저는 그냥, 처음 감독님과 제가 만난 것부터 뭔가 이상한 일이 아닌가, 그런 생각이 들었어요."

아니다. 그것은 포장마차로 가기 전 자전거 도로에서 들었던 이야기다. 포장마차에서도 그 비슷한 말을 했던 것 같은데 기억이 나지 않았다.

나는 취조실 유리창 앞에 서서 검은 유리창에 비친 내 모습을 물끄러미 쳐다보았다. 형사들은 몇 시간째 나를 혼자만 내버려두고 오지 않았다. 나는 경찰들이 폐쇄회로 카메라나 일방향 유리창을 통해 나를 감시하고 있을 거라고 생각했다. 동시에 나도 나를 감시했다. 시시각각 내 머릿속을 떠다니는 수많은 상념과 기억의 조각들을 검열했다. 내가 범인인가? 내가 혜린을 죽였을까?

한편으로 나는 경찰들이 나조차 승복할 수 있는 모든 증거를 찾아 와 내 의문에 대한 답을 내려주기를 기다리고 있었다. 그리고 다른 한편으로 사실과 상관없이 나는 그 상황, 그 혐의에서 벗어나고 싶었다. 솔직히 후자가 더욱 강했다. 내가 살인자가 된다는 것을 참을 수가 없었다. 구체적으로 무엇을 후회하는지 명확하지 않은 상태로 나는 나를 그 상태에 이르게 한 모든 것을 후회했다. 결국 나를 괴롭히는 것은 끊어진 내 기억이 아니라 내가 범인이 될 가능성이었다. 하지만 나는 범인이 아니다, 나는 범인이 아니다, 아니다……. 나는 소리를 지르며 취조실 유리창을 마구 두드렸다. 나를 풀어달라고, 집으로 돌아가게 해달라고, 나는 범인이 아니라고……

김 형사가 들어왔다.

"수고하셨습니다. 이제 댁으로 돌아가셔도 됩니다."

"뭐라고요?"

나는 마치 내가 소리를 지르자 경찰이 나를 풀어주는 것처럼 느껴져서 어리둥절했다.

"용의자가 붙잡혔습니다. 힘드셨죠? 이해하세요, 우리 하는 일이 이런 거라……"

"용의자라니, 그게 누구죠?"

"근처에서 배회하던 부랑자입니다. 피살자의 지갑에서 돈과 카드를 훔쳐내 사용하다 걸렸습니다. 편의점 주인이 수상하게 생각해서 신고를 했죠. 멍청한 자식! 카드를 왜 써! 상식도 없는 새끼."

그는 부랑자가 카드를 쓴 게 아쉬운 모양이었다. 내 시선을 의식했는지 김 형사는 머쓱한 듯 웃으며 다시 말했다.

"암튼 그놈이 범인인 게 확실해요. 강도 상해, 성폭행 전과 5범에, 범행 당일 행적도 오락가락하고. 뻔하죠, 뭐. 여자 혼자 늦은 밤에 외진 곳에 있으니까 달려들었겠죠."

"자백은 했습니까? 자기가 범인이라고 했어요?"

"예. 약을 처먹어서 정신이 오락가락하는 놈이긴 하지만, 자기가 했대요. 돌로 머리를 내려쳤다고 한걸요."

그렇다면 범인이 틀림없었다. 경찰의 수사를 위해 사건과 관련된 구체적인 사항들은 범인이 검거되기 전까지는 보도되지 않는다. 그럼에도 용의자는 혜린이 머리에 상처를 입은 것을 알고 있었다.

어둠 속에 갇혀 있다가 갑자기 문이 열리며 빛이 쏟아져 들어오는 것처럼 나는 급작스러운 반전에 현기증을 느꼈다. 어쨌거나 그것은 일종의 안도감이었다.

나는 인사를 하고 밖으로 나왔다. 경찰서장이 미리 연락을 해주었는지 가족들이 와 있었다. 어머니는 나를 보는 순간 눈물을 왈칵 쏟았다. 나와 혜린의 일을 미리 알고 있었다 해도 내가 살인 사건에 연루되었다는 것은 받아들이기 힘들었을 것이다. 경찰서장이 다가와 내 손을 잡으며 말했다.

"이거 죄송하게 됐습니다. 하지만 이게 우리 일인 걸 어쩌겠습니까? 무슨 사감이 있어 그런 건 아니니까……."

나는 고개를 끄덕였다. 그 순간에는 서장이 고맙기만 했다. 가족들도 서장에게 몇 번이나 인사를 했고, 나는 어머니의 손을 잡은 채 복도를 걸어갔다. 현관을 빠져나갈 때까지도 어머니는 내 손을 놓지 않았다.

경찰서 현관을 통과할 때 나를 취조했던 나이 든 형사를 만났다. 그는 어떤 여자와 함께 경찰서 안으로 들어가고 있었다. 나는 순간적으로 그 여자가 혜린의 언니라는 사실을 알았다. 그녀가 혜린과 사귄 지 얼마 되지 않았을 때 내가 선물한 갈색 코트를 입고 있던 것이다. 지난해 겨울 내내 혜린은 그 코트를 입고 다녔다. 나의 시선을 느꼈는지 그녀도 나를 지나치며 힐끔 쳐다보았다. 눈이 마주쳤다. 그녀는 혜린과 전혀 닮지 않았다. 혜린처럼 마르기는 했지만 혜린이 어린아이 같은 인상이라면 그녀는 무척 많은 것을 겪은 듯한 눈매를 가지고 있었다. 나는 그녀의 얼굴 전체에서 그녀가 필사적으로 누르고 있는 짙은 감정을 읽었다. 그것은 아픔, 사랑하는 사람을 잃은 절망감이었다.

나는 고개를 돌렸다. 혜린이 죽었다는 사실을 알고 경찰에게 취조를 받는 이틀 동안 내가 단 한 방울의 눈물도 흘리지 않았음을 깨달았다. 나는 내가 용의자가 된 것에 대한 두려움에만 가득 차 있었다. 혜린의 언니를 본 순간, 비로소 혜린이 죽었다는 것, 죽어서 이제는 더 이상 이 세상에 존재하지 않는다는 사실이 가슴을 쳤다. 순간 두 눈 가득히 눈물이 고였다. 하지만 나는 서둘러 고개를 돌리며 어머니와 함께 경찰서 현관을 나섰다.

나는 집으로 돌아갔다. 할아버지와 아버지는 모든 면으로 말끔하게 손을 써두었다. 자칫 수사가 길어질 때를 대비하여 방송국에 전화해 휴가를 연장해두었고, 모든 인맥을 동원하여 지역 언론에 내 이름이 거론되는 것을 막았다. 동강 호텔 앞 20대 여인 피살 사건에 대해 신문에 난 것은, 피살자의 행적을 수사하고 있다는 것과 인근의 부랑자들을 조사하고 있다는 것이 다였다. 발 빠른 어느 신문은 용의자를 검거했다는 뉴스를 실었지만 그 용의자는 내가 아니라 전과 5범의 부랑자였다.

내가 집 안으로 들어서자 마당에서 개와 장난을 치고 있던 미래가 잠시 손을 들어 아는 체를 해 보였다. 나는 할아버지 방으로 들어가 절부터 하려고 했다.

"됐다, 절은 무슨. 군대 다녀왔냐?"

나를 뒤쫓아 들어온 가족들이 모두 웃었다.

"왔으니 됐다. 올라가서 쉬어. 이번 일은 우리와는 상관없는 일이야. 이 일로 속상해들 하지 마라. 살다 보면 더한 일도 겪는 거야."

2층으로 올라간 나는 아내에게 전화를 걸었다. 친정으로 돌아간 아내는 담담하고 차가운 태도로 말했다.

"나한테 미안할 건 없어. 당신 일이 더 급한 것 같으니까. 이혼한다 해도 당신은 내 아이의 아빠니까 치명적 오점이 있으면 곤란하겠지. 별일 없기를 바라. 내 진심이야."

나는 그 진심이 고맙다고 말했다. 그리고 나는 이혼을 원하지 않는다고 덧붙였다. 아내는 대꾸 없이 전화를 끊었다.

며칠 동안 아무 일도 없던 것처럼 시간이 흘러갔다. 모든 식구들은 약속이라도 한 듯 사건에 대해 입을 다물었고, 나도 마찬가지였다. 그 침묵은 어딘가 어색했다. 어머니는 지나치게 나에게 친절했고, 아버지는 어머니에게, 나는 또 어머니께 친절했다. 미래는 지나치게 조용히 자기 방에만 틀어박혀 있었다. 할아버지만이 예외였다. 할아버지는 선거 때문에 여전히 분주했으며 촬영이 끝난 다큐멘터리에 신경을 쓰고 있었다.

그 평상심이, 아무 일도 일어나지 않은 척하는 분위기가 더욱 나를 힘들게 만들었다. 나는 식구들이 나에게 소리를 질러주기를 바랐다. 미친놈, 개자식이라고 욕을 해주기를 바랐다. 그러면 나를 변명하기가 더 쉬웠을 것이다. 나는 문을 걸어 닫고 혼자 있고 싶었다. 소리도 지르고 싶고, 뭔가를 때려 부수고도 싶었다. 눈을 감으면 경찰서 현관에서 마주친 혜린의 언니, 그녀의 눈동자가 떠올랐다. 혜린이 죽었다. 그런데도 나는 아무것도 할 수 없고, 표정조차 바꿀 수 없었다.

나는 빨리 서울로 올라가고 싶었지만 다큐멘터리 대본을 내가 직접 쓰기로 했기 때문에 그럴 수도 없었다. 적당한 작가가 없다며 직접 써보면 어떻겠냐고 피디가 물어 왔을 때 거절했어야 했는데 그러질 못했다. 내 입장에서 썩 내키는 일은 아니었지만 우리 집안의 일이라 그렇게 하자고 선뜻 허락했던 것인데, 일이 이렇게 되고 보니 그조차도 피곤했다.

나는 산책을 핑계 삼아 밖으로 나갔다. 나의 걸음은 자연스레 시장을 지나 어항 쪽을 향했다. 어렸을 때도 나는 늘 집에서 항구까지 산책하는 것을 즐겼다. J시는 80년대를 정점으로 서서히 몰락의 길을 가고 있는 곳이긴 하나 최근 들어 인근에 혁신도시가 들어서고, 그 덕에 다시 개발 붐이 일어나 땅값이 오른다는 둥, 공항이 들어선다는 둥 말들이 많았다. 그래서 유난히 이번 선거에 대한 관심도 깊었다.

"유원종이 돼야지. 그래야 공항을 가져오지."

"그놈은 우리 지역 사람도 아니잖아. 저 산골짝 사람이 여기를 어떻게 알아?"

"그래도 그 사람이 제일 힘이 있다니까!"

"우리 동네 출신이 돼야 해. 그 사람 아버지가 '정치과' 주인이잖아. 그 영감님이 진짜 대단한 사람인데 말이야."

그때 내 휴대폰이 울렸다. 받았더니 웬 남자가 최 형사라고 자신을 소개했다.

"왜 그러시죠?"

"방금 시장 앞을 지나가는 것 봤습니다. 저도 근처에 있는데 잠깐만 이야기 좀 하시죠."

나는 그러자고 했다. 최 형사는 시장통에 있는 커피숍에서 보자고 했다. 찾고 보니 내가 어렸을 때는 조개다방이었던 곳이었다. 간판이 워낙 노골적이어서 우스꽝스러웠지만 그럼에도 어린 마음에 괜히 한번 들어가보고 싶던 곳이기도 했다. 하지만 조개다방은 이미 오래전에 사라졌다. 그 후로 레스토랑, 호프, 7080 카페 등으로 간판을 바꿔 달더니 이제는 갓 로스팅한 커피 향기가 가득한 점잖은 커피숍이 되어 있었다. 하지만 여종업원은 커피숍의 일반적인 알바와는 달리 어딘가 80년대 조개다방의 분위기를 풍겼다.

"이상한 커피 말고 다방 커피 가지고 와. 설탕, 프림 듬뿍 넣고."

잠시 후 나타난 최 형사의 말에 껌을 씹으며 슬리퍼를 끌고 걸어가는 모습도 80년대풍이었다. 나는 최 형사를 쳐다보았다. 대략 쉰 살 가까이 되었을까. 나이보다도 훨씬 더 늙어 보이는 얼굴이었지만 경찰서에서 봤을 때보다는 깔끔해 보였다. 최 형사가 다방 레지—그렇게 불러야 어울릴 것 같다—가 가져온 커피를 후르륵 마시는 동안 나는 맞은편 창문 너머로 시선을 던졌다. 선착장의 모습이 눈에 들어왔다. 방아도를 비롯한 인근의 섬을 돌고 오는 오후 배가 도착했는지 배에서 내리는 사람들의 모습이 보였다. 최 형사가 커피 잔을 내려놓으며 입을 열었다.

"지난번에는 고생 많으셨습니다."

"……."

"어제 피살자의 장례식이 있었습니다."

나는 아무 말도 하지 않았다. 장례식이 그렇게 빨리 이루어질 줄은 몰랐다. 최 형사는 내 안색을 조금 살피는 것 같더니 이어서 말했다.

"가족이 언니 하나뿐이어서 장례니 뭐니 할 것도 없이 간단히 화장하고 끝냈습니다."

"언니 하나라고요? 가족이 없어요?"

"부모님은 일찍 돌아가시고 자매 둘이서만 살았다고 했습니다."

그런 얘기는 들은 적이 없었다. 혜린이 부모님 이야기를 잘 하지 않는 편이긴 했지만 나는 지방에 계시는 것으로 알고 있었다. 혜린이 일부러 나에게 거짓말을 한 것일까.

"제가 좀 보자고 한 이유는……"

하면서 최 형사는 담배를 피워 물었다.

"혹 사건의 다른 단서가 나왔습니까?"

"사건과 관련이 있는지는 잘 모르겠습니다. 무관하겠죠. 범인은 잡혔으니까. 암튼, 피살자가 두어 달 전에도 이곳에 왔었다고 하지 않았습니까?"

"네."

"피살자의 행적을 파악하는 과정에서 알게 된 건데, 피살자가 두 번이나 찾아갔던 식당이 있어요. '일등한우갈비'라고 바로 이 시장 통에 있는 식당인데, 피살자가 그 식당에 와서 좀 이상한 걸 물었다더군요."

"뭘요?"

"혹 만리라는 이름 들어보셨습니까? 정만리."

"아뇨, 전혀."

"오래전에 이곳에 살았던 여자 이름입니다. 저는 여기가 고향이고, 신참 순경 시절도 여기서 보냈기 때문에 잘 알죠. 혹 그 여자를 아느냐고 묻더라는 겁니다."

이상했다. 혜린이 이곳에 무슨 연고가 있을 리 없는데, 무슨 일이었을까. 문득 한 가지 생각이 내 머리를 스쳤다.

"혹 그 만리라는 여자를 만나러 여기 왔을까요? 그날 분명히 저에게 약속이 있다고 했거든요."

"그럴 리가요. 만리라는 여자는 죽었는데요. 그것도 25년 전에요."

"네?"

"25년 전에, 동강 근처에서 죽은 채로 발견되었죠. 그 사건도 처음엔 인근 부랑자 소행으로 결론이 났지만 잘못 짚은 거였어요. 진범은 결국 찾지 못하고 자살로 결론이 났죠. 맞아요, 그러고 보니 만리라는 여자의 사체가 발견된 장소가 피살자가 발견된 딱 그 부근이네요."

오래된 신문, 흘러간 사건

식당은 시장통 한가운데 있었다. 2층 계단을 올라가 식당 문을 열고 들어서자 제법 넓은 규모의 깔끔한 실내가 눈에 들어왔다. 점심도, 저녁도 아닌 어중간한 시간이라 그런지 손님은 하나도 없었다. 텔레비전에서 나오는 요란한 웃음소리만 실내를 울렸다.

"어서 오세요."

카운터에 앉아 텔레비전을 보고 있던 주인 할머니가 인사를 하고는 내 앞으로 물수건과 물컵을 가져왔다.

"뭘 좀 해드릴까?"

사근사근한 목소리에 끌려 쳐다본 할머니의 얼굴은 어딘가 눈에 많이 익은 느낌을 주었다. 할머니도 나를 알아보는지 유심히 나를 쳐다보았다.

"혹시 정치과 손자 아닌가?"

"맞습니다. 안녕하세요?"

"그렇지? 긴가민가했는데 맞네."

할머니는 호탕하게 웃으며 내 손을 덥석 잡았다. 나는 엉거주춤 일어나 다시 인사를 했다.

"어떻게 왔어? 아버지 선거 때문에 왔어?"

"예, 겸사겸사 일이 겹쳐서……."

"학교 다닐 때는 요 앞으로 자주 지나다니더니 서울로 대학 가고 난 후 통 못 봤네. 이게 얼마 만이야? 고등학교 졸업식 때 우리 집에 와서 밥 먹었던 거 기억나?"

기억이 났다. 머리에 뒤집어쓴 밀가루를 다 지우지도 못한 채 식당에 모여 소주를 마시고, 죄다 못 피우는 담배까지 입에 물고는 고래고래 소리를 지르며 웃고 떠들던 10여 년 전 동창들의 모습이 스치고 지나갔다. 나와 고등학교 동창인 할머니의 막내아들, 그 친구의 얼굴도 가물가물 떠올랐다. 유난히 마른 체격에 성질이 급해서 버럭 소리를 잘 지르던 녀석이었다. 동창인 데다 우등생만 모아서 따로 자습을 시키던 정독실에서 나란히 앉아 공부했던 처지지만 그다지 친한 사이는 아니었다. 졸업식 날 누군가가 나에게 나중에 그곳에서 모인다고 해서 찾아갔던 것인데 반 아이들이 거의 다와서 삼겹살에 술을 마시고 있었다. 나는 친구들끼리 돈을 모아서 먹는 것인 줄 알았다. 알고 보니 그 녀석의 집이었고, 위로 내리 딸만 다섯을 낳고 힘들게 얻은 외동아들의 졸업을 축하하기 위해 하루 영업을 포기하고 내준 자리였다. 카운터에 앉아 주방을 향해 고기 더 가져오라고, 술이며 음료수 더 내오라고 지시하던 할머니의 모습이 떠올랐다. 아무리 졸업식을 치렀다고 하지만 고등학생에게 그렇게 술을 권하기가 쉬운 일은 아니었을 텐데 그 당시에도 대단하다고 생각했던 할머니였다. 친구의 어머니이니 나도 어머니라고 불러야겠지만 그때도, 지금도 호탕하고 마음씨 좋은 할머니 같은 느낌을 주었다.

"우리 성중이 한번 만나봤어?"

"아뇨. 한번 봐야죠. 성중이는 여기 계속 사나요?"

빈말로 한 인사였지만 말을 하고 보니 한번 보고 싶기도 했다. 할머니는 한숨을 길게 내쉬었다.

"서울에서 시민 단체인가 뭔가 하는 데서 일하다가 지금은 여기 내려와서 국회의원 선거운동 한대."

"그럼 혹시 유원종 측이에요?"

"아이고, 그런 사람 쫓아다니면 말도 안 하지, 내가. 이름이 뭐라더라? 듣도 보도 못한 놈이야. 옛날에 데모하다가 감옥까지 갔다 온 놈이라는데 그런 빨갱이가 국회의원이 되겠어? 성중이 그놈도 빨갱이 놈들한테 물든 거 아닌가 모르겠어."

아마 나의 동창 성중은 진보 정당의 일을 하는 모양이었다. 나의 고향은 여당이 아니면 다 빨갱이라고 부르는 곳이니 대뜸 그렇게 부르는 것도 낯설지는 않았다.

"아버님도 이번에 국회의원 나가신다지?"

"공천 신청을 하셨어요."

"걱정 마. 아버님 나오시면 이 동네 사람들은 다들 아버님 찍을 거야. 이 동네 사람들은 다들 할아버지한테 입은 은혜가 있는데 안 찍겠어?"

그러면서 할머니는 뭘 좀 먹겠느냐고 물어보더니, 내가 메뉴를 보며 고심하는 사이 맥주부터 꺼내 왔다.

"밥 먹기는 이른 때니까 고기 안주 삼아 술이나 한잔 하고 가. 내가 제일 좋은 걸로 구워줄게."

나는 할머니가 시키는 대로 했다. 할머니는 양념하지 않은 생고기를 불판에 얹어두고 나의 만류에도 불구하고 육회를 만들어 가져오라고 주방을 향해 외쳤다. 식당에서 가장 잘 나가는 품목이라는 할머니의 자랑대로 육회를 그다지 즐기지 않는 내 입에도 할머니의 육회는 깔끔하고 고소했다. 할머니는 내 잔에 가득 맥주를 부어주며 할아버지 안부를 물었다. 연배는 할아버지와 10년 이상 차이가 났지만 꽤 가까운 사이였던 모양이었다. 하긴 손바닥만 한 동네인 데다 웬만한 상가는 시장통을 중심으로 집중되어 있어서 잘 모르고 살기도 어려운 형편이었다.

"네 할아버지께서 시장통에 잘 나오지 않은 지도 한참 됐다. 예전에, 여기 아가씨집이 좍 늘어서 있을 때는 저녁만 되면 아가씨들이 밖에 나와 네 할아버지만 기다렸어. 하긴 아가씨들만 기다렸나? 어항이다 보니 과부는 좀 많아? 동네 과부들은 다 네 할아버지 얼굴 보며 고기 불판 태우듯 가슴깨나 태웠을 거야."

불판 태우듯 가슴 태운 과부 중에 혹시 이 할머니도 포함되는 것이 아닐까 하는 생각이 스쳤다. 할머니는 내 생각을 아는지 피식 웃더니 말했다.

"나만 빼고. 난 아니야. 나는 돈이랑 연애를 했지. 예전에 이 어항이 한창 잘나갈 때는 장사 마치고 집으로 돌아가면 돈을 다 세기도 전에 날이 밝곤 했어. 세상에 돈보다 더 좋은 게 있나? 남하고 나눠 가져도 좋고, 나 혼자 다 가지면 더 좋고, 이래저래 돈이 최고더라고. 그런다고 돈이 평생 내 옆에 붙어 있는 것도 아닌데 말이야."

할머니는 돈을 모아 모두 이 지역 땅을 사는 데 썼는데 지역 경기가 나빠지면서 땅값이 오르기는커녕 땅이 팔리지도 않는다고 푸념을 늘어놓았다.

"할아버지처럼 제때 여기 것을 처분하고 서울에 땅을 샀으면 나도 큰 부자가 됐지."

육회를 가져다준 주방 아주머니가 카운터 옆의 창문을 열었다. 비릿한 바다 내음과 함께 출렁대는 파도 소리가 졸음처럼 밀려왔다. 나는 지난날의 추억을 되살리기 위해 이 식당을 찾은 것은 아니었다. 어딜 가나 할아버지의 이야기와 마주치는 이 동네까지 찾아왔다가 차가운 죽음으로 변한 나의 연인에 대해 알아봐야 할 것이 있었다.

"저, 사실은 뭐 좀 여쭤보려고 찾아왔는데요."

"그래, 그랬겠지. 뭔데? 물어봐."

"혹시 만리라는 분, 아세요?"

"만리? 만리를 왜?"

할머니는 나를 빤히 쳐다보았다. 나는 적절하게 설명할 말을 찾지 못해 잠시 머뭇거렸다. 긴 시간 장사로 단련된 할머니의 눈치가 내 주변머리보다 훨씬 날랬다.

"경찰에서 물어보던 그 아가씨 일 때문이야?"

할머니는 떠보는 것 없이 곧바로 물었다.

"예, 좀 알아보고 싶은 게 있어서요."

"참 희한한 일이야. 그렇게 어린 아가씨가 만리를 어떻게 알았을까?"

"뭐라 그랬어요? 언제 왔었는지 기억하세요?"

"기억하다마다. 두어 달 전에도 우리 식당에 왔어. 혼자 밥을 시켜 먹다 여기 오래 사셨느냐고 묻더니 만리에 대해 물어보더라고. 그러니 내가 기억을 못 할 리 있나?"

"왜 그러는지는 안 물어보셨어요?"

"물어봤지. 만리를 어떻게 아느냐고? 근데 별말 않고 얼버무리더라고. 그냥 좀 아는 사람이라던가? 그래서 나도 대충 말해줬지. 예전에 여기 살던 사람인데 죽었다고. 그랬더니 어떻게 죽었는지 꼬치꼬치 물어보데."

"뭐라고 하셨는데요?"

"만리가 좋게 죽은 것도 아니고, 자살한 건데……."

"자살이 확실해요?"

"다들 자살했다고 그랬어. 거의 30년 전 얘긴데 그 얘긴 왜 꺼내나 몰라. 암튼 나는 만리와 별로 가깝지도 않았고, 내가 잘 모르는 사람 일에 이러쿵저러쿵 말하고 싶지 않더라고. 근데 그 아가씨는 좀 더 알고 싶어 하는 눈치였어. 그러니 지난주에 나를 다시 찾아왔겠지."

"지난주에도 만리에 대해 물어봤어요?"

"응. 혹 좀 자세히 아는 사람이 없겠냐며 사정사정하던걸."

"그래서요?"

"사실 부산댁이 만리와 친했지. 부산댁 몰라?"

부산댁은 나도 알고 있었다. 시장통에서 부산포목이라는 큰 포목점을 하던 과부였다. 여자치고는 덩치가 상당히 큰 편이었는데 포목집을 해서인지 늘 빛깔 고운 한복을 차려입고 있어서 큰 체격이 더욱 커 보였다. 웃을 때는 남자처럼 괄괄하게 목젖이 다 보이도록 머리를 뒤로 젖히고 온몸을 흔들어대기도 했다. 그녀는 어릴 적에 유난히 나에게 친절했다. 내가 지나가면 일부러 날 불러서 과자며 떡 따위를 쥐여주곤 했고, 공부 잘하느냐, 몇 등 하느냐 물으며 머리를 쓰다듬기도 했다. 어릴 적에도 나는 부산댁의 친절이 할아버지와 관련된 것임을 눈치채고 있었다. 할아버지와 다정하게 걸어가는 부산댁을 시장통에서 직접 본 적도 있었다. 그래서인지 어머니는 부산댁을 몹시 싫어했다. 내가 부산댁한테서 뭔가를 얻어먹었다고 하면 어머니는 대번에 목소리가 높아지곤 했다.

"시장 주변을 기웃거리고 다니지 마! 이 동네 사람들, 특히 시장통 사람들은 죄다 너무……."

어머니는 서술어 자리에 올 적당한 단어를 찾지 못했는지, 아니면 적절한 어휘는 있지만 나에게 들려주기에는 난처했는지 입을 다물었다.

어머니는 판사로 재직하던 아버지와 결혼한 후 J시에 와서 살았다. 정들면 고향이라지만 어머니는 끝내 J시에 정을 붙이지 못했다. J시에 친하게 지내는 친구도 하나 없었고 교회에 열심히 다녔지만 교회 사람들과도 항상 거리를 두었다.

어머니는 결벽증도 심했다. 체질적으로 더러운 것을 병적으로 싫어했던 어머니는 마룻바닥이 도마만큼 깨끗해야 하듯이, 마음과 몸도 도마처럼 세균 하나 없이 청결해야만 한다고 믿었다.

"돌려 마시는 술잔, 딱 그런 분이지."

어머니는 언젠가 할아버지를 그렇게 비유했다. 나는 어머니가 말을 내뱉고도 흠칫 놀라는 바람에 구체적인 의미를 묻지 못했고, 그 비유가 아주 맞는다는 생각도 들지 않았지만 그것이 할아버지에 대한 어머니의 인식이었고, 그것은 존경이나 애정과는 거리가 멀었다. 그러니 할아버지와 가까웠던 부산댁에 대해 날카로웠던 것도 충분히 이해가 되었다.

"부산댁 아주머니는 어디 사세요?"

나는 혹 혜린이 만나려고 한 사람이 부산댁인가 싶어 물어보았다.

"지금 부산에서 모텔을 하고 있어. 부산댁이야 여기서 돈 좀 모았지. 그걸 밑천으로 아들이 사업을 해서 부산에서 자리를 잡았다 하더라고. 전화번호를 받아둔 게 있는데……."

"가르쳐주셨어요?"

"아니. 낯선 사람한테 가르쳐주기가 좀 그래서 망설이다 그냥 관뒀지. 아가씨가 좀 실망하더라고."

"그게 정확하게 언제예요?"

"지난주 수요일이었어. 딱 이 시간쯤 왔지."

수요일이면 내가 혜린을 만났던 날이다. 혜린은 이곳에서 부산댁의 연락처를 알아내려다 실패하고 동강 호텔 스카이라운지로 갔다. 그곳에는 왜 갔을까. 그러나 근본적인 의문은 혜린과 만리라는 여자의 관계였다.

"만리라는 분은 어떤 분이셨어요?"

"그걸 내가 알아? 어느 날 여기로 와서 다방을 했지. 그 유명한 조개다방."

"아."

"하긴 이 동네에서 조개다방 모르는 사람이 어딨겠어? 뒤에 주인이 여러 번 바뀌었지만 원래 주인이 만리야. 그때 난리도 아니었지. 만리가 예뻤거든. 남자들이 말하는 대로 색기가 좔좔 흐르는 상판이라 여러 놈 등골이 빠졌지, 등골 빠졌어. 만리 때문에 하도 칼부림이 자주 일어나서 예전에 여기 있었던 김창술 외과에서 밤새도록 바늘로 꿰매다 못해 아예 미싱을 들여놨다 하더라고."

시골 사람들 허풍이야 알아줘야 하는 거지만 그렇다고 완전히 거짓말인 것은 또 없다. 만리가 그렇게 유명했다면 할아버지와도 가까웠을 가능성이 높다. 경찰은 혜린이 이곳에서 나와 내 가족에 대해 알아보고 다녔을 거라고 말했다. 그 말이 맞는다면, 혜린은 어디선가 할아버지와 관련된 이야기를 듣고 만리에 대해 캐고 다녔는지도 모른다.

하지만 나는 이내 머리를 흔들었다. 만약 혜린이 협박하기로 마음을 먹었다면 나와의 관계와 임신 사실만으로도 충분했을 것이다. 20여 년 전에 죽은 여자, 설령 그 여자가 할아버지와 모종의 관계가 있었다 해도 그것이 무슨 협박거리가 될 수 있다는 말인가.

"근데 그 아가씨하고는 어떤 사이야?"

할머니의 예리한 촉수가 이번에는 나를 향했다. 나는 서울에서 조금 알던 사람이라고만 대답했다. 할머니는 내 거짓말이 빤히 보이지만 더 묻지 않겠다는 듯 고개만 끄덕였다. 나는 서둘러 맥주잔을 비우고는 자리에서 일어났다. 할머니는 내 손을 붙잡고 말했다.

"우리 성중이 만나서 좋은 얘기 좀 해줘. 그놈의 자식은 대학도 세 군데나 다니면서 내 억장을 뒤집더니, 이젠 정치판 따라다닌다고 난리야. 이 식당만 물려받아서 해도 먹고는 살 텐데 정치는 무슨 정치야, 정치가. 개나 소나 다 하는 게 정치야?"

"네, 만나게 되면 얘기할게요."

나는 인사를 하고 밖으로 나왔다. 맥주 두어 잔을 마셨을 뿐인데 약간의 현기증을 느끼며 식당 계단을 내려왔다. 오후의 햇살을 받아 은빛으로 반짝이는 바다 위로 갈매기들이 날고 있었다. 항구에 배들은 거의 보이지 않았다. 나는 이 어항이 멸치 파시로 흥청망청하던, 그래서 화려한 옷차림의 아가씨들이 만선을 기다리며 붉은 입술에 웃음을 머금고 손을 흔들던 시절을 모른다. 나는 이 도시의 전성기가 이미 꺾인 후에 태어났다. 그래서 나에게 이 작은 항구 도시는 어딘가 조락해가는, 어제가 오늘 같고, 오늘이 내일 같은 지루한 곳이었다. 어쩌면 내가 이곳을 전혀 모르고 있었는지도 모른다. 나는 택시를 집어타고 신문사로 향했다.

J일보사는 새로 들어선 동강 호텔을 제외한다면 오랫동안 이 도시에서 가장 높은 건물이었다. 나는 7층에 있는 자료실에서 87년도 신문을 검색했다. 지역 신문이라 그런지 화력발진소 건립과 그에 대한 반대 기사가 일면 톱으로 실려 있었다. 전두환 대통령의 해외 순

방 기사와 서울에서 발생한 대학생들의 시위 기사도 그 뒤였다.

오래된 신문, 흘러간 잡지 들은 언제나 나에게 묘한 감상을 불러일으켰다. 그리 오래전까지 갈 것도 없이 단지 1, 2년만 지나도 신문과 잡지 들은 왜 그리 낡아 보이는지. 그것은 아마 그것들이 너무나 진지하기 때문일 거라고 나는 멋대로 생각하곤 했다. 기사들은 심각하고 근엄한 목소리로 사태의 심각성을 얘기하지만, 그 수많은 예상과 진단, 추정 들은 그 뒤로 밀려오는 시간에 의해 빗나가거나 소용없는 것이 되고 만다. 사실은 남아 있지만 그 사실의 힘은 현재의 다른 사실과 연결되어 전혀 다른 의미로 각색되고 기억된다. 그렇게 각색된 후에 다시 읽어보는 과거의 기사가 나에게는 어떤 애처로움 같은 것을 불러일으키는 것이다. 내 눈에는 전두환의 통치나 80년대의 그 격렬했던 학생 시위 기사가, 당시 개봉했던, 그러나 그 후로 아무도 기억해주지 않는 영화 제목과 비슷한 느낌으로 다가왔다. 그래서 내가 정치적으로 냉소적인 사람이 되었는지도 모르겠다.

나는 마우스를 움직여 기사를 찾았다. 모든 과거 기사는 PDF 파일로 저장되어 있어 검색은 간단했다. 기사는 그보다 더 간단했다. 최초의 기사는 사회면 하단에 조그맣게 실려 있었다.

"행방불명 40대 여성, 사체로 발견"

지난 4일, 행방불명으로 신고된 40대 여성이 일주일 만에 사체로 발견되었다. 중앙동에서 다방을 운영하고 있는 정모 씨(44세)가 실종된 것은 지난달 29일. 딸 이모 양(13세)의 신고를 받은 경찰은 주변 지인들을 중심으로 탐문을 실시하였다. 그러나 별다른 단서를 찾지 못하던 중 낚시를 하던 최모 씨에 의해 사체가 발견된 것이다. 경찰에 의하면 정확한 사인은 부검 결과가 나온 후에 알 수 있지만 숨진 정모 씨에게 별다른 타박상이나 외상이 없는 것으로 보아 실족했을 가능성이 크다고 전해진다.

"40대 여성 사망 사건, 자살 추정에 힘 실려"

동강에서 죽은 채 발견된 40대 여성 정모 씨 사건에 대한 경찰 수사는 별다른 성과 없이 자살로 결론이 날 전망이다. 지난 4일, 정모 씨의 시신이 발견된 이후, 경찰은 숨진 정모 씨가 다방을 운영하며 평소 남자관계가 복잡했던 점, 그리고 금전적으로 많은 어려움을 겪고 있었던 점 등을 근거로 들어 정 씨의 남자관계와 금전 거래를 수사해왔다. 그러나 부검 결과 익사로 판명된 데다 특별히 수상한 용의자를 찾아내지 못했다. 특히 가장 뚜렷한 용의자로 떠올랐던 사채업자 김모 씨의 알리바이가 분명한 것으로 드러나자 경찰은 빚에 몰린 정 씨가 자살한 것으로 추정하고 있다.

그 외에도 몇 개의 기사를 더 찾았지만 별다른 정보를 주지는 못했다. PDF 파일을 출력하여 다시 읽어보았지만 마찬가지였다. 나는 출력된 기사를 주머니에 집어넣고 신문사를 나섰다.

범인은 잡혔다. 나는 입속으로 중얼거렸다. 설령 혜린과 만리라는 여자가 무슨 관련이 있다 해도, 그것은 혜린의 죽음과는 상관없는 일이다, 라고 나는 스스로를 설득했다. 만리라는 여자는 혜린이 태어나기도 전에 죽었다. 나는 혜린을 잊어야 한다. 그녀와 관련된 죄책감, 미안함조차도 잊어야 한다. 그럼에도 나는 마음 한구석에서 스멀스멀 피어오르는 의혹과 불안을 떨칠 수가 없었다. 여기에는 뭔가가 있었다.

동창 녀석에게 전화가 온 것은 늦은 밤이었다. 나는 방송국에서 택배로 보낸 테이프를 보는 중이었다. 피디는 일하는 솜씨가 있는 사람이었다. 할아버지를 무슨 애국 열사처럼 일방적으로 미화하는 대신, 돈 문제에는 철저하게 깐깐하면서도 동네 사람들에게 인심 좋고, 괴팍하면서도 인간미 있는 사람으로 그려놓았다. 할아버지의 괴팍한 성미를 알 수 있는 에피소드들을 보여주고 난 후 고향에서 취재한 집안의 과거사를 보여줌으로써 시청자들이 훨씬 더 감동을 느낄 수 있도록 편집한 것도 적절해 보였다.

가장 재미있고 드라마틱한 부분은 아무래도 할아버지가 전쟁 때 보도연맹에 가입했다는 혐의를 받아 고향에서 누이와 함께 달아나는 부분이었지만 그 내용은 길지 않았다. 할아버지의 고향에는 이미 할아버지를 기억하는 사람들이 거의 남아 있지 않았던 것이다. 지역 사학자 한 사람이 6·25 당시 그곳에서 있었던 보도연맹 학살 사건을 증언했고, 할아버지 연배의 노인 한 분이 당시 일을 회상했다. 화면에는 "안상철, 86세"라는 자막이 떴다. 나이는 할아버지 연배였지만 오랜 기간 농사에 시달린 탓인지 할아버지와는 비교가 안 되게 굵은 주름이 온 얼굴에 가득했다.

"그 양반을 보도연맹으로 몰아간 건, 그 집에서 머슴을 살던 놈이었어. 그놈이 찔렀다는 소문이 파다했지. 그놈 때문에 보도연맹으로 몰려 죽은 사람이 한둘이 아니었거든. 나중에 윤조가 꼽추였던 자기 누나를 업고 야반도주했다는 걸 알고는 동네 사람들이 박수를 쳤어. 정말 잘됐다고 말이지."

화면 밖에서 피디가 그 머슴은 어떻게 되었냐고 물었다. 노인은 손사래를 치며 대답했다.

"죽었지. 그날 불에 타 죽었는데, 아마 앙심을 품은 동네 사람 손에 죽었을 거야. 그놈은 무덤도 없어. 누가 묻어주려고나 했나? 어느 야산에서 썩었겠지."

그때 전화가 왔다고 어머니가 나를 부르러 왔다. 2층은 쓰는 사람이 없어 전화기를 떼버린 지 오래였다. 1층으로 내려가며 나는 누가 휴대폰도 아닌 집 전화로 전화를 했을까, 의문이 들었는데 동창이었다.

"낮에 우리 집에 왔었다면서?"

"응, 어머니한테 대접 잘 받고 왔다. 언제 술이나 한잔 하자."

"그러지 말고 지금 나와."

나는 썩 내키지 않았지만 마땅히 거절할 말도 없고, 아들을 꼭 한번 만나보라던 할머니의 청이 생각나서 나가기로 했다.

"어딜 가?"

2층에서 코트를 들고 내려오는 나에게 할아버지가 물었다.

"동창 좀 만나려고요."

말하고 나니 혜린을 만나러 갈 때 댔던 핑계와 똑같은 말이어서 괜히 머쓱했다. 그제야 나는 식구들의 얼굴빛이 그다지 좋지 않다는 것을 느꼈다. 나는 서둘러 다른 말을 꺼냈다.

"다큐멘터리 내용 좋던데요. 할아버지 고향에서 있었던 일도 아주 재밌게 잘돼 있어요."

"고향에서 뭐?"

"고모랑 야반도주하던 날 이야기요. 안상철이라는 분 아세요? 그분이 나와서 얘기하던데, 할아버지를 보도연맹이라고 찔렀다는 그 머슴 말이에요. 그 사람 누구예요?"

"대길이 말하는 거로구면."

"대길이?"

"박대길이라고 있다. 그게 언제 적 얘긴데……. 이미 오래전에 죽은 사람이다. 다시 살아날 리도 없는 사람이고."

할아버지는 그 이야기를 그다지 반기지 않는 눈치였다. 언젠가 어머니에게 들은 얘기로는 할아버지는 고향에서 있었던 일은 말하기를 꺼린다는 것이다. 어머니는 그것이 단지 고향에서의 일 때문이 아니라 누나에 대한 아픔 때문이라고 하셨다. 그렇게 힘들게 도망쳐 나온 할아버지의 누나는 이른 나이에 돌아가셨다. 그러니 어머니가 아는 이야기는 모두 할머니로부터 전해 들은 것이다. 할아버지는 꼬박꼬박 고모할머니의 제사를 지냈는데, 어머니 말씀으로는 할머니가 살아 있을 때부터 그분의 제삿날에는 유난히 분위기가 무겁고 침통했다는 것이다. 할아버지처럼 산전수전 다 겪은 분도 트라우마와 같은 기억이 존재하는 것이다. 아무리 긴 시간이 흘러도 말하고 싶지 않은, 파묻고 싶은 기억. 그렇다면 모든 것이 지나간다는 말도 다 맞는 건 아닌 모양이다.

"내 얘기가 중요해? 네 아버지 얘기가 많아야지. 눈치를 그렇게 줬는데도⋯⋯."

"너무 노골적으로 아버지 얘기를 하면 저쪽에서 선거 개입이라고 들고 나올 거예요. 살짝만 언급하는 게 나아요. 암튼 잘 만들었어요."

그렇게 말하고 나는 집을 나섰다. 동창이 약속을 잡은 곳은 시장통의 어느 호프집이었다. 호프집 안이 어두워서이기도 하겠지만 동창의 얼굴이 너무 변한 탓에 나는 그를 알아보지 못했다. 그가 손을 들어 흔들었을 때에야 겨우 그를 찾아낼 수 있었다.

"오랜만이다."

"그래, 정말 오랜만이네."

동창과 나는 맥주를 시키고 안부와 함께 고등학교 때 친구들 소식을 주고받았다. 주고받았다고 하지만 나는 고등학교 친구들과 거의 연락이 끊어진 상태였기 때문에 동창이 전해주는 소식을 듣기만 했다. 누구는 어디에 취직을 했고, 누구는 벌써 잘렸고, 그러는 사이 누구는 아직 일자리도 구하지 못했고 어쩌고 하는 내용이 이어졌다. 그리고 우리를 가르쳤던 선생님 소식도 몇 가지 있었다. 그역시 나는 전혀 모르는 부분이었다. 동창은 그런 나에게 조금 짜증이 난 것 같았다.

"너는 별로 관심도 없는 것 같은데 나만 떠드는구나."

나는 동창에게 미안해지는 동시에 조금 피곤하기도 했다. 원래 나라는 사람은 다른 사람과 쉽게 친해지질 못하고, 다른 사람에게 크게 관심이 없는 성격이라 주변 사람들에게 냉정하고 나 혼자밖에 모르는 인간으로 종종 비친다는 것을 나는 모르지 않았다. 그렇다고 나에 대해 이러쿵저러쿵 설명하고 싶지도 않았다. 아무 핑계나 대고 이런 불편한 자리를 만들지 말았어야 했다는 후회가 들었다. 나는 적당히 맞장구쳐주는 기술 같은 것에 아주 젬병이었다. 나는 황급히 주제를 바꾸었다.

"어머니한테 얘기 들으니까 너 누구 선거 캠프에서 일한다며?"

"응. 진보당 강희태 선거 사무실에서 도와주고 있어. 굉장히 양심적인 사람이야. 평생 농민 운동만 한 사람이고 재산도 없어. 돈 많은 부모 덕에 국회의원 되려는 사람도 아니고."

나는 마치 아버지를 말하는 것 같아 귀에 좀 거슬렸지만 아무 말 하지 않았다.

"네 동생이 와서 가끔 도와줘."

"미래가?"

"응."

진보 정당 당원이니 그럴 수도 있겠지만, 아무리 그래도 그렇지, 아버지가 출마를 하려는데 상대방 후보 측에 가서 일하고 있다니 조금 괘씸한 생각이 들었다. 그래도 미래가 집안에서 일어나는 시시콜콜한 일들을 떠들고 다닐 만큼 철딱서니 없는 애는 아니겠지, 생각하는데 동창이 혜린의 이야기를 꺼냈다.

"참, 너 낮에 우리 엄마한테 와서 지난주에 동강 호텔 뒤에서 죽은 여자에 대해 물어봤다며?"

"응."

"아는 사람이라며?"

"응."

"여기 사람이 아니라던데 왜 죽은 거야?"

"범인 잡혔어."

"알아. 근데 그 사람이 진짜 범인 맞아?"

"그건 경찰한테 물어봐야지."

"경찰이야 그 부랑자를 범인으로 몰고 싶겠지. 경찰이 생각하는 범인에 딱 들어맞으니까. 근데 말이야……."

나는 동창의 얼굴을 쳐다보았다. 동창은 조금 뜸을 들이더니 결국 입을 열었다.

"나, 죽은 그 아가씨 만났었어."

"뭐?"

"죽던 날, 동강 호텔 스카이라운지에서."

기억났다. 엘리베이터에서 혜린이 내리는 것을 보고 쫓아갔을 때 어떤 남자가 나를 유심히 보고 지나쳤다. 나는 그때 그 남자가 내 동창일 거라고는 생각도 하지 못했다. 하긴 시장통 앞 사거리에 30분만 서 있어도 아는 사람을 줄줄이 만날 수 있는 좁은 곳 아닌가.

"네가 어떻게? 왜?"

"식당에서 우리 엄마를 붙잡고 이것저것 묻길래 왜 그러느냐고 물어봤지. 내가 친절해 보였는지 따로 좀 만났으면 하더라고."

"만나니까 뭐래?"

"그냥 이런저런 것들을 물어보더라고. 부산댁 연락처를 알 수 없느냐 물어서 전화번호를 가르쳐줬어."

하지만 혜린은 부산댁을 만나지도 못하고 죽었다.

"그 아가씨가 너네 할아버지에 대해서도 물어보더라고."

"뭐라고?"

"별거 아냐. 어떤 분이냐, 뭐 그런 거."

동창은 그렇게 말하고 나를 쳐다보았다. 그는 나를 떠보고 있었다. 그는 혜린과 나누었던 이야기를 사실대로 다 말할 생각이 없었다. 대신에 그는 혜린과 나누었던 대화에 대해 내가 꼬치꼬치 캐물으며 관심을 보이기를 원하는 것이다. 나는 아무 말도 하지 않았다.

"내가 너랑 동창이라고 하니까 굉장히 놀라던데? 너랑 가까운 사이였나 보지?"

"……."

"그런 후에 죽은 채로 발견되었다니 얼마나 놀랐는지. 잘 모르는 사람들이 들으면, 그 아가씨의 죽음이 너네 집안과 관련이 있다고 생각하지 않겠어?"

"경찰에 다 얘기하지 그랬어? 우리는 상관없는데."

"경찰은 날 만나러 오지도 않았는데 뭘."

"범인이 잡혔으니까 수사를 마무리한 거겠지."

"그렇지. 그게 아니라면 가능한 한 빨리 수사를 마무리하고 싶었거나."

"……."

"너도 수사를 받았지? 안 받았어?"

"……."

"정말 부랑자 소행이라고 생각해?"

"그만하자. 뭐가 궁금한 건지 모르겠지만……."

"그 여자랑 정확하게 어떤 사이인지 궁금해. 그냥 선배 아니지?"

혜린이 나를 선배라고 소개한 모양이다. 동창의 눈은 뭔가 반드시 캐내고 말겠다는 의지로 번득거렸다.

"오랜만에 만나서 반가웠다."

나는 그렇게 말하고 자리에서 일어났다. 동창 녀석은 빈말이라도 기분 나쁘게 생각하지 말라거나 미안하다는 말을 하지 않았다.

호프집을 나온 나는 집을 향해 걸었다. 걷기에는 좀 먼 거리였지만 택시도 보이지 않고 가만히 서서 오지 않는 차를 기다리기도 내키지 않았다.

바다에서 차가운 바람이 몰려와 사정없이 내 뺨을 쳤다. 나는 차가운 공기를 배 속 깊숙이 들이마셨다. 비릿하고 축축한 공기가 내 안으로 밀려들어오며 정신이 또렷해지는 것이 느껴졌다.

나는 천천히 걸었다. 혜린이 내 주변을 캐고 다닌 것은 분명했다. 그 이유가 무엇이든 나와 관련된 것 또한 분명했다. 그 때문에 나는 범인이 잡혔음에도 이 사건을 알고 있는 사람들의 의심스러운 눈길로부터 벗어나기 어려운 처지가 되고 말았다.

하지만 이 정도는 당연히 겪어야지. 나는 중얼거렸다. 이 정도도 겪지 않고, 나에게 어떤 나쁜 일도 일어나지 않은 채, 아무렇지도 않게 모든 것이 지나갈 수는 없다. 그것을 바란다는 것이야말로 뻔뻔스러운 일이다.

복잡한 감정 탓인지, 아니면 동창과 어설프게 마신 술 탓인지 내 몸은 좀 더 마시고 싶다는 신호를 보냈다. 나는 주변을 둘러보았다. 조개구이를 파는 포장마차가 눈에 띄었다. 나는 그 안으로 들어가 소주를 시켰다.

몸속으로 술이 들어가자 혜린이 죽던 날의 기억이 되살아났다. 호텔 뒤 포장마차에서 잔뜩 취한 내가 혜린의 손목을 끌고 밖으로 나가는 모습이 희미하게 떠올랐다. 그리고 아무런 맥락 없이 미국에서의 일도 스쳐 지나갔다. 아마 약에 취해 있을 때 기억일 것이다. 혜린처럼 작은 몸집을 한 히스패닉 여자애의 깔깔거리는 목소리가 귓가를 울렸다.

술에 취했을 때 저장된 기억은 역시 술에 취했을 때 더 잘 회상된다. 대학 다닐 때 심리학 시간에 배운 것이 떠올랐다. 정확한 개념어는 잊어버렸지만 맥락 의존적 기억인가 하는 내용이었다. 그때 배운 바에 의하면 인간의 머릿속은 컴퓨터의 하드디스크와 유사하다. 어떤 정보도 한번 저장된 것은 사라지지 않는다. 단지 그 정보를 찾을 단서가 부족해서 접근하지 못할 뿐이다. 유사한 상황에서 과거의 기억이 떠오르는 것은 상황의 유사성이 기억을 되찾을 단서가 되기 때문이다.

나는 좀 더 많은 것들이 떠오르기를 바라며 연거푸 술잔을 비웠다. 그러나 취기만 달아오를 뿐, 다른 기억은 떠오르지 않았다. 어쩌면 내 기억은 저장되지 못한 채 소실된 것일 수도 있다. 우리 머릿속에 들어온 정보는 단기 기억이라는 통로를 지나 장기 기억에 저장된다. 장기 기억 속에 들어온 정보는 말 그대로 '기억'이 되어 사라지지 않는다. 하지만 단기 기억에서 장기 기억으로 넘어가는 과정에서 사라지는 정보도 분명히 있다. 술은, 그리고 약물은 기억의 영원한 저장고로 가는 통로를 일시적으로 막아버리는 건지도 모른다.

당시에 나는 교수가 인간을 바라보는 관점이 무척 마음에 들었다. 교수의 설명에 따르면 인간은, 인간의 마음은 하나의 정교한 기계 장치였다. 작동 원리는 정확하게 밝혀지지 않았지만, 그리고 모든 작동 원리를 정확하게 밝히는 것은 불가능하겠지만 어쨌거나 그것은 입력된 것과 출력된 것 사이의 함수다. 그 관점에 따르면 인간의 마음과 행동은 무작정 신비하기만 한 어떤 것이 아니다. 우리가 그에 대해 아직 충분한 데이터를 가지지 못한 것일 뿐, 인간의 마음은 언젠가는 규명될 자연 현상에 불과하며 우리 모두는 하늘의 반짝이는 별과 같이 동일한 법칙의 지배를 받는다. 그리고 그 첫 번째 법칙은 인풋이 아웃풋을 결정한다는 것이다. 이 얼마나 관대하고 자비로운 이론인가. 애초에 이상한 인간, 잘못된 인간은 존재하지 않는다. 잘못된 아웃풋이 있을 뿐이고, 그것은 인풋의 문제다. 한 인간에게 제공된 인풋을 알아내면 아웃풋도 추측할 수 있다.

혜린을 마지막으로 만난 날 밤, 나에게 입력된 것은 무엇인가. 나는 혜린을 발견했고, 그 때문에 화가 났었다. 술을 마셨으니 내 감정이 좀 더 격앙되었을 수도 있다. 그 후에 혜린은 나에게 뭐라고 했을까. 그것을 알려면 J시에 와서 혜린에게 입력된 것들을 알아야 한다. 그 모든 것들을 조합한다면 내 머릿속에서 지워진 부분의 최소한 일부라도 밝혀낼 수 있을지 모른다.

하지만 내가 반드시 그래야 하는 것일까? 나는 확신할 수 없었다. 이 모든 것은 부랑자가 진범이 아니라는 전제하에서 나의 결백을 밝히기 위함이다. 나는 전제에 동의할 수가 없었다. 하지만 다른 사람들도 그럴까?

"아주머니, 며칠 전에 동강 호텔 근처에서 여자가 죽은 사건 아세요?"

나는 포장마차 주인에게 물었다.

"알지, 그럼. 이 손바닥만 한 동네에서 살인 사건이 흔한가?"

"범인이 잡혔다던데요?"

"그렇다고 하지만, 그 사람은 범인이 아니라고 손님들이 그러던데."

"그래요? 사람들이 뭐라고 그래요?"

"나야 잘 모르지. 근데 이번에 국회의원 나오는 정태훈 있잖아요. 그 사람하고 무슨 관련이 있다고 하던데."

나는 마지막 술잔을 비우고 술값을 계산했다. 제법 술에 취했지만 나는 온전한 정신으로 2월의 칼바람을 뚫고 집으로 돌아갔다. 끝끝내 택시는 잡히지 않았다. 집에 도착했을 때는 술이 거의 다 깬 상태였다. 어머니가 문을 열어주었다.

"엄마, 작년 연말에 어떤 여자가 전화를 걸어서 나에 대해 이야기했던 거 기억나죠? 경찰한테 말했다면서요?"

"그래, 얘기했어. 그때 전화한 아가씨가 이번에 죽은 그 아가씨라며?"

"뭐라고 그랬어요?"

"기억 안 나. 너랑 같이 일하는 사람이라며 자기가 여기 놀러 와 있는데 인사 한번 하러 가도 되느냐고 그러더라."

"그래서요?"

"좀 이상하잖아. 인사는 무슨 인사야? 나는 처음에 잘 데가 없어서 그러나 싶어 우리 집으로 찾아오라고 했지. 그런 후에는 전화가 없었어. 무슨 애가 그렇게 맹랑해? 너랑 그런 사이면서 어떻게 우리 집에 태연스레 전화를 거느냐고?"

"그랬군요."

"그 아가씨 일은 더는 말하지 마. 네 집사람과는 얘기 좀 해봤니? 네가 자꾸 설득을 해야지."

"다음에 얘기하재요."

나는 2층으로 올라가 내 방에 드러누웠다. 어둠 속에서 혜린의 얼굴이 떠올랐다. 누구라도 술을 마시면 감상적이 된다. 내 경우 술이 깰 때 달짝지근한 슬픔 같은 것이 몰려온다. 그래서 내가 종종 필름이 끊기도록 술을 마시는지도 모르겠다. 내 혈관에 남은 술이 주는 감상에 젖어 나는 다시는 혜린을 볼 수 없다는 생각을 했다. 마치 영원히 끝나지 않을 긴 터널이 내 앞에 펼쳐진 듯한 느낌이 들었다. 그 느낌이 나에게 몰고 올 파괴력이 두려워 나는 억지로 잠을 청했다. 잠결에 얼핏 집이 바람에 흔들리며 어딘가가 끝없이 삐거덕거리는 소리를 들었다.

다시 살아나는 사람

　다음 날 오전 내내 나는 다큐멘터리 대본을 썼다. 피디는 각 씬의 간단한 내용과 각 씬의 길이를 초 단위로 재서 기록한 스크립트를 같이 보냈다. 나는 전에 틈틈이 해둔 메모를 바탕으로 후다닥 적어 내려갔다. 나 자신을 화자로 설정하고 쓰는 것이라 생각했던 것보다 더 수월하게 쓸 수 있었다.

　일단 내가 생각하는 내용을 분량에 상관없이 적어 내려간 다음 씬의 길이에 맞춰 문장을 잘라냈다. 오히려 압축하는 일이 더 성가셨다. 내용은 살리되, 절대로 시간을 초과해서는 안 되고, 성우의 입에서 자연스럽게 발음되며 시청자들이 들어서 헷갈리지 않을 어휘를 고르는 것이 방송 대본의 핵심이다. 방송 대본은 되돌려서 읽고 또 읽는 것이 아니다. 내용의 논리성이나 정합성 같은 것보다는 그저 들었을 때 탁 오는 느낌, 이미지가 더 중요하다.

　게다가 동일한 장면도 어떤 내용의 글을 덧입히느냐, 어떻게 제시하느냐에 따라 이미지가 완전히 달라진다. 이를테면 할아버지가 지금 이사장으로 있는 학교는 원래 할머니 집안의 것이었다. 할머니의 아버지, 그러니까 나의 진외조부는 육사 출신의 직업 군인이었는데 5·16 쿠데타 이후 재단 이사장으로 취임하였다. 이 부분은 보는 사람에 따라 부정적으로 보일 수 있는 장면이다. 나는 진외조부가 6·25 참전 용사라는 점을 강조하고, 그래서 진외조부의 재단 이사장 취임이 전쟁에서의 공적과 관련된 것으로 자연스럽게 받아들이도록 문맥을 다듬었다. 다행히 그 장면은 아주 짧았다.

사람들은 언제나 주인공에게 감정 이입 하기를 원하고, 일단 감정을 이입하고 나면 그에 대해 모든 것을 우호적으로 해석하고자 한다. 그래서 항상 도입부가 중요하다. 이 인물이 얼마나 매력적이며 근사한 인물인가를 확실하게 심어주면 나머지 정보는 그 호감에 근거해서 해석된다. 나는 할아버지를 괴팍하면서도 열정 넘치는 재미있는 인물로, 아버지는 개성이 강하지는 않지만 괴팍한 아버지의 비위를 성심성의껏 맞추는 착한 아들로 묘사했다. 할아버지는 불만스러워했지만, 분량이 적기 때문에 오히려 아버지가 신중하고 조심스러운 사람이라는 이미지를 심어주기에 더 편했다.

대본을 완성한 후 영상에 맞춰 내 입으로 직접 읽어보았다. 그 후 발음이 어색하거나 호흡이 너무 긴 문장 등을 다시 손보았다. 이만하면 됐다 싶었을 때는 이미 오전이 다 지나간 후였다. 나는 대본을 이메일로 보냈다. 대본에 마음에 들지 않는 부분이 있다면 얼마든지 바꾸어도 좋다고 적었다. 전화를 걸어 얘기할까 하다 그냥 메일에 적었다. 그러고 난 후 나의 메일함에 한 번 더 저장했다. 피디가 나에게 대본 수정까지 시킬 것 같지는 않았지만 만약의 경우를 대비한 것이었다.

메일을 전송하고 컴퓨터의 전원을 끄려는데 아버지가 벌컥 문을 열며 들어왔다.

"너 인터넷에 뜬 거 봤어?"

"뭐요?"

"아고라인지 뭔지에 누가 글을 올렸어. 네 사건, 그거 말이야."

나는 황급히 인터넷 브라우저 아이콘을 눌렀다. 인터넷 창이 뜰 때까지 걸리는 몇 초 안 되는 시간 동안 아버지는 초조하게 숨을 몰아쉬었다. 덩달아 나도 초조해져서 급하게 마우스를 움직였다. 몇 가지 검색어를 집어넣자 토론 글 하나가 떴다. 'J시 의문의 살인 사건, 직무 유기하는 경찰을 고발합니다'라는 제목의 글이었다.

혜린의 사건을 다룬 기사 링크와 함께 혜린의 사체가 발견된 동강 부근의 사진이 실려 있었다. 그곳까지 일부러 가서 사진까지 촬영한 것으로 보아 작정하고 쓴 글 같았다. 내용은 간명했다. 혜린의 죽음에 대한 의혹을 잔뜩 부풀려 적은 후, 피살자는 유부남과 부적절한 관계를 가져왔는데 용의자는 바로 그 유부남이라고 주장했다. 그렇지만 그 유부남이 J시에서 곧 국회의원으로 출마할 지역 유력자의 아들이기 때문에 경찰이 형식적인 수사만 하고 풀어줬다는 것이다.

그리고 한 장의 사진이 더 첨부되어 있었다. 얼핏 보면 J시의 아무 곳이나 찍은 사진 같지만 그 안에는 우리 집의 모습이 선명했다. J시에 사는 유권자 중에 이 글을 읽는 사람이 있다면 글에서 말하는 지역 유력자가 누구인지는 금방 알 수 있을 터였다.

"도대체 누가 이따위 글을 올린 거야?"

나는 닉네임과 아이디를 봤지만 그걸로 쓴 사람을 확인할 수는 없었다. 하지만 나는 글을 쓴 사람이 누구인지 짐작이 갔다. 동창 녀석. 나에 대한 정보와 사건에 대한 의심, 게다가 선거라는 현실적 이해관계까지 맞아떨어졌다. 어제 굳이 나를 만나 이것저것 떠보려 했던 것도 다 이유가 있었던 것이다. 하지만 나는 동창 이야기는 하지 않았다. 확증도 없이 이야기를 했다가 잘못 짚은 것이면 낭패를 볼 수도 있고, 또 미래가 동창과 알고 지내는 사이라는 것도 마음에 걸렸다.

"너무 걱정하지 마세요. 글 추천 수도 몇 개 안 되잖아요. 하루만 지나면 사라질 글이에요."

"댓글 봐, 댓글."

나는 댓글을 클릭해보았다. 대여섯 개 달린 댓글 중에 아버지를 정확하게 지목한 것이 있었다.

"이게 다가 아냐. 당에 전화를 걸어 이런 사람한테 공천을 주면 안 된다고 항의했다는 거야."

"……"

나는 할 말이 없었다. 공천에서 아버지는 결코 유리한 입장이 아니었다. 또 아버지와 공천 경쟁 중인 후보는 아버지를 물리치기 위해서라면 수단과 방법을 가리지 않을 인물임을 잘 알고 있었다. 그리고 전날 밤에 확인한 것처럼 이 지역 사람들은 혜린의 사건에 대해 의혹을 가지고 있었다.

"죽은 그 애의 가족들도 만나서 입막음해야 돼. 혹 이상한 이야기를 떠들고 다닐지 모르니까."

나도 그 점은 생각하고 있었다. 아버지처럼 입막음할 의도는 아니라 해도 한 번은 만나야 할 것 같았다.

아버지는 당장 포털사이트에 연락을 취해서 그 글을 올린 사람을 허위사실 유포로 고발해야 한다고 목청을 높였다. 초기에 단호하게 대응하지 않으면 큰일을 겪을 수 있다는 것이었다.

"그건 안 된다. 범인이 잡히지 않았다면 몰라도 범인이 잡혔는데 뭐하러 일을 시끄럽게 만들어? 괜히 긁어 부스럼 만들기지."

할아버지는 그다지 놀라지도 않았다는 투로 침착하게 말했다.

"우리가 발끈하면 저쪽에서 뭔가 있구나 싶어 더 설칠 거다. 가만히 있어."

나도 할아버지의 의견에 동의했다. 일을 확대하면 가장 기뻐할 사람은 같은 당 내에서 경쟁하는 후보일 것이다.

"너는 빨리 서울로 올라가. 네가 계속 여기서 얼쩡거리면 사람들 입에 오르내리게 되어 있어. 오늘 당장 올라가."

나도 하루라도 빨리 서울로 올라가고 싶었다. 떠나기 전에 나는 미래를 불러 아버지를 생각해서 함부로 행동하지 말라고 귀띔을 할까 하다 그것도 그만두었다. 미래가 내 말을 수용할 것인지 자신도 없었고, 아버지에게 피해를 입히고 있는 것은 근본적으로 미래가 아니라 나라는 생각이 들었기 때문이다.

나는 저녁이 되기 전에 근처 공항에서 하루에 두 번 있는 서울행 비행기에 탑승했다. 비행기는 이륙과 함께 J시 상공을 반 바퀴 회전

한 다음 북서쪽으로 기수를 틀었다. 비행기 창 너머로 성큼성큼 뒤로 물러나는 J시의 모습이 보였다. 구불구불 바다를 향해 흘러가는 동강과 함께 그 뒤로 펼쳐진 갈대숲도 빠르게 멀어져갔다. 이어 비행기가 구름층 위로 올라가자 더는 아무것도 보이지 않았다. 의혹과 억측, 복구되지 않는 기억들, 그 모든 것이 눈에 덮여 보이지 않듯이. 마치 모든 것은 지나간다는 듯이. 그러나 아무것도 쉽게 지나가지는 않을 것이다. 어떤 예감은 정확하게 들어맞는다. 그리고 그것들은 주로 나쁜 내용이다. 나는 비행기 좌석에 몸을 기대고 눈을 감았다.

서울로 돌아온 후 나의 일상은 빠르게 그 전으로 돌아갔다. 직장에서는 일부러 아는 척하지 않는 것인지도 모르겠으나 최소한 나에게 대놓고 혜린의 사건에 대해 묻는 사람은 없었다. 하긴 나와 혜린의 관계를 아는 회사 사람은 아무도 없었고, 혜린의 죽음 자체가 중앙 일간지에서 거의 다루어지지 않았기 때문에 아예 모르고 있는 것 같기도 했다. 그것은 달리 말하면 회사 내에서 혜린과 가깝게 지낸 사람이 아무도 없다는 뜻이기도 했다. 혜린은 마치 지우개로 지운 듯 이 세상에서 지워져버렸다.

나는 휴가를 낸 사이 다시 조연출로 발령이 났다. 6개월짜리 독서 진흥 프로그램으로, 꽤 큰 기획이었다. 나는 작가들부터 빨리 구성했다. 다행히 연출을 맡은 선배 피디와 같이 일하던 작가가 이미 여럿이어서 작가 선정은 어렵지 않았다. 자료를 모으고 첫 번째 아이템을 결정하고, 진행자를 물색하고 하는 새에 하루하루는 빨리 지나갔다.

서울로 돌아온 후에 나는 아내에게 전화를 걸어 촬영에 협조해 준 것에 대해 감사를 표했다. 경찰서에서 나온 직후 통화를 했지만 경황이 없어서 제대로 말을 하지 못했던 것이다. 나의 처지는 어디까지나 이혼을 원하지 않는 유책 배우자이기 때문에 고마움을 표시할 기회를 놓쳐서는 안 될 것 같았다. 아내는 예의 목소리를 높이지 않는 차분하고 냉랭한 태도로 인사할 필요 없다고 말했다. 나는 아내에게 한번 만나 얘기할 수 없느냐고 물어보았다. 서울로 출발하기 전에 어머니가 아내를 만나보라고 몇 번이나 당부했던 것이 떠올랐기 때문이다.

"당신, 그 아가씨가 죽어서 경황이 없을 텐데 나 만날 수 있어? 그 아가씨한테 너무한 거 아냐?"

"내가 집에 틀어박혀서 울고 있기를 바라?"

"그렇지만 사랑이라는 걸 했다면 좀 달라야 하잖아. 나는 안 해봐서 잘 모르겠지만."

아내가 한 말은 나에게 분명히 상처가 되었다. 상처 때문에 반감이 치밀어 나는 부득부득 꼭 만나야 한다고 우겨 억지로 약속을 받아냈다. 하지만 내가 받은 상처는 아내가 준 것이 아니라 내 환멸이었다. 혜린이 죽었음에도 나는 내 가족의 걱정을 핑계로 나에게 가장 이로운 것을 포기하지 않으려고 아내에게 만남을 애걸하고 있었다. 아내의 입에서 빈정거리는 말이 나오는 것도 무리가 아니었다.

나는 화를 참지 못해 다시 아내에게 전화를 걸려고 했다. 내가 혜린이 생각을 하지 않으려고 얼마나 애를 쓰고 있는지 아느냐고 따져 묻고 싶었다. 나는 일어나자마자 회사로 달려가고, 집으로 돌아오면 청소와 빨래, 할 줄 모르는 요리까지 했다. 내가 만든 음식은 형편없었고 음식을 내다 버린 후에는 음식 쓰레기통을 꼼꼼히 소독했다. 심지어 책꽂이의 책을 다 꺼내 책꽂이 안까지 청소하며 나는 혜린에 대한 생각이 틈입하는 것을 막고 있었다.

그러니 내가 혜린의 언니 정희에게 전화를 건 것은 어쩌면 충동적인 것일 수도 있었다. 서울에 올라올 때는 당장 그녀를 만나 어떤 식으로든 내 미안한 마음을 표시해야겠다고 생각했었다. 하지만 선뜻 손이 나가지 않았다.

나는 두려웠다. 내가 연락을 하면 입막음을 하려는 것으로 오해하지는 않을까 하는 것도 두려웠지만 그녀를 만난다는 것 자체가 막연한 두려움을 불러일으켰다. 나는 혜린의 죽음과 관련해 뭔가를 더 알아본다거나 어떤 의문점을 해소하려는 생각은 접었다. 그녀가 나와 혜린의 관계를 알든 모르든 그것과는 상관없이 그녀와의 만남은 또 다른 의문과 후회를 남기리라는 생각이 들었다. 무엇보다 혜린과 관련된 이야기를 한다는 것 자체가 나에게는 힘들었다. 할 수만 있다면 해외 지사로 발령을 내달라고 부탁해서 나가고 싶었다.

하지만 경찰서 현관에서 부딪쳤던 그녀의 얼굴이 내 머리를 떠나지 않았다. 그때 그녀의 얼굴에 담겨 있던 비탄을 잊을 수가 없었다. 방송국에서 정신 없이 자료를 검토하고 열심히 전화기를 돌리다 어느 순간 거짓말처럼 당장 할 일이 없어져버릴 때, 막히는 퇴근길 차에서 흘러나오는 음악을 들으면서 멍하니 있을 때, 어김없이 혜린의 언니가 떠올랐다. 때로는 혜린이 자신의 언니를 만나지 않는 것에 대해 나를 원망하고 있을 거라는 엉뚱한 생각까지 들었다.

나는 혜린의 집 전화번호를 알고 있었다. 집으로 전화를 건 적도 있었고, 두어 번인가는 그녀의 언니가 전화를 받아 바꿔준 적도 있었다. 어느 순간 나는 더 이상 숙제를 미뤄두지 말고 해치워버리자는 생각이 들었고, 그래서 충동적으로 전화번호를 눌렀다. 그때 혜린의 언니가 바로 전화를 받지 않았다면 나는 다시는 전화를 걸지 않았을지도 모른다.

"여보세요."

전화기를 통해 들려오는 목소리는 지극히 무미건조했다. 나는 조금 더듬으면서 방송국에서 혜린과 같이 일했던 사람이라고 나를 소개했다. 혜린의 언니는 아무 말 없이 가만히 있었다. 그 침묵은 나라는 존재를 알고 있다는 의미였다. 오히려 나는 안심이 되었다. 만약 혜린의 언니가 내 존재를 모르고 있었다면 나는 솔직하게 말을 할까, 모른 척할까를 두고 또 고민했을 것이다. 나는 잠시 만날 수 있느냐고 말했다. 혜린의 언니는 조금 망설이는 듯하더니 말했다.

"저희 집 근처로 올 수 있나요?"

나는 혜린의 언니가 가르쳐준 커피숍으로 차를 몰았다. 커피숍은 내가 혜린을 데려다 주느라 몇 번이고 지나쳤던 어느 오르막길 모퉁이에 있었다. 그녀는 먼저 와 있었다. 2층으로 올라가자 통유리로 된 창문가에 앉아서 거리를 내려다보고 있는 그녀가 보였다. 막 머리를 감고 덜 말리고 나온 듯 머리카락이 축축했다. 나는 그녀가 오늘 출근을 하지 않은 것이라고 생각했다. 출근을 했다면 그 시간에 머리를 다시 감지는 않았을 것이다.

내가 그녀에게 다가가자 그녀는 비로소 고개를 돌려 나를 쳐다보았다. 나는 천천히 다가가 그녀 앞에 앉았다. 그녀도 나도 서로를 소개하는 일은 하지 않았다. 각자 커피를 시키고 잠시 침묵이 지나가는 동안 그녀는 나를, 나는 그녀를 잠시 지켜보았다. 그녀는 J시 경찰서에서 만났을 때처럼 혜린의 옷을 입고 있었다. 흑백사진이 프린트된 티셔츠에 카키색 오리털 파카였다. 그제야 나는 혜린이 왜 항상 헐렁한 옷만 입고 다녔는지 이해가 되었다. 자매는 옷을 같이 입었고, 혜린은 언니보다 몸집이 훨씬 작았던 것이다.

터울이 많이 져서인지 얼굴의 생김새도 두 사람은 닮은 데가 전혀 없었다. 나를 정면으로 쳐다보는 눈동자는 도전적이면서도 어딘가 깊은 피로를 느끼게 했다. 눈가의 짙은 다크서클 때문일 터였다. 윤기를 잃은 피부와 핏줄이 유난히 도드라지는 마른 손등은 그녀의 푸석푸석한, 마른 낙엽 같은 느낌을 더욱 가중시켰다. 매력적인 얼굴은 아니었다. 하지만 그녀의 얼굴에는 쉽게 잊히지 않을 뭔가가 있었다.

"장례식은 어떻게……. J시에서 조용히 치렀다는 얘기는 들었습니다만."

"네. 청할 만한 손님도 없었어요."

"부모님은 어떻게……."

나는 말을 얼버무렸다. 최 형사로부터 혜린의 부모님이 안 계신다는 말을 들었지만 확인하고 싶었다. 하지만 노골적으로 물어보기는 거북했다.

"안 계세요. 혜린이와 저, 둘만 살아요. 아니 살았어요."

"혜린이한테서 그런 이야기는 전혀 듣지 못했어요."

"말하고 싶지 않았겠죠."

"그럼 정말 아무도 없었겠군요."

나는 내가 갔어야 했다고 말하려 했지만 입이 떨어지지 않았다. 침묵이 지나갔다. 혜린의 언니는 내 얼굴에서 시선을 떼지 않고 나를 쳐다보았다. 마치 내 얼굴의 사소한 부분 하나하나까지 다 기억에 담아두려는 사람처럼.

대담했다. 보통은 사람을 그렇게 오랜 시간 뚫어져라 쳐다보지 못한다. 그녀의 시선에 어떤 분노나 증오심 같은 것이 있었다면 오히려 이해가 쉬웠을 것이다. 그러나 나는 그녀의 시선에서 아무것도 읽을 수 없었다. 그저 그녀는 나에게서 눈을 떼지 않을 뿐이었다.

나는 그녀의 시선에 밀려 내가 하고 싶었던 말, 차를 타고 오면서 그녀에게 무슨 말을 할까 생각할 때 두서없이 불쑥불쑥 떠올랐던 말들을 더듬더듬 늘어놓았다. 혜린의 죽음이 나에게 준 충격, 내가 용의자여서 제대로 슬퍼할 겨를도 없었다는 변명, 혜린이 J시에 간 것부터 내 탓이니 모든 게 내 탓이라는 자책, 미안하고, 미안하고 또 미안하다는 말의 반복.

내 입에서 나오는 말들은 정리가 되지 않아 내가 듣기에도 횡설수설이었지만 그녀는 아무런 토를 달지 않고 듣기만 했다. 내가 그녀를 부를 호칭이 마땅하지 않아 머뭇거리자 그녀는 자신의 이름이 정희, 이정희라고 가르쳐주었다.

94

"혜린이와 나이 터울이 크네요."

"그렇죠. 혜린이 이름도 제가 지었어요. 전혜린에서 따왔죠."

"부모님은 어떻게 돌아가셨어요?"

"뭐, 사정이 좀 있었어요. 술 한잔 하시겠어요?"

정희는 갑자기 그렇게 말하고는 벌떡 일어나더니 앞서 나갔다. 나는 쫓아갈 수밖에 없었다. 정희는 근처의 아무 술집에나 들어갔다. 마치 내가 존재하지도 않는 것처럼 정희는 나에게 아무것도 묻지 않은 채 소주와 안주를 시켰고, 소주가 나오자 직접 술잔에 술을 부어 연거푸 여러 잔을 비웠다. 나도 내 잔에 술을 부었다.

"혜린이는 동생이라기보다는 딸과 같았어요. 어렸을 때 얼마나 예뻤는지 말할 수도 없어요. 정말 앙증맞고 귀여웠어요. 혜린이도 나를 엄마처럼 따랐죠. 내가 직장에서 돌아올 때가 되면 버스 정류장에서 나를 기다리며 서 있기도 했어요. 나한테 뭐든지 다 말했고, 뭐든 내가 시키는 대로 다 했어요. 정말 착한 애였죠. 나는 정말 그 애를 위해 뭐든 다 해줄 생각이었는데……."

갑자기 폭포수처럼 말을 쏟아내던 정희는 감정이 격앙되었는지 입을 다물었다.

"미안해요. 다 내 잘못이에요. 당신을 원망하는 게 아니에요."

정희의 말투는 차가웠지만 빈말 같지는 않았다. 이번에는 내가 그녀를 쳐다보았다.

"그렇게 키운 여동생인데, 왜 나와의 관계를 반대하지 않았어요?"

"처음에는 몰랐고, 나중에는 반대했지만…… 그땐, 혜린이를 멈추게 하기엔 너무 늦었어요. 임신한 건, 그건 정말 몰랐어요. 왜 나한테 말하지 않았을까, 나한테는 비밀이 없었는데……."

"비밀이 없었다니까 한 가지만 물어볼게요."

정희가 나를 쳐다보았다.

"혹 만리라는 여자 아세요?"

"……."

"혜린이가 J시에서 그녀를 찾아다녔다고 해요."

"들었어요, 경찰한테. 하지만 나는 몰라요."

하지만 그녀는 만리를 알고 있다. 나는 직감적으로 그렇게 느꼈다. 그녀는 내 의심을 비난하듯이 다시 나를 똑바로 쳐다보았다. 당차고 대담한 여자지만 거짓말에는 숙련되지 않은 사람이었다.

"그런데 그게 왜 궁금한 거죠? 혜린이의 죽음에 의문이 있다고 생각하세요? 잡힌 사람이 진범이 아니라고 믿는 거예요?"

"나는……. 나는 그 사람이 진범일 거라고 생각해요. 달리 누가 범인이겠어요? 하지만 많은 사람들이 나와는 다르게 생각하는 것 같더군요."

"당신을 믿어달라고 말하고 싶은 거예요?"

"날 믿지 않아도 상관은 없지만, 혜린이가 마지막으로 뭘 했는지, 뭘 생각했는지 알고 싶어요."

"경찰 수사는 끝났어요. 만약 지금 잡힌 범인이 진범이 아니라면, 진범을 잡을 수는 있어요? 당신이 잡을 거예요?"

"수상한 점이 있다면 수사를 의뢰할 수는 있겠죠. 도와줄 사람을 찾을 수도 있을 테고."

"그가 진범이 아니라면 제일 의심스러운 용의자는 당신인데도?"

정희가 재미있다는 듯 킥킥 웃었다. 하지만 눈동자에는 전혀 웃음이 없었다.

"정희 씨가 누구보다 진상을 알고 싶어 할 거라고 생각했어요. 진범인지에 대해 의심하고 의혹을 가지고 있을 거라고."

"나는 아무것도 궁금하지 않아요. 아무것도 알고 싶지 않아요. 돌아가요. 나한테, 최소한 나한테 미안해할 것은 없어요."

정희는 다시 벌떡 일어나더니 술집 문을 밀고 나가버렸다. 나는 황급히 술값을 계산하고 뒤쫓아 나갔다. 저만치 정희가 걸어가는 모습이 보였다. 급하게 마신 술기운을 이기지 못한 채 비틀대는 모습이 너무 위태로워 보여 나는 그녀의 뒤를 쫓아갔다. 모퉁이에서 갑자기 승용차가 튀어나왔다. 정희는 미처 피하지 못하고 그 자리에 풀썩 주저앉아버렸다. 나는 놀라 그녀에게 달려갔다. 내가 정희의 어깨를 잡아 일으켜 세우는 동안 승용차 운전자는 차창을 내리더니 정희에게 욕을 퍼붓고는 가버렸다.

"괜찮아요?"

"저 사람, 나를 죽이려던 거 아니에요? 맞아, 나를 죽이려는 거야."

"왜 그런 생각을……."

정희는 나를 흔들 것처럼 갑자기 내 옷을 두 손으로 움켜쥐고는 말했다.

"나는 죽는 게 두려워, 나는 죽고 싶지 않아. 그렇지만 내가 죽는 것보다 혜린이가 죽는 게 더 싫어. 그 애와 나는 서로를 의지하며 살았어요. 우리는 행복할 수 있었는데, 그냥 그렇게 살면 되는 거였는데……. 나는 그 애를 지키지 못했어. 그래서 그 애가 한밤중에 개포천을 돌아다닌 거야. 거기 옛날에 구박당하던 며느리가 빠져 죽어서 유난히 여자들이 잘 빠져 죽는다고 하더니……. 이젠 다 소용없어. 다 틀렸어……. 가. 꺼져. 다시는 오지 마. 오지 말라고!"

정희는 내 옷을 놓고 비틀거리며 가버렸다. 나는 다시 그녀를 뒤쫓아갔다. 그녀는 모퉁이를 돌아 조그만 빌라 안으로 들어갔다. 나는 한참 동안 빌라를 쳐다보았지만 새로 켜지는 불은 없었다. 나는 대리 운전 기사를 불러 집으로 돌아갔다. 실내등을 켜지 않아 차 안은 어두웠다. 뒷좌석에 기대앉아 나는 나처럼 어둠 속에 멍하니 앉아 있을 정희를 생각했다.

나는 그녀가 조금 전 했던 말들을 곰곰이 다시 생각해보았지만 의미를 정확하게 파악하기 힘들었다. 도대체 죽기가 두렵다는 말은 무슨 뜻일까? 그냥 일반적인 얘기일까? 아무것도 궁금하지도, 알고 싶지도 않다는 건 왜일까? 의문투성이였지만 한 가지 분명한 것은 그녀가 무척 힘들어한다는 것이었다.

어둠 속에서 카키색 오리털 파카를 입은 정희의 모습이 뿌옇게 떠올랐다. 자세히 보니 정희가 아니라 혜린이었다. 남의 옷을 얻어 입은 듯이 헐렁한 파카에, 코와 입을 다 가리도록 목도리를 둘둘 말고는 장난꾸러기처럼 발을 동동 구르고 있었다. 나는 혜린을 향해 손을 뻗어보았다. 그러나 내 손끝에 닿는 것은 아무것도 없었다.

회사는 총파업에 들어갔다. 나 역시 노조원이었지만 파업 찬반

투표에는 참여하지 않았다. 아버지가 여당의 국회의원을 희망하고 있다거나 하는 이유 때문은 아니었다. 아버지와 무관하게 미래에게 자신의 정치적 지향이 있듯이 나 역시 가족들과 무관하게 정치에는 전혀 관심이 없었다. 나는 나의 노동 조건이 보호받아야 한다는 생각에서 노조에 가입했을 뿐, 노조 활동 역시 이름만 올려놓은 상태였다.

사실 내가 방송사에 지원한 것도 방송에 대한 투철한 사명감 때문이라기보다는 다른 직장에 비해 자유롭고 대우나 근속 조건 등등이 좋기 때문이었다. 나는 아침 9시에서 저녁 6시까지 책상을 지키는 것도 싫었고, 승진을 위해 끝없이 노력하는 것도 싫었다. 아주 단순하게 말해서 나는 좀 느긋하게 살고 싶었다. 물론 방송국이 느긋한 곳은 아니었고, 경쟁이 없는 것은 더더욱 아니었지만 나는 내 일에만 집중하며 그럭저럭 잘해왔다. 동료들과의 사이도 좋았다. 너무 가까운 것도 아니고, 먼 것도 아니게, 딱 적당히 좋았다. 그래서 같이 파업을 외치며 1층 로비에서 농성을 하지도 않고, 그렇다고 제작에 참여하지도 않은 채, 텅 빈 사무실에 어정쩡한 자세로 혼자 앉아서 나는 정희와 혜린에 대해 생각했다.

무엇 때문에 정희는 그토록 자책했던 것일까. 나와의 관계를 말리지 못한 것 때문이라면 나를 원망하는 게 순리였다. 그렇다고 나를 원망하지 않는다는 정희의 말이 그냥 하는 말 같지는 않았다. 정희의 그런 태도는 자연스럽지 않았다. 생각할수록 그 자매 사이에는 내가 모르는 뭔가가 있다는 생각이 들었다.

아버지는 나에게 전화를 걸어 인터넷에 올라간 글은 별 반응 없이 사라졌다고 했다. 당에서도 큰 문제는 없을 것 같다는 것이었다.

"이제 그 사건이 다 정리된 것 같구나."

"다행이네요."

"유가족은 만나봤니?"

"네. 걱정 안 하셔도 돼요."

"확실해?"

"네. 걱정 마세요."

나는 확신하지 못했지만 그렇게 말했다.

"하긴 네 할아버지께서 별말씀 없으신 걸 보면 그 집 문제는 그렇게 신경 안 써도 될 모양이야."

아버지는 항상 할아버지의 판단에 의존했다. 가끔은 그것이 좀 거북하게 다가오곤 했다. 아버지를 통해 나 자신의 모습을 보는 듯한 생각이 들었기 때문이다. 어쨌거나 할아버지가 혜린의 가족 문제에 대해 전혀 언급하지 않았다는 것은 좀 의외였다. 할아버지처럼 치밀한 분이라면 그런 문제를 놓치지 않았을 것이기 때문이다. 어쩌면 이미 다 알아봤는지도 모른다. 결국, 나도 아버지와 똑같이 생각하고 말았다.

이어 아버지는 미래에 대한 불평을 늘어놓았다. 미래가 야당 후보의 선거 사무실에서 자원봉사 하는 것을 아버지에게 들킨 모양이었다. 게다가 미래는 잘못했다고 사과하는 대신에 끝까지 자기가 옳다고 바락바락 우기기까지 했다는 것이다.

"이건 양심의 자유 문제예요. 상관하지 마세요."

"내 집에서 내 돈 받아 쓰면서 양심은 네 맘대로 하겠다고? 네 마음대로 하고 싶다면 이 집에서 나가!"

분명 어머니가 중간에서 말렸을 테고, 할아버지 때문에 쉬쉬하면서 지나갔을 것이다. 훤히 그림이 그려졌다. 미래의 행동을 칭찬할 건 아니지만 아버지가 미래를 대하는 태도도 칭찬할 바는 아니었다.

내가 아는 한에 있어서 아버지는 미래에게 별 관심이 없었다. 이 것도 부모님은 내가 몰랐으면 하고 바랄 집안의 비밀이겠지만, 미래는 순전히 아버지와 어머니의 불화가 만들어낸 결과물이었다. 아버지 역시 여자 문제가 있었던 것이다. 그 때문에 아버지와 어머니는 아주 심하게 갈등했고, 그 당시에 나는 두 분이 정말 이혼을 할 줄 알았다. 분명 할아버지의 중재였겠지만 두 분은 어떤 합의 상태에 이르게 되었고 그 이듬해 미래가 태어났다. 아마 늦둥이가 태어나면 부부 금슬에 좋다는 속설에 따랐거나, 아니면 두 분 모두 이혼할 수 없는 이유를 하나 더 만들어 스스로를 속박하고 싶었기 때문일 것이다.

바랐던 결과는 반은 맞았고 반은 엇나갔다. 두 분은 이혼하지 않았지만 미래로 인해 금슬이 더 좋아지지도 않았다. 어머니는 노산으로 인한 후유증인지 늘 시름시름 아팠고, 아버지는 그저 형식적인 관심으로만 어머니와 미래를 대했다. 나 역시 미래를 챙기기에는 너무 어렸고, 또 미래에게 큰 관심이 없었다.

아마 미래는 외로웠을 것이다. 내가 고등학교에 다닐 때던가. 갓 초등학교에 들어간 미래는 나더러 개포천에 한 번만 데려가달라고 말했다. 당시 그곳에는 종종 이동식 놀이기구가 설치되곤 했다. 다른 애들은 죄다 그곳에서 놀다 왔는데 자신은 아직 못 가봤다는 것이었다. 나는 미래를 데리고 개포천으로 갔다. 믿을 수 없었지만 그때까지 미래는 단 한 번도 놀이기구를 타본 적이 없다고 말했다.

아마 내 어린 시절에 미래와 함께한 추억을 이야기하라면 그때 한 번일 것이다. 미래가 나와 특별히 가까운 것은 아니지만 그럼에도 아버지나 어머니에게 보이는 태도와는 달리 나에게 일말의 상냥함이나 다정함이 있는 이유도 어쩌면 그날 오후가 만들어준 것인지 모른다.

나는 지금도 그때 목마를 타며 즐거워하던 미래의 모습을 떠올릴 수 있다. 지금은 호텔이 들어선 그 자리에는 갈대가 무성했고, 바닷가에서 날아온 흰 물새들이 하늘 한 모퉁이에서 나타났다 사라지기를 반복했다. 놀이기구에서 흘러나오는 아코디언의 단순하면서도 어딘가 애처로운 멜로디가 노을처럼 퍼지던 저녁이었다.

"여기 계셨네요."

돌아보니 「의혹 속으로」에서 같이 일했던 다른 구성작가였다. 혼자 생각에 빠져 다가오는 것도 몰랐던 것이다.

"파업인데 어떻게?"

나는 윤 작가가 혹시 혜린에 대해 물어보려는 것인가 싶어 순간 긴장했지만 내 노파심이었다.

"파업은 감독님들이 하는 거죠. 우리야 해당이 있어요? 파업 끝나자마자 방송 내보낼 때 생각해서 미리미리 해둬야죠."

윤 작가는 책상에서 자료들을 주섬주섬 챙기며 말했다. 시사교양 파트에서 꽤나 굵직굵직한 프로그램을 여러 개 썼던 그녀는 연출을 맡은 선배 피디가 총애하는 작가였다. 덩치는 컸지만 의외로 민첩하고 일도 당차게 잘해냈다.

"잘됐어요. 책을 한 권 내보자는 제의를 받았는데 집에서 그거나 해야지."

"무슨 책?"

"연쇄살인범 이야기 한번 써보려고요."

"추리소설?"

"아뇨. 일종의 르포예요."

"차라리 드라마를 쓰지. 그게 돈이 된다고 다들 작가연수원에 다니던데."

"전 드라마 체질은 아니에요."

"그럼 뭘 쓰려는 건데?"

"전에 「의혹 속으로」 할 때 미제 살인 사건들만 모아서 정리해둔 게 있거든요. 근데 그중에서 상당히 유사한 사건들이 있어요."

"어떻게?"

"이를테면 하나는 전라도에서 발생한 거고, 하나는 강원도에서 발생한 건데 범행 방법이나 사체 처리 같은 게 너무나 흡사한 거예요. 그래서 혹 그게 연쇄살인범 소행이 아닐까 생각해본 거죠. 잡히지 않은, 드러나지 않고 안전하게 살아가는 연쇄살인범 말이에요. 그걸로 특집을 하나 만들어보고 싶었는데 잘 안됐어요. 근데 출판사에 다니는 선배랑 술 마시며 이 이야기를 했더니 책으로 내보자고 해서요."

"재밌겠다. 우리나라에서는 연쇄살인범이라면 지존파, 뭐 이런 사람들만 생각하는데, 미국 영화에 나오는 사이코 연쇄살인범이 우리나라에도 있을지 모른다, 뭐 그런 얘긴가?"

"예. 재밌는 게 상당히 많더라고요. 이런 것도 있어요. 어떤 여자가 죽었는데 20년 전에 있었던 사건과 똑같은 거예요."

"어떻게?"

"여자 시체가 발견되었는데, 20년 전에도 똑같은 장소에서 똑같은 수법으로 발생한 사건이 있더라는 거죠. 이상하지 않아요?"

나는 만리를 생각했다. 만리는 혜린이 발견된 곳과 동일한 장소에서 발견되었다. 윤 작가의 가설처럼 두 사람이 동일한 연쇄살인범의 피해자일 가능성은 없는 것일까. 하지만 만리는 익사였고, 혜린은 아니었다.

그때 문득 정희가 했던 말이 머리를 스쳤다. 정희는 자기 때문에 혜린이 한밤중에 개포천을 돌아다닌 거라고 말했다.

"거기 옛날에 구박당하던 며느리가 빠져 죽어서 유난히 여자들이 잘 빠져 죽는다고 하더니……."

정희는 분명히 그렇게 말했다. 그것은 그 지역에서 내려오는 오래된 전설 같은 것이었다. 정희가 그 이야기를 어떻게 알았을까. 그것은 유명한 전설도 아니고 고향의 노인네들이 물놀이하는 아이들에게 들려주는 잡담 같은 것이었다. 개포천이라는 명칭 자체가 지금은 거의 쓰지 않는 옛 지명이었다. 지명은 경찰에게 들어서 알 수도 있겠지만 배경 설화까지 알고 있다는 것은 뭔가 어색했다.

그것은 정희가 J시를 잘 알고 있다는 이야기였다. 만약 정희가 J시를 잘 알고 있다면, 혹 혜린이 J시에 왔던 일이 정희와 관련된 것은 아닐까? 그래서 정희가 그렇게 자책했던 거라면…….

"저는 가볼게요."

온갖 자료를 담은 상자를 한 아름 안고 윤 작가가 말했다.

"이리 줘. 내가 들어다 줄게."

"괜찮아요."

"나도 점심 먹으러 가야 해."

윤 작가가 푸하하 웃음을 터트렸다.

"감독님, 지금은 저녁 시간이에요."

시계를 보니 이미 5시가 다 되어가고 있었다. 나도 곧장 퇴근을 하려고 가방을 챙겨 일어났다. 주차장으로 가는 엘리베이터 안에서 나는 다시 윤 작가에게 물어보았다.

"좀 전에 말한 시간차 살인 말이야. 20년 전과 똑같다는 사건. 경찰은 수사를 안 했어?"

"수사야 했죠. 미제 처리된 사건이었다니까요. 주변 인물 중에 용의자가 없으니까 덮어버렸는데, 제가 하고 싶은 말은 연쇄살인일 수 있다는 거죠. 그 동네의 누군가가 은밀한 욕구를 아주 가끔씩 터트리는 거죠."

"그건 윤 작가가 일일이 자료를 다 찾은 거야?"

"제가 직접 찾은 것도 있고, 경찰청에 전산화되어 있는 미제 사건 파일이 있어요. 방송국 공문으로 정보 공개 요청해서 받아낸 거예요."

"왜 난 몰랐지? 혹시 80년대 사건도 있어?"

"있을걸요. 그때쯤부터 전산화가 시작되었을 테니까."

어쩌면 만리의 사건도 그 파일 안에 있을지 모른다는 생각이 들었지만 나는 더는 묻지 않았다. 엘리베이터가 주차장에 도착했고 나는 서류 상자를 윤 작가의 차에 실어주었다. 윤 작가는 고맙다고 말하고는 자신의 차를 몰고 주차장을 빠져나갔다.

나는 휴대폰을 꺼내 혜린의 집 전화번호를 눌렀다. 몇 번의 신호음이 지루하게 울렸으나 정희는 받지 않았다. 나는 그녀의 휴대폰 번호도 모르고, 직장도 모른다. 더욱이 내가 전화를 걸어 정희에게 사실을 확인하려 한다 해도 그녀가 있는 대로 말해줄지도 의문이었다.

나는 차를 몰고 회사를 빠져나갔다. 나는 항상 뭔가를 결정할 때 너무 많은 시간이 걸리는 사람이다. 동시에 나는 때로는 너무나 즉흥적으로 무엇인가를 선택하곤 했다. 무엇이 나를 떠미는지 정확하게 알 수는 없지만 나는 차를 몰고 정희의 집 근처로 갔다. 그리고 빌라 앞에 차를 대고 다시 정희에게 전화를 걸었다. 역시나 받지 않았다. 나는 차 안에서 내가 좋아하는 채널에 라디오 주파수를 맞추고 느긋하게 등받이에 등을 기대고 그녀를 기다렸다.

날이 저물고 있었다. 어둠은 저 멀리서 천천히 다가오는 듯하더니 순식간에 거리를 삼켜버렸다. 자동차들이 전조등을 켜고 속속 골목으로 들어왔다. 나는 집 앞에서 여자를 기다리는 짓은 단 한 번도 해본 적이 없었다. 하지만 그날은 마치 연인을 기다리는 것처럼 애타는 심정으로 정희가 사는 빌라만을 바라보았다.

정희가 온 것은 그러고도 한참 뒤였다. 그녀는 전날과 마찬가지로 혜린의 카키색 오리털 파카를 입고 있었다. 나는 차에서 바로 내리려다 멈추었다. 그녀는 혼자가 아니라 어떤 남자와 같이 있었다. 두 사람은 같이 빌라로 들어갔다. 남자의 얼굴은 내 시야를 얼핏 스치고 지나갔지만 나는 그 남자를 분명하게 알아볼 수 있었다. 최 형사였다.

집으로 돌아간 나는 멍하니 컴퓨터 앞에 앉았다. 나는 최 형사가 나에게 전화를 할지도 모른다고 생각했다. 즉, 수사상 필요에 의해 그가 나를 만나러 서울로 왔을지도 모른다고 생각한 것이다. 그러나 전화는 없었다. 그는 정희를 만나러 온 것이었다. 최 형사와 정희가 서로 아는 사이라는 것은 너무나 명백했다. 그가 정희와 함께 집으로 들어갔기 때문만은 아니다. 최 형사가 어떤 의문을 가지고 계속 뭔가를 캐고 있다면 정희의 집을 방문할 수도 있는 것이다. 하지만 낯선 사람의 눈으로 보아도 두 사람 사이에 흐르는 친밀한 느낌은 감지되는 법이다. 두 사람 사이의 공기는 완전히 낯선 사람들의 그것이 아니었다.

지난번 J시의 커피숍에서 만났을 때, 최 형사는 혜린의 장례식에 갔었다고 했다. 그때는 무심히 흘려들었지만 정희와의 인연 때문에 간 것이 분명했다. 다시 생각해보면 석연치 않은 것은 그것뿐만이 아니다. J시에서 그는 일부러 나에게 전화를 걸어 혜린의 죽기 전 행적을 말해주었다. 최 형사는 왜 굳이 나를 만나 혜린의 행적을 말해야만 했을까. 그가 어떤 의도를 가지고 나에게 일부러 그런 말을 흘린 거라면, 그 의도는 쉽게 짐작이 가능했다. 나에게 만리라는 여자를 각인시키는 것. 그리고 만리라는 여자는 개포천과 최 형사, 그리고 혜린까지를 연결하는 유일한 고리였다.

나는 J시에 들고 갔던 가방을 뒤져 신문사에서 출력한 만리에 대한 기사를 찾았다. J시에서 올라올 때 방송국에서 보낸 다큐멘터리 테이프와 함께 가방에 챙겨 왔던 것이다. 그런데 기사가 없었다. 가방 앞주머니까지 뒤져보았지만 기사는 나오지 않았다. 신문 기사에 특별한 내용이 있었던 것은 아니었다. 그러나 한 가지 반드시 확인해보고 싶은 것이 있었다.

나는 휴대폰에서 윤 작가의 이름을 찾아 전화번호를 눌렀다. 윤 작가는 바로 받았다.

"쉬고 있을 텐데 미안해."

"네, 미안해하세요. 지금 드라마 보는 중이었단 말이에요. 진짜 중요한 장면인데."

드라마를 보며 눈물이라도 흘렸는지 윤 작가의 목소리에서 코맹맹이 소리가 묻어났다.

"드라마 체질 아니라며?"

"쓰는 건 싫어도 보는 건 좋아요. 빨리 얘기하세요."

"미안해, 눈물 닦고 30초만 들어줘."

"20초 안에 끝내세요. 뭔데요?"

"낮에 말했던 미제 사건 파일 말이야."

"네."

"거기서 사건 하나만 찾아봐줘. 87년도에 J시에서 있었던 사건인데, 피해자가 정만리라는 여자야. 들었어?"

"네, 들었어요. 87년, J시, 정만리."

"찾아보고 있으면 뭐든 가르쳐줘."

"드라마 보고 나서 찾아봐도 되죠?"

"응. 그렇지만 꼭 전화해줘."

"알았어요."

전화를 끊고 나는 의자에 앉아 멍하니 컴퓨터 화면만 쳐다보았다. 몇 가지 연결되지 않는 생각들이 어지럽게 날아다녔다. 금방 전화가 울렸다. 그러나 전화를 건 사람은 윤 작가가 아니었다.

"혜린이 언니예요."

누구냐는 나의 질문에 정희가 말했다.

"전날은 제가 술에 많이 취해서 죄송했어요."

"아닙니다."

"혜린이가 만리라는 여자를 찾아다녔다고 했죠?"

"네. 사건을 담당한 최 형사에게 들었습니다. 아시죠? 나이가 좀 많던 수사관."

나는 일부러 최 형사라는 단어를 천천히 힘주어 발음했다. 아마 그는 지금 전화 통화를 하고 있는 정희 바로 옆에 앉아 있을 것이다.

"혜린이가 찾아다닌 사람이 또 있어요. 혹 박대길이라고 아세요?"

"누구? 박대길?"

어디서 들어본 이름이긴 했다. 하지만 누구인지는 정확하게 기억나지 않았다.

"네, 박대길이요. 혜린이가 죽기 전에 그 사람을 찾아야 한다고 말했어요. 난 처음에 일 때문인가 했죠. 하지만 감독님과 관련된 거라고 했어요. 저는 이제 다 지난 일인데 그만두라고 했지만 들질 않았어요. 혹 혜린이 J시에 간 것이 그 사람 때문이 아닐까 해서요."

나는 잠자코 정희의 말을 듣기만 했다. 최 형사는 나에게 만리에 대해, 정희는 나에게 박대길이라는 사람에 대해 언급했다. 분명 그 둘은 모종의 연관이 있을 것이었다.

그러나 나는 최 형사와 정희가 나에게 들이대는 이름보다 그들이 왜 그렇게 하는지, 그 이유가 더 궁금했다. 정희와 최 형사는 내가 모르는 어떤 것을 알고, 나를 어떤 쪽으로 밀어넣고 있었다. 이유가 무엇인가. 무엇을 감추고, 무엇을 드러내려는 것인가.

"여보세요?"

"네, 듣고 있습니다."

"제 얘긴 다 끝났어요."

"그런데 왜 그걸 저한테 말씀하시는 거죠? 제가 어떻게 해주길 바라십니까?"

"……."

이번에는 정희가 침묵을 지켰다. 나는 발끝에서부터 싸늘한 분노 같은 것이 올라오는 것을 느꼈다. 내 목소리가 저절로 아주 차갑고 딱딱해졌다.

"지난번에는 아무것도 궁금하지 않다고 말하셨던 것 같은데요. 그런데 오늘은 왜 혜린이가 찾던 사람을 끄집어내는 거죠? 뭐가 궁금한 건데요?"

"내 마음은……. 내 마음은 반반이에요. 이렇게는 도저히 묻어둘 수가 없기 때문에 파헤쳐보고 싶기도 하고, 여기서 다 끝내고 싶기도 해요. 두려운 거죠. 이유는 나도 모르겠어요. 나하고 똑같은 마음을 가진 사람이 누구일까, 생각했어요. 당신이 있더군요."

"……."

"그래서 전화했어요. 묻어두고 싶다면 그냥 묻어둬요. 강요하는 건 아니에요."

정희는 전화를 끊었다.

박대길, 박대길……. 분명 들어본 적이 있는 이름이었지만 어디서 들었는지 기억이 나지 않았다. 나는 J시에서 보냈던 시간들을 하나씩 떠올려보았다. 그것이 혜린과 관련된 이름이라면 분명 J시에서 들었을 것이다. 육회를 먹었던 한우갈비집에서였나, 아니면 동창을 통해서였나? J시에 간 첫날은 가족들과 방송 촬영 이야기를 하며 집에 있었다. 그다음 날 동강 호텔에서 저녁을 먹었고, 혜린을 만났다.

그때 혜린은 무슨 옷을 입고 있었더라……. 눈에 익은 옷이었다. 누군가를 만난다고 했다. 누군가를……. 나는 술을 마시고 혜린과 싸웠다. 겁에 질린 듯 나를 쳐다보던 혜린의 얼굴이 떠올랐다. 어딘가 미래를 닮은 얼굴……. 도대체 혜린에게 무슨 일이 일어났다는 말인가…….

엉뚱한 상념에서 헤매던 기억이 높이뛰기 선수가 뛰어오르듯 순간적으로 불쑥 튀어 올랐다. 박대길, 그 이름은 할아버지가 말한 이름이었다. 고향에서 할아버지를 보도연맹으로 몰아서 죽이려고 했다던 집안의 머슴. 그러나 증언에 따르면 그는 전쟁 당시에 죽은 채로 발견되었다고 했다. 박대길은 분명 할아버지의 과거, 그것도 아득히 흘러간 과거의 인물이었다. 심지어 그는 60년도 더 전에 죽은 사람이어서 J시에는 간 적도 없었다. 도대체 왜 혜린은 그를 찾아다닌 것일까.

답이 나올 가능성이 없는 의문을 머릿속에서 반복해서 되풀이하고 있을 때 윤 작가의 전화가 왔다.

"감독님, 찾아봤어요. 25년도 더 된 사건이네요. 결국 미제 처리되었고요. 근데 이 사건은 다른 사건과 크게 연관이 있는 것 같지는 않은데요."

"피해자의 가족 관계 있어?"

"네. 딸, 당시 13세. 이름 이정희."

"……."

내 짐작이 맞았다. 정희는 만리의 딸이었다. 어린 시절 J시에 살았고, 아마 최 형사와도 당시에 알게 되었을 것이다. 그럼에도 나는 충격을 받아 말을 하지 못했다.

"이제 됐어요?"

"하나만 더. 혹 다른 가족 사항은 없어?"

"동거인이 있어요. 이름 이순옥."

이순옥. 누굴까. 집안일을 도와주는 사람이었을까. 하지만 중요한 건 그게 아니었다. 정희가 만리의 딸이라면 혜린은 도대체 어떻게 정희의 여동생이 되었다는 말일까. 기록대로라면 혜린은 만리가 죽고 난 후 태어난 것이 된다.

"혹 그 외 다른 기록은 없어? 친척이라든가……. 이순옥은 무슨 관계야?"

"그런 건 없어요. 아주 드라이한 사실 정보만 기록된 거예요. 제가 이거 이대로 스캔해서 감독님 메일로 보내드릴게요."

"응, 고마워."

나는 전화를 끊었다. 이제 몇 가지 의문은 풀렸다. 그리고 몇 가지 의문이 더 생겼다. 뭔가를 해야 한다는 생각이 들었지만 몸이 말을 듣지 않았다. 마치 의자 아래 촉수가 있어 나를 잡아당기는 것처럼 나는 점점 더 아래로 가라앉는 것 같았다. 나는 등받이에 목을 기대고 할아버지라면 이런 경우에 어떻게 할까, 생각해보았다. 내가 고향에서 방송 테이프를 보고 박대길에 대해 물었을 때 할아버지가 외면하던 모습이 떠올랐다.

"이미 오래전에 죽은 사람이다. 다시 살아날 리도 없는 사람이고."

할아버지는 그렇게 말했다. 이번에는 할아버지가 틀렸는지 모른다. 그는 다시 살아나는 사람이었다. 할아버지조차 떨게 만드는, 박대길이라는 사람은.

불놀이

대길은 고개 위에 서서 어둠에 잠긴 동네를 바라보았다. 조잡한
끼니를 끓이던 저녁연기는 모두 사라졌다. 그따위 밥 한술 배에 집
어넣었다고 태평스레 누워 있을 마을 사람들을 생각하며 대길은
비웃음을 흘렸다. 난리가 났다고, 공산당이 쳐들어온다고 울고불고
난리를 치던 것이 불과 두어 달 전이었다. 피난을 간다고 보따리를
싸 들고 읍내로 갔다가 되돌아온 사람들도 몇이 있었다. 읍내에서
공산군 그림자도 보지 못하고, 오히려 경찰서장에게 민심을 어지럽
힌다는 호된 질책만 들은 그들은 냉큼 다시 돌아왔다. 그리고 대길
이 서 있는 고개 위에 서서 동네를 내려다보며 내 고향이 최고라며,
죽어도 여기서 죽어야지 했다는 말을 듣고 대길은 얼마나 웃었는
지 모른다.

대길에게는 고향이 최고라는 생각이 눈곱만치도 없었을 뿐 아니
라 여기서 평생 살다 죽어야지 하는 생각은 더더욱 없었다. 만약

자신의 운명을 알 수 있어, 운명이 그에게 평생 그곳에서 살다 죽게 만들 심산이라면 그는 차라리 당장 죽어버리리라 생각하고 있었다. 물론 그는 죽는다 해도 혼자 죽지는 않을 작정이었다.

대길은 고개를 내려가다 잡목만 가득한 야산 쪽으로 방향을 꺾었다. 야산을 따라 내려가는 길은 과수원으로 가는 지름길이었다. 2000평이 넘는 규모의 과수원은 인근에서 가장 크고 유명한 배 밭으로, 이 동네 대부분의 전답과 마찬가지로 이조의 집안 소유였다.

한때는 이 동네에서 읍내까지 그 집안의 땅을 밟지 않고는 지나다닐 수 없다는 소문이 났었지만 최근 10년 새에 그 집안의 재산은 거의 반 토막이 났다. 일본 유학을 갔던 이조의 삼촌이 불가사리처럼 재산을 집어삼킨 탓이었다. 동네 사람들은 그 삼촌이 독립운동을 했고, 그래서 이조의 아버지가 독립 운동 자금을 대주었다고 말했지만 대길은 코웃음을 쳤다. 이조의 삼촌은 빨갱이였다. 주인집 나리가 서울에 다녀오다 누군가의 칼에 찔려 죽은 것만 봐도 알 수 있었다. 범인이 누구인지는 중요하지 않았다. 대길의 주인이었고, 대길의 아버지의 주인이었으며, 아마도 대길의 할아버지, 그 할아버지의 할아버지의 주인이었을 나리는 죽었다.

대길은 하얀 모시 적삼을 입고 대청에 앉아 복 서방이 읍내까지 가서 사 들고 온 신문을 읽던 주인 나리의 모습을 가끔 떠올리곤 했다. 이조가 병든 어머니를 대신해서 다림질을 해준 적삼에는 주름 하나 없었다. 해방되던 해, 대길의 아버지가 동네 사람들에게 몰매를 맞고 드러누웠을 때, 딱 한 번 주인 나리가 그의 집을 찾았다. 그의 손에는 약 두 첩이 들려 있었다.

"태산에 불이 나면 옥석이 같이 타고, 고기잡이가 그물을 던지는데 어떻게 고기만 걸려 올라오겠느냐? 네 아비가 대단한 죄를 지은 것도 아니지만, 시절이 이럴 때는 같이 불구덩이로 휩쓸리는 것이지. 동네 사람들에게 원한 갖지 말고 시절이 그런 거라고 생각하거라."

주인 나리는 밖으로 나가 대길의 집 앞에 모여 있던 사람들을 모두 돌려보냈다. 다들 그 집의 소작인들이라 주인 나리가 약을 들고 대길의 집에 왔을 때 대충 눈치를 채고 반쯤은 제 집으로 돌아간 상태였다. 갑자기 어디서 그런 애국심이 생겨났는지, 그렇게 대단한 애국심을 가지고 어떻게 며칠 전까지는 찍소리도 못 하고 살았는지 대길은 이해할 수 없었지만 남아 있던 애국지사들도 욕지거리를 내뱉으며 모두 집으로 돌아갔다.

아버지는 사나흘을 앓다 돌아가셨다. 어머니는 주인 나리가 가져다준 약을 정성껏 달여 아버지의 입안으로 흘려보내려고 애를 썼지만 허사였다. 맞은 것보다는 절망 때문에 아버지가 돌아가셨다고 대길은 생각했다. 남의 집 머슴으로 태어나 평생 머슴 짓이나 하며 살다가 그나마 팔자 좀 바꿔보겠다고 잔머리 돌려 막판에 잡은 줄이 고작 일제 헌병대 끄나풀이었다. 이조의 삼촌이나 집안에서 일어나는 일을 염탐해서 일러바치는 것이 그가 맡은 임무였다. 쥐새끼처럼 밀고해서 대단한 팔자의 영광을 누린 것도 아니었다. 술 몇 잔 얻어먹고, 제법 총기가 있다고 동네에서 소문난 대길을 면사무소에 넣어주겠다고 아무런 보장 없는 주둥이 약속을 받은 것이 다였다. 아버지가 드러누운 것은 물거품이 된 그 약속, 이제 소작도 떨어지고 낙동강 오리 알 신세가 되어버렸다는 암담함 때문이었다.

쪼잔하고 미련한 영감탱이. 대길은 동네 사람들의 멸시나 분노 따위에는 관심이 없었다. 대길의 치를 떨게 만든 것은 아버지의 그 쪼잔함이었다. 분수에 어울리지 않게 팔자를 바꿔보려고 생각했다면 차라리 진짜로 악당이 되어 남들이 생각도 하지 못할 큰 판을 벌였어야 했다. 태산에 불이 나서 옥석이 다 탔다고? 아버지는 옥이 되지 못한 흔해빠진 돌멩이, 불에 타든 타지 않든 흔적도 남지 않고 사라져버릴 돌멩이에 불과했다.

대길은 아버지를 가마니에 둘둘 말아 야산에 파묻었다.

"그래도 니 애빈데 어떻게 그렇게 갖다 버려?"

"모르는 소리 하지 마! 지금 제대로 초상 치러 아버지를 묻으면 동네 사람들이 몰려와서 다 파버릴걸! 그래도 이 동네에서 밥 얻어먹고 살고 싶으면 찍소리 하지 말고 그냥 구경만 하라고!"

"주인 나리가 초상 치러주라고 그러셨는데……"

그래서 더더욱 대길은 그럴 수 없었다. 누구라도 대길에게 해라 마라 할 수 없는 문제였다. 그게 누구든 그의 은혜나 자비를 얻어 살 생각 따위는 대길에게 없었다. 그래도 아버지와 친구였던 이조네 하인 복 서방이 와서 구덩이를 같이 파주었다. 대길의 친구였던 사진관 놈이나 염소 키우는 상철이 놈은 이런저런 핑계를 대며 모습을 나타내지 않았다. 대길은 그들에게 조금의 서운함도 가지지 않았다. 아버지를 다 묻고 나자 복 서방이 가져온 술 한잔을 건넸다. 그 술을 다 마실 때까지 대길은 눈물 한 방울 흘리지 않았다.

대길은 과수원에 도착했다. 과수원 중간에는 원두막을 대신해지어둔 초막이 있었다. 배가 익을 무렵이 되면 서리를 막으려고 아버지가 종종 선잠을 자며 밤새 지키기도 한 곳이었다. 낮게 드리운 배나무 가지 밑으로 연신 허리를 구부려가며 대길은 과수원 한복판으로 걸어갔다. 초막 뒤에서 이조가 모습을 드러냈다.

"왜 이렇게 늦었어?"

"……."

대길은 걸음을 멈춘 채 대답도 않고 이조의 얼굴을 쳐다보았다. 검은 머리카락을 뒤로 넘겨 묶은 동그란 얼굴에 짙은 눈썹이 그늘을 이루고 있었다. 그 얼굴을 볼 때마다 대길은 심장이 저 아래로 툭 떨어지는 것 같은 느낌을 받았다. 아주 어렸을 때부터 그랬다. 동네 사람들은 꼽추인 그녀가 유난히 미색이 빼어난 것을 두고 왠지 불길하다고 수군거렸다. 음기가 셀 거라고 떠드는 사람도 있었고, 어느 점쟁이는 남자 손에 죽을 관상이라고도 했다. 그러나 대길에게 그 얼굴은 끝 간 데 없이 그를 빨아들이는 심연이거나 손을 대면 대길의 심장까지 태워버릴 것 같은 불덩이였다.

이조는 단 한 번도 혼자서 집 밖으로 나간 적이 없었다. 이조가 어릴 적에는 대길의 아버지가 업고 다녔으며, 대길의 아버지가 죽고 난 후에는 대길이 업고 다녔다. 대길의 마른 등짝에 이조의 몸이 겹쳐올 때면 대길은 피가 뜨거워질 대로 뜨거워져서 그 자리에서 쓰러질 것만 같았다. 그때 대길의 꿈은 이조의 얼굴에 한 번만 손을 대보는 것이었고, 조금 더 자랐을 때의 꿈은 이조를 움켜쥐고 자신의 품 안에 틀어 안는 것이었다. 꿈은 다시 변했다. 이제 그의 꿈은 이조의 모든 것, 그녀의 몸과 마음, 그녀의 재산, 그녀의 집안까지 모두 움켜쥐는 것이었다.

"어떻게 됐어?"

이조가 대길에게 다가가며 물었다.

"잘됐어."

"정말 윤조는 안전해? 나 너무 무서워. 혹시 내가 준 사진 때문에 윤조한테 무슨 일 일어나는 거 아냐?"

"해롭긴! 윤조를 살리려는 거라니까! 못 들었어? 인근 마을에서는 보도연맹에 가입한 사람들 모두 창고에 갇혔어."

"아……."

대길은 이조의 손을 잡고 초막 안으로 들어갔다. 달빛이 문짝이 달리지 않은 휑뎅그렁한 벽면으로 훤히 비쳐 들고 있었다. 초막으로 들어서자 대길은 이조를 껴안고 입술부터 찾았다. 키가 작은 이조는 애써 까치발을 하며 키를 맞추려 했다. 대길은 이조를 냉큼 안아 올려 자신의 허리께에 다리를 감게 하고는 이조의 입술을 허겁지겁 빨았다. 사나운 기운이 대길의 온몸을 휘저었다. 당장 끝장을 봐야 하는, 끝장을 보겠다는 생각 외에 다른 아무것도 생각할 수 없는 다급한 흥분이 대길의 몸을 뚫고 나오려 했다.

"아."

이조가 아픈 듯 한숨을 쉬었다. 이조의 몸을 벽에 너무 밀어붙이는 바람에 등의 혹이 부딪힌 것이다. 대길은 이조를 바닥에 내려놓으며 말했다.

"내일 당장 우리 동네로 올지도 몰라. 끌려가면 난 끝이야."

"너는 보도연맹과 상관없다고 말해. 어머니가 밀가루 때문에 적어준 거라고!"

"그게 통할 것 같아? 지금은 전쟁 중이야. 몇 명 더 죽으나 안 죽으나 아무도 신경을 안 쓴다고. 가뜩이나 이 동네 사람들은 날 미워하는데……."

"작년에 윤조가 온 동네를 다니면서 절대로 가입하지 말라고 그렇게 말했는데! 왜 어머님은 그 말을 안 들으셨을까?"

대길은 자신의 엄마를 어머님이라고 부르는 이조의 수심 가득한 얼굴을 쳐다보았다. 정작 그의 어머니는 이조의 입에서 '어머님'이라는 호칭이 튀어나오면 기겁을 할 것이었다. 어머니에게 이조는 아가씨, 불쌍한 우리 아가씨였으니까.

"나는 달아날 거야. 같이 갈 거지?"

"그렇지만 윤조 때문에……."

"윤조를 살려내려고 이러는 거잖아. 읍내 경찰서 조 경위 알지?"

"알아. 그 사람 너무 기분 나빠."

한때 조 경위가 이조에게 혼담을 넣었다는 말이 있었다. 이조의 아버지가 돌아가시기 직전이었다. 이조의 집안에서는 가타부타 말을 않음으로써 그것이 말도 안 되는 제안임을 분명히 했다. 그 사실을 모르는 사람은 이 읍내에서 조 경위 하나뿐인 듯했다. 자기 입으로 이조네 집과 사돈을 맺으려 한다고 떠들고 다녔던 것이다. 그러나 마침내 그도 이조네 집안으로부터 굴욕을 당했다는 사실을 알게 된 모양이었다. 가뜩이나 이조의 삼촌이 월북했다는 소문이 파다한 판국에 요시찰 대상이라는 이유로 조 경위가 이조네 집안을 보는 눈총이 심상치 않았다.

"그 사람을 구워삶았어."

"어떻게?"

"돈을 먹였지. 그런 놈은 돈이 제일 잘 들어. 윤조가 경찰에 협조했다는 가짜 문서를 만들었어. 조 경위가 너네 집과 사이가 나쁜 것은 세상이 다 아니까 차라리 그 사람을 이용하는 게 낫지."

"정말? 정말이지?"

"가져갈 건 다 챙겨뒀지?"

"윤조를 혼자 두고 어떻게 갈지……."

"아직도 그 소리야? 난리 끝나고 다시 만나면 되잖아!"

"……."

"말해봐. 나하고 같이 갈 거야, 안 갈 거야?"

"잠시 피해 있다가 난리 끝나고 다시 돌아오면 안 돼?"

대길은 온몸에서 기운이 쭉 빠졌다. 이조와 윤조는 어릴 적부터 유난히 사이가 좋은 오누이였다. 결핵에 걸려 휴학하고 집으로 내려오기 전 서울로 유학을 간 윤조는 거의 매일 누나에게 편지를 보냈다. 이조는 대길에게 그 편지를 읽어주곤 했다. 대길은 이조의 목소리를 통해 문리관, 강의실, 실험실, 해부학과 같은 생소한 어휘들을 들었고, 혼자 있을 때면 그 어휘들을 조용히 발음해보곤 했다. 그러면 본 적 없는 신식 건물과 어둑한 복도와 학생들로 빼곡한 강의실의 모습이 마치 신기루처럼 눈앞에 어른거리는 것 같았다.

"처음부터 운수 좋게 태어난 놈들이 있어. 좋은 집안에 좋은 머리. 그런 놈들이 꼭 인물도 좋아."

읍내에서 만난 조 경위는 대폿잔을 앞에 두고 비실비실 웃음을 흘리며 말했다.

"난 말이야, 그런 놈들은 국사범으로 다스려야 한다고 생각해. 왜
냐면 다른 사람들한테 세상이 불공평하다는 생각을 심어주거든.
그러니 공평한 세상을 만들겠다고 빨갱이들이 설치게 되는 거라고.
그런 놈들은 고생을 좀 해서 사람들한테 이 세상이 공평한 데라는
걸 보여줄 필요가 있지."

대길도 피식 웃었다. 조 경위는 아버지와 친했다. 친했다기보다
는 조 경위가 아버지를 잘 구슬려서 이용해먹었다. 그의 아버지는
조 경위가 부어주는 술 몇 잔을 받고 집으로 돌아온 날이면 자신
이 대단한 출세라도 한 듯 으스대기까지 했다. 해방이 되고 아버지
가 동네 사람들에게 몰매를 맞을 때 조 경위는 아는 체도 하지 않
았다. 하지만 대길은 그를 비난하거나 원망하지 않았다. 자신의 이
익을 위해 행동하는 것을 대길은 얼마든지 이해할 수 있었다. 왜냐
하면 자신도 그렇게 할 것이므로.

조 경위는 조금 전 대길로부터 건네받은 보도연맹증을 다시 한
번 쳐다보았다. 세 겹으로 잘 접은 연맹증의 절반은 불에 타 있었
지만 온전한 쪽에 붙어 있는 윤조의 사진은 또렷했다. 자세히 보면
사진 위의 직인도 없는 위조 연맹증이었지만 그런 건 중요하지 않
았다. 연맹증에 붙어 있는 사진, 그것이면 충분했다. 사진은 이조를
구슬려 빼낸 것이었다.

"수고했으니까 내가 자네 뒤를 확실하게 봐주지. 그 집 누나가 남
동생이라면 사족을 못 쓴다며?"

대길은 조 경위를 쳐다보며 다시 웃었다. 조 경위는 대길의 웃음

을 동의의 뜻으로 받아들였는지 덩달아 씩 웃었다.

비천하게 태어난 자들의 사고 수준이란 우물 안 개구리처럼 자신의 한계를 좀처럼 뛰어넘지 못한다. 왜냐하면 자신이 비천한 존재라는 사실을 인정하지 못하기 때문이다. 조 경위와 같은 자들은 언제나 자신이 부당한 대우를 받고 있다고, 자신은 그것보다 훨씬 더 대단한 존재라고, 이조의 동생 윤조와 맞먹을 수 있다고 착각하며 산다. 이런 자들은 돈 몇 푼, 땅문서 몇 조각만 있으면 그들과 정말 유사해지리라고 믿을 뿐만 아니라 쥐꼬리만 한 권력만 있어도 자신이 뭔가 대단한 것을 할 수 있는 양 자신을 과대 포장한다.

대길은 달랐다. 대길은 자신이 뿌리까지 비천한 존재임을 분명히 알고 있었다. 어떤 경우에도, 설령 대길이 이 전쟁 통에 살아남아 어떤 출세를 거듭하더라도 자신은 윤조와 같아질 수 없고, 윤조와 같은 삶을 살지 못할 것임을 잘 알고 있었다. 하지만 전쟁이라는 불길이 옥석을 다 태워버린다면, 다 태워 재만 남게 된다면 그에게도 희망이 있었다. 그렇게 세상이 뒤집힌다면 그도 이 비천함에서 뒤집혀 완전히 다른 좌표에 처박힐 수도 있을 것이다. 그러기 위해서 그는 이조가 필요했다.

하지만 이조는 계속 망설였다. 이조는 눈동자 가득히 불안을 담고 대길을 쳐다보았다. 마치 이 난리가 수십 년 계속되어도 자신은 대길을 기다릴 수 있다는 듯이. 그러나 대길이 바라는 것은 기다림이나 사랑이 아니었다. 대길은 이조의 손목을 힘주어 잡았다.

"너는 나하고 같이 가야 돼. 이제 와서 딴소리하지 마!"

"하지만……."

"나하고 같이 갈 게 아니라면 차라리 나하고 같이 죽자. 나는 이미 죽은 목숨이야. 여기서 죽지 않으면 군대로 끌려가겠지."

"삼대독자는 군대에 안 가잖아."

"머슴한테 삼대독자가 무슨 의미가 있어?"

실제로 대길의 친구들은 모두 군대로 끌려갔다. 염소 키우는 상철이 놈은 전쟁이 터지자마자 징집당했고, 사진관 녀석은 그 전에 이미 입대를 했다. 사진관 녀석이 입대할 때는 셋이서 기념사진까지 찍었다. 평소에도 공연한 눈물을 잘 흘리던 사진관 녀석은 사진관 구석에 촛불을 켜놓고 소주잔을 기울이며 눈물까지 뚝뚝 흘렸다.

"군대 끌려가면 살아서 못 돌아올지도 몰라. 빨갱이 놈들이 언제 기어 내려올지 모르잖아. 하필이면 이런 더러운 시절에 태어나서……."

"야, 지금 전쟁이 일어났냐?"

"다들 전쟁이 날 거라고 하는 거 못 들었어? 나는 왠지 불길해. 이대로 끌려가서 죽으면……. 대길아, 우리 부모님 좀 챙겨줘. 내가 너한테 이런 부탁 할 처지는 못 되지만……."

"무슨 소리야? 처지가 안 된다니?"

"너희 아버님 돌아가실 때 내가 찾아가보지도 못했잖아. 내가 말은 안 했지만 그게 언제나 마음에 걸렸어. 네가 이해해라. 그때는 동네 분위기가 그래서……."

"아, 그만하고 술이나 마셔. 다 지나간 얘기를 가지고……. 내가 니들 원망해서 뭐하게? 난 소용없는 짓은 안 해."

그것은 대길의 진심이었다. 친구들은 그것을 대길의 관대함, 아량이라고 생각하고 거의 감격한 얼굴로 대길의 잔에 술을 부어주었다. 그 표정이 너무 우스꽝스러워 대길은 술잔을 입으로 가져가며 시선을 돌렸다.

사진관 한쪽 벽에 그려진 경복궁 그림이 촛불 빛을 받아 물에 비친 그림자인 듯 어른거렸다. 얼마 전 조 경위가 이조네로 매파를 보냈다는 소문이 돌았을 때 공연히 초조해진 대길은 이조의 손목을 끌고 저 앞에 서서 사진을 찍었다. 사진을 한 장 찍어두면 그것이 이조와 대길의 관계에 대한 증명이라도 된다는 듯이. 대길은 사진관 녀석에게 자신과 이조의 관계를 절대로 입 밖에 내지 말라고 단속을 했지만 대번에 온 동네에 소문이 나리라는 것을 누구보다 잘 알고 있었다. 그나마 돈이 없어 사진은 한 장밖에 못 찾았다. 그 사진은 이조에게 주었다. 사진을 찍을 때는 대길이 그 사진을 쥐고 있다가 여차한 경우에 그걸로 이조를 얽어맬 생각이었지만 그럴 필요조차 없었다. 혼담은 사라졌고, 오히려 이조가 그 사진을 윤조에게 들킬까 봐 대길은 단단히 단속을 해야 했다.

사진관 녀석은 대길의 짐작대로 부지런히 주둥이를 놀리고 다니다 윤조에게 호되게 당하기만 했다. 그러니 오히려 대길이 녀석에게 미안하다고 해야 할 판이었다. 대길이 술잔을 채워주며 사진관 녀석의 어깨를 두드리자 녀석은 온갖 감정이 복받쳐 오르는지 다시 눈물을 뚝뚝 흘렸다. 염소 키우는 상철이도 비슷한 모습으로 입대했다. 그때는 사진관이 아닌 기찻길에 주저앉아 막걸리 한 되를 마셨을 뿐이다. 상철이도 대길은 삼대독자라 군대에 안 갈 거라고 말했지만 전쟁이 길어지면 그 또한 알 수 없었다. 우리 셋은 죽어서 만날지도 모른다는 상철의 말은 황당무계한 것이 아니었다.

군대 얘기가 나오자 이조의 눈동자가 흔들렸다. 이조는 대길의 모든 것을 자신에 대한 사랑으로 이해하고 있었다. 배고픈 아이의 눈에는 오직 먹을 것만 보이는 것처럼 이조의 눈에는 대길의 모든 무리와 회유, 난폭한 성정마저 자신을 향한 갈망의 변형으로 보였다.

"알았어. 갈게."

"윤조는 너 없이도 살 수 있어. 하지만 나는 아냐. 분명히 해."

"알았다니까."

이조가 고개를 끄덕였다. 대길은 다시 이조의 손목을 잡아 자신의 품으로 당겼다. 이조의 작고 굽은 몸이 스르르 끌려왔다. 대길은 이조의 몸을 자신의 허벅지 위에 앉히고 손끝으로 이조의 치마 속을 더듬었다. 이조는 부끄러운 듯 몸을 뒤채더니 이내 대길의 손이 움직이는 대로 몸을 내맡기고 가만히 있었다. 다시 사납고 무서운 충동이 대길을 덮쳐와 대길은 마치 이조를 부수어버릴 듯 꽉 움켜쥐었다.

내가 너를 얼마나 원하는지 너는 아느냐. 하루 스물네 시간 단한 순간도 빼놓지 않고 너를 생각하고 갈망하고 있음을, 오직 너만을 향해 내가 이토록 오랜 시간을 간절하게 목말라하고 있음을, 너는 상상하지도 못할 것이다. 그러나 나는 보상받을 길 없는 천치 같은 사랑에 내 모든 것을 걸 수는 없어. 너는 내 사랑만큼 응분의 대가를 돌려줘야 돼. 내가 원하는 모든 대가를.

배 밭을 비추던 달은 대길의 집도 똑같이 비추고 있었다. 그럼에도 대길은 자신의 집 주변에서는 달빛마저 초라하고 누추하게만 느껴졌다. 아버지가 돌아가신 후로 동네 사람들의 눈총 때문에 단 한 번도 집을 손보지 않아 집이라기보다는 차라리 움막처럼 보였다. 반쯤 허물어진 흙담에는 말라비틀어진 호박 줄기가 집 꼬락서니와 조화를 이루듯 초라하게 걸려 있었다.

대길은 걸음을 멈추었다. 낯선 그림자가 흙담의 그림자와 섞여 어색하게 튀어나온 것이 보였기 때문이다. 대길이 멈추자 그림자가 천천히 걸어 나왔다. 예상했던 대로 윤조였다.

오누이지만 마치 자매처럼 얼굴이 닮았다. 긴 속눈썹과 동그랗고 뽀얀 얼굴은 영락없이 이조였다. 동네 처녀들을 죄다 밤에 잠을 이루지 못하게 만들었다는 그 얼굴은 이조와 너무 닮아서 볼 때마다 대길은 재수가 없었다.

"왜?"

윤조는 어둠 속에서 대길을 노려보았다.

"도련님께서 나한테 무슨 할 말 있어 여기까지 오셨을까?"

"우리 누나 만났지?"

"알면서 물어보시면 내가 죽여달라고 빌기라도 해야 하나?"

윤조가 한 발자국 더 대길에게 다가갔다. 대길은 윤조의 눈빛이 또렷이 보였다. 분노라기보다는 경멸을 가득 담은 눈이었다.

"내 말 잘 들어. 우리 누나를 계속 만나면 죽여버릴 거야."

"······."

"비열한 새끼. 네가 우리 누나를 꼬드겨 무슨 수작을 꾸미는지 내가 모를 거라고 생각해? 너 같은 놈들은 항상 자기가 대단히 똑똑하다고 생각하는데, 그건 네 착각이야. 너는 우물 안 개구리라 네가 얼마나 빤히 들여다보이는 놈인지 전혀 몰라. 누나가 너하고 나, 둘 중에 너를 선택할 거라고 생각해? 미친놈."

대길은 묵묵히 윤조의 말을 듣고 있었다. 이 세상에서 대길에게 만만하게 보이지 않는 유일한 인간이 바로 윤조였다. 이상하리만치 대길은 윤조가 부담스러웠다. 어릴 적 윤조는 병치레가 잦아서 파리한 얼굴을 해가지고 집 안에만 틀어박혀 있었다. 주먹으로라면 한 방이면 기절시켜버릴 수도 있을 터였다. 하지만 이조와 나란히 마루 끝에 앉아 무슨 얘기인가를 다정하게 조곤조곤 나누는 모습을 보고 있노라면 그들은 대길과는 완전히 다른 세상 사람처럼 보였다. 사진으로 본 천황의 황궁도 그렇게 별세계처럼 보이지는 않았다. 그때 이조는 대길을 보고도 생긋 웃어 보일 뿐 오라고, 같이 이야기하자고 부르지 않았다. 마치 이 세상 다른 사람들은 아무도 필요하지 않고 오직 둘만 있으면 되는 것처럼 오누이는 그렇게 가까웠다. 그 가까움, 그 다름 앞에서 대길은 항상 스스로 초라해졌다. 스스로 초라하다고 느끼는 사람은 언제나 허세를 부리게 되어 있다. 통하든 통하지 않든. 대길은 윤조에게 보라는 듯 껄껄 웃었다.

"너는 아직 어려서 잘 모르는데 말이야, 니 누나는 여자야. 그게 무슨 말인지 알아? 여자가 돼서 보는 세상은 그 전과는 다를 거야. 왜냐면 나도 그렇거든."

이번에는 윤조가 아무런 말이 없었다. 대길을 노려보기만 했다. 윤조의 눈에서 파르스름한 불꽃이 일어나는 것을 대길은 보았다. 그래, 그렇게 화를 내야지. 분노해야지. 짜릿한 만족감이 대길의 심장을 훑고 지나갔다.

그러나 그 만족감은 오래가지 못했다. 집에서 대길의 어머니가 밖으로 나온 것이다. 아마 뒷간을 가려다 대길의 목소리를 듣고 나온 모양이었다. 대길의 어머니는 대길보다 윤조를 먼저 발견하고는 놀라서 황급히 머리를 조아렸다.

"아이구, 도련님. 어떻게 여길……."

"어머닌 들어가요."

어머니는 대길의 말을 듣지 않고 윤조에게 한 걸음 더 다가갔다.

"그래도 안에 들어가셔서 물이라도 한 잔 드시고……."

"어머니, 들어가라니까요!"

어머니는 듣지 않고 숫제 윤조의 팔을 잡아 끌었다.

"어머니!"

윤조가 여전히 대길을 쏘아보면서 천천히 입을 열었다.

"됐어. 대길이 만나서 할 얘기가 있어서 왔어. 얘기 끝났으니 그만 가봐야지."

"여기까지 오셔서 선걸음에 그냥 가시면……."

"자넨 들어가."

"아이구 도련님……."

"들어가라니까!"

그제야 대길의 어머니는 연신 머리를 조아리며 집 안으로 들어갔다. 자신의 말에는 꿈쩍도 않던 어머니가 윤조가 시킨 대로 고분고분 따르는 모습을 대길은 지켜보았다.

"뭐든 남보다 더 힘들게 사는 사람들이 있지. 네 아버지처럼 밥

한 그릇 먹고 살려면 있는 수 없는 수 다 써야 되는 사람들. 그런다고 잘 먹고 잘살게 되는 것도 아닌데, 애초에 그렇게 타고난 거지. 네가 우리 누나한테 공을 많이 들인 걸 알아. 아주아주 오랜 시간, 애를 많이 썼겠지. 하지만 네가 애를 쓴다고 이루어지는 게 아냐. 너는 단지 죽어라 애를 써야 하는 운명을 타고났을 뿐이야."

윤조는 대길의 옆을 스치며 성큼성큼 어둠 속으로 사라졌다. 윤조의 발소리가 멀어질수록 대길의 심장은 더욱 뛰었다. 지금이라도 내달려 저놈의 뒤를 잡으면 오늘 밤에라도 내 손으로 저놈을 죽일 수 있다. 당장 저놈을 죽여·야산 어딘가에 파묻어버린다면 누구도 찾지 못할 것이다. 대길은 바싹바싹 타들어가는 입술을 깨물며 자신이 사람을 죽일 수 있는지 생각해보았다. 당연히 그럴 수 있었다. 특히 그것이 윤조라면.

하지만 대길은 자신이 할 수 있는 것을 하는 사람이 아니라 자신에게 이득이 되는 것을 하려는 사람이었다. 오늘 밤 윤조를 죽이는 것이 자신에게 이득인가를 대길은 생각했다. 윤조가 사라지고, 당장 이조가 동생을 보기 전에는 달아날 수 없다고 한다면?

오늘 윤조에게 무시당하는 일 따위는 대단한 일이 아니다. 동네 꼬맹이들도 그를 향해 "대길아, 대길아"라고 부르며 손가락질하는 동네였다. 윤조도 멍청이가 아닌 이상 대길에게 자신의 경멸감을 드러내기 위해, 대길이 이조를 향해 헛수고하는 것이 안타까워서 여기까지 오지는 않았을 것이었다. 윤조는 두려워하고 있었다.

대길은 집 안으로 들어갔다. 묵은 간장 냄새 같은 것이 가득 밴 방 안에서 그의 어머니는 깻잎을 다듬던 손을 멈추며 슬쩍 대길의 눈치를 보았다. 대길은 조용히 어머니 옆에 앉아 깻잎을 골랐다. 어머니와는 아무런 말도 필요하지 않았다. 나눌 것도 없었고 줄 것도 없었다.

　다음 날, 읍내의 경찰과 헌병 들이 트럭을 타고 마을로 들어왔다. 경찰들은 마을의 모든 집을 돌아다니며 보도연맹에 가입한 사람들을 동네 공터로 불러 모았다. 연맹에 가입한 사람들은 영문도 모른 채 공터로 나갔다. 그들 대부분은 불과 몇 달 전에 읍내의 경찰서장이 실적을 맞추기 위해 밀가루를 주고 연맹에 가입시킨 사람들이었다. 경찰서장의 지시를 받은 이장이 돌아다니며 도장을 받아갔던 것이다. 윤조는 사람들을 억지로 가입시켜서는 안 된다고 이장에게 항의를 했다. 윤조에게 크게 한 소리 들은 이장은 머뭇거렸고, 그 일로 윤조는 며칠 후 경찰서로 끌려가기도 했다.
　윤조는 자신의 아버지가 비명에 돌아가신 후 좀처럼 대문을 나서는 일도 없이 집 안에만 조용히 틀어박혀 있었다. 그랬던 윤조가 갑자기 설쳐대자 연맹에 가입한 마을 사람들 중 몇 명은 자신은 도장을 찍어준 적이 없다고, 빼달라고 말하러 읍내로 갔지만 알았다는, 형식적인 건데 뭐가 중요하냐는 경찰서장의 말만 듣고 돌아왔다고 했다. 실제로 읍내 사람들 중 몇은 연맹원이라는 이유로 노역을 나가기도 하고, 무슨 전향 교육을 받으러 간 사람도 있다고 했지만 이 마을에서는 아무도 그런 일을 당하지 않았다. 그래서 사람들은 자신이 보도연맹 가입서에 도장을 찍어준 것조차 잊고 있었다. 밀가루를 받아먹었으니 이름 정도는 올려줘도 된다고 생각하며 내버려둔 사람들도 있었다.

"세상에 공짜가 어딨어, 공짜가?"

누군가가 그렇게 말하면 다들 맞다며 고개를 끄덕였다. 그때 같이 고개를 끄덕였던 사람들이 모두 공터로 끌려 나왔다. 헌병들이 총을 들고 그들을 지켰다. 경찰들은 동네를 이 잡듯 수색하기 시작했다. 눈치 빠른 이들 중에서 무조건 헌병은 피해야 된다고 믿고 산이든 어디로든 도망가려는 사람들을 잡기 위해서였다. 마침 저녁을 먹을 시간이어서 밥숟가락도 밥그릇 위에 그대로 놓인 채 집집마다 텅 비었다. 공터로 끌려가지 않았다면 도망갈 데는 뻔했다.

대길은 일찌감치 집을 나서 동네가 내려다보이는 언덕배기 위에 서서 사람들이 공터로 몰려가는 모습을 쳐다보았다. 긴 여름 해가 뉘엿뉘엿 넘어가고 어둠이 깔리기 시작했다. 대길은 난리가 날 때까지 기다릴 작정이었다. 난리가 나면 이조가 윤조를 어디로 피신시킬지 대길은 이미 알고 있었다. 여차할 경우를 대비하여 이조는 배 밭과 붙어 있는 뒷산 중턱의 마른 우물 안에 찐쌀과 물, 술 몇 통을 가져다 두었다. 그곳은 아무도 모르는 곳이라고 이조가 대길에게 이야기했었다. 대길은 미리 그 우물을 봐두었다. 그곳에 우물이 있다는 것을 알지 못하고 보면 좀처럼 눈에 띄지 않아서 과연 이조의 말대로 며칠 숨어 있기에는 안성맞춤이었다. 대길은 이조가 난리가 난 것을 알고 윤조를 우물 안에 숨길 때까지 기다릴 작정이었다. 윤조를 우물에 숨기고 나면 이조는 대길이 이끄는 대로 따라오지 않을 수 없을 것이었다. 물론 챙겨둔 땅문서도 같이 들고. 대길은 우물이 있는 자리 역시 조 경위에게 알려두었다. 하지만 그가 우물에서 윤조를 찾을 때는, 대길이 이미 이조와 동네를 빠져나간 후가 될 터였다.

그때 이조네 집 대문이 열리면서 누군가가 지게를 지고 황급히 공터 쪽으로 가는 모습이 보였다. 이조네 집에서 자진해서 연맹원이라고 밝힐 사람은 없는데 이상한 일이었다. 대길은 황급히 언덕을 내려가 공터에서 가까운 잡목 뒤에 몸을 숨기고 무슨 일이 일어나는지 지켜보았다.

이조네 머슴이 지게에서 더운 김이 모락모락 피어오르는 국솥을 내렸다. 이조네 머슴만 간 것이 아니라 부엌일을 도와주는 온산댁도 같이 가서 밥그릇에 술을 부어 헌병들에게 내밀었다.

"저희 댁에서 고생하신다고 이것부터 드시고 일하시라는데요."

헌병들은 다들 부어주는 술잔을 받아 들기 위해 온산댁 옆으로 다가갔다. 국솥에는 급히 잡아서 삶은 닭이 들어 있었다. 다들 닭다리를 하나씩 들고 먹기 시작했다. 공터로 잡혀온 동네 사람들은 영문을 모르고 구경만 했다.

대길은 대번에 사태를 파악했다. 윤조는 헌병들에게 술을 먹이고, 그들이 술에 취하면 동네를 빠져나갈 계획인 것이다. 아마 동네 사람들도 틈을 봐서 달아나라는 의미일지도 몰랐다. 만약 윤조가 배 밭 뒤 우물 속에 숨지 않고 아예 동네를 뜨려고 한다면? 그럼 이조와 같이 가려 할 것이다.

대길은 자신의 계획이 모두 틀어질지도 모른다는 생각에 머리끝이 삐죽 서는 것 같았다. 대길은 몸을 숨기고 동네 여기저기를 돌아다니며 조 경위를 찾았다. 조 경위는 보이지 않았다. 쥐새끼 같은 놈. 그는 가능한 한 사람들 눈에 띄지 않았다가 나중에 윤조를 잡을 때쯤 모습을 드러낼 터였다. 힘든 일은 아랫사람에게 시키고 자신은 생색나는 일만 하려는 쥐새끼.

대길은 경찰과 헌병 들이 곤드레만드레가 되도록 내버려두어서는 안 된다고 생각했다. 오늘 밤에는 난리가 나야 한다. 이미 태산에 불이 났으니 옥석을 가리지 않고 다 태워야 하는데 삶은 닭 몇 마리가 그 불씨를 꺼트려서는 안 될 일이었다.

대길은 근처 아무 집이나 부엌으로 뛰어 들어갔다. 부엌 귀퉁이에 쌓아둔 소나무 가지를 긁어모아 저녁밥을 짓고 불씨가 남아 있는 아궁이를 휘저어 불을 붙였다. 부모는 모두 공터로 갔는지 조무래기들이 놀란 눈으로 대길을 쳐다보았다.

대길은 불을 들고 어둠을 가로질러 달려가며 여기저기에 닥치는 대로 불을 댕겼다. 타다닥타다닥, 가뭄을 견디고 있는 마른 짚에 불이 옮겨붙는 소리가 경쾌하게 들렸다. 대길의 빠른 걸음은 이조네 집이 내려다보이는 뒷산에 가 닿았다. 뒷산은 배 밭과 이어져 있었다. 배 밭 쪽으로 불이 붙으면 달아난다 해도 갈 곳은 읍내 가는 길로 이어진 고갯마루뿐이다. 그쪽에는 경찰이 타고 온 트럭이 지키고 있다. 대길은 들고 있던 불붙은 소나무 가지를 뒷산을 향해 던졌다.

불꽃이 날름거리며 바싹 마른 잡목을 빠르게 집어삼키는 것이 보였다. 바람도 알맞게 불어왔다. 대길은 불길이 오지 않을 곳에 자리를 잡고 윤조의 집에서 눈을 떼지 않았다. 종놈들은 모두 공터로 갔다. 집 안에는 이조와 윤조, 그리고 행랑채를 지키는 복 서방만

이 있을 터였다.

불이 온 마을로 번져나가고 있었다. 집 안에 남아 있던 사람들이 불이 났다고 외치며 밖으로 뛰어나왔다. 곳곳에 연기가 피어올랐다. 갑자기 불길이 치솟아 어둠에 묻혀 있던 동네가 훤해졌다. 그러나 이조네 집에서는 아무런 기척이 없었다.

대길은 초조해졌다. 마음 같아서는 당장 담을 넘어 이조가 있는 방으로 뛰어 들어가고 싶었지만 대길은 기다렸다. 이조와 약속한 시간은 아직 남아 있었다.

그때 공터에서 총소리가 나기 시작했다. 불이 나자 마을 사람들이 술렁댔을 테고, 상황을 잘 모르는 몇몇은 불을 끈다며 무리를 벗어났을 것이다. 그 바람에 닭다리를 뜯으며 술을 마시던 헌병들이 놀라 총을 쏘기 시작한 것이리라.

대길의 추측은 맞았다. 잠깐 사이에 불길은 하늘을 덮을 정도로 거세졌고, 마치 그때를 기다렸다는 듯 총소리와 사람들의 비명 소리가 동네를 덮었다. 총을 든 경찰들이 이리저리 뛰어다녔다. 마을 사람들이 달아나기 시작한 것이다. 가축의 울부짖는 소리도 들려왔다. 송아지 울음소리, 아낙들의 비명 소리, 다급한 발소리가 동네를 울렸다.

다 타버려라, 이놈의 동네! 100년 전이나 200년 전이나 한결같이 종노릇이나 하며, 아버지한테 물려받은 대로 자식에게 물려주는 것을 당연하게 여기며 살아온, 모자라도 한참 모자라는 족속들! 기껏해야 나쁜 놈 중에서도 제일 덜 떨어진 그의 아버지 같은 사람만 패 죽이는 알량한 양심들! 죽고 사는 것이 다 하늘의 뜻이라고 믿는 게을러빠진 소신들! 타고나는 건 하늘의 뜻이라고? 그런 건 가진 자들이 자기 것을 지킬 때나 하는 말이지, 태어났는지 죽었는지 분간도 안 되는 버러지같이 초라한 삶에 무슨 하늘의 뜻이 깃들어 있다고 고작 땅뙈기 조금 가진 새파란 어린애에게 머리를 조아리려댄 단 말이냐. 나라면 차라리 다 태워버리고 양심도 소신도 없이, 하늘의 뜻 따위는 발로 밟아버리고 내 뜻대로 한번 살아보겠다!

대길은 소리쳤다. 나는 태산의 불에 휘말려 타들어가는 돌멩이는 되지 않겠다. 옥도 되지 않겠다. 차라리 내가 태산의 불이 되어 다 태워버리겠다! 다 타버려, 다 태워버려! 흔적도 없이, 나를 아는 사람들은 모두 다!

이조네 집에서는 여전히 아무런 기척도 없었다. 온 동네가 불에 타고 총소리가 콩 볶듯이 들려오는데 집 안에 새로이 켜지는 불 하나 없었다. 그제야 대길은 알았다. 빈집이다.

대길은 서둘러 이조의 집으로 뛰어 내려갔다. 담을 넘어 이조네 뒷마당에 들어섰을 때 빈집이라는 사실이 확실해졌다. 이조의 방과 윤조의 방, 벽장까지 하나하나 열어보았지만 허사였다. 윤조는 달아났다. 이미 오래전에, 이조와 함께. 아마 하인들이 닭백숙을 내간 직후였을 것이다. 경찰과 헌병 들이 닭과 술에 정신을 놓고 있을 때. 윤조는 이미 자신에게 닥칠 일을 눈치채고 미리 준비를 해둔 것이었다.

혹 누가 미리 알려줬을까? 대길은 조 경위가 마을에 나타나지 않았다는 사실을 다시 떠올렸다. 어쩌면 조 경위가 윤조와도 거래를 했을지 모른다. 조 경위라면 그러고도 남을 인간이다. 돈 몇 푼만 쥐여주면 누구든 가리지 않고 등을 칠 인간이었다. 윤조가 조 경위를 통해 모든 것을 알고 이조에게 다 말했다면?

"이 미련한 놈! 요강에 코를 처박고 죽어야 할 놈!"

대길은 벽에 자기 머리를 찧었다. 머리에서 찝찔한 피가 흘렀지만 아프다는 것도 느낄 수 없었다.

"네가 애를 쓴다고 이루어지는 게 아냐. 너는 단지 죽어라 애를 써야 하는 운명을 타고났을 뿐이야."

어젯밤 자기 집 앞을 찾아온 윤조의 목소리가 떠올랐다. 비웃는 듯한 그 싸늘한 표정도 눈앞에서 어른거렸다. 그 얼굴 때문에 대길은 머리를 찧는 것을 멈췄다. 이미 일어난 일을 탓하고 있을 수만은 없었다. 아직 그에게는 기회가 있었다. 전쟁이, 불이, 총소리가 그에게는 모두 기회였다.

대길은 윤조와 이조가 어디로 달아날까, 생각해보았다. 읍내로 가는 길은 경찰차에 막혀 있다. 경찰이나 헌병의 눈을 피할 길을 찾을 수는 있겠지만 이조는 많은 거리를 걸을 수 없다. 뛴다는 것은 더더욱 생각하기 어렵다. 그렇다면 길은 역시 지금 불타고 있는 뒷산뿐이었다. 이조는 우물 안에 양식과 물을 숨겨두었다고 했다. 다른 것도 더 숨겨두었는지 모른다.

대길은 달려가기 전에 부엌으로 뛰어가 칼 한 자루를 손에 넣었다. 죽일 수 있다면, 아니 무슨 수를 써서라도 윤조를 죽여야 한다.

대길은 뒷산으로 달려 올라갔다. 불길이 뒷산을 뒤덮고 있었다. 대길은 바람의 역방향을 골라 불길 속으로 뛰어들었다. 바람의 방향이 언제 바뀔지 모르는 판에 위험천만한 일이었지만 대길은 가리지 않았다. 다리에 후끈후끈 열기가 덮쳐 왔다. 대길이 신고 있는 낡은 구두는 이조의 아버지가 신던 것이었다. 자라면서 대길이 입었던 것, 걸쳤던 것은 모두 이조의 아버지나 윤조가 버린 것들이었지만 대길은 개의치 않았다. 그는 더 많은 것들을 가져올 생각이었기 때문이다.

대길은 연기를 헤치고 우물 쪽으로 달려갔다. 한달음에 넘어 다녔던 산길이 자욱한 연기에 휩싸여 천 리처럼 아득했다. 불이 나면 타 죽는 사람보다 연기에 질식해 죽는 사람이 더 많다고 어딘가에서 읽었던 기억이 났다. 대길은 입고 있던 셔츠를 벗어 둘둘 말아 코와 입을 틀어막고 다시 달렸다.

이윽고 어둠 속에서 저편의 배 밭이 모습이 드러냈다. 대길은 셔츠를 집어 던지고 나뭇가지를 헤치며 우물을 향해 뛰었다. 그러나 그곳에는 아무도 없었다. 이조도 윤조도 보이지 않았다. 이 길이 아닌가. 대길이 잘못 짚은 것이라면 이제 이조는 되찾을 길이 없다. 대길은 온몸에서 기운이 쭉 빠지는 것 같았다.

그때 끙끙 앓는 듯한 숨소리가 들려왔다. 우물 안이었다. 대길은 우물 뚜껑을 밀어보았다. 곰팡이 냄새가 확 끼쳤다. 그러나 우물 안은 어두워서 아무것도 보이지 않았다.

"거기 누구야?"

대답 대신 여전히 앓는 듯한 신음 소리만 들려왔다.

"나, 나를 좀……. 나를 좀 건져……."

그것은 조 경위의 목소리였다. 조 경위가 우물에 빠졌다면 분명

이조와 윤조가 이곳으로 왔다는 이야기였다.

"이, 이봐, 대길이……. 나 좀 건져줘……."

대길은 주변을 둘러보았다. 사람이 있을 리 없었다. 대길은 조용히 우물 뚜껑을 닫았다.

"대길이, 이봐……."

조 경위의 비명이 사라졌다. 조 경위를 구할 시간이 없었다. 물론 살릴 시간이 있다 해도 대길은 그럴 마음이 없었다.

윤조의 계획은 대길이 짐작한 대로였다. 이 산을 넘어 건넛마을로 갈 생각이었던 것이다. 건넛마을에서 다시 고개를 하나 넘으면 기차역이 있었다. 윤조는 분명 돈을 주고 화물차에라도 올라탈 생각일 터였다.

대길은 다시 달렸다. 그곳에서부터는 내리막이었다. 저만치 느리게 움직이는 희끄무레한 사람의 형체가 보였다. 분명 이조를 업고 가는 윤조일 것이었다. 대길은 손에 든 칼을 다시 힘주어 잡았다. 그리고 내리막길을 향해 달려 내려가려는 순간, 우뚝 다시 멈추었다.

어둠 속에서 누군가가 대길의 앞을 가로막았다. 복 서방이었다. 그의 손에는 낫이 들려 있었다. 대길은 함정에 빠진 것이었다. 윤조의 머리가 대길보다 더 좋았다. 다른 모든 것이 그랬듯이 그것도 전적으로 윤조가 대길보다 운이 더 좋은 탓이었다.

"아저씨……."

대길은 복 서방의 인정에 기대어 이 순간을 빠져나가보려고 다정하게 그를 불렀다. 그러나 복 서방은 종놈으로 평생 길러진 사람이었다. 주인에게 충성하는 것, 그것은 복 서방이 믿는 하늘의 뜻이었다. 대길은 그 근성에 짜증이 났다. 그래서 더 말도 하기 싫어 칼을 든 손을 치켜 올렸다. 복 서방도 낫을 든 손을 들어 올렸다. 어둠 속에서 휙 공기를 가르는 소리가 대길의 귀에 들렸다.

이화에 월백하고

　다음 날 나는 울산행 KTX에 몸을 실었다.

　혜린이 무엇을 알아내려고 했든, 실제로 무엇을 알았든 간에 혜린의 죽음은 할아버지와 얽혀 있었다. 할아버지, 만리, 혜린, 그리고 나. 주요 인물 중 두 명의 여자가 같은 장소에서 죽었다. 한 명은 나의 연인이었고, 또 다른 여자 만리는 아마 할아버지의 연인이었을 것이다.

　무엇보다 박대길이라는 이름은 나를 알 수 없는 두려움에 휩싸이게 만들었다. 그는 수십 년 전에 죽은 사람이었다. 도대체 무슨 이유로 혜린이 그를 찾으려 했다는 말일까. 마치 귀신이 튀어나오는 것처럼, 오랜 시간 억눌려 있던 땅기운이 꿈틀거리며 그 사악한 힘을 토해내듯 나는 뭔가가, 아주 불길한 뭔가가 긴 시간을 뚫고 튀어나오려 한다는 느낌을 받았다.

　기차가 출발하기 전, 나는 직장 선배에게 전화를 걸어 집안에 사정이 생겨 파업 집회에는 나가지 못한다고 말했다. 선배는 알았다고만 대답했다. 그다지 호의적이지 않은 반응이었지만 그렇게 실망한 목소리도 아니었다. 나는 파업에 동참하는 것만으로도 동료들에 대한 내 도리는 다했다는 생각이었고, 직장에서 나에 대한 기대나 평가도 그 정도 수준이었기 때문이다.

선배와 통화를 하던 중에 나는 아내와 점심 약속을 했다는 것이 떠올랐다. 문자를 보내 약속을 취소해야겠다고 하려다 통화 버튼을 눌렀다. 아내는 알았다는 말만 하고 전화를 끊었다.

나는 아내에게 진심으로 미안했고, 아내에게 더는 상처를 주고 싶지 않은 것도 내 진심이었다. 아내를 미칠 듯이 사랑한다거나 너무나 같이 살고 싶어서 결혼했던 것은 아니지만 나는 분명히 아내에게 호감을 가지고 있었고, 아내와의 결혼을 잘 지켜내고 싶었다. 만약 혜린이 아니었다면, 혜린이 내 앞에 나타나지만 않았다면 그럴 수 있었을까. 이 질문에 대한 내 대답은 회의적이다.

우리 집 남자들, 할아버지와 아버지, 작은아버지 모두 여자와 관련한 문제가 있었다. 할아버지의 화려했던 편력은 이미 소문이 난 것이지만 아버지 역시 내가 초등학생일 때 여자 문제로 집안을 발칵 뒤집어놓았다. 상대가 다름 아닌 나의 이모였던 것이다. 어머니는 내가 아버지와 이모의 일을 모른다고 생각했겠지만 언제나 아이들은 어른들이 생각하는 것보다 훨씬 많은 것을 아는 법이다. 종종 우리 집에 놀러 와서 내 손을 잡고 극장이며 서점에 데리고 가곤 했던 이모는 그 후로 우리 집에 두 번 다시 나타나지 않았다. 외가에 갔을 때도 두 번 다시 볼 수 없었다. 마치 투명인간이 된 것처럼 막내 이모만이 모습을 감췄는데도 외가 식구들 누구 하나 이모 이야기를 꺼내는 사람이 없었다. 그럼에도 외가 식구들은 아버지한테는 예전 그대로 친절하고 다정했다. 아버지도 아무렇지도 않은 듯 외가 식구들을 대했다. 나는 약속이라도 한 듯 아무렇지도 않게 행동하는 그 모습이 너무 어색하고 이상했다.

그때 어린 나는 어른들의 세계에는 모른 척해야 하는, 모른 척해줄 수 있는 어떤 영역이 따로 있는 것이 아닌가 생각했다. 그것이 욕망의 영역이라는 것은 나중에 알았다. 모두가 안고 있지만 드러내지 말아야 하는 금지된 욕망. 그럼에도 어떤 사람의 경우 처벌받지 않는 욕망.

할아버지의 경우 그 욕망의 표출이 너무나 당당했기 때문에 다른 사람을 감탄하게 만들었고, 우아한 면조차 있었다. 하지만 아버지의 경우 그것은 좀 더 비틀리고 어두운 형태였다. 나는 어떨까. 깨끗이 지워야겠다고 생각하지만 여전히 불쑥불쑥 튀어나오곤 하는 미국에서의 기억은 내가 가진 욕망에 대해 두려움을 불러일으켰다. 정확하게 나에게 무슨 일이 일어났는지 모르기 때문에 두려움은 더했다. 코카인, 술, 인사불성의 만취, 그리고 깨어난 아침에 내 옆에 누워 있던 여자애……. 기억은 사라지고 아무것도 남아 있지 않았다. 마치 혜린이 죽던 날처럼.

나에게 이성으로 주체할 수 없는 일탈의 욕구가 있다면 차라리 나는 할아버지처럼 당당하고 싶었다. 그러나 우리 집은 대를 거듭할수록 외양은 더욱 모범적이 돼가고, 욕망은 그에 비례해서 점점 더 어두워지고 있었다. 그 어둠의 가장 깊은 곳에 혜린이 차가운 죽음으로 누워 있는 것을 나는 보았다. 그리고 나는 그 죽음이 내 손으로 저질러진 것이 아니기를 간절하게 바라고 있는 것이다.

　할아버지의 고향은 울산에서 시외버스로 한 시간 정도 더 들어가야 했다. 할아버지의 고향에 도착하기 전에 먼저 찾은 읍내에서 나는 미리 약속해둔 지역 사학자를 만났다. 그는 고등학교 역사 교사 출신으로 퇴직 후 그 지역의 역사를 연구하는 중이라고 했다. 그는 할아버지에 대한 다큐멘터리에도 잠시 출연했기 때문에 내가 명함을 내밀자 당연히 방송 때문에 다시 찾아온 줄 알고 아주 친절하게 나를 반겼다. 하지만 그를 통해 알 수 있는 것은 방송 테이프에 들어 있던 내용과 별반 다를 바가 없었다.

　"보도연맹원 학살은 공산군이 들어오지 않은 남부 지방에서 특히 심했어요. 이승만은 후방에서 그들이 공산당에 동조하지 않을까 두려워했으니까요. 이 마을의 경우, 보도연맹원 학살이 대단히 전격적으로 이루어졌어요. 그런데 그걸 피해 도망갔다는 것은 대단한 일이죠. 제 추측입니다만 아마 누군가가 미리 알려줬을 것 같아요. 그렇지 않다면 힘든 일이었죠."

　"할아버지는 보도연맹원이 아니었는데 누군가가 모함을 했다고 들었습니다."

　"그럴 수 있습니다. 사실 당신 할아버지 집안은 독립운동에 가담했었고, 특히 증조부의 동생, 그러니까 할아버지의 작은아버지 되시겠네요. 그분 같은 경우는 좌익 단체와 관련이 있었어요. 그러니 할아버지도 관련되었을 거라고 의심받은 건 당연하죠. 역으로 이 말은 할아버지가 그런 데 연루되지 않기 위해 상당히 조심했을 거라는 얘기죠. 그런 상황에서 할아버지처럼 이 지역에서 이름이 난 집안의 아들을 보도연맹으로 엮으려면 그냥 심증만으로는 안 되었을 거예요. 분명 뭔가 증거를 조작했겠죠."

"증거라면 어떤⋯⋯."

"보도연맹에 가입했다는 증거 같은 걸 만들 수 있지 않겠습니까? 당시에 할아버지 댁에서 머슴을 지냈던 박대길이라는 자가 할아버지를 모함했다는 소문이 파다했어요. 그래서 저도 알아봤죠. 재미있는 게, 학살이 있기 바로 며칠 전에 박대길이 보도연맹증을 받았어요."

"박대길이요?"

"웃기는 일 아닙니까? 위 지방에서는 이미 보도연맹원을 죽이고 있던 시기인데 거기 가입한다는 게. 제가 보기엔 여기 뭔가 다른 속셈이 있었을 거 같아요."

"그럼 할아버지를 보도연맹으로 몰아서 죽이고 난 다음에 뒤탈이 없게 하려고 그랬다는 말씀인가요?"

"저는 그렇게 생각합니다. 당시에 박대길은 할아버지의 누나 정이조에게 눈독을 들이고 있었다고 하더군요."

"예?"

"이장 영감께 들은 얘기입니다."

이장 영감은 할아버지에 대한 다큐멘터리에서 박대길에 관해 증언했던 안상철 옹의 별명이었다. 워낙 그 동네에서 이장을 오래 해서 그런 별명이 붙은 모양인데, 연배도 할아버지와 비슷하고, 그 당시 일을 증언할 수 있는 유일한 사람이라고 했다.

"그분 말씀에 따르면, 당시에 별의별 소문이 다 돌았다고 합니다. 박대길과 정이조가 둘이서 몰래 만난다는 소문도 있었고, 둘이 혼례를 올리기로 했다는 소문도 있었고……. 당신 할아버지께서는 그런 소리를 하는 사람이 있으면 아주 작살을 내셨다고 해요. 성품이 그런 사람은 아니었는데 누나에 관한 이야기, 특히 박대길과 어떻다는 말만 들으면 아예 참지를 못하셨다고 하더라고요. 당시에 사진관을 하던 김 씨라는 사람이 있었는데 그 양반이 박대길과 친한 친구였다더군요. 그 김 씨라는 양반이 박대길과 정이조가 결혼하기로 한 사이라고 말했다가 할아버지께 죽을 뻔했답니다."

할아버지가 눈이 돌아버릴 정도로 이성을 잃는 모습은 상상하기 어려웠다. 나는 한 번도 할아버지의 그런 모습은 본 적이 없었기 때문이다. 하지만 누구나 피가 끓어오를 때가 있는 법이고, 인생에서 예외적인 시기가 있는 법이다.

"그 뒤 박대길은 어떻게 됐습니까?"

"보도연맹원 학살이 있던 날 죽었죠. 사망자 명단에 기록되어 있습니다."

"죽은 것이 확실한가요?"

"그럼요. 사망 신고가 되어 있습니다. 불에 탄 시체가 마을 뒷산에서 발견되었죠. 당시에 경찰관 한 명의 시체도 뒷산에서 발견되었는데, 그 경위는 정확하게 알 수가 없습니다. 달아나는 놈을 뒤쫓으려다 같이 죽었는지 모르죠. 물론 그 뒤로도 박대길에 대해서 소문이 많았던 것은 사실입니다. 정이조와 함께 달아났다는 둥, 부산에서 멀쩡하게 살고 있는 걸 누가 봤다는 둥."

"살아 있다고요?"

"하지만 다 소문일 뿐이죠. 왜 그런 거 있지 않습니까? 악당이라고 욕하면서도 한편으로는 대단한 놈이라고 선망하게 되는 심리 말입니다. 이 동네 사람들에게 박대길은 그런 인물이었던 것 같습니다. 그의 아버지가 일제 끄나풀이었던 데다 인심을 잃을 짓을 많이 했으니 욕을 들어 마땅한데, 그자는 학교를 제대로 다니진 못했지만 어릴 적부터 상당히 영리한 인물이었나 봐요. 그랬으니 그가 살아 있는 것 같다고 누가 말하자, 마을 사람들이 '거봐라, 대길이 그놈이 그렇게 호락호락 죽을 놈이 아니다, 분명 달아나서 이조랑 살림을 차렸을 거다' 떠들어댄 것 같습니다. 살아 있을 때는 죽일 놈이라고 그렇게 욕을 해대더니, 시간이 좀 지났다고 살아 있다니 잘됐다고 박수를 친다는 게 좀 그렇긴 하죠. 하지만 사람들 마음이란 게 그런 거니까요."

"혹시 박대길과 친구였다는 김 씨라는 분은 살아 계십니까?"

"아니요. 오래전에 죽었죠. 사진관은 그 아들이 물려받았지만 요즘 누가 사진관에서 사진을 찍나요?"

나는 지역 사학자와 헤어져 택시를 집어타고 할아버지의 고향 마을로 갔다. 택시 기사는 나를 초라한 국도변에 떨어뜨려주고는 가버렸다.

"요기서 조금만 걸어가시면 돼요."

그 말에 나는 택시에서 내렸다. 방송 테이프에서 본 할아버지의 고향은 지극히 평범한 농촌의 풍경이었다. 하지만 막상 도착해보니 그곳은 개발의 과정에서 완전히 벗어난 듯 오지에 가까운 모습이었다. '근대화 연쇄점'이라는 낡은 간판을 달고 있는 구멍가게와 그 옆으로 역시나 오래된 약방, 옷 수선집, 국도를 잘못 찾아온 사람들을 상대로 라면이나 끓여 파는 역시 초라한 분식집이 모여 있는 2차선 국도에는 지나다니는 차량도 거의 없었다. 70년대에 '근대화'라는 간판이 들어온 것이 유일한 근대화인 모양이었다. 그 끄트머리에 오래된 사진 몇 점을 진열해둔 다 낡아빠진 사진관이 보였다.

"고속도로가 저 반대쪽으로 나다 보니 여기는 수십 년 전보다 오히려 못해졌지, 뭐. 공단도 너무 멀고……."

이장 영감의 집을 묻기 위해 들른 근대화 연쇄점의 주인이 해준 말이었다. '근대화 연쇄점'이라는 간판 자체가 너무 낡아 글자도 희미했다. 가게 안은 간판보다 더 초라했다. 나무판자로 벽을 가로질러 만들어놓은 선반에는 라면 봉지 몇 개와 초코파이, 휴지 몇 개가 전부였다. 한쪽 벽면에 놓여 있는 단 하나의 플라스틱 테이블에서 초로의 남자 하나가 소주를 마시고 있었다.

나는 근대화 연쇄점의 주인이 가르쳐준 대로 이장 영감의 집을 찾아가며 전화를 하고 올걸 잘못했나 하는 생각을 했다. 아니나 다를까 이장 영감의 집은 비어 있었다. 나는 옆집으로 가서 이장 영감이 어디 갔는지, 오늘 돌아오기는 하는지 물어보았다. 옆집 사람도 어딜 갔는지 모르겠다면서 고개만 갸우뚱했다.

"요 며칠 못 본 것 같은데……."

"자제분들 집에 찾아간 건 아닐까요?"

"자식들이 가끔 오긴 해도 생전 그 양반이 자식 집에 가는 일은 없었는데⋯⋯."

나는 다시 이장 영감의 집으로 가보았다. 잠시 집을 비우고 근처에 나간 것처럼 문이 잠겨 있지 않았다. 시골집이라 대문이 그대로 열려 있는 건 그렇다 쳐도 안방 문도, 마루 끝에서 내가 밀어보자 스르르 열렸다. 아랫목에 이불이 그대로 깔려 있었다. 남자 혼자 오래 살아온 방이라 그런지 묵은 먼지와 지린내가 뒤섞인 냄새가 코를 찔렀다. 방 안은 썰렁했다. 아마 전기장판 한 장에 의지해 겨울을 나는 모양이었다.

방문을 닫고 마루에서 일어나는데 문 위에 걸려 있는 낡은 액자가 눈에 들어왔다. 옛날 사진을 모자이크처럼 모아서 만든, 시골에서 흔히 볼 수 있는 액자였다. 컬러로 된 고등학교 졸업 사진은 아마 이장 영감의 아들과 딸일 것이었다. 모퉁이에는 이장 영감의 젊었을 때 사진인 듯 누렇게 변색된 흑백사진이 들어 있었다. 그 옆에 함께 사진을 찍은 사람의 모습은 다른 사진에 가려 보이지 않았지만 한복 바지에 양복 저고리를 입은 이장 영감의 젊은 시절 얼굴이 애처롭게 다가왔다. 시간이라는 것, 그 속에서 우리의 기억이란 저렇게 바스라질 듯 낡은 몇 장의 사진으로 환치된다. 이윽고 모든 것은 흔적도 없이 사라질 것이다. 사진도, 기억도, 우리의 삶도. 나의 감상 때문인지 사진 귀퉁이에 붓으로 적어 넣은 '대성사진관'이라는 이름이 오히려 선명한 것도 서글퍼 보였다.

나는 동네 입구에서 본 사진관의 이름이 대성사진관이었던 것을 떠올렸다. 아마도 그곳이 김 씨의 사진관일 것이고, 그가 수십 년째 동네 사람들의 대소사를 찍어왔을 것이다. 부질없는 짓이겠지만 혹시나 사진관에 가보면 들을 얘기가 좀 더 있을지도 모르겠다는 생각이 들어 나는 왔던 곳으로 걸음을 다시 재촉했다.

사진관에도 주인은 없었다. 내가 사진관의 문을 두드리는 것을 보고 근대화 연쇄점의 주인아주머니가 나왔다.

"거긴 왜 찾아요?"

"뭐 좀 여쭤보려고 그러는데요."

"이리로 와요."

나는 근대화 연쇄점 안으로 들어갔다. 좀 전에 봤던 남자가 여전히 술을 마시는 중이었다. 내가 이장 영감의 집에 갔다 오는 동안 계속 마셨다면 꽤나 취했을 것 같았다.

"이봐, 김 씨. 누가 찾아왔어. 정신 좀 차려."

아니나 다를까 고개를 들어 나를 쳐다보는 그의 눈은 초점이 풀려 흐릿했다.

"올 때부터 취해 있었는데 거기다 소주를 또 마셨으니 얘기가 되려나 모르겠네. 하긴 멀쩡할 때나 취했을 때나 마찬가지지만. 김 씨, 정신 좀 차려!"

"이 여편네가 뭐라는 거야? 내가 뭐?"

나는 김 씨 앞에 앉았다. 아주머니 말대로 제대로 된 이야기가 될까 하는 의구심이 들었지만 일말의 기대를 걸고 박대길에 대해 물어보았다.

"알지, 알고말고. 우리 아버지랑 친구였어. 유명했다고 하데. 전쟁 때 불에 타 죽었는데, 그게 주인집 딸과 배가 맞아서 그렇게 됐다는 거야."

김 씨는 자신이 아는 것을 주저리주저리 늘어놓았지만 내가 이미 알고 있는 것 외에 별다른 내용은 없는 것 같았다.

"아이고, 그 사람한테 뭘 물어본다고. 이야기가 안 되는 사람이야."

주인아주머니가 문지방에 걸터앉아 방 안의 텔레비전으로 시선을 던지며 그렇게 말하자 김 씨는 화를 벌컥 내며 고함을 질렀다.

"내가 뭐! 내가 왜 얘기가 안 돼! 내가 술에 쩔어 있다고 무시하는 거야. 나는 옛날 일 다 기억해. 뭐든지 물어봐. 박대길? 그 사람은 내가 태어나기 전에 죽어서 모르지만 내가 직접 보고 들은 건 다 알아."

"혹 아주머니는 박대길이라는 이름 들어보셨어요?"

나는 사진관 김 씨에게 무슨 이야기를 듣는 건 불가능하겠다 싶어 주인아주머니에게 물어보았다.

"몰라. 그런 사람 처음 듣는데?"

"전쟁 때 돌아가신 분이에요."

"아이고, 그런 옛날 사람을 이제 와 찾으면 누가 알아? 나야 시집오기 전에 딴 동네서 자랐는데 이 동네 옛날 일은 하나도 모르지. 그 사람이 굉장히 중요한 사람이야?"

"중요한 사람이지."

사진관 김 씨가 대답했다. 그의 게슴츠레한 시선이 나를 향했다.

"아주 머리가 비상했던 사람이라고 우리 아버지가 살아 계셨을 때 말했어. 그랬으니 그 사람 죽고 한참 후에도 계속 찾아오는 사람이 있는 거 아냐."

"누가 그 사람을 찾아왔었나요?"

"우리 아버지 살아 계실 때 온 적이 있었지."

"누군지 아세요?"

"몰라. 어떤 여자였어. 생긴 게 참 탤런트 뺨치게 예쁘게 생겼더구먼. 한여름이었는데 옷을 무슨 배우처럼 쫙 빼입고 나타나서는 박대길에 대해 물어보러 왔더라고. 우리 아버지와 한참 얘기했어."

"그게 언제인데요?"

"오래됐지. 전두환 때야. 그때가 그러니까 서울대 학생이 고문당해 죽었다고 데모를 하고 생난리가 났었잖아."

"네. 박종철 사건이요."

"맞아, 맞아. 박종철. 그 사건 뒤에 또 대학생이 하나 죽었잖아. 데모하다 머리에 최루탄 맞고 죽었다나."

"이한열 말씀하세요?"

"맞아, 이한열. 지금 생각해보니 그것들이 다 빨갱인데 말이야, 어쨌든 그 여자가 찾아오고 난 다음에 얼마 지나지 않아 이한열이가 죽었거든."

이한열은 87년에 죽었다. 87년은 만리가 죽은 해이다. 만약 이곳을 찾아온 여자가 만리였다면 그녀는 박대길에 대해 무엇인가를 알아냈음에 틀림없다. 누군가가 부산에서 전쟁 후에 박대길을 봤다는 말이 사실이라면, 만리는 분명 박대길과 얽혀 있고 그것이 그녀를 죽음으로 이끌었을지도 모른다.

"그때 그 여자가 뭐라고 하면서 박대길을 찾던가요? 혹 아세요?"

"그거야 난 모르지. 우리 아버지가 그 여자를 붙잡고 옛날이야기를 한참 해줬어."

"혹시 박대길이라는 분의 친척 아닐까요?"

"친척이 생전 아는 체도 안 하다가 수십 년이 지난 후에 찾아와?"

"혹 그 여자분을 만난 다른 사람은 없을까요?"

"몰라, 이장 영감님도 만났는지 모르지. 그 영감님이랑 우리 아버지, 박대길 셋이 친구였다고 하더라고. 그래봤자 우리 아버지가 모르는 이야기가 나왔으려고."

하지만 김 씨의 아버지, 원조 사진관 김 씨는 역시 이미 죽고 없는 사람이었다. 그러니 어떤 말이 오갔는지는 확인할 길이 없었다. 나는 고맙다고 인사를 하고는 김 씨가 마신 술값을 대신 계산했다. 김 씨는 고맙다며 인사를 하더니 호기 있게 소리쳤다.

"아줌마, 소주 한 병만 더 가지고 와."

"아, 고만 마시고 집에 가. 나는 문 닫고 잘 거야."

"에이, 과부가 무슨 잠을 벌써 자?"

"과부는 잠 안 자고 밤새워?"

김 씨와 주인아주머니가 실랑이하는 소리를 뒤로하고 나는 밖으로 나갔다. 그새 주변은 어두워져 있었다. 버스 정류장은 사진관에서 50미터 정도 내려간 곳에 있었다. 찬바람이 매섭게 몰아쳤다. 아스팔트로 포장된 도로는 끝 간 데 없이 이어질 것 같았지만 도무지 차들은 보이지 않았다. 나는 스마트폰으로 콜택시 회사를 검색해서 택시를 보내달라고 요청했다. 택시 회사의 교환원은 20분 후에야 차를 보낼 수 있다고 말했다.

가만히 서 있기에는 너무 추운 날씨여서 나는 국도를 따라 터벅 터벅 걸었다. 택시가 근처에 오면 기사가 나에게 전화를 한다고 했으니 좀 걸어도 상관없을 것 같았다.

하지만 내가 뭘 잘못 생각한 것이었다. 어두운 밤의 시골길은 내 생각과는 전혀 달랐다. 나는 국도를 따라 곧장 걷고 있다고 생각했는데 문득 여기가 어딘가 싶어 둘러보니 주변에는 인가 하나 보이지 않았다. 어디에선가 길을 잘못 접어든 것이었다. 길은 어둠과 구별되지 않는 산을 향해 뻗어 있었고, 길 주변으로는 키 낮은 나무들이 내 시야가 허락하는 범위까지 펼쳐져 있었다.

배나무였다. 언젠가 할아버지에게 들은 이야기가 떠올랐다. 나의 고모할머니, 머슴 박대길과 사랑을 나누었다는 이조는 배나무 리(梨) 자를 이름에 썼다고 했다. 내 생각 속의 이조는 할머니가 아니다. 꼽추로 태어나 일찍 죽었다는 비극적인 이미지 위에 금지된 사랑의 이야기가 더해져 할머니라기보다는 이조라는 이름의 여자로 떠올랐다.

어둠 속에서 내가 우연히 찾아 들어간 배 밭이 그녀가 사람들의 눈을 피해 박대길을 만나곤 하던 그 배 밭이라는 생각이 들었다. 나는 스마트폰의 플래시를 켜고 배 밭 안으로 걸어 들어갔다. 플래시 불빛을 받은 배나무들이 수상쩍은 표정으로 나를 쳐다보았다. 배나무의 길게 늘어진 그림자가 나에게 지난날에 대해, 사라져버린 사랑과 묻혀버린 비밀에 대해 은밀한 이야기를 속삭여줄 것만 같았다.

60년 전 이조도 이렇게 어둠을 밟으며 두근거리는 심장을 안고 이곳을 지나갔을 것이다. 어둠 속에서 고양이처럼 반짝이는 동네 사람들의 눈을 피해 연인의 뜨거운 숨과 체온을 만지기 위해 그녀는 종종걸음을 옮겼을 것이다. 그들은 어디에서 사랑을 나눴을까? 봄날이면 달빛에 환하게 부서지는 배꽃 그늘 아래서? 배꽃은 마치 처녀의 속옷처럼 끝 간 데 없이 뻗어 있고, 몸을 다 태울 듯 욕망이 꿈틀거려 밤이 와도 잠들 수 없던 이조를 박대길은 어디로 데리고 갔을까.

멀리서 경망스레 바스락거리는 소리가 들렸다. 도둑고양이가 헤매고 다니는 것이었다. 플래시 불빛에 흙더미 같은 것이 보였다. 다가가보니 그것은 움막이 있던 터였다. 흙으로 지었다가 나중에 시멘트 블록으로 보수해서 사용했지만 지금은 그마저도 무너진 채 방치되어 있었다. 이조와 대길이 만났다면 이곳에서였을 거라고 나는 짐작했다.

나는 더 다가가 플래시 불빛을 비춰보았다. 낡은 슬리퍼, 소주병, 춘화가 들어 있는 오래전 잡지 따위가 흙더미에 섞여 있었다. 나는 흙 바닥에 반쯤 파묻혀 있는 낡은 꽃핀을 발견하고 주워 들었다. 소녀의 머리에 꽂혀 있었음직한 낡은 핀이었다. 어쩌면 이조의 머리에 꽂혀 있던 것일지도 모른다고 생각하다 나는 피식 웃었다. 이조는 그보다 훨씬 더 오래전 사람이었다. 60년은 모든 흔적을 사라지게 만들고도 남는 시간이다. 시간이 지나가면, 그토록 뜨거웠던 사랑은 다 어디로 가는 것일까.

문득 혜린이 떠올랐다. 나는 한 번도 혜린에게 사랑한다거나 하는 말을 하지 않았다. 사람들의 시선이 없는 곳에서라면 그곳이 어디든지 나는 혜린의 몸속을 파고들었지만 나는 그것을 욕망이라고만 생각했다. 시간이 지나면 사라질 것이라고 나는 믿었다. 우습게도 그것이 알량한 나의 양심이었다.

어쩌면 대길도 이조를 향한 자신의 욕망만을 보았던 것이 아닐까. 할아버지와 함께 달아난 이조는 대길을 포기하지 못했을 것이다. 아니, 대길이 포기하지 못했을 것이다. 대길이 살아 있다면 분명 그녀를 다시 찾으려 했을 것이다. 그가 성공했을까. 어쩌면 이조는 병으로 죽은 것이 아니라 대길과 달아난 것이 아닐까. 할아버지가 고모할머니에 대한 이야기를 하지 않으려는 이유가 바로 그 때문일까. 달아났다면 그 후 두 사람은 어떻게 살았을까. 혹 그들이 만리와 연결되어 있는 것은 아닐까.

들고 있던 휴대폰이 드르륵 떨렸다. 택시 기사였다. 내가 길을 잘못 들어 배 밭에 와 있다고 말하자 택시 기사는 길가로 나오라고 했다. 내가 과수원에서 되돌아 나가자 이내 택시가 나타났다. "왜 길이 과수원 한가운데로 뚫려 있죠?" 내가 묻자 택시 기사는 근처에 공단이 들어서기로 하면서 불과 몇 년 전에 새로 닦인 길이라 말했다. 하지만 공단은 취소되었고 엉뚱하게 인근에서 가장 유명한 과수원 한복판으로 길이 나버렸다는 것이다. 과수원은 서울에 사는 큰 부자의 소유라고 말했다. 문득 나는 그가 누구인지 확인해 봐야겠다는 생각이 들었다.

한 남자와 네 명의 여자

 9시가 조금 넘었을 뿐인데 부산으로 가는 시외버스는 막차였다. 동해안을 따라 가는 시외버스였지만 밤이라 바다가 보일 리 만무했다. 국도변에는 거대한 공단의 불빛만 휘황했다.

 나는 눈을 감고 부산댁을 찾아가 뭐라고 말을 꺼내야 할지를 생각했다. 터미널에서 버스를 타기 전에, J시의 일등한우갈비 할머니에게 받은 번호로 부산댁에게 미리 전화를 해두었다. 부산댁은 내가 할아버지의 손자라고 하자 아주 반갑게 전화를 받아주었다. 나는 일 때문에 부산에 내려왔는데 문득 생각이 나서 안부 인사를 드렸다고 둘러댔다. 부산댁은 그냥 가지 말고 와서 술 한잔 하고 가라고 나를 청했다. 어린 시절 나에게 떡이며 과자를 주던 그때의 부산댁과 달라진 데가 없었다.

 "해운대 해수욕장으로 택시 타고 와서 해운대 시장 지나면 큰길 있어. 그 길로 쭉 따라오면 엘리제 모텔이라고 바로 보여. 찾기 쉬워. 택시 기사한테 내비 찍으라고 해. 엘리제 모텔이야."

택시 기사는 내비를 찍을 것도 없이 정확하게 나를 엘리제 모텔 앞에 내려주었다. 거리 양쪽으로 휘황한 조명을 밝힌 모텔들이 늘어서 있었다. 엘리제는 그중 비교적 수수하고 조금 낡아 보이는 모텔이었다. 내가 들어서자 마침 한 쌍의 손님이 카운터에서 돈을 계산하고 있어 나는 벽 쪽을 바라보며 기다려주었다. 모텔 안에서는 누구든 마주치는 것이 부담스러운 법이다. 손님이 엘리베이터를 타고 올라가자 나는 카운터를 향해 다가갔다.

"저기, 부산댁 아주머니……."

"아이고, 정말 왔네."

부산댁이 카운터 옆의 문을 열고 복도로 나왔다. 나는 항상 부산댁을 큰 덩치에 화사한 한복을 입은 모습으로만 기억했다. 하지만 거의 20년 만에 보는 부산댁은 예전과는 완전히 달라져 있었다. 한복 대신 페이즐리 무늬의 골프웨어를 입은 그녀는 덩치가 반쯤으로 줄어든 모습이었다. 어쩌면 내가 어린 시절에 부산댁을 보았기 때문에 훨씬 더 크게 기억하는 것인지도 몰랐다.

"내가 암 수술을 받았잖아. 그 뒤로 몸무게가 확 줄었어. 너는 어릴 적 그대로네."

"아주머니도 그대로세요."

부산댁은 고개를 뒤로 젖히며 웃었다. 남자처럼 호탕한 웃음소리는 그대로였다.

"네가 옛날에는 나를 할머니라고 불렀는데!"

"할아버지와 친구시라 제가 그렇게 불렀나 봐요."

"할아버지는 잘 계시니?"

나는 할아버지의 근황을 얘기했다. 부산댁은 입가에 미소를 걸고 고개를 끄덕이며 들었다.

"네 할아버지는 여전하신가 보구나. 하긴 쉽게 변할 분이 아니지. 나가서 술 한잔 하면서 얘기하자. 평기댁이 기다리고 있어."

평기댁, 평기댁. 많이 들어본 이름이지만 구체적인 기억은 전혀 없었다. 내 표정을 읽었는지 부산댁은, 내가 어릴 적에 시장통에서 같이 포목점을 했던 사람이라고 말해주었다.

"거기가 과부가 많은 데잖아. 과부들이 모여 장사를 하다 보니 늘 남자들이 꼬이고, 그래서 그 시장통이 항상 흥청거렸지. 너는 그때 어려서 아무것도 몰랐겠지만, 그때는 우리가 제법 잘나갔지."

부산댁의 며느리라는 여자가 와서 부산댁과 교대했다. 부산댁은 내 손을 잡아끌고 모텔 뒤편의 횟집으로 갔다. 저녁 늦은 시간임에도 횟집은 주말을 맞아 손님들로 붐볐다. 우리가 들어서자 구석 자리에서 부산댁 또래의 여자가 손을 들었다. 평기댁이었다. 눈웃음을 가득 지으며 웃는 얼굴을 보니 기억이 나는 것도 같았다. 부산댁의 가게에서였든지 아니면 시장통 다른 데서였든지 역시 화사한 한복을 입고 나에게 아는 체를 하던 모습이 떠올랐다. 어린 눈에도 누구에게나 싹싹하고 붙임성 있는 사람이라고 생각했던 얼굴이었다.

그러나 부산댁만큼이나 평기댁도 많이 변해 있었다. 부산댁과는 반대로 평기댁은 마치 부푼 풍선처럼 뚱뚱해져 있었다. 그 덕에 얼굴은 여전히 팽팽해 보였지만 술잔을 쥔 손은 반지가 파묻힐 정도로 두툼하게 살이 올라 어딘가 둔하고 아픈 사람처럼 보였다.

"벌써 한잔했네. 내일 일은 어떻게 하려고 또 술을 퍼먹었어?"

"걱정 마. 술 마신다고 일 못 하는 거 봤어?"

"술이 덜 깨서 허구한 날 빈방에서 엎어져 자다가 불려 나오는 게 누군데! 제발 그러지 좀 마. 정훈이한테 내가 면이 안 서잖아. 며느리도 싫어하는 눈치고."

"아이고 서러워라. 늙으면 돈이 돈이 아니라 피라더니 그 말이 맞네. 늙어 돈 없이 남의 가게에서 일하려니까 정말 눈물이 난다, 눈물이 나."

평기댁은 부산댁의 모텔에서 일하고 있었다. 그녀도 J시에서는 꽤나 돈을 벌었지만 운이 나빴다고 신세 한탄 조로 말했다.

"세상살이 다 운이야, 운. 그러니 정훈이한테 너무 그러지 말라 그래. 저도 돈 없는 에미 만났으면 별수 있어? 내가 저를 키우다시피 했는데……."

"네가 시장통에서 장사 처음 할 때 우리 정훈이는 다 컸었는데 뭘 네가 키워? 명주를 내가 키웠지."

"아이고, 우리 명주 클 때 형님이 연애질 한다고 키워줄 시간이나 있었어? 그때 애 할아버지랑 한창 불타오를 때, 눈에 뵈는 게 없을 때였잖아."

부산댁이 상 아래로 평기댁을 툭 차는 기척이 느껴졌다. 나는 가만히 있었다. 평기댁이 볼멘소리로 말했다.

"뭐 어때? 이제는 다 알고 이해할 나인데. 현재야, 맞지?"

"편하게 말씀하십시오. 전 괜찮습니다."

160

하지만 부산댁은 마땅찮은지 맥주잔을 입으로 가져가 단숨에
비웠다.

"아이고, 우리 형님 드디어 실력 나오네. 그래, 오랜만에 현재도
왔는데 술 한잔 해야지. 형님아, 한 잔 더 마셔."

평기댁은 다시 맥주를 가득 따른 후 자신이 마시던 소주를 섞어
주었다. 별말 없이 잔을 받아 드는 부산댁의 모습에서 두 사람이
함께 술잔을 기울이며 지내온 시간의 더께가 느껴졌다. 두 사람 모
두 만만찮은 주당이었다. 거푸 술잔을 비운 부산댁이 나에게 술을
부어주며 말했다.

"너도 마셔. 정말로 우연히 나를 찾아오지는 않았을 것이고, 진
짜 이유가 뭐야?"

"혹시 의사 선생님이 돌아가실 때가 돼서……."

의사 선생님은 고향 사람들이 할아버지를 부를 때 쓰는 칭호였다.

"그래서 우리 형님한테 유산이라도 좀 떼주시려나?"

"쓸데없는 소리!"

부산댁이 뺙 소리를 질렀다. 평기댁은 어린애처럼 킥킥거렸다.

"하긴 유산을 받으려면 내가 받아야지. 의사 선생님이 나한테는
빚이 많으시니까."

"거, 입 좀 닥치지 못해! 네가 그렇게 입이 싸기 때문에 요 모양
요 꼴로 늙은 거야!"

부산댁이 할아버지와 연인이었다는 사실에 나는 그다지 놀라지
않았다. 부산댁이 어린 나에게 유난히 친절했던 것, 그리고 어머니
가 부산댁을 유난히 싫어했던 것을 떠올려보면 어느 정도 짐작할

수 있는 것이었다. 할아버지의 성정으로 미루어 보아 할머니 외에 다른 여자를 두는 것을 꺼렸을 것 같지도 않았다. 하지만 평기댁과도 비슷한 관계였다니. 놀라움이랄까, 씁쓸함이랄까, 혈육의 치부를 봤을 때 느끼는 혼란스러운 감정이 찾아왔다. 하지만 이미 노인이 되신 분들의 지난 이야기라 다소 희극적인 느낌이 들기도 했다. 젊은 사람들은 대체로 욕망이라든가 사랑과 같은 감정이 자신들만의 전유물이라고 오해하기 때문일 것이다.

부산댁이 찾아온 용건을 어서 말하라는 듯 나를 물끄러미 쳐다보았다. 둘러대봤자 산전수전 다 겪은 그녀들을 이길 수 없다는 생각에 나는 단도직입적으로 물었다.

"만리라는 여자분 아시죠?"

"만리? 만리 때문에 온 거야?"

평기댁이 되물었다.

"네. 범인이 드러나지 않은 의문사를 취재 중인데요, 우연히 우리 고향에서 일어난 사건이 눈에 띄어서……."

나는 윤 작가에게서 들은 이야기를 적당히 핑계로 썼다. 부산댁은 아무 말 없이 다시 술잔을 비웠다. 나를 물끄러미 쳐다보던 평기댁이 갑자기 웃음을 터트렸다. 깔깔거리는 그 웃음이 왠지 귀에 거슬렸다. 억지로 웃는 것 같은 느낌도 들었다.

"너, 오늘 제대로 찾아왔네. 그래, 만리가 빠지면 이야기가 안 되지."

"술 좀 더 시키자."

잔을 비운 부산댁이 말했다. 평기댁은 여전히 킬킬거렸다.

"아이고, 우리 형님, 아직도 만리 이야기 나오면 술 안 마시고는 안 되지. 만리가 그렇게 죽지 않았으면 형님한테 머리 끄뎅이가 잡혀서 죽었을 텐데, 맞지? 세상에 만리가 죽었다고 했을 때 나는 형님이 죽인 줄 알았다니까!"

"나는 네가 죽인 줄 알았다."

"우리 말고 다른 여자가 죽인 거 아닐까?"

부산댁이 피식 웃었다. 평기댁도 덩달아 웃었다.

내 짐작이 맞았다. 만리 역시 할아버지의 연인이었다. 어쩌면 더 많은 여자들이 할아버지의 연인이었을지도 모른다. 나도 모르게 피식 웃음이 나왔다. 나는 언제나 J시를 고리타분하고 낡은, 지극히 보수적인 사람들이 모여 사는 지루한 곳이라고 생각해왔다. 하지만 내 생각이 틀렸다. 알고 보니 J시는 헨리 밀러와 『금병매』의 도시였다.

시간이 늦어질수록 횟집 안은 더욱 붐볐다. 주말에는 밤새도록 술을 팔고 새벽에는 해장국을 파는 집이라고 했다. 자정이 되자 횟집 안은 손님들의 술에 취한 목소리와 담배 연기로 가득 찼다. 흥청대는 분위기 때문인지 부산댁과 평기댁은 무섭게 술을 들이켰다. 암 수술을 받았다고 한 말이 무색하게 느껴졌다. 술에 취한 평기댁이 게슴츠레한 눈으로 나를 보며 말했다.

"만리는 예뻤지. 진짜 예뻤어."

"체, 색기가 흘렀던 거지."

"아이고, 우리 형님 아직 질투하시네."

"질투는 무슨. 내가 의사 선생님한테 만리를 소개시켜줬는데 무슨 소리야?"

"나한테까지 거짓말 안 해도 돼. 만리랑 의사 선생님 헤어지게 하려고 애 할머니 끌고 만리 집까지 간 거 내가 다 알아."

"무슨 소리야? 그때는 이미 나하고는 다 정리했다니까!"

"웃기고 있네. 체, 의사 선생님이 안 만나주니까 애 할머니가 입원해 있던 병원 앞까지 찾아가서 기다렸잖아. 그때 시장 사람들이 시앗이 본처 병문안 간다고 비웃었던 거, 형님 모르지?"

"나만 시앗이냐?"

"그래도 그렇지. 애 할머니가 골병이 들어 누워 있는데 거길 찾아가는 사람이 어딨어? 아무리 눈이 뒤집혀도 그렇지. 만리 집에 데리고 간 건 정말 너무했어. 그 때문에 결국 애 할머니가……."

부산댁이 술잔을 소리 나게 상 위에 놓았다. 나는 평기댁이 움찔하는 모습을 놓치지 않았다. 부산댁이 말했다.

"애 할머니가 나를 찾아와서 만리 집에 한번 가보자고 먼저 말했어. 난 집을 가르쳐준 것밖에 없어. 함부로 주둥아리 놀리지 마."

평기댁이 불만스럽게 구시렁거리며 술잔을 입으로 가져갔다. 두 사람 사이의 분위기가 싸해졌다. 내가 입을 열었다.

"만리라는 분은 어떻게 돌아가셨어요?"

"자살했지. 사채업자들한테 워낙 시달렸으니까. 그년이 돈 귀한 줄을 몰랐어. 얼굴에 처발라야지, 옷 해 입어야지, 남아나는 돈이 없었지. 없다고 안 쓸 년도 아니고."

그러자 평기댁이 손을 휘저어가며 말을 받았다.

"나는 자살했다는 거 안 믿어. 만리는 의사 선생님이랑 결혼할 생각이었어. 근데 자살을 해?"

"체, 결혼이 고깃집 불판 바꾸듯이 되는 일이냐? 버젓이 마누라가 살아 있는데!"

"애당초 애 할아버지는 자기 마누라를 쳐다보지도 않았어. 한 집에 살 뿐이지 남남이나 마찬가지였다니까."

"바람 피우는 놈이 하는 말을 다 믿어? 남남이나 마찬가진데 줄줄이 자식은 어디로 나왔어?"

"어쨌거나 저쨌거나 만리는 결혼하려고 했어. 내 귀로 직접 들었다니까! 내가 얘기해주지 않았어? 하루는 길에서 만리를 만났는데 다짜고짜 날 끌고 자기 집으로 가더라고. 왜 그러나 했더니 이불 한 채를 펴놓고는 감촉을 느껴보라는 거야. 얼굴에 대봤더니, 아이고, 어디서 그렇게 매끌매끌한 아사를 구해다 이불을 만들었는지 몸에 닿으면 몸이 살살 녹겠더라니까!"

"그년이 이불로 남자를 녹였나 보네."

"체, 형님은 이불 없어서 남자 놓쳤어? 암튼, 이불을 보여주면서 그년이 하는 말이 의사 선생님이 좋아하시지 않겠냐는 거야, 내 앞에서!"

그러자 이번에는 부산댁이 깔깔거리며 웃었다.

"형님이 그 자리에 있었으면 진짜 사단이 났지. 나도 확 눈알을 뽑아버리려다 꾹 참고는, 시집이라도 갈 거냐, 이불을 다 새로 하게, 물어봤지. 그랬더니 깔깔 웃으면서 내가 시집가고 싶다면 가는 거죠, 이러는 거야."

"그거 다 뻥이야. 그년 뻥이 좀 심해? 또 너는 좀 잘 속아 넘어가야 말이지."

"아니야. 그년 동생도 와서 의사 선생님 안 오시냐고, 자기한테 옷 사다 주기로 했다고 그러더라고."

"그 모자라던 여동생?"

"그래. 친동생도 아니라던데, 의사 선생님이 걔 옷까지 사다 주는 게 웃기잖아."

나는 그 여동생이 경찰 조서에 동거인으로 올라 있던 이순옥일 거라고 생각했다.

"친동생이 아니라는 건 어떻게 아세요?"

"만리가 그렇게 말했어. 데리고 있는 친척이라고. 체, 의사 선생님이 얼마나 잘해줬는지 목을 빼고 기다리던데. 그 꼴을 보니까 속이 더 뒤집히더라. 의사 선생님이 언제 우리 명주나 형님네 정훈이 용돈 한 푼 줬어?"

"우리 정훈이 용돈은 종종 줬어."

"체, 진짜 뻥치네. 내가 다 아는데."

"알긴 뭘 알아?"

"그때 내가 의사 선생님을 만나서 직접 들었는데, 정훈이 성질머리 더럽다고 나한테 얼마나 불평을 한 줄 알아. 형님이 애들 교육 더럽게 시킨다고."

"그때도 의사 선생님을 만났다고?"

"그럼. 의사 선생님은 만리하고 만나면서도 한 번씩 나한테는 연락을 했어."

"너 나한테는 그런 말 왜 여태껏 안 했어?"

"형님이 모르는 얘기는 많아."

평기댁이 마치 이기기라도 했다는 듯 빙그레 웃으며 말했다.

"아이고, 그래서 돈이며 땅이며 다 갖다 바쳤구나. 혹시라도 의사 사모님 될까 봐."

"누가 돈을 갖다 바쳤다 그래? 나는 의사 선생님한테서 땅을 샀을 뿐이야. 운이 나빠서 그 땅이 잘못됐던 거지."

"그래서 사채까지 빌려다 땅 사고 쫄딱 망하냐?"

"그때 의사 선생님이 소송 때문에 돈이 급하다고 해서 내가 급히 돌려줬지."

평기댁이 말하는 소송이란 80년대 초에 있었던 사학 재단 승계와 관련된 소송을 뜻하는 것이리라. 당시 할아버지는 재단 인수를 둘러싸고 처가와 길고 불쾌한 소송을 벌였었다. 생각해보면 그 소송에는 다소 이해가 가지 않는 부분이 없는 것도 아니었다.

할아버지의 장인, 그러니까 나에게 진외조부 되시는 분은 군인 출신으로 6·25 전쟁에 참전했고, 박정희의 쿠데타를 도왔다. 사학 재단 이사장이 된 것은 그 덕이었다.

할아버지는 전쟁 통에 미군 부대에서 치과 보조로 일했다고 했다. 전쟁 직후 대학을 졸업하지 못했어도 면허 시험에만 합격하면 치과 의사 자격을 주는 제도가 잠시 있었는데, 할아버지는 그 시험에 합격했던 것이다.

할아버지는 장인과 미군 부대에서 만나게 되었다. 진외조부는 할아버지가 아주 마음에 들었는지 직접 딸까지 소개해주었고, 돌아가실 때는 할아버지한테 학교를 넘긴다는 유언을 남겼다. 문제는 이 유언을 할아버지의 처남들, 즉 나의 진외종조부들이 거부한 것이었다. 당시에는 시집간 딸의 상속권이 지금과 달랐던 데다, 유언장의 공증에도 문제가 있었다.

당연히 재판은 할아버지에게 불리했다. 문제를 해결한 것은 할머니였다. 할머니가 학교의 초대 교장을 지낸 오정식이라는 인물을 설득하여 할아버지 편을 들도록 만들었던 것이다. 오 교장은 진외조부가 군대에 있을 때부터 그를 모신 부관이었다. 군인 정신으로 철저하게 무장한 오 교장은 진외조부에 대한 충성이 유난히 강했던 탓에 진외종조부들도 모두 아저씨, 아저씨 하며 따랐던 인물이었다. 할아버지가 사학 재단 인수에 적극 개입해서 돈까지 댔다는 증언을 그가 해주었고, 그 덕에 할아버지는 사학 재단을 차지할 수 있었다.

이것이 내가 아는 사학 재단과 관련된 소송의 과정이다. 만일 할아버지와 할머니의 사이가 부산댁의 말처럼 나빴다면 할머니가 그렇게 할아버지 편에 설 수 있었을까. 하긴 할머니도 옛날 분이어서 남편의 외도로 심한 상처를 받았다 해도 일편단심 남편만을 바라보는 전통적 정서에 사로잡혀 있었을지도 모른다.

게다가 부산댁과 평기댁이 하는 말을 모두 믿을 수 없다는 생각도 들었다. 할아버지의 여자 문제가 복잡한 것은 확실하지만 돈 문제만큼은 그렇지 않으리라는 생각이 들었다. 할아버지는 언제나 통이 크고 씀씀이가 확실했다. 그런 분이 여자에게 돈을 꾸다니, 말이 안 된다고 생각했다.

아니다, 내가 할아버지에게 느끼는 실망감을 감추기 위해 변호하는 것인지도 모른다. 사람에게는 수많은 얼굴이 있다. 할아버지도, 나도 마찬가지일 것이다. 나는 내가 보고 싶은 할아버지의 모습만 보려고 하는 건지도 모른다. 마치 내 자식이 나의 어떤 면에 대해 전혀 모르길 바라는 것처럼.

"어디 땅을 사셨어요?"

"어항 맞은편, 그러니까 화력발전소가 들어선다고 말이 많았던 그 땅이지. 화력발전소가 무산된 후에 땅값이 막 올랐잖아. 땅값이 오를 때라 사채까지 얻어서 무리해서 산 게 화근이었어. 내가 잘못한 거지."

"네가 산 건 그때도 돈이 안 되는 거였어. 암만 남자가 좋아도 알아보지도 않고 덥석 땅을 물어? 어떻게 남자 말이라면 의심을 안 해? 그래서 네가 지금 이 모양 이 꼴인 거야."

평기댁은 그 말에 대꾸도 하지 않고 다시 술잔을 비웠다. 표정을 보니 마음이 상한 것 같았다. 부산댁도 그 표정을 모르는 것 같지는 않은데 개의치 않겠다는 듯 말을 이었다.

"남자한테 미치지 말고 지 딸 공부나 제대로 시킬 것이지. 명주 공부도 내팽개치고 남자에 미쳐서는!"

"명주 고년이 공부를 안 했지 내가 뭘 내팽개쳐! 말이 자식이지 그년보다는 의사 선생님이 나한테 더 살가웠어. 사람 마음이 다 자기한테 잘해주는 사람한테 가는 거지 뭐. 형님은 몰라. 내가 명주 가출해서 속상해할 때는 나 데리고 부산 가서 바람도 쐬게 하고, 마음에 드는 건 다 고르라며 백화점도 데리고 가고 그랬어."

"체."

"질투해? 형님은 그런 적 없지? 형님은 너무 남자 같다고 그러더라고."

"내 얘길 했어?"

"그럼. 툭하면 형님 얘기 했어."

"얘기해봤자 별거 있겠어? 다 아는 얘기 했겠지."

"체, 형님이 얘 할머니 찾아가서 만난 것도 다 아는 얘기야? 얘 할머니 찾아가서 의사 선생님이 빌려간 돈 갚으라고 했다며? 나는 형님이 왜 그랬는지 알지. 만리 때문에 분해서 그랬던 거지? 의사 선생님이 만리 만나고 난 후로 형님은 아예 상대도 안 해주니까. 그랬더니 얘 할머니가, 그래 좋다, 내가 돈 갚을 테니 너는 우리 남편 좆 값 내놔라, 그랬다며? 의사 선생님한테 직접 들었어."

평기댁이 깔깔 웃었다. 이번에는 부산댁이 평기댁을 노려보았고, 평기댁은 모른 척 무시했다.

"이런 주둥아리를 찢어놓을 연놈들 같으니라고! 좋아서 접 붙었으면 접이나 붙을 것이지, 내 얘긴 왜 해?"

"의사 선생님은 나한테 온갖 얘길 다 했다니까. 잠자리야 아무하고라도 할 수 있지만 이야기는 아무나하고 못 한다고 그때 그랬어."

"어이구, 그래서 껍데기 홀랑 벗고 다 퍼줬냐? 그렇게 퍼주고 그 대가로 이야기 실컷 들어서 퍽이나 남는 장사 했다. 땡전 한 푼 없이 늙어서 옛날얘기 하니까 살 만하냐?"

"내가 더러워서 형님 집 일 안 해야지, 툭하면 나 돈 없는 타령이야. 공짜로 돈 줘? 어느 여관에 가서 일해도 그 정도는 줘!"

평기댁은 이젠 정말 서러운지 눈가에 눈물이 그렁그렁했다. 난들

이렇게 살고 싶어 사나, 명주 고년이 IMF 때 돈만 안 날렸어도, 하며 급기야 평기댁은 눈물을 쏟아내기 시작했다.

"그래, 울어라. 울어. 그거 말고 니가 할 게 있나?"

부산댁은 벌떡 일어나 나가버렸다. 내가 우는 평기댁을 달래야 할지, 부산댁을 쫓아가서 말려야 할지 몰라 우물쭈물하는데 평기댁이 눈물을 닦으며 말했다.

"저 형님 안 가. 걱정 마."

평기댁은 여전히 눈물이 그렁그렁한 눈으로 내 얼굴을 물끄러미 바라보았다. 나는 가뜩이나 내가 감당할 수 없는 대화 내용 때문에 곤혹스러웠던 터라 고개를 숙이고 안주를 뒤적이는 체만 했다.

"널 앞에 두고 온갖 말을 다 해서 놀랐지? 진짜 주책이다, 늙은 걸 핑계로 할 말 안 할 말 다 떠들고."

"저는 괜찮습니다. 그렇지만 할아버지 때문에 손해를 보셨다니……."

"괜히 형님이 용심부리는 거야. 내가 운이 나빴던 거지, 네 할아버지가 뭔 상관이래? 내가 누구보다 잘 알지만, 저 형님이 네 할아버지 잡으려고 얼마나 발버둥 쳤다고. 그래서 만리를 떼내려고 사채까지 떠넘겼어. 만리한테 돈을 빌려주고는 그걸 돈놀이하는 사람한테로 넘겨버린 거지. 허구한 날 만리 집으로 빚쟁이들이 몰려갔지. 사실 내가 좀 전에 네 할머니가 만리 때문에 죽었다고 한 건 순전히 그냥 하는 소리야. 저 형님이 뭐라나 떠보려고 그랬던 거야. 저 형님이 웬만해서 만리 이야기는 하지 않으려고 하거든. 네가 만리 이야기를 꺼내니까 얼마나 반갑던지."

평기댁은 아직 눈물을 흘리면서 히죽 웃었다. 서로 형님, 동생 하면서 노후를 보내고 있지만 아직도 젊은 시절 사랑의 경쟁자일 때 쌓였던 앙금이 해결되지 않은 것일까. 부산댁과 만리에 대해 새로운 이야기를 털어놓은 평기댁의 목소리는 유난히 차가웠다.

"그럼 만리가 자살하지 않았다는 말씀이세요?"

"내가 어떻게 알겠어? 하지만 한 가지는 알아. 만리한테는 네 할아버지 말고 다른 남자가 있었어."

"그게 누구예요?"

"그건 몰라. 하지만 아주 중요한 남자야. 네 할아버지가 그때 학교 일 때문에 굉장히 바쁘셨거든. 하루는 길에서 만리를 만났어. 그때 네 할아버지는 서울에 가고 없을 때였는데, 만리가 정말 있는 대로 다 차려입었더구먼. 그렇게 차려입고 어딜 가느냐고 물었더니 만리가 하는 말이, 자기가 평생 이렇게만 살아야겠냐고, 시집가야지 않겠냐고 그러는 거야. 나는 그때 다른 남자가 있다는 걸 알았지. 그 뒤에 몇 번이나 내가 떠봤어. 근데 그년이 입이 방정맞은 년인데도 아무 말도 안 하더라고."

"그때가 언제였어요?"

"그때가 대학생들 한창 데모할 때 있었잖아. 이한열이 죽었다고 방송에서 난리 치던 때였지. 맞아, 딱 그때였어."

이한열이 죽은 때. 그때는 할아버지의 고향 마을에 어떤 예쁜 여자가 박대길을 찾아갔던 때이기도 했다.

"만리를 네 할아버지한테 소개해준 건 바로 나였어."

172

부산댁이 마치 꿈속을 헤매는 듯 아득한 말투로 입을 열었다. 평기댁 말대로 부산댁은 화장실에라도 다녀왔는지 잠시 후 찬 기운을 몸에 묻힌 채 다시 돌아왔다. 평기댁은 어지간히 술에 취했는지 벽에 기대 꾸벅꾸벅 졸기 시작한 참이었다. 자는 모습이 그새 안쓰러웠던지 부산댁은 평기댁의 몸 위에 코트를 덮어주었다. 나는 부산댁의 빈 잔에 술을 부어주었다. 부산댁은 더 마시지 않았다.

"다 지난 얘기니까 듣고 흘려. 다 늙고 나니 지난 일이 불과 며칠 전 같지만 그때는 나도 네 할아버지도 아직 젊었지. 네 할아버진 환갑이었지만 청년 같았어. 정말 욕심이 많은 양반이었지. 나도 욕심이 많지만 네 할아버지 같은 사람은 처음 봤어. 뭐든 탐을 냈고 탐나는 것은 다 가져야만 직성이 풀리는 양반이었어. 그런데 그게 네 할아버지의 매력이었어. 네 할아버지는 사실 J시 같은 좁은 곳에 살기에는 아까운 분이셨지. 본인도 그걸 알았어. 가끔 술을 먹으면 내가 고작 이런 데서 땅이나 사 모으려고 그 전쟁 통에서 살아남은 게 아니라고 말했지.

나는 서른 나이에 남편을 잃고 쉰이 다 되어가는 나이에 네 할아버지를 만나기 전까지 남자라고는 몰랐어. 남자는 개 아니면 애인데, 개하고는 살아도 애하고는 못 살거든. 남편이라는 작자는 천생 애새끼라, 일찍 죽어준 거 말고는 나를 위해 하나도 해준 게 없는 인물이었어. 그 인간 죽고 나니 속은 시원한데 먹고살 일이 구만리라 돈 버느라고 내가 뭘 달고 태어났는지도 모르고 돈만 벌었어. 다리모시 해서 포목점 차렸고, 포목점 하면서 배를 사서 선주 노릇도 했어. 거친 뱃놈들과 술을 마셔도 먼저 뻗은 적 한 번 없는 나야. 내가 치마만 둘렀지, 치마 안에는 중간 다리가 있을 거라고 다들 떠들더라고. 나도 그런 줄 알았어.

하루는 네 할아버지가 우리 가게로 찾아왔어. 그 전에 길에서 몇 번이나 본 적이 있었지만 나는 그냥 기생오라비 같은 남자인 줄로만 알았어. 천하의 바람둥이라는 건 그때도 알았고. 그런데 하루는 네 할아버지가 날 찾아와서 배를 자기한테 넘기라고 하더라고. 내가 무슨 미친 소리냐며 대들었더니 네 할아버지가 그러더라고. 여자가 힘들게 뭐하러 선주 노릇까지 하느냐고, 남자들과 술 먹고 싸워봤자 몸만 상하지, 늙어 돌아보면 아껴주는 남자 하나 없이 산 게 서럽지 않겠냐고. 그래서 내가 기가 막혀서 당신이 왜 걱정하느냐, 남자 없으면 당신이 구해줄 거냐 했더니, 네 할아버지가 뭐라는 줄 알아? 남자를 내가 왜 구해주나, 내가 해주면 되지, 그러더라고.

미친 소리 그만하라며 네 할아버지를 내쫓았어야 옳았는데, 근데 그게 참 묘하지? 남자가 돼주겠다는 그 말이 내 마음을 이상하게 파고들더라고. 밤에 누워 생각해보니, 죽어라 일해서 돈 모아봤자 자식 좋은 거고, 이대로 늙으면 내 인생은 뭔가 싶고, 그래 딱 깨놓고 나도 죽기 전에 남자 맛 한번 봐야겠다 싶더라. 어느 년들은 그거에 환장을 한다는데, 나무가 두 쪽으로 딱 갈라지듯 몸이 딱 쪼개지는 것 같다는데, 도대체 그게 뭔지……. 나도 알고는 죽어야지, 싶더라고.

나는 배를 넘겼지. 지금 생각해보면 배 넘기면서 그 위에 덤으로 나를 얹어준 거야. 말도 안 되는 거래라고 생각하겠지만 거래라는 게 원래 다 자기가 남는다고 생각하기 때문에 이루어지는 거 아니겠어? 네 할아버지는 자신이 줄 수 있는 것을 제시했고, 나는 그것을 받았지. 속임수도 과장도 없었고, 각자가 원하는 것을 가졌어. 문제가 있었다면 내가 네 할아버지한테 원하는 게 더 많았을 뿐만 아니라, 점점 더 많이 원하게 되었다는 데 있었지. 원하는 게 많으면, 바라는 게 많으면 지게 돼 있어. 그게 이치야.

몇 년을 미친년처럼 넋을 잃고 살았지. 내 새끼가 밥을 먹는지 굶는지, 장사가 되는지 안되는지도 몰랐고, 온 시장통에 소문이 자자하게 났지만 그게 창피한 건 줄도 몰랐어. 사람들은 나더러 재미봤다고 하겠지. 그래, 좋았던 날도 있었고, 당장 죽어도 좋을 것 같은 때도 있었지만 그래도 나는 힘들었어. 나는 정말 힘들었어. 네 할아버지 바람기 때문에 나는 그때 지옥이었어. 정말 못 살겠더라고. 그런데 왜 헤어지지 않았느냐고? 정은 다 떨어졌는데 몸이 안 떨어지는 거야. 뱃놈들 하는 말로 정말 씹정이 무서운 거더라, 무서운 거야…….

그때 만리가 우리 동네로 이사를 왔어. 만리는 내가 부산에서 살 때부터 알던 사이였어. 네 할아버지랑 만리가 만나면 당장 배가 맞으리라는 걸 알면서도 둘을 소개시켜줬다. 정리하려고, 정말이지 네 할아버지를 정리하고 싶어서 그랬던 거야. 만리와 붙어먹는 걸 보면 진짜 만정이 떨어질 거 같아서……. 그게 뜻대로 잘 되지는 않았지만…….

둘은 처음 조개다방에서 만나던 그날부터 바로 시작됐어. 다음 날부터 온 시장통에 소문이 자자하더구먼. 조개다방 셔터가 올라가지 않은 날은 만리와 네 할아버지가 붙어 있는 날이라고 사람들이 낄낄거렸지. 네 할아버지가 아무리 여자를 알아도 인사불성이 되는 사람이 아니었는데 만리하고는 달랐어. 만리를 쳐다보는 표정부터 달랐어.

그러다가……. 만리가 죽었어. 나는 그 두 연놈을 칼로 찔러버릴까, 집에 불을 질러버릴까, 별의별 생각을 다 하고 있었는데, 누군가 해치웠더라. 정말 고맙다, 그 사람. 고마워. 내 진심이야……."

부산댁은 손등으로 눈물을 닦았다. 평기댁은 아예 술상에 엎드려 코를 골기 시작했다. 나는 왠지 평기댁이 일부러 자는 척한다는 느낌을 받았지만 아무 말도 하지 않았다.

"그럼 만리가 자살했다고는 생각하지 않으세요?"

"그년이 자살을 해? 하긴 경찰이 날 찾아왔길래 만리가 늘 돈 걱정을 했다고 내가 그랬다. 범인이 안 잡히기를 바랐으니까."

"범인이 누군지, 그럼 아세요?"

부산댁은 나를 물끄러미 쳐다보며 대답하지 않았다. 나는 조바심이 나 재차 물었다.

"대답 좀 해주세요. 중요한 문제예요."

"……"

"아주머니!"

"넌 정말 모르니?"

"뭘요?"

부산댁은 결심한 듯 천천히 입을 열었다. 입가에는 보일 듯 말 듯 차가운 웃음이 가는 실처럼 걸렸다.

"네 할머니는 자살하셨어."

176

"할머니가요?"

나는 너무 놀라 숨이 멎는 것 같았다.

"그래, 치과에서 쓰는 마취약을 먹었어. 만리가 죽은 지 두 달쯤 지났을 때였어. 동네 사람들은 쉬쉬했지만 만리 때문이라고들 했지."

나는 부산댁의 모텔에서 하룻밤을 잤다. 괜찮다고 거절했지만 부산댁은 자고 가라고 부득부득 우기며 나를 끌고 갔다. 방은 생각보다 깔끔했다. 모텔 특유의 조잡한 가구들과 천장에 붙은 거울이 민망했지만 실내는 깨끗했고, 욕실에는 물방울 하나 없었다. 뜨거운 물로 샤워를 하고 누웠지만 잠은 쉬 오지 않았다.

할아버지와 만리, 또 다른 남자, 그리고 할머니의 자살……. 횟집에서 들은 두서없는 이야기들이 머릿속에서 군무를 추듯 맴돌았다. 어디까지가 정확한 사실인지도 알 수 없이 떠도는 이야기들. 마치 소화가 안 되는 것처럼 명치 부근이 무거운 것은 그것이 내 가족의 이야기, 내 할아버지의 이야기이기 때문일 터였다.

특히 할머니가 자살했다는 건 나에게 머리를 한 방 때리는 듯한 충격을 주었다. 그때까지 나는 할머니가 지병으로 돌아가신 줄로만 알고 있었다. 오래전 내가 꿈에서 봤다고 생각했던 할머니의 모습이 떠올랐다. 할머니는 식탁에서 약을 먹고 계셨다. 그날이었을까. 나를 부르며 손을 내밀던 할머니의 넋이 나간 듯한 얼굴은 지금도 생생했다. 나를 부르던 목소리는 도와달라는 뜻이었을까.

그러나 그보다 더 중요한 것은 할머니의 자살이 암시하는 바였다. 할머니가 만리를 죽였을까. 질투에 사로잡혀 만리를 죽이고, 두려움과 가책 때문에 자살한 것일까.

하지만 사건은 그것보다 더 복잡했다. 여기에는 뭔가 또 다른 것이 있는 것이 분명했다. 이를테면 혜린의 죽음이 어떻게 만리와 연결되는지, 또 박대길과는 어떻게 엮이는지 나로서는 도무지 짐작할 수 없었다. 최 형사와 혜린의 언니 정희는 만리와 박대길의 뒤를 조사하라는 암시를 주었다. 그들은 만리와 박대길이 혜린의 죽음과 관련되었다고 생각하거나, 최소한 내가 그들의 존재를 알아내기를 바라고 있었다. 무엇 때문에? 왜?

나는 정희의 입장에서 생각해보기로 했다. 어느 날 어머니가 죽었다. 자살로 결론이 났지만 정희는 믿지 않았다. J시 전체에 소문이 날 정도였으니 만리와 할아버지의 관계는 정희도 알았을 것이다. 하지만 다른 남자의 존재도 알았을까. 만약 몰랐다면 정희의 입장에서 가장 의심스러운 사람은 할아버지가 아니었을까. 게다가 할머니의 자살 소식까지 들었다면 분명히 정희도 할머니를 의심했을 것이다.

그때 문득 내가 혜린을 만난 것이 우연이 아닐지 모른다는 생각이 스쳤다. 그때까지는 단 한 번도 그런 생각을 해본 적이 없었다. 정희는 나에 대해서 혜린으로부터 들은 바가 없다고 말했지만 거짓말일 가능성이 충분했다. 아니, 정희의 말은 대부분이 거짓이었다. 만리를 모른다고 말했고, 혜린이 친동생인 양 나에게 말했다. 도대체 혜린과 정희의 관계는 무엇일까. 혜린은 미래와 똑같은 89년생이었다. 혜린의 엄마는 누구일까. 고아인 정희가 직장 생활을 하며 혜린을 거둔 것을 보면 평범한 인연은 아닐 것이다.

혜린은 언니를 정말 좋아했고, 언니 말이라면 뭐든 따르는 아이 였다. 나에 대해서만 숨겼을 리가 없다. 내가 아는 혜린은 그렇게 용의주도한 아이가 아니었다. 분명 정희는 혜린이 나를 만나는 것을 알았음에 틀림없다. 그렇게 생각해보면 혜린이 나를 동강 호텔에서 마지막으로 만났던 날 했던 말도 수상쩍다.

"저는 그냥, 처음 감독님과 제가 만난 것부터 뭔가 이상한 일이 아닌가, 그런 생각이 들었어요."

혜린은 그렇게 말했다. 만약 혜린과 내가 우연히 만난 것이 아니라면, 혜린이 작정하고 나를 찾아왔다면……

나는 침대에서 벌떡 일어났다. 만약이 아니라 사실이라는 확신이 들었다. 혜린은 정희의 사주를 받은 것이었다. 그래서 경력을 속여가며 나에게 접근했다.

그러나 이 또한 다른 모든 것처럼 처음에는 사실 같다가도 돌아서면 다시 의심스러웠다. 혜린이 나를 만나면서 보여준 모든 것들. 나는 혜린이 분명 나를 사랑한다고 믿었는데 그것도 다 계획이고 연극이었을까. 나는 혜린의 진심을 믿었다. 하지만 나 역시 혜린에게 진심이었지만 혜린과 헤어졌고 그녀가 상처받는 것에 아랑곳하지 않았다. 어쩌면 사랑이란 우리가 생각하는 것 이상으로 유연한 감정인지 모른다. 사랑하면서도 얼마든지 속일 수 있고, 나처럼 비겁할 수도 있고, 박대길처럼 치명적인 위해를 가할 수도 있다.

박대길……. 박대길이라는 이름이 등장하면, 뭔가 답을 알 수 있을 것 같던 수수께끼가 다시 미궁 속으로 빠져들고 만다. 박대길을 찾아갔던 여자가 만리라고 가정한다면 만리는 왜 갔을까. 분명 할아버지와 관련이 있을 것 같은데 이유가 뭘까.

　결국 나는 밤새 침대에서 뒤척이다 새벽이 오는 것을 보고는 파카를 입고 모텔 밖으로 나갔다. 물빛으로 밝아오는 바닷가로 가는 길에는 벌써 운동하는 사람들이 여럿 보였다. 유난히 외국인이 많아 자칫 외국의 거리 같은 느낌마저 주었다. 나는 자판기에서 뜨겁지도 않고 달기만 한 커피 한 잔을 뽑아 들고 바닷가로 걸어갔다. 코 안으로 소금기가 밀려들어오면서 남아 있던 취기가 찬바람에 확 깼다.

　문득 어쩌면 내가 생각의 방향을 잘못 잡은 건지도 모른다는 생각이 들었다. 이야기의 시작은 항상 단순하다. 그것이 점점 복잡하게 전개되다 보면 처음의 단순하던 모양을 잃어버리고 걷잡을 수 없게 되는 것이다. 나는 이야기의 처음을 보자고 중얼거렸다.

　이 이야기의 처음은 박대길이다. 혜린은 만리를 뒤쫓았고, 만리는 박대길을 뒤쫓았다. 박대길에 대해서는 모든 것이 의문이다. 그가 전쟁 통에 죽었는지 아니면 살았는지, 정말로 나의 고모할머니 이조와 달아났는지, 이조가 죽고 난 후에는 어떻게 되었는지 나는 알 길이 전혀 없다. 만약 박대길이 살아 있다면? 만리가 만났던 또 다른 남자가 박대길이라면? 내가 상상의 나래를 펴는 건지는 모르겠지만 나는 그가 죽지 않고 살아 있으며, 어떤 식으로든 계속 할아버지를 지켜보고 있으리라는 생각이 들었다. 그리고 이에 대해 어떤 식으로든 나의 궁금증을 해소해줄 수 있을 만한 사람은 할아버지뿐이다.

　나는 할아버지를 만나고 서울로 올라가야겠다는 생각에 서둘

러 모텔로 걸음을 옮겼다. 날은 완전히 환해졌지만 주말 아침의 유
흥가는 아직도 완전히 잠에 빠져 편의점 하나만 문이 열려 있었다.
나는 전날 밤 서두르느라고 빈손으로 부산댁을 찾은 것이 생각나
주스라도 하나 사서 들고 가야 하나 하는 생각에 편의점으로 들어
가 개중 제일 나아 보이는 주스 세트를 하나 샀다. 계산대에서는
제법 나이가 들어 보이는 남자가 신문을 읽고 있었다. 스마트폰으
로 뉴스를 검색하는 모습에 하도 익숙해져 있어서 그런지 조간을
읽고 있는 모습이 신선해 보였다. 나는 남자가 바코드를 찍는 동안
신문으로 눈길을 던졌다. 사회면 하단에 자리 잡은 기사 제목이 눈
에 들어왔다.

"J시 살인 사건, 용의자 조작 논란."

나는 신문을 좀 보자는 양해도 구하지 않고 집어 들었다. 혹시
나 했지만 역시나 혜린의 사건과 관련된 것이었다. 혜린의 살인 용
의자로 검거된 부랑자는 범인이 아니었다. 경찰은 사건을 조작해
그를 검거한 것이었다. 갑자기 심장이 쿵쾅거렸다. 기자는 용의자가
따로 있음을 암시하고 있었다. 그것은 바로 나였다.

기억은 다르게 적힌다

J시로 가는 버스 안에서 나는 스마트폰으로 관련된 모든 기사들을 검색해보았다. 시외버스 안이라 해당 페이지가 로딩되는 데 시간이 너무 오래 걸리고 툭하면 다운되었지만 그래도 중요한 기사는 읽을 수 있었다. 중앙 일간지에까지 실리다니 사태가 간단하지 않았다. 아버지의 공천을 둘러싼 갈등이 초미의 관심사이다 보니 앞으로 더 비중 있게 다뤄질 가능성도 컸다.

제보자에 의하면 부랑자는 사건 당일 밤 노숙자 쉼터에서 잠을 잤다는 것이었다. 더욱 황당한 것은 부랑자가 경찰에 이 사실을 말했지만 경찰은 조사도 하지 않고 묵살했다는 것이다. 이것은 단순한 경찰의 실수가 아니라고 제보자는 주장하고 있었다. 이 사건의 유력한 용의자가 지역의 유력 인사이자 여당의 공천 신청자와 관련된 인물이어서 사건을 조작했다는 것이었다. 그러나 정작 나에게 가장 큰 충격을 준 것은 지역 신문에 실린 기사였다. 기자는 사건

조작보다는 살인 사건 자체에 초점을 맞추고 있었다.

"용의자는 피해자와 내연의 관계였으며 그는 알리바이를 입증하지 못한 것으로 알려졌다."

나는 그 문장을 몇 번이나 다시 읽었다. 혜린의 사건은 끝나지 않았고 나는 여전히 용의자였다. 이 명백한 사실을 중심으로 숱한 가능성들이 가지를 쳤다. 이 일이 회사에 알려질 경우 나는 어떻게 될 것인가. 설령 혐의를 벗는다 할지라도 사건이 커진다면 나는 회사의 명예를 실추했다는 이유만으로도, 사내에서 작가와 부적절한 관계를 가졌다는 이유만으로도 사표를 쓰게 되기에 충분했다. 사표를 쓰지 않는다 해도 회사에서 내 입장, 내 이미지가 형편없어지기는 마찬가지다. 나는 그런 상태를 버텨낼 재간이 없다. 할아버지의 재력이 있으니 먹고살 걱정은 면하겠지만, 그것은 내가 원하는 삶이 아니다. 내가 할아버지라는 배경의 덕을 보지 않은 것은 아니지만 그것은 배경일 뿐, 나는 내 삶을 산다고 믿어왔다. 하지만 이제 내 삶을 규정하던 모든 것들이 흔들리고 있었다.

도대체 누가 제보를 한 것일까. 제일 먼저 생각난 사람은 최 형사였다. 나와 혜린의 관계와 내 알리바이에 대해 말해줄 수 있는 사람으로 그가 제일 유력했다. 나는 정희의 집으로 들어가던 최 형사의 뒷모습을 다시 떠올렸다.

동창 녀석도 마음에 걸렸다. 동창 녀석은 처음부터 이 사건에 대해 노골적으로 관심을 보이며 달려들었다. 더욱이 선거에 관계하고 있으니 아버지에게 치명타를 가하기 위해서라면 없는 사실도 만들어낼 판일 것이다.

그때 아버지한테서 전화가 걸려왔다. 목소리에서 걱정과 짜증이 묻어났다. 나는 집으로 가는 중이라고 말했다. 애써 태연한 척하며, 걱정 마시라고 했지만 내 목소리는 내가 듣기에도 자신이 없었다.

고향 집 현관에 들어서려는데 손님들이 몰려나왔다. 아버지의 선거 캠프에서 일하는 사람들 같았다.

"분명히 돈으로 매수했을 거야."

"애초에 선거판만 돌아다니며 돈 뜯어먹는 그런 놈을 끌어들이는 게 아니었어. 명함 봤어? 선거 전문 컨설팅 대표라고 되어 있더라고. 그게 도둑놈이라는 뜻이지."

"그놈이 워낙 발이 넓은 놈이잖아. 그놈이 저쪽에 붙었으니 이번 선거는 해보나 마나야. 왜 하필이면 이런……."

한 사람이 땅이 꺼져라 한숨을 쉬며 말하더니 내 얼굴을 보고는 말을 삼켰다. 나는 고개를 숙여 인사했다. 아버지가 나와서 그들을 배웅했다. 그사이 나는 어머니에게 인사를 드렸다.

"빨리 왔구나."

내가 서울에서 내려오는 것으로 알고 있던 어머니가 놀란 듯 말했다.

"할아버지는 지금 안 계신다. 요즘 병원 다니시는 거 모르지?"

"할아버지가요?"

"뇌출혈 증세가 있어서 계속 병원 다니셨어. 근데 계속 안 좋은 일만 일어나서 걱정이다, 정말."

나는 단 한 번도 내 옆에 할아버지가 있지 않다는 생각을 해본 적이 없었다. 구순 가까운 연세지만 할아버지는 언제나 정정했고,

나는 할아버지가 언제나 그런 모습일 거라고 당연하게 믿고 있었다.

아버지가 손님 배웅을 마치고 들어왔다.

"누가 매수되었다는 게 무슨 말이에요?"

"선거 참모 중에 한 명이 유원종 측으로 갔어. 믿을 만한 사람이라고 하더니 내가 사람을 잘못 본 거야."

"그럼 이번 기사는……."

"유원종 측에서 터트린 거야."

야당의 선거운동을 하고 있는 동창 녀석의 소행일 거라는 내 추측은 벗어났다. 하지만 상황은 더 나빴다. 유원종은 이미 이 지역에서 삼선으로 경찰, 검찰 할 것 없이 훤하게 꿰뚫고 있었다. 그가 알았다면 사건을 더 크게 만드는 것은 시간 문제일 것이다.

"공천은 물 건너가는 거지."

아버지는 벌써 지쳐 보였다.

"우리도 유원종의 비리를 제보받은 게 있어서 그걸 터트리려고 하지만, 문제는 너야. 이 사건 때문에 다시 경찰서에서 조사를 받다가 혹 이상한 거라도 나오면 그땐 정말……."

"무슨 그런 소리를 해요? 현재는 걱정 없어요. 분명히 진범이 잡힐 거라고 아버님도 그러셨잖아요."

"경찰이 공천 이전에 범인을 잡지 못할 거라는 게 문제지."

"지금 선거가 중요한 게 아니잖아요. 선거는 다음에 또 있지만 만약 현재한테 무슨 일이 생기면……."

어머니의 말투는 차분했지만 분명히 아버지에 대한 비난이 서려 있었다. 내가 아는 한 아버지와 어머니는 결코 언성을 높이지 않은 채 은근한 비난과 무시, 무관심으로 서로를 대해왔다. 나는 옆에서 그 모습을 항상 조마조마 지켜보며 자랐다. 아버지는 말을 돌렸다.

"이 판국에 미래는 선거운동 한다고 야당 선거 사무실에 들락거리고 있어. 이 미친 계집애를 어떻게 해야 될지 모르겠다. 혹 이게 쓸데없는 소리를 나불거리고 다니지 않았는지 몰라."

"설마요."

"그게 지금 제정신인 줄 알아?"

아버지의 목소리가 분노로 떨렸다. 나와 어머니에게 받은 스트레스가 모두 미래에게 이동하는 것 같았다. 미래로서는 억울한 노릇이지만 미래도 잘했다고 볼 수는 없었다. 아무리 자신의 소신이 중요하다지만 이럴 때 야당의 선거운동을 하고 다닌다는 것은 아예 대놓고 아버지를 무시하는 행동이었다. 나는 미래에게 문자를 보내 지금 어디에 있느냐고 물어보았다. 미래는 선거 사무실에서 일하는 중이라고 간단하게 대답했다. 대답 뒤에 같이 보낸 눈웃음 이모티콘이 눈에 거슬려 왜 그러느냐는 미래의 물음에 대답도 하지 않았다.

나는 좀 쉬어야겠다며 2층으로 올라갔다. 내 인생을 좌지우지할 문제가 일어나고 있었지만 갑자기 나와는 무관한 남의 일처럼 현실감이 사라져버렸다. 너무 피곤한 탓일지도 몰랐다. 지난밤 부산댁의 모텔에서 잠을 거의 자지 못했던 것이다. 나는 2층의 내 방으로 올라가 침대에 드러누워 그대로 곯아떨어졌다.

나는 맥락도 형체도 뚜렷하지 않은 어수선한 꿈을 꾸었다. 나는 동강의 갈대밭이라고 생각했는데 어느새 그것은 배 밭으로 변해 있었다. 말 그대로 이화에 월백하는 깊은 밤, 새하얀 꽃들이 분분히 날리는 배 밭이었다. 한 여자가 배 밭 저편으로 걸어갔다. 이조인지, 만리인지, 아니면 혜린인지 알 수 없는 여자였다. 갑자기 그여자가 내 앞에 섰고 나는 술에 취해 동강의 갈대밭에 서 있었다. 나는 화가 나서 여자에게 뭐라고 소리치며 여자의 어깨를 붙잡고흔들었다.

"그만 가요, 어서 가라고요!"

혜린이었다. 꿈을 꾸면서 나는 알았다. 그 장면이 내 기억에서 잘려버린, 혜린과의 마지막 순간이라는 것을. 자면서 나는 나에게 말했다. 이 장면을 정확하게 봐두어야 한다. 그러면 나는 내가 혜린을죽였는지, 아닌지를 알 수 있을 것이다. 꿈속의 나는 혜린에게 한발자국 다가갔다. 나는 자면서도 더욱 집중해서 보려고 의식을 모았다. 동시에 의식 한구석에서 이건 꿈이야, 꿈일 뿐이야 하는 소리가 들렸다. 안 된다, 나는 이 장면을 봐야만 한다, 내 눈으로 확인해야 한다고 또 다른 내 의식이 안타깝게 말했다. 갑자기 장면이 희미해졌다. 동강의 갈대밭도, 꽃잎이 날리는 배 밭도 희미해졌다. 혜린에게 다가가는 내 모습만 희미하게 보였다. 나는 꿈속에서 간절하게 외쳤다. 조금만, 조금만 더 꿈이 이어지고, 조금만 더 그날 밤을보게 해줘. 정말로 내가 혜린을 죽인 것인지, 아닌지만 확인할 수있도록.

그러나 곧이어 암전이 왔다. 나는 여전히 자고 있었지만 꿈은 끝났다. 나는 끝내 그날 밤 무슨 일이 일어났는지 알지 못할 것이라는 예감이 들었다. 누군가가 나에게 말해줘야만 한다, 내가 범인인지, 아닌지. 아마 혜린만이 알 것이다.

내가 잠에서 깼을 때는 저녁이 가까워오는 시간이었다. 이미 창 밖이 어둑어둑해지고 있었다. 아무도 없는지 집 안은 조용하기만 했다. 나는 욕실로 가서 방광에 꽉 차 있던 오줌을 비우고 뜨거운 물로 샤워를 했다. 내 몸을 꽉 채우고 있던 불순물 같은 것이 빠져 나가면서 몸이 가벼워지는 동시에 정신이 맑아지는 느낌이 들었다.

샤워를 끝낸 나는 1층으로 내려갔다. 할아버지 혼자서 거실에서 신문을 읽고 있었다. 내 기척을 들었는지 할아버지는 신문에서 눈을 떼지 않은 채 혼잣말처럼 중얼거렸다.

"신문에 별게 실리지도 않았는데……. 방송이 취소됐어."

"네?"

"피디한테서 전화가 왔더라. 논란의 여지가 있기 때문에 잠시 보류하기로 했다고. 유원종 측에서 손을 쓴 모양이야. 어떻게 방송을 내보낼 수 없나, 알아보는 중이다. 너는 어디서 오는 길이야?"

"부산댁 아주머니를 만났어요."

"부산댁? 그 사람은 왜?"

"그냥, 어쩌다 보니 만나게 됐어요."

할아버지는 나를 물끄러미 보더니 갑자기 푸하하 웃음을 터트렸다.

"그래, 부산댁은 잘 지내던?"

"예. 평기댁 아주머니도 같이 계시던데요."

할아버지는 아예 박장대소를 했다.

"여자들은 진짜 속을 알 수가 없어. 둘은 서로 못 잡아먹어 이를 가는 앙숙이었는데 아직 붙어 살아? 하긴 내 욕 하는 재미로 둘이 같이 살겠지."

"펑기댁 아주머니는 살기가 힘드신가 봐요. 여기 있을 때 땅을 잘못 사서 망했다고……."

"내 말을 안 들어서 그렇지! 그 땅을 계속 쥐고 있었으면 결국 돈이 됐을 거야. 사고만 치고 다니던, 그 싸가지 없는 딸내미 돈 해주느라 다 팔아먹었어. 내가 그만큼 모른 척하라고 일렀는데도! 펑기댁이 다 좋은데, 인정에 너무 약해. 내가 한번 가봐야겠구먼."

"두 분 다 만리라는 분 얘기를 하시던데요. 도대체 만리라는 분은 어떻게 된 거예요? 자살이라던데 맞아요?"

"별 얘기가 다 나왔구먼. 하긴 그 둘이 만리를 못 잡아먹어 안달이었으니."

"할아버지와 가깝게 지냈다고 들었어요."

"만리는 말이야……."

할아버지는 옛 추억을 회상하는 듯 잠시 말을 멈추고 생각에 잠겼다. 나에게 들려줄 적당한 단어를 찾고 있는 건지도 몰랐다.

"만리는 묘한 여자였어. 나한테 무척 거짓말을 많이 했지."

"무슨 거짓말이요?"

"나 말고 다른 남자도 있었고, 돈 문제도 복잡했고, 나도 정확하게 알 수 없지만 아무튼 숨기는 게 많았어. 다른 여자들과는 달랐어. 나도 만리가 자살했을 거라고는 생각하지 않는다. 무슨 사연이 있었을 거야. 일찍 부모님을 잃고 온갖 풍상을 겪으며 살았으니 그럴 만도 하지. 예쁘긴 참 예뻤어."

"혹 할아버지께서 의심받지는 않으셨어요?"

"왜 안 받아? 하지만 난 그때 서울에 있었는걸. 죽은 여자애가 만리와 무슨 관련이 있어?"

"모르겠어요."

"사건에는 너무 신경 쓰지 마라. 내가 진범을 꼭 잡을 테니까. 그 날 밤에 너를 태워 온 택시 기사가 있어. 부검을 철저하게 하면 요즘에는 사망 시간도 정확하게 알 수 있다던데 시간만 대조해보면 너한테 혐의가 없다는 건 대번에 알 거 아냐. 그리고 사람을 풀어서 목격자도 찾고 있어. 지난번에 찾다가 진범이 잡혔다길래 그만뒀는데 다시 찾아봐야지. 누구든 네가 집으로 출발한 후에 죽은 여자를 봤다는 사람이 나오면 되는 거 아니냐."

나는 할아버지의 얼굴을 쳐다보았다. 살아온 시간의 흔적이 얼굴 전체에 무수한 자국을 남겼지만 여전히 잘생긴 얼굴이었다. 하지만 편찮으시다는 얘기를 들어서인지 유난히 눈가가 어두워 보이는 것이 할아버지도 많이 늙었다는 생각이 들었다. 그럼에도 할아버지의 얼굴에서는 그 무엇도 흔들 수 없는 강인함이 보였다.

불손하게도 나는 할아버지가 여자를 껴안고 있는 모습을 상상했다. 욕망에 취해서 번들거리는 할아버지의 표정을 나는 쉽게 상상할 수 있었다. 여자들에게 할아버지는 훌륭한 남자였을 것이다. 욕망을 전염시키고, 충족시키고, 버려진 후에조차 끝없이 갈망하고 집착하게 만드는. 정작 스스로는 당신의 욕망 외에는 아무것도 생각하지 않는 이기적인 얼굴.

나는 그 얼굴이 혐오스럽지 않았다. 오히려 나는 항상 매혹당했고, 그 얼굴을 평생 의지해왔다. 그것은 의심의 여지가 없는 사실이었다. 유난히 불안하고 무서움이 많았던 나의 어린 시절, 그때도 내가 믿고 찾은 것은 항상 할아버지의 품속이었다.

어쩌면 내가 용의자로 의심받듯이 할아버지도 동일한 의심을 받아왔는지도 모른다. 할아버지 당신도 그 의심을 모르지 않을 것이었다. 나는 그 어느 때보다 할아버지와 일체감을 느꼈다. 우리 둘다 용의자였고, 둘 다 사랑하는 여자가 죽는 모습을 지켜봤다. 할아버지가 절대로 내가 범인이 아니라고 믿듯 나는 할아버지를 그 해묵은 의심과 비밀로부터 벗어나게 해주고 싶다는 충동이 솟아올랐다.

"할아버지."

할아버지가 왜 그러냐는 듯 나를 쳐다보았다.

"고모할머니 말이에요. 이조. 그분은 할아버지와 고향을 빠져나온 후 어떻게 되셨어요?"

"누나는 얼마 못 살고 죽었지."

"어떻게요?"

"원래 몸에 병이 많았어. 우리 집안은 모두 단명하는 집안이야. 그래서 변변한 친척도 없잖아. 나만 예외지. 그런데 갑자기 그건 왜?"

"그분이 박대길과 사랑에 빠지셨다면서요."

"그 말은 할 거 없다. 그놈이 누나를 이용한 거야."

"혹 전쟁 후에도 계속 만나신 거 아니에요?"

"무슨 소리야? 박대길은 내가 고향에서 도망치던 날 밤에 죽었는데."

"혹 박대길이 죽지 않고 살아 있다면요? 그런 의심 안 해보셨어요?"

할아버지는 나를 가만히 바라보았다. 여러 가지 추측과 의문이 교차하는 눈빛이었다. 이윽고 할아버지가 입을 열었다.

"그럴 리가 없다. 박대길은 죽었어. 내가 가장 정확하게 알아. 내가 죽는 것을 봤으니까."

"……"

"그놈이 나를 죽이려고 쫓아왔지. 하지만 복 서방이 길목에서 그놈을 기다리고 있었어. 복 서방은 우리 집 일을 도와주던 사람이었는데, 복 서방이 들고 있던 낫을 그놈의 가슴팍에 꽂았지. 안 그랬으면 내가 죽었을 거다. 하지만 누나는 그 일 때문에 아주 괴로워했어. 죽을 때까지 괴로워했지."

할아버지는 아무 일 아니라는 듯 다시 신문을 들었다.

그날 밤 미래는 늦게 집으로 돌아왔다. 나는 피곤하다는 미래를 붙잡고 몇 마디 잔소리를 했다. 내 동창과 어울려 다니는 것도 마음에 안 들고, 아버지가 선거 때문에 저러고 계신데 네가 남의 선거를 도와주는 건 너무하지 않느냐는 등등, 모처럼 하는, 아니 처음 해보는 오빠 행세였다. 물론 미래가 그것을 고분고분 받아들일 아이는 아니었다.

"왜 내가 꼭 아버지를 지지해야 하지? 그리고 왜 오빠가 간섭하는 거야?"

"간섭하는 것도 아니고, 아버지를 지지하라는 것도 아니야. 가뜩이나 선거 때문에 아버지의 신경이 곤두서 있는데 일부러 아버지를 자극할 필요는 없잖아."

"아버지 선거가 꼬이는 것은 나 때문이 아니라 오빠 때문이야."

나는 할 말이 없어 미래를 쳐다만 보았다.

"물론 오빠가 의도한 건 아닐 거라고 생각해. 하지만……."

"하지만 뭐?"

"나는 설령 오빠가 개입된 일이라 해도 죄 없는 누군가가 누명을 쓰는 건 싫어."

"내가 누군가에게 누명을 씌웠니?"

"그런 건 아니지만 할아버지를 보면 범인을 돈 주고 사기라도 할 기세시던데?"

"무슨 말이야?"

"할아버지랑 친한 멸치 어장 조합원들, 무슨 술집에서 일하는 사람들, 죄다 모여서 목격자를 찾는다면서 들쑤시고 다녀. 할아버지가 시켰겠지. 그렇지만 그 여자가 죽어 있던 장소를 가보면 거긴 목격자가 있을 만한 곳이 못 돼."

"너 가봤니?"

"응."

미래는 미안한 듯 덧붙였다.

"성중이 오빠, 오빠의 고등학교 동창 말이야. 그 오빠가 지난번에 검거된 부랑자의 누명을 벗기려고 주변을 샅샅이 뒤지고 다녔어. 나도 따라가봤지."

나는 어이가 없었다. 미래는 맹랑하리만치 쿨했다. 미래도 내 표정을 읽었는지 피식 웃었다.

"내가 오빠에게 잘못한 거야?"

"아냐. 그런데 너라는 애는 참, 냉정하구나. 냉정하다는 말이 듣기 싫으면 객관적이라고 해야 할까?"

"오빠, 내가 가족의 문제에 객관적이지 않다면 어떻게 이 집안에서 살 수 있었겠어?"

"무슨 말이야?"

"오빠는 내가 아무것도 모르는 줄 알아? 난 다 알아. 아버지와 엄마의 관계, 아니 아버지와 이모의 관계라고 해야겠지."

"네가 그걸 어떻게? 다 지나간 일인데?"

"지나간 일?"

미래는 코웃음을 쳤다.

"그런 건 없어. 지나간 일로 하자고 합의한 일이 있을 뿐이지. 내가 기억하는 한 아버지와 어머니는 항상 서로를 미워하셨어. 그 이유를 나는 우연히 외가에 놀러 가서 알았어. 그 전에 나는 늘 의아하게 생각했지. 나는 부잣집 딸이고, 남들이 유복하게 자란다고 다들 부러워하는데, 왜 나는 행복하지 않을까? 이유가 있었어. 나는 거짓말 속에서 자랐기 때문이야. 아버지와 어머니는 겉으로는 평화로운 척했지만 두 분은 말도 서로 안 섞었어. 그걸 모두가 알면서도 모른 척했어. 할아버지도, 외갓집도. 마치 아무 문제 없는 듯, 오빠말처럼 다 지나간 일인 듯. 그러면서 내 뒤에서는 항상 뭐라고 쑥덕거리고, 내 앞에서는 과장되게 친절한 척했지. 그러나 실상은 나에게 아무도 관심이 없었어. 다들 자기 거짓말을 지키는 데만 바빴지."

나 역시 그랬는지도 모른다. 나는 아버지와 이모의 관계를 모른 척해주는 거라 생각했지만 사실은 무관심을 가장하여 가족 가운데서 일어난 부정을 부정하고 있었는지도 모른다. 나와 상관없는 부모님의 일, 지나간 과거의 일이라고 스스로를 속이고 있었는지도.

"내가 냉정하다고? 그건 맞아. 하지만 그건 다치지 않고 살아남기 위해 스스로 개발한 거야. 나한테는 가족이 없어. 한 집에 사는 사람들의 구체적이고 객관적인 행동이 있을 뿐이야."

나는 뭔가 따뜻한 말을, 오빠로서 해줄 수 있는 충고를 떠올려보았지만 뜻대로 되지 않았다. 나는 그럴 주제가 되지 못했을 뿐만 아니라, 오히려 내가 미래에게 도움을 청해야 할 판이었다.

"만약 부랑자가 누명을 쓴 거라면 그 사람이 혜린의 카드를 들고 있었던 건?"

"주웠어. 부랑자가 그렇게 말했어."

"하지만 혜린이 머리를 맞고 죽었다는 것도 정확하게 말했어. 그건 보도에 나가지도 않았는데."

"그건 그냥 떠든 거래. 워낙 취조를 해대니까."

"그냥 입에서 나오는 대로 말했는데, 우연히 맞았다?"

"유도신문에 걸렸겠지."

나는 최 형사를 떠올렸다. 그가 나라는 용의자를 놔두고 부랑자에게 유도신문을 할 이유가 없었다.

"나하고 지금 같이 가보자."

"어딜? 거길?"

"응. 난 한 번도 못 봤어."

사실 나는 그제야 내가 범행 현장을 한 번도 보지 못했다는 것을 깨달았다. 나는 막연히 내가 혜린과 싸웠던 호텔 뒤편이라고만 생각하고 있었다. 그곳에 가면 뭔가 알게 될지도 모른다. 뭔가 기억이 떠오를지도.

미래는 내키지 않는 듯했지만 파카를 입고 따라나섰다. 나는 아버지께 차를 빌렸다. 아버지는 내가 미래를 데리고 나가서 '오빠 행세'를 하려는 것으로 생각했는지 선뜻 키를 내주었다.

미래와 나는 아버지의 차를 타고 가서 호텔 뒤편 공터에 주차했다. 범행 현장은 호텔 뒤편에서 동강 쪽으로 조금 더 간 곳이었다. 그러니까 자전거 길이 있는 갈대숲 건너편으로, 개포천이 동강과 만나기 직전의 지점이었다. 그곳에 걸려 있는 다리는 내가 어린 시절부터 보아온 익숙한 것이었다. 현장은 그 다리에서 좀 더 떨어진, 완전히 외진 곳이었다. 미래의 말이 맞았다. 그런 장소라면 무슨 목격자가 있을 리 만무했다.

나는 현장을 둘러보았다. 어린 시절에 몇 번 놀러 와본 적은 있겠지만 그 풍경은 완전히 낯설었다. 내가 혜린과 술을 마셨던 포장마차 거리와도 좀 더 떨어져 있었다. 만약 내가 혜린을 우발적으로 죽였다면 왜 이렇게 먼 곳까지 왔을까.

택시 기사의 증언에 따르면 나는 호텔 앞에서 택시를 탔다고 한다. 만약 여기서 혜린을 죽였다면 내가 호텔 앞까지 가야 할 이유가 없었다. 포장마차 쪽으로 가서 택시를 잡는 것이 훨씬 가까웠다. 더욱이 술에 취해 있었다면 본능에 끌려 행동했을 테니 더더욱 호텔 앞으로는 가지 않았을 것이다. 게다가……

"누군가와 함께 왔어."

"뭐?"

"내가 집으로 돌아간 후 혜린이 혼자 여기까지 오지 않았을 거야. 여긴 여자 혼자 오기엔 너무 으슥한 곳이야. 분명히 누군가와 같이 왔어."

"그게 누군데? 짚이는 사람이 있어?"

"아니. 하지만 혜린이는 다음 날 약속이 있다고 했어. 분명히 그렇게 말했어. 그 사람인 것 같아."

"경찰이 알아내지 못한 거야?"

"응."

"어떻게 그럴 수가 있지? 통화 기록을 보면……."

"통화 기록에는 아무것도 없었어. 아니다, 딱 하나 있었는데 술집 전화번호였어. 혜린이 그곳에 카드를 두고 왔었대."

"그 술집에는 혼자 갔었대?"

"그건 몰라."

"그걸 알아봐야지. 오빠, 할아버지는 당신께서 뒤로 뭔가 꾸미면 다 통할 거라고 믿고 계신데, 할아버지가 찾아낸 증인들, 믿지 마. 나중에 곤란해질 거야. 몇 사람이 짜고 목격자 아니라 진범이라도 만들어내려고 작정만 하면……."

나는 미래가 암시하는 바를 이해할 수 있었다.

"너 날 의심하니?"

미래는 잠시 생각하더니 다시 입을 열었다.

"그날 밤, 나는 12시 넘어서까지 깨어 있었어. 우리 집 식구들은 죄다 아침형 인간이지만 나야 아니잖아."

"그런데?"

"오빠가 오는 소리를 못 들었어."

"그날 밤에 몇 시부터 눈이 왔지?"

"글쎄, 새벽부터 왔다는 뉴스를 본 것 같아. 정확하게는 모르겠어. 왜?"

"택시에서 내렸을 때 눈이 오던 게 기억이 나. 그게 몇 시일까?"

그 순간 할아버지가 내 머릿속을 스쳐 갔다. 할아버지는 왜 내가 밤 12시에 들어왔다고 했을까. 할아버지도 내가 범인이라고 생각한 것일까.

미래가 나를 쳐다보고 있었다. 비난하는 눈초리는 아니었다. 그렇다고 나를 신뢰하는 눈빛도 아니었다.

"나는 오빠를 의심하진 않아. 하지만 그건 오빠의 알리바이를 믿는 게 아니라 오빠의 인간성을 믿는 거야. 오빠가 사람을 죽일 수 있는 인간이 아닐 거라는 거. 난 그걸 믿을 뿐이야."

그걸 믿을 뿐이다……. 그 말은 다른 것은 믿을 수 없다는 이야기였다.

다음 날 나는 최 형사에게 전화를 걸어 잠시 만날 것을 청했다. 그는 조금 당황한 듯했지만 선선히 나오겠다고 했다. 약속 장소는, 내가 취조실에 갔을 때 김 형사가 언급했던 휴라는 술집이었다. 나는 전화번호 안내원에게 상호를 말하고 주소를 확인했다.

나는 최 형사에게 말한 시간보다 조금 일찍 약속 장소에 도착했다. 나도 처음 가보는 술집으로 생맥주, 병맥주, 소주, 동동주까지 마구잡이로 파는 곳이었다.

아직 이른 저녁 시간이었지만 휴라는 간판은 이미 불을 밝히고 있었다. 손님은 거의 없었다. 종업원도 눈에 띄지 않고 주인처럼 보이는 남자가 혼자 영업 준비를 하는 중이었다. 나는 그에게 다가가 내 명함을 내밀었다.

"얼마 전 동강 호텔 근처에서 있었던 20대 여성 살인 사건 때문에 뭐 좀 물어보려고요."

주인 남자는 물어보라고 했다. J시 같은 소도시에서는 방송국 명함이 잘 먹혔다.

"경찰 조사에 따르면 피해자가 여길 다녀갔다고 합니다. 기억나시죠?"

"네. 카드를 두고 가서 다시 왔었어요."

"처음 왔을 때 여기서 누굴 만나거나 하지 않았어요?"

"글쎄요, 기억이 잘 나지 않는데, 혼자였던 것 같은데요. 혼자였어요."

"여기에 얼마나 있었어요?"

"글쎄요. 그런 것까지는 도무지……. 카드를 두고 간 것 때문에 기억하는 거죠."

"혹 다른 종업원 없어요? 그 사람은 뭔가 기억할지도."

"알바는 좀 있어야 나오거든요. 오면 물어는 보겠지만……."

"부탁합니다."

나는 카운터에서 떨어진 구석 테이블에 자리를 잡고 앉았다. 혹시나 혜린이 여기서 누군가를 만나지 않았을까 하는 기대는 사라졌다.

잠시 후 최 형사가 왔다. 그는 내가 왜 자신을 만나자고 했는지 의아해하는 것 같았지만 직접 묻지는 않았다. 그는 취조실에서처럼 과묵했다.

"제가 전화를 드려서 놀라셨죠?"

"뭐 조금……. 서울에 계신 줄 알았습니다. 여기는……."

최 형사가 실내를 둘러보았다.

"혜린이가 들렀던 술집이라고 해서 찾아와봤습니다. 누구를 만나지 않았을까 해서요."

"그건 저희도 물어봤죠. 혼자 왔다고 했습니다."

"그렇다더군요. 근데 여긴 눈에 잘 띄지도 않는 술집이고, 혜린이는 혼자 술을 마시는 타입도 아닌데 좀 의아하긴 합니다. 여길 왜 왔을까요?"

"글쎄요."

나는 맥주를 시켰다. 술이 나오고 그에게 한 잔 부어줄 때까지 나는 무엇부터 물어봐야 할지 마음속으로 정리하고 있었다. 나는 여쭤보고 싶은 게 있다며 운을 뗐다.

"저한테요? 그게 뭡니까?"

최 형사는 마치 평범한 촌부 같은 어리숙한 표정으로 물었다. 나는 에둘러 말하지 않고 궁금한 것을 바로 물어보았다.

"형사님도 만리라는 여자의 죽음이 우리 할아버지와 관련된 거라고 생각하시죠?"

최 형사는 갑작스러운 질문에 놀랐는지 눈을 크게 떴다. 나는 생각할 틈을 주지 않고 계속 말했다.

"최 형사님이 만리와 어떤 사이였는지는 모르겠지만, 정희가 만리의 딸이라는 거, 형사님은 처음부터 다 아셨죠?"

최 형사는 내 눈을 쳐다보았다. 당신이 정면으로 물어보니 나도 피하지 않고 있는 그대로 대답하겠다고 말하는 것 같았다.

"처음부터 알았던 것은 아니오. 내가 어떻게 알았겠소. 피해자 가족에게 연락을 했는데 만나고 보니 정희였던 거지."

"혜린은 누구입니까? 정희의 친동생이 아닌데, 어떤 관계죠?"

"친척이라고 들었소. 궁금하면 직접 물어보면 될 거 아니오?"

"저를 찾아와 만리라는 여자에 대해 일부러 알려주신 건 왜죠? 제가 그 사건에 대해 알기를 바라고 어떤 행동을 하기를 바랐기 때문 아니에요? 정희가 부탁했어요? 자기 엄마를 죽인 원수를 갚기 위해 도와달라고?"

"……"

"지금 정희와 짜고 숨어서 저를 조종하시는 겁니까? 그런 거예요?"

"조종을 하려고 했던 게 아니오."

최 형사가 말했다. 그는 맥주잔을 비우고 서두를 것 없다는 듯 느릿느릿 말했다.

"도움을 청했던 거요. 당신이라면 내가 알 수 없었던 것을 알아낼 수 있지 않을까, 생각했기 때문에."

"무슨 말이죠?"

"내가 신참 순경 시절에 이 동네에서 근무를 시작했을 때, 만리 그 양반한테서 돈을 꾼 적이 있었어요. 집에서 돈이 급하다고 하는데 달리 빌릴 데도 없고 발을 동동 구르던 때였는데, 술 마시고 푸념 삼아 말했더니 선뜻 돈을 줬어요. 그때 고마웠던 게 평생 잊히지 않아요. 죽고 난 다음 알게 된 거지만 자기도 돈 때문에 고생이 심하던 시기였는데도 나한테 군말 않고 빌려주더라고요. 그래서 범인을 꼭 잡고 싶었는데 그러지 못했지……."

최 형사는 옛날 일을 떠올리는지 잠시 말을 멈추고 반쯤 찬 맥주잔만 쳐다보았다. 나는 가만히 기다렸다.

"그때 경찰이 당신 할아버지만 의심한 건 아니에요. 가깝던 남자들을 다 수사했지만 별게 없었어요."

"다른 용의자는 없었나요?"

"무슨 용의자?"

"우리 할머니, 만리라는 분이 죽고 난 직후에 자살하셨다고 들었어요."

"그때 당신 할머니는 병원에 입원해 있었어요. 물론 병원에서 몰래 나와 범행을 저지를 수 없는 건 아니지만, 정희 말로는 엄마가 곱게 차려입고 나갔다고 했어요. 당신 할머니를 만나러 갔을까요?"

"……"

"어쨌든 사건은 그렇게 흐지부지되었어요. 공소시효도 다 지나버려 이제는 범인이 잡혀도 처벌할 수 없는데, 그런데 다시 여자가 죽은 거요. 당신과 만났던 그 여자. 당연히 이 사건은 절대로 당신 하나만 연루된 사건이 아니오. 당신 할아버지, 어쩌면 당신 집안하고 연관이 있을지 모르지. 당신이라면 그걸 알아낼 수도 있지 않을까요?"

"내가 알아낸다고 해도 말하지 않는다면? 사실대로 다 말할 의무 같은 건 없으니까."

"당신이 범인으로 몰리게 되면 말하지 않겠소? 당신이 아니면 당신 할아버지가 말하겠지."

최 형사의 말은 나에게 충격을 주었다. 그는 내 생각보다 훨씬 치밀하고 잘 단련된 형사였다.

"나를 진범으로 몰 생각이군요."

"오해는 피차 하지 맙시다. 내가 만리에 대해 고마움을 가지고 있지만 엉뚱한 사람을 범인으로 몰아가며 다 지나간 사건을 파헤칠 만큼 한가한 사람은 아니오. 정희가 불쌍하긴 하지만, 그건 또 개팔자고…… 당신이 범인이 아니라면 진범을 잡아야 하고, 당신이 범인이라면 빼도 박도 못할 증거를 찾아내서 디밀어야지. 당신도 그렇게 하시오. 그러면 모든 문제가 해결되는 거요. 그러려면 당신도 나도 제대로 된 단서를 쫓아가야 하니까."

"혜린의 사건을 공정하고 철저하게 조사하는 게 좋을 거예요. 아니면 내가 최 형사님과 정희의 관계를 물고 늘어져서 곤란하게 만들어드릴 테니까."

"그러죠."

말을 마친 최 형사는 남은 맥주를 다 비우고는 일어났다. 최 형사는 카운터로 다가가 술집 주인에게 아는 체를 했다.

"장사 잘돼?"

"보시면 몰라요?"

"그래도 너 요즘 돈 잘 쓰고 다닌다고 소문났더라. 좋은 건수 있으면 나한테 좀 흘려."

"형님은 무슨 쓸데없는 소문을 듣고 다녀요?"

"노름쟁이들이 떠드는 소문, 다 쓸데없지만 혹시 알아? 그중에 대박 정보가 있을지."

최 형사가 자리를 뜨고 잠시 후, 나는 계산대로 갔다. 최 형사와 만나는 것을 봐서 그런지 술집 주인이 나를 유심히 쳐다보았다. 나는 모른 척 무시하고 밖으로 나갔다.

다음 날 느닷없이 우리 가족에게 행운이 찾아왔다. 처음에는 그것이 행운인지 몰랐다. 아침에 다 함께 모여 식사를 하는데 거실의 텔레비전에서 뉴스가 흘러나왔다. 야당의 유력한 정치인, 차기 대권 주자로 꼽히는 현역 의원의 부친이 친일 행각을 벌였다는 사실이 드러난 것이다. 마침 그 의원은 친일파 문제를 거론하며 여당을 공격하던 참이라 충격이 더욱 컸다.

"체, 대단한 민족주의자인 척하더니 꼴좋다."

아버지가 비아냥댔다.

"저 사람이 아니고, 저 사람 부친이 친일 행각을 저질렀다는 거예요."

미래가 말했다.

"자기 집안 꼬라지도 저러면서 왜 남의 친일 행각은 꼬투리를 잡느냐 말이야. 그 시절에 친일 좀 안 한 사람이 어디 있다고? 다 지나간 일을."

"명색이 독립투사 집안인데 친일파를 같이 야단쳐야 맞지 않나요? 남들이 아버지 얘길 들으면 우리 집도 친일파 집안인 줄 알겠어요."

"조용히 해. 뉴스 좀 듣자."

할아버지가 말했다. 조마조마해하던 어머니가 안도의 한숨을 내쉬는 것이 보였다. 보도가 끝나자 할아버지가 슬며시 미소를 흘리며 말했다.

"좋은 소식이구나. 우리한테 유리한 소식이야."

아버지가 할아버지 쪽을 쳐다보았다.

"여당에서는 이 사건을 계속 물고 늘어질 거고, 그럼 우리 집 같은 이야기가 필요할 테니 말이다."

미래가 고개를 숙이고 피식 웃는 모습이 보였다. 나는 후식도 먹지 않고 잠자코 2층으로 올라가 내 방에 틀어박혀 오전을 보냈다.

옷을 걸쳐 입고 밖으로 나간 것은 거의 오후가 다 지나갈 무렵이었다. 나는 동창 녀석의 어머니가 하는 일등한우갈비집으로 갔다. 부산댁과 평기댁이 시장통에서 포목점을 하고 만리가 조개다방을 하던 시절, 그 시절 소문에 대해서 확인해야 할 것이 있었다.

식당 안은 아직 이른 시간인데도 붐볐다. 생각해보니 주말이었다. 동창의 어머니는 아는 체를 해 보였지만 전처럼 나에게 다가와 이야기를 나눌 시간은 없는 듯했다. 이렇게 붐비는 시간이면 동창 녀석이 도와줄 법도 한데 다행히 그의 모습은 보이지 않았다. 그를 만난다면 아무렇지 않게 대할 자신이 없었다. 나는 아무 자리에나 앉아서 할머니의 일손이 비기를 기다렸다.

시간은 느리게 지나갔다. 선거와 야구와 먹고사는 일의 고달픔에 대해 두서없이 목청을 높이던 손님들이 하나둘 빠져나가고, 내가 소주 두 병을 혼자 비웠을 때 이윽고 동창의 어머니가 나에게 다가와 앉았다.

"또 왔네. 나한테 무슨 할 말 있어?"

역시 눈치가 빨랐다. 나는 만리에 대해 좀 더 물어볼 게 있어서 찾아왔다고 말했다.

"부산댁은 만나봤어?"

"네. 평기댁 아주머니도 같이 만났어요."

"둘이 아직도 아웅다웅하지? 평생 그랬어. 네 할아버지 아니었으면 딴 놈 붙잡고 그랬을 거야."

"부산댁 아주머니께서 만리를 할아버지께 소개시켰다고 하던데요."

"여자까지 소개시켜줬으면 깨끗이 포기하든가, 그것도 아니고 뭐 하는 짓거리였나 모르지. 만리와 네 할아버지가 가까워지니까 네 할머니한테까지 찾아가서 울고불고했다고 하더라고. 나 참, 시앗이 시앗 꼴 더 못 본다더니."

"그럼 저희 할머니는 두 분의 관계를 모르셨어요?"

"아는 거랑 직접 눈으로 보는 거랑 같아?"

"눈으로 직접 보다뇨?"

"부산댁이 네 할머니를 만리 집으로 끌고 갔다는 거야. 네 할아버지가 그 집에 아예 붙어산다면서. 부산댁이 늘 만리 집을 염탐

하고 그랬거든. 네 할아버지가 오는지, 안 오는지 보려고. 어떻게든 둘을 찢어놓으려고 그랬겠지만 아무리 그래도 그렇지. 네 할머니를 데리고 갈 건 뭐야? 가뜩이나 몸도 안 좋은 양반이었는데……. 남자한테 미쳐도 더럽게 미쳐가지고, 난리도 아니었지."

"근데 만리라는 분, 남자 관계가 복잡했다고 들었어요. 혹 누구와 가까웠는지 아세요?"

"아이고, 그걸 내가 어떻게 알아? 의심하려고 들면 조개다방에 줄기차게 드나들었던 남자들이 다 수상한 거고, 확실하냐 물어보면 그건 아무도 모르는 거지."

"그 당시 단골들 중에 기억나시는 분은요?"

"이 동네에서 방귀깨나 뀐다는 놈들은 다 드나들었지. 그래도 그 사람들은 다들 만리가 네 할아버지와 가깝다는 걸 알았어. 안다고 안 껄떡거리냐? 요즘 애들 말대로 골키퍼 있어도 찔러보는 맛이지. 참, 그중에서 교장 선생님, 너희 할아버지가 재단 이사장으로 있는 학교 교장 선생님도 자주 왔지."

"오정식이라는 그분 말씀이신가요?"

"이름은 모르겠어. 사람들이 교장 선생님, 교장 선생님이라고 불렀으니 나도 그렇게 아는 거야."

"그분은 할아버지와 아주 가까운 사이셨을 텐데……."

"가깝긴? 네 할아버지가 이사장으로 가시고 오 교장이 바로 잘렸다는 건 다들 아는데. 안 친했어."

의외였다. 나는 오정식 교장이 할아버지의 소송을 도왔다는 사실로 미루어 당연히 두 분이 가까운 사이였으리라고 생각하고 있었다.

"오 교장님은 지금 어디 사세요? 여기 사시지는 않죠?"

"모른다, 그건. 미국에 있는 애들한테 가셨다던가? 아직 살아 계시겠어? 연세가 얼만데."

시간이 지나면 사람들은 죽고, 기억은 다르게 적힌다. 그 속에서 명확한 사실을 알아내기란 어쩌면 불가능한 것인지도 모른다. 그러나 나는 최소한 나에게 유리한 것만이라도 찾아내야 했다. 오정식 교장과 만리가 구체적으로 무슨 관계였는지는 모르겠지만 만리와 관련된 또 하나의 인물을 찾아냈다는 것만으로도 나는 어떤 희망 같은 것이 보이는 것 같았다.

"근데 말이야……."

나는 동창의 어머니를 쳐다보았다.

"문득 생각나는 건데, 괜히 말하는 건 아닌지 모르겠다."

나는 짚이는 데가 있었다.

"저희 할머니와 관련된 얘기예요? 다 들었어요. 편하게 말씀하세요."

"사건과 관계가 없는 일인지도 몰라. 네 할머니가 돌아가시기 얼마 전, 태풍이 쳐서 비가 엄청나게 오던 때였어. 내가 볼일이 있어 어딜 다녀오는 길이었는데 네 할머니를 만났어."

"할머니요?"

"한밤중이었어. 길거리에 차도 안 보일 정도로 비가 쏟아지고 바람이 불던 때였는데 네 할머니가 우산도 없이 비를 홀딱 맞고는 내 쪽으로 걸어오고 있었어. 사실 나는 네 할머니가 늘 안됐더라고.

부잣집에서 태어나 평생 호강할 팔자인데, 남편 계집질 때문에 꼬챙이처럼 말라비틀어져서는 언제나 중병이 든 얼굴로 살았지. 그날은 정말 귀신을 본 사람 같았어. 내가 붙잡고 물어봤지. 어딜 가느냐고. 그랬더니 네 할머니가 내 얼굴을 물끄러미 보더니 갑자기 대성통곡을 하는 거야. 그러면서 하는 말이 그년 딸 때문에, 그년 딸 때문에 다 끝난 줄 알았는데 아니었다고 그러는 거야."

"그년 딸이요?"

"그래, 분명히 그렇게 말했어. 그년 딸 때문이라고. 만리한테 딸이 하나 있었잖아."

그때 정희는 열세 살이었다. 열세 살 어린아이가 할머니에게 특별히 위협적인 일을 했을 리는 없다. 만약 정희가 할머니에게 그토록 큰 고통이 되었다면 그 이유는 단 하나, 정희가 할아버지의 자식이기 때문일 것이었다. 동창의 어머니도 비슷한 생각을 하는 듯했다.

나는 여러 가지로 고맙다는 인사와 함께 자리에서 일어났다. 동창의 어머니는 가게 바깥까지 쫓아 나오며 나를 배웅했다.

"우리 성중이 만나봤어?"

"예. 지난번에 왔을 때 잠깐 봤어요. 별로 긴 이야기는 못 했어요."

"선거운동은 계속할 거래?"

"못 물어봤어요. 죄송해요."

"그럴 거 없어. 나도 못 말리는 걸 네가 할 수 있겠어? 미친놈이지 살길이나 챙기지 뭔 선거운동이야?"

나는 다시 인사를 하고 걸음을 옮겼다. 갑자기 내게로 몰려온 과거의 이야기들이 소화되지 못한 채 함부로 섞여 내 속은 의혹으로 체한 것처럼 더부룩했다.

바깥은 어둑어둑해지려는 참이었고, 나는 취해 있었다. 적당히 취한 몸은 좀 더 많은 술을 원했다. 하지만 더 마시면 필름이 끊길 것이었다. 문득 지금 떠오르는 생각을 기록하면서 술을 진탕 마셔서 어디서부터 기억이 끊어지는지 실험을 해볼까 하는 생각이 들었다. 술집은 널려 있었다. 여전히 찬바람은 불고 의문은 밤의 항구처럼 불길한 음향을 내며 어둠에 묻혀가고 있었다. 나는 실험을 미루고 천천히 집을 향해 걸음을 옮겼다.

내가 들어가자 아버지가 달려 나왔다.

"방송 그거 나가기로 결정됐다."

"어떻게요?"

"뉴스 틀어봐라, 난리가 났다."

나는 거실의 텔레비전을 켜고 뉴스 채널을 찾았다. 뉴스는 온통 야당 정치인의 부친이 벌인 친일 행각으로 시끌벅적했다. 야당은 과거 청산을 이루지 못한 비극적 현대사로 인한 것이기 때문에 이것을 과거 청산의 기회로 삼아야 한다고 주장했지만 이때구나 하고 목소리를 높이는 것은 여당이었다. 부친의 친일 행각이 드러난 의원이 나와 사과 성명서를 발표했지만 무력했다.

"좀 전에 피디한테서 전화가 왔는데 방송이 예정대로 삼일절 특집으로 나간다는 거야. 그것도 전국 방송으로."

나는 어떻게 된 일인지 이해가 갔다. 아마 이 일을 기회로 주도권을 잡아보려는 여권에서 압력을 넣은 것임이 분명했다. 늘 과거사 문제로 꼬투리를 잡히던 처지였으니 이 기회에 독립투사를 내세운다면 이래저래 효과적인 선거 전략이 될 터였다.

"아버님 말씀이 맞았어. 방송이 나가고 공천이 결정되면 유원종 입김도 사라지겠지."

아버지는 그렇게 되면 내 사건도 흐지부지될 거라고 믿는 듯했다.

방송이 나오던 날에는 모든 식구들이 거실에 모여 텔레비전을 지켜보았다. 내가 이전에 봤던 내용 그대로였지만 성우의 더빙과 음악을 입히고 나니 한결 새로웠다. 방송은 아주 공들여 자연스러워 보이도록 화장한 여인과 같았다. 할아버지를 과도하게 미화하지 않으면서도 현대사의 질곡을 이겨내고 승리한 의지의 인물로 보여주었다. 눈에 띄게 드러나지는 않았지만 아버지도 대단한 성미를 가진 할아버지를 묵묵히 모시고 사는 어질고 인정 있는 아들의 모습으로 보여주었다.

나는 어디에 있는가. 할아버지와 미래가 마당에서 눈을 치우는 모습과, 주방에서 시어머니와 함께 점심을 준비하는 행복한 새댁 역을 맡은 아내의 모습까지 정답게 훑던 카메라는 아버지와 함께 신문을 보고 있는 내 모습을 얼핏 잡았을 뿐이다. 몇 초 안 되는 분량이지만 다시 편집되었다는 것을 알 수 있었다. 나는 피디가 내 사건을 알고 있구나 생각했다. 이 지역 사람들이 방송을 보며 나를 떠올리고 사건에 대해 말하지 않도록 내가 나오는 장면들이 세심하게 처리되었던 것이다. 그래서 나는 얼굴조차 제대로 나오지 않고 가족의 일원으로 스쳐 지나갔다.

이윽고 화면에는 할아버지 고향의 이장 영감이 나왔다. 할아버지는 그가 누구인지 기억하지 못했다.

"소작인들을 일일이 기억하지는 못하지. 더욱이 60년 전 아니냐."

나는 고개를 끄덕였다. 화면에서 이장 영감이 카메라를 보며 입을 열었다.

"그 양반을 보도연맹으로 몰아간 건 그 집에서 머슴을 살던 놈이었어. 그놈이 찔렀다는 소문이 파다했지. 불에 타 죽었는데, 아마 앙심을 품은 동네 사람 손에 죽었을 거야……."

할아버지는 덤덤히 화면만을 지켜보았다. 60년 세월은 그렇게 55분으로 압축되어 흘러갔다. 사실과 진실 사이의 촘촘한 경계를 감상적인 음악이 아련하게 물들였다. 그 자리에서 텔레비전을 보던 우리 가족들의 관심은 모두 방송이 가져올 파장에 집중되어 있었다. 아무도 과거 그 자체에는 신경을 쓰지 않았다. 방송이 끝나자 미래조차 빙긋이 웃으며 "이거 대박 나는 거 아니에요"라며 농담을 했을 정도였다.

미래의 농담이 끝나자 전화가 빗발치기 시작했다. 그날 밤에 걸려온 것은 주로 아버지의 선거 캠프에서 일하는 사람들의 전화였고, 다음 날 아침이 되자 당에서 전화가 오기 시작했다. 당에서는 특별히 대변인까지 나서 부친의 친일 행각이 드러난 야당의 정치인을 성토하며 할아버지에 대한 방송을 언급했다. 그날 저녁 사무실에서 돌아온 아버지는 상기된 얼굴로 공천이 확정될 것 같다고 말했다.

검은 너울

콰르르르 꽝.

천둥소리가 귀를 때렸다. 천둥은 머리 바로 위에서 내리꽂히는 것 같았다. 불과 1, 2초도 지나지 않아 번쩍하며 시야가 환해졌다. 억수 같은 빗줄기 사이로 절벽 끝이 보였다. 마치 뭍을 다 삼켜버릴 듯 맹렬한 기세로 달려드는 검은 파도도 보였다. 거의 다 왔다. 대길은 힘겨운 발걸음을 절벽 쪽으로 내디뎠다.

시체가 이렇게 무거운 것인 줄은 미처 몰랐다. 언제나 힘들이지 않고 가뿐히 안아 올렸던 여자의 몸이, 생명이 빠져나간 그 순간부터 천근만근의 무게로 그의 어깨를 눌렀다. 사방에서 쏟아지는 비와 몸을 날려버릴 듯 몰아치는 바람 때문에 한 걸음 떼기도 힘들었지만 시체는 이불 홑청에 싸인 채 그의 어깨에 매달려 있었다. 대길은 이를 악물고 절벽 끝을 향해 올라갔다. 비에 젖은 바지가 팽팽한 근육으로 긴장한 그의 다리를 휘감아 마치 끈질기게 매달리는 여자처럼 걸리적거렸다. 확 바지를 뜯어버리고 싶다고 생각하는 순간, 비에 젖은 풀 줄기를 밟은 대길의 뒷다리가 주르륵 미끄러지면서 몸이 앞으로 꺾이고 말았다. 균형을 잃은 그의 어깨에서 이불 홑청에 싸인 시체가 굴러떨어졌다.

다시 천둥소리와 함께 번개가 때렸다. 이불 홑청 밖으로 여자의 한쪽 팔과 얼굴이 삐져나왔다. 번개 빛에 흰 얼굴 위에 내려앉은 속눈썹까지 또렷하게 보였다. 대길은 자신도 모르게 손을 뻗어 여자의 얼굴 위에 엉겨 붙어 있는 머리카락을 쓸었다. 여자의 얼굴은 섬뜩하게 차가웠다.

불과 몇 시간 전에 대길이 쓰러져 있는 여자를 발견했을 때만 하더라도 여자의 얼굴에는 여전히 온기가 남아 있었고, 입술은 살아 있는 것처럼 붉었다. 그것은 단지 대길의 착각이었을까. 황급히 그녀의 가슴에 귀를 대보았지만 심장 소리는 들리지 않았다. 그런데도 대길은 마치 그녀가 자신의 목소리를 듣고 다시 깨어나기라도 할 듯이 눈을 떠보라고 외치며 온몸을 주무르고 입술을 벌려 숨을 불어보았다.

심지어 대길은 그녀를 병원으로 데리고 가야겠다고 생각하고, 자신을 그 섬으로 태워 온 고깃배 선장을 붙잡기 위해 방파제까지 달려가기도 했다. 다행인지 불행인지 고깃배는 이미 출발한 뒤였다. 그것은 태풍이 다 지나갈 때까지 대길이 섬을 벗어날 수 없다는 의미였다. 그리고 어떻게든 그 밤 안에 사람들 눈에 띄지 않고 시체를 처리해야 한다는 의미이기도 했다. 대길은 서둘러 다시 여자의 집으로 돌아갔다. 여자의 집은 몇 가구 살지 않는 외진 섬에서도 동네와 외따로 떨어져 있어 그런 밤에 다른 사람의 눈에 띌 리는 없었다. 그러나 대길은 서둘러야 했다.

딸아이는 잠들지 않고 깨어 어둠 속에서 멀뚱멀뚱 눈을 뜨고 멍한 표정으로 앉아 있었다. 태어나면서부터 머리가 모자라는 아이였다. 학교 갈 나이가 다 되어가는데도 호적 정리조차 하지 못한 딸아이는 마치 호적이 늦어짐에 따라 정신도 늦어지는 듯 할 줄 아는 말도 엄마, 아버지, 방아도 따위가 다였다. 몸만 만들고 영혼은 미처 만들지 못한 채 서둘러 세상으로 나온 것처럼 아이의 눈동자는 늘 멍했다. 그 안에는 대길과 접촉할 어떤 반짝임도 존재하지 않았지만 대길이 그 안을 들여다본 적도 없었다. 아직까지 단 한 번도 그 아이를 제대로 안아준 적조차 없었다. 아이의 존재는 이 모든 것이 간명하게 끝나지 않고 질질 이어지리라는 것, 찜찜함 그 자체였다.

대길은 딸아이의 시선을 무시한 채 이불 홑청을 뜯어 그 안에 시체를 밀어 넣고 쌌다. 죽어가면서 여자가 토해낸 토사물 때문에 쉰내가 진동을 했다. 대길은 수건으로 여자의 얼굴을 대충 닦아주었다. 그리고 그 수건을 목에 걸고 여자를 싼 이불 홑청을 밖으로 끌어낼 때 아이는 우웅 하는, 울음인지 비명인지 알 수 없는 소리를 냈다. 대길은 무시하고 방문을 닫아버렸다.

비가 점점 더 거세졌다. 빗줄기는 아플 정도로 대길의 얼굴을 때렸다. 서둘러야 했다. 태풍이 몰아친다 해도 새벽은 올 터였다. 이미 아득한 어둠의 저 끝에는 희미한 빛이 가는 선처럼 깔려 있었다. 대길은 차가운 여자의 얼굴을 이불 홑청 안으로 밀어 넣고 다시 젊어지려고 했다. 그러나 어찌 된 일인지 여자의 시체는 천근만근이 되어 꿈적도 하지 않았다. 헛힘을 쓰던 대길은 아예 홑청의 끝을 틀어쥐고 질질 끌면서 절벽 끝으로 올라갔다. 이제 거의 다 왔다. 대길은 이를 악물고 끙 소리를 내뱉으며 용을 썼다. 입에서 가쁜 숨이 연이어 터져 나왔다.

대길은 주변에 떨어져 있는 커다란 돌멩이 몇 개를 가져와 이불 홑청 안으로 밀어 넣었다. 시체와 돌멩이가 튀어나오지 못하도록 홑청 끝을 꽁꽁 싸맸다. 그러고는 이불 홑청 끝을 쥐고 들어 올려 마지막 힘을 모아 어둠 속으로 집어 던졌다. 반동 때문에 땅바닥에 주저앉은 대길은 일어날 틈도 없이 귀를 기울여 바다로 시체가 떨어지는 소리를 들으려 했다. 그러나 부질없는 생각이었다. 비바람은 모든 소리를 깨끗이 삼켜버렸다. 이조는 소리 하나 남기지 않고 그의 곁을 떠났다.

대길은 이조가 살던 방으로 돌아갔다. 이미 날은 먹빛으로 밝아오고 있었다. 대길은 아이가 없다는 것을 알았다. 엄마를 찾느라고 밖으로 나갔나, 대길은 바깥을 둘러보았다. 아무것도 보이지 않았다. 날이 밝아오고 있다고 해도 이 빗속에 아이 혼자 밖으로 나갈 것 같지는 않았다.

딸아이의 머리가 모자란 것은 이조가 아이를 낳지 않으려고 양잿물을 퍼먹은 탓인지도 몰랐다. 그 전에 이미 이조는 높은 곳에서 뛰어내리고, 방 안에 숯을 피우는 등 아이를 낳지 않기 위해 그녀가 할 수 있는 것은 다 해보았다. 대길은 코웃음만 쳤다. 정말로 죽을 작정은 아니라고 생각했던 것이다. 그랬는데 기어코 양잿물을 마셨다.

숨소리마저 희미해진 상태로 방바닥에 쓰러져 있는 이조를 보았을 때, 순간 대길은 다리에서 힘이 죽 빠지면서 그 자리에 주저앉을 것 같았다. 이년이 기어코 죽었구나……. 그리고 머릿속에, 아니 몸 전체에 모든 알맹이가 일시에 사라져버린 듯한 공백, 손끝 하나 움직일 수 없는 마비가 왔다.

하지만 생각보다 이조는 질겼다. 양잿물을 마시고도 몇 날 며칠 동안 이조의 몸은 버텼고 거의 초주검이 된 상태였지만 대길에 의해 병원으로 실려 갔다.

"절벽에서 떨어져버리면 깨끗하게 해결될 거 아냐? 그래도 제 목숨은 끊기 싫었나 보지?"

대길은 병원에서 깨어난 이조에게 그렇게 퍼부었다. 이조는 몸을 웅크린 채 벽을 향해 누워서 아무 말도 하지 않았다. 너무 마른 탓에 등의 혹이 더욱 두드러져 보였다. 그에 비해 허리는 임신으로 인해 도독하게 살이 올라 있었다. 이미 불러오는 배는 감출 수 없는 지경이었다. 양말도 신지 않은 발은 형편없이 갈라져 뒤꿈치에는 피가 배어 있었다. 언제나 머슴 등에 업혀 다니느라 말 그대로 흙 한 번 묻혀보지 않았던 그 발은, 임신으로 붓고 때가 앉았다.

더러운 팔자. 재수 없고 청승맞은 년. 대길은 혼잣말로 중얼거렸다. 아이가 들어섰다는 것을 진작 말했다면 배를 타고 나가 지우게 했을 것이다. 이조는 아이를 가졌다는 말조차 하지 않았다. 물론 다 큰 아이도 떼주는 곳이 있긴 했다. 산파가 있는 조산소를 찾아가면 약으로 아이를 죽이고 사산하는 방식으로 아이를 떼준다는 것이었다. 그 이야기를 듣고 대길은 이조를 데리고 조산소를 찾아 갔다. 산파는 이조의 혈압을 재보더니 몸이 너무 약해서 수술은 무리라고 말했다.

"산모가 다칠 수 있어요. 이렇게 몸이 약해서야 자칫하면 큰일이 날 수도 있겠는데⋯⋯."

그래도 돈을 좀 더 집어주면 산파는 기꺼이 무리를 해줄 터였다. 하지만 대길은 이조를 그냥 데리고 나왔다.

"애를 떼는 데 목숨까지 걸 건 없잖아."

이조는 무슨 일이 있어도 아이를 떼고 가겠다고 조산소에서 나오지 않고 버텼다. 대길이 팔을 잡아끌자 아예 바닥에 드러누워 바둥거렸다. 대길은 이조를 잡아 일으켜 멱살을 쥐고 질질 끌고 계단을 내려왔다. 이조의 치마가 말려 올라가 말라비틀어진 다리가 앙상하게 드러났다. 길로 이조를 끌고 나간 대길은 이조의 멱살을 쥐고 말했다.

"고집 부릴 걸 부려."

"여기서 죽어도 내 팔자야."

"정신 차려! 널 위해서 내가 이러는 거 같아? 천만에! 사고라도 나면 내가 경찰서로 불려 가야 해. 내가 너 때문에 그런 일을 겪을 것 같아?"

눈물이 그렁그렁 맺혀 있는 이조의 눈은 분노로 파르스름하게 빛이 났다. 아직 죽지는 않겠구나, 대길은 그 눈을 보며 생각했다.

"윤조가 널 그냥 두지 않을 거야. 지옥 끝까지 가서라도 우리 윤조가……."

"미친년."

이조가 깨어나자 대길은 다시 그녀가 지긋지긋해졌다. 하지만 그녀가 죽는 것을 원하지 않는다는 사실은 분명했다. 대길은 아이를 낳을 때까지 이조를 병원에 맡겨두었다. 만만치 않은 돈이 드는 일이었지만 대길은 그렇게 했다. 그는 이조가 죽었다고 생각했을 때 느꼈던 그 공백과 마비가, 일시적인 충격이었다고 애써 합리화하면서도, 내심 두려웠다. 그런 무력감을 다시는 느끼고 싶지 않았다.

이조는 딸을 낳았다. 그토록 지우고 싶어 하던 아이였지만 이조는 아이에게 젖을 물렸다. 그러나 대길에게 단 한 번도 안아보라고 건네지 않았다. 대길 역시 아이에게 관심이 없었다. 아이는 호적에 이름자 하나 올리지 못한 채 그저 주면 먹고, 아무 바닥에서나 머리를 대고 잠이 들곤 했다. 아이는 자신의 존재가 짐일 뿐이라는 사실을 아는 듯이 크게 우는 법도 없이 가끔 배가 고플 때만 앵 하고 한 번 소리를 낼 뿐이었다.

짐승 같은 것. 대길은 아이가 사람이 아닌 것처럼 느껴졌다. 아이는 말을 하지 못했고, 어쩌다 입을 열어도 짐승 같은 소리만 목청에서 빠져나왔다. 영혼이 빠져버린 듯 멍한 눈동자는 어쩌다 마주칠 때마다 대길을 불쾌하게 만들었다. 대길에게 아이는 벽지의 얼룩처럼 볼 때마다 찜찜하고 성가셨지만 보지 않으면 곧 잊어버리는 어떤 물건에 가까웠다.

대길은 방으로 들어갔다. 딸아이를 찾는 것이 귀찮았다. 어미를 찾다가 지치면 돌아오겠지, 생각하며 대길은 방바닥에 쓰러지듯 드러누워 눈을 감았다.

눈을 감자 극도의 피로 탓인지 눈앞에 안개 같은 것이 어른거렸다. 그 안개 같은 것은 어느 봄날 이조네 배 밭에서 보았던 흩날리는 배꽃처럼 대길의 망막 위로 쏟아져 내렸다. 대길은 달이 뜬 봄밤의 배 밭을 아직도 기억했다. 달빛을 받아 하얗게 부서지는 배꽃은 은빛 그늘을 만들었다. 그 그늘 사이에서 자신을 기다리며 서 있던 이조의 작은 얼굴은 배꽃보다 더 빛이 나곤 했다.

그 여자는 죽었다. 검은 바다 아래로 가라앉았을 이조의 모습이 어른거렸다. 대길은 그 모습을 생각하지 않으려고 눈을 떴다. 그 순간 대길은 소리를 지르며 벌떡 일어났다. 쌀이며 보리를 넣어둔 자루 뒤에서 딸아이가 쓱 모습을 드러냈다. 아무런 기척도 없이 어둠 속에서 나타나는 그 모습이 마치 귀신 같아서 대길은 순간적으로 화가 치밀어 손을 치켜들었다.

"이년이!"

아이 역시 놀라 눈을 뜨고 대길을 쳐다보았다. 그 순간, 대길은 처음으로 딸아이가 이조를 많이 닮았다는 것을 알았다. 대길은 손을 내렸다. 아이가 엄마를 찾고 있다고 느껴졌다. 대길은 처음으로 아이의 손을 잡고 자기 옆에 눕혔다. 아이는 순순히 대길의 옆에 누웠다.

"자라, 어서 자. 자고 나면 엄마가 올 거다."

그렇게 말하자 오히려 대길에게 잠이 쏟아졌다. 깜빡 잠이 들었다고 생각한 순간, 대길은 벌떡 일어나 앉았다. 쾅쾅쾅. 누군가가 문을 두드렸다. 여전히 빗소리가 요란하게 들렸지만 창호지를 바른 문밖은 이미 환했다. 대길은 자신이 환청을 들은 것이 아닌가 생각했다. 그는 자기 옆에서 자고 있는 딸아이를 내려다본 후 다시 문밖으로 고개를 돌렸다. 사람의 그림자가 보인다 생각한 순간, 누군가가 발로 문짝을 걷어차며 안으로 들어왔다. 딸아이가 깨어났다.

이어 서너 명의 군인이 뛰어 들어와 대길과 딸아이를 잡았다. 뭐하는 거냐고 물을 새도 없이 대길은 군인들의 손에 끌려 나갔다. 마루 앞에 있는 권총을 든 장교 하나가 대길의 얼굴을 힐끔 보더니 군홧발로 방 안으로 뛰어 들어갔다. 부엌에서도 사병 하나가 튀어나오더니 아무도 없다고 소리쳤다. 방 안으로 들어간 장교는 이내다시 나왔다.

"끌고 가."

대길은 딸아이에게 등을 돌렸다. 대길의 등에 처음 업히는 것인데도 아이는 순순히 업히면서 앙상하게 마른 두 팔로 대길의 목을 찰싹 감았다. 딸아이는 제 어미가 만들어준 다 낡아빠진 색동 주머니를 손에 움켜쥐고 있었다. 딸아이는 그 안에 조개껍데기며 단추따위를 넣고는 잘 때도 언제나 손에 쥐고 있었다. 제 어미가 수놓아준 '복(福)'이라는 글자가 때에 절어 눈앞에서 흔들거렸다. 바람은 간밤보다 덜해졌지만 여전히 비는 억수같이 쏟아지고 있었다.

방파제 선착장에는 경찰 경비선이 도착해 있었다. 대길은 아무말 없이 딸을 업고 경비선에 올랐다. 누구냐, 무엇 때문에 이러느냐, 대길은 아무것도 묻지 않았다. 딸아이도 분위기를 아는지 칭얼대지 않았다. 경비선은 파도를 헤치며 곧장 출발했다. 대길은 갑판위 좁은 창고 안에 갇혔다. 창고 문이 닫히기 전에 군인 하나가 와서 딸아이를 받아 안더니 선실 쪽으로 가버렸다. 마치 딸아이가 비를 맞는 모습이 안됐다는 표정이어서 대길은 가만히 있었다. 나중에 알았지만 그것이 딸아이를 마지막으로 본 때였다. 그 후로 대길은 딸아이를 보지 못했다. 하지만 그 순간 딸아이와 헤어지는 것임을 알았다 하더라도 대길로서는 막을 방법이 없었을 뿐만 아니라 그럴 엄두도 낼 수 없었다. 대길은 그때 자신이 군인들 손에 끌려가 죽는다는 생각만 했다.

1961년 가을. 곳곳에서 군인들이 경찰을 대신해 치안 활동을 펴고 있을 때였다. 민간인이 군사 법정으로 끌려가도 조금도 이상할 것이 없었다. 마음만 먹는다면 이조를 죽인 혐의로 대길을 체포하는 일은 아무것도 아닐 터였다. 그는 지친 몸을 창고 바닥에 눕히고 자신이 할 수 있는 것은 아무것도 없다고 중얼거렸다.

사람은 한 번 큰일을 겪고 나면 하늘이 자신을 돕고 있다는 생각을 하게 되는 법이다. 보도연맹원들이 학살당하던 날 밤에도 대길은 살아남았다. 복 서방이 그를 향해 낫을 휘두를 때 그는 정말 죽었다고 생각했지만 그가 뒷걸음치다 미끄러진 것이 오히려 그를 살려주었다.

"아, 아저씨, 사, 살려주시오……."

그가 덤벼들었다면 복 서방은 그를 죽였을 것이다. 하지만 대길은 무방비로 자빠져 복 서방에게 사정하는 것 외에는 달리 도리가 없었다. 복 서방은 마음이 약했다. 대길의 아버지와 한 집에서 머슴을 하며 살았고, 대길이 나고 자라는 모습을 모두 지켜본 사람이

222

었다. 대길은 복 서방이 인정에 끌려 멈칫하는 모습을 보고는 냉큼 달려들어 복 서방의 다리를 끌어안았다.

"아저씨, 살려주시오. 나는 이대로는 억울해서 못 죽겠소. 머슴이 주인집 딸 좀 넘봤기로 그것이 죽을 죄요?"

"아이고, 이 미친놈아. 그럴 것 같으면 소리 소문 없이 둘이서 도망을 갈 것이지 왜 이 난리를 피웠냐, 응?"

"아저씨는 몰라요."

"내가 뭘 몰라?"

대길은 우는 체했다. 복 서방이 혀를 차더니 대길의 옆으로 다가왔다. 그 순간 대길은 복 서방의 낫을 빼앗아 망설임 없이 휘둘렀다. 기가 막혔다. 도대체 머슴의 윤리란 무엇일까. 목숨 걸고 주인을 지킨다는 의리? 고작 그 정도 알량한 명분에 걸 수 있는 목숨이라면 왜 자신이 지켜줘야 하는가. 어차피 세상은 뒤집혔다. 복 서방이 그렇게 따랐던 주인 나리가 말하지 않았던가. 태산에 불이 나면 옥석이 같이 탄다고. 복 서방은 태산의 불을 탓하며 죽어야 할 것이다. 대길은 죽은 복 서방의 발에 자신의 신발을 신겼다. 애초에 주인 나리가 신던 신이었으니 복 서방도 만족하리라. 대길은 일어섰다. 불길이 다가오고 있었다. 불길은 모든 것을 삼킬 것처럼 붉은 혀를 날름거리며 다가왔다. 대길은 그때 그 불길에 타 죽어도 좋다고 생각했다. 자신이 살아남은 것은, 바로 그 순간 스스로 죽어도 좋다고 생각했던 덕분이라고 대길은 믿었다.

파도가 연이어 배를 때렸다. 그때마다 폭음 같은 것이 들렸다. 그를 받친 선실 창고의 바닥이 살아 있는 것처럼 꿈틀거렸다. 세상이 뒤집힌 것일까. 마치 거대한 힘을 가진 누군가가 주사위 안에 대길을 집어넣고 흔들어대는 것처럼 좁은 창고 안에서 대길의 몸은 사정없이 이리저리 흔들렸다. 머리가 어지러워 생각 같은 것은 이미 사라졌고, 배 속이 요동을 쳤다. 대길은 창고 구석의 파이프를 잡고 배 속에 있는 것을 다 게워냈다. 게워낼수록 배 속은 더욱 아우성이었다.

갑자기 창고 문이 열렸다. 찬바람과 함께 빗물이 들이쳤다. 그 짧은 순간에 대길은 달아나야 한다는 생각으로 바다 쪽으로 고개를 돌렸다. 검은 너울이 그를 집어삼킬 듯 다가왔다. 너울은 마치 스스로 몸집을 부풀리는 것처럼 점점 더 커지면서 대길을 향해 다가왔다. 여기서 죽는구나, 대길은 생각했다. 대길은 파이프를 꽉 움켜쥐었다. 검은 바닷물이 대길의 머리 위로 쏟아져 내리고 대길의 머리가 옆으로 꺾였다. 사방이 바닷물로 가득 찼다.

그 순간, 대길은 이조의 몸뚱어리가 너울에 휩쓸려 그의 옆으로 다가오는 것을 보았다. 이조의 머리카락이 미역처럼 출렁거렸다. 바다가 밑바닥부터 뒤집힌 것이 분명했다. 요동치는 물결이 바다를 뒤집고 그 밑에 가라앉은 이조를 다시 그의 앞으로 데리고 온 것이었다.

물속에서 이조가 눈을 떴다. 그녀의 눈에는 힘이 없었다. 힘없는 눈동자가 대길의 얼굴을 멀거니 쳐다보았다. 대길은 그 시선을 감당하지 못하고 눈을 감았다. 그리고 중얼거렸다. 너는 죽었다. 죽은 사람은 산 사람 옆에 머물 수가 없어. 너는 떠나야 해. 대길은 다시 눈을 부릅뜨고 이조의 얼굴을 보았다.

너를 애초에 섬에 숨겨두는 것이 아니었다. 이미 오래전부터 너는 나에게 해줄 수 있는 것이 아무것도 없었고, 그때 나는 너를 버렸어야 했다. 돌아보지 말고 너를 떠났어야 했다. 반반한 얼굴로 사창가에서 양놈들에게 몸을 팔아도 내 알 바가 아니지 않느냐. 왜 내가 그러지 못했을까. 네가 내 것이라는, 나에게 단 하나도 우호적인 것이 없던 이 거지 같은 세상에서 내가 가진 최초의 것, 온전히 내 손아귀에 들어왔던, 한때는 유일했던 내 것에 대한 미련 때문이었을까. 한번 가진 여자는 영원히 자기 여자라고 믿는 사내들의 어리석은 속성이 너를 길거리로 내팽개치지 못하게 만든 것일까. 너의 그 지긋지긋한 침묵. 두들겨 패고, 옷을 다 찢어놓았을 때 드러나던 너의 그 흉측한 혹. 채찍으로 갈기갈기 찢어버렸어야 했다, 너의 몸을. 나는 정말 후회한다. 정말 내 것이었다면 나는 당연히 그랬어야 했다. 왜 내가 그러지 못했던 것일까. 너는 왜 이토록 내 발목에 미역처럼 감겨 떨어지지 않는 것이냐.

물이 빠져나갔다. 이조도 바닷물과 함께 스르르 쓸려 나갔다. 안 돼. 대길은 이조의 머리카락을 잡으려 했다. 하지만 바다는 다시 이조를 삼켰다. 환영은 끝났다.

대길은 여전히 파이프를 끌어안고 매달려 있었다. 다시 너울이 다가오는 것이 보였다. 그리고 그의 얼굴 위로 이조의 머리카락이 쏟아져 내리던 것처럼 검은 물이 그를 향해 쏟아져 내렸다. 마치 그를 이조 곁으로 돌려보내려는 듯이. 대길은 악착같이 파이프를 붙잡고 늘어졌다. 팔에서 힘이 빠져 아무런 감각이 없을 때쯤, 대길은 배가 멈춘 것을 알았다. 뭍에 도착한 것이다.

대길이 끌려간 곳은 어느 지하 창고였다. 대길은 녹초가 되어 있었기 때문에 군인의 지프차에 오르자 슬며시 눈이 감겼다. 뭍에 올라온 후에도 멀미가 남아 있어 여전히 땅이 울렁거리는 것처럼 느껴졌다. 그 때문에 대길은 자신이 어디로 끌려가는지도 알 수 없었다. 차가운 땅바닥에 던져졌을 때야 비로소 군부대 안 창고라는 것만 알 수 있었다. 대길은 얼핏 잠이 들었다. 아주 짧은 순간이었지만 대길은 죽음처럼 깊은 잠 속으로 빠져들었다.

누군가가 군홧발로 대길을 툭툭 찼다. 눈을 뜨자 장교의 얼굴이 보였다. 총을 들고 방 안으로 뛰어 들어갔던 자였다. 장교가 군홧발을 들어 올려 대길의 배를 걷어찼다. 순간 호흡이 멎으면서 대길은 배를 싸쥐었다. 군홧발은 연이어 대길의 얼굴과 배를 향해 날아왔다. 왜 맞는지 이유도 알지 못한 채 대길은 패는 대로 맞았다. 장교는 구석에 쌓여 있는 쓰레기 더미에서 각목 하나를 들고 와 무작정 그를 내리쳤다. 와드득 이가 나가는 소리가 들렸다. 무작정 패는 데 지쳤는지 장교가 각목을 집어 던지고 총을 겨눴다. 한쪽 눈이 보이지 않아 총은 그저 시커먼 덩어리처럼 보였다. 그러나 찰칵 하고 총이 장전되는 소리는 분명하게 들렸다.

"여자는?"

어떤 여자? 대길이 뭘 말해야 할지 몰라 망설이는데 다시 군홧발이 날아왔다.

"시간 낭비하게 만들지 마! 여자는!"

"내가 치웠소."

"어떻게?"

"바, 바다에……. 바다에 집어 던졌소. 이미 죽어서……."

"어떻게 죽었어?"

"약을 먹었소. 쥐약이겠지. 아님 농약이거나."

"누가 먹였어?"

대길은 장교를 쳐다보았다. 얼굴의 윤곽이 보였다. 비에 젖은 군복을 갈아입었는지 그의 옷에서는 마른 풀 냄새 같은 것이 났다.

"누가 죽였는지 말해!"

"자살했소."

"분명해?"

"분명하오. 자살했소."

"자살했는데 시체를 왜 치웠어?"

"어차피 묻어줄 사람도 없잖소. 내가 죽였다고 소문날까 봐 바다에 버렸소."

장교는 한쪽 무릎을 꿇고 대길의 옆에 앉았다. 그러고는 총구를 대길의 관자놀이에 갖다 댔다.

"잘 들어. 그 여자가 자살했다는 그 말, 잊지 마. 그리고 두 번 다시 이 이야기는 꺼내지 마. 그래야 네 신상에 이로울 거야."

"알겠소."

장교는 일어나더니 무릎을 툭툭 털고 밖으로 나갔다.

"자, 잠깐만. 아이, 아이는 어떻게 됐소?"

"내가 치웠어."

장교가 돌아보지도 않고 말했다. 대길도 더 묻지 않았다.

2월 30일생

아버지의 공천이 확정되었다. J시에서 올라온 직후였다. 아버지가 직접 나에게 전화를 걸어 알려주었다. 마지막까지 경선을 하느냐 마느냐로 논란이 되었지만 결국에는 당의 이미지를 고려하여 독립투사 집안임을 내세운 아버지로 낙점이 되었다는 것이다. 좀처럼 겉으로 감정을 드러내지 않는 아버지였지만 이번에는 거의 감격한 듯했다. 아버지답지 않게, 이번 일은 방송의 영향이 컸다, 정말 현대사회는 미디어 사회인가 보다, 너도 언론사에 잘 들어갔다는 등등 한참을 흥분한 목소리로 말했다. 그리고 혜린의 사건도 잘 해결될 거라는 말도 마치 덕담인 양 빠트리지 않았다. 그 말은 진범을 잡을 거라는 의미가 아니라 나에게 별 피해가 없도록 해결될 거라는 의미로 들렸다. 비록 나를 위해서 한 말이지만 나는 거북했다. 이 사건에서 나만 쏙 빠져나간 채 마치 아무 일 없었던 것처럼 옛날로 돌아갈 수는 없는 일이었다. 설령 내가 그것을 바란다 하더라도 전혀 가능하지 않았다.

일단 아버지와 공천 경쟁을 벌인 유원종 측에서 가만있지는 않을 터였다. 내 예상은 그대로 적중해서 공천이 확정된 다음 날, 바로 유원종 측에서 기자회견을 했다는 뉴스가 떴다. 그는 당의 공천에 반발해 무소속 출마를 선언하며 혜린의 사건이 조작되었다는 증언을 들고 나왔다. 이어 그는 그동안 단단히 준비를 한 듯 아버지와 우리 집에 관한 의혹들을 줄줄이 터트리기 시작했다. 나의 병역 문제, 어머니가 교회에서 금품을 뿌렸다는 의혹, 할아버지의 사학 재단 비리 등등. 그중에서 어머니의 금품 살포 같은 것은 말도 안 되는 억측이었지만, 나의 병역 문제 같은 것은 어느 정도 근거가 있었다. 나는 늑막염으로 6개월 방위 복무를 마쳤는데, 사실 6개월 방위가 되기에는 무리가 있었다. 할아버지가 어떻게 손을 썼던 것이다. 당시에 나는 일일이 따지지 않고, 사실 속으로 다행이다 생각하며 병역을 마쳤다. 나는 불법보다 불편을 더 못 견디는, 그 정도의 인간이었다.

그러는 사이 J시는 총선의 최고 격전지 중 하나로 언론에 부상했다. 미래와 동창 녀석이 도와주고 있는 진보 정당의 후보도 그 싸움에 가세해 아버지와 유원종 측의 비리를 골고루 언급하며 승리를 다짐했다. "정태훈 측, 허위 사실 유포로 고발하겠다", "정태훈-유원종, 진실 공방 가열", "정태훈-유원종 난타전, 총선 최대 격전지 부상" 등등의 기사 제목들이 아버지의 이름을 검색하면 줄줄이 올라왔다.

그 모든 것들은 어느 선거에나 있을 법한 폭로전이었기 때문에 나는 그다지 관심이 가지 않았다. 아버지가 뉴스에 등장하는 일이 점점 더 늘어나고 있었지만 그조차도 나는 맥주를 홀짝거리며 건성으로 들었다. 나는 점점 술을 마시는 횟수와 양이 늘어나고 있었다. 회사도 파업이라 어떤 날에는 아침부터 하루 종일 술만 마셨다. 술을 마시지 말아야 할 이유가 나에게는 하나도 없었다.

술에 취하면 습관처럼 혜린에 대해 생각했다. 뒤늦게 나는 혜린이 했던 말, 했던 이야기, 흘려보냈던 사소한 에피소드 들을 하나하나 다시 떠올려보는 습관이 생겼다. 처음에는 사건과 관련해서 내가 뭔가 잊어버린 것이 없나 생각해봤지만 사건과 무관한 것들만 떠올랐다. 혜린의 말투, 걸음걸이, 혜린이 음식을 먹던 버릇, 혜린의 등에 박혀 있던 작은 점 같은 것들. 까마득히 잊고 있었던 것이 불쑥 내 기억으로 떠오르기도 했다. 언젠가 혜린은 나와 만나면서 가장 불편한 것이 밤 10시에 문자를 보낼 수 없는 것이라고 말했다.

"밤 10시가 그렇잖아요. 집에 있다가 괜히 밖에 나가서 한잔하고 싶고, 그래서 누가 불러주지 않나 괜히 휴대폰 확인하고, 아무도 연락이 없으면 누구한테든 '뭐 하니' 물어보고 싶고…… 당장 만나고 싶지만 '그냥 내일 만나'라고 말해도 좋은 시간. 나는 밤 10시만 되면 감독님한테 문자를 보내고 싶어서 손가락이 근질근질해요."

그때 내가 뭐라고 했는지 잘 기억나지 않았다. 그저 해보는 이야기라고 흘려들었는지도 모르겠다. 뒤늦게 나는 그때를 떠올리며, 왜 단 한 번이라도 혜린에게 밤에 문자를 보내라고 하지 않았는지 후회했다.

나는 많은 것을 후회했다. 우선 그날 혜린과 만난 것을 가장 많이 후회했다. 그냥 모른 척하지 않은 것을, 혜린과 술을 마신 것을, 필름이 끊길 정도로 마셔버린 것을 후회했다. 그래서 마지막으로 헤어질 때 혜린이 어떤 모습인지 기억하지 못하는 것을, 아프도록 후회했다. 단지 내가 용의자로 몰렸기 때문이 아니었다. 시간이 지날수록 동강의 돌다리, 그 으슥한 그늘 아래 쓰러져 있는 혜린의 모습이 점차로 또렷해졌다. 혜린의 가녀린 목을 움켜쥐는 검은 손과 그 순간 혜린이 느꼈을 공포, 겁에 질린 혜린의 얼굴은 잠든 나를 가위 눌리게 만들었다. 그럴 때면 나는 잠에서 깨어 다시 잠들지도 못하면서 눈을 감은 채 혜린의 익숙한 모습들을 떠올리곤 했다.

며칠 전 새벽에도 나는 악몽 때문에 잠에서 깼다. 아침이 되려면 아직 한참이 남은 시간이라 집 안에는 어둠과 정적만이 고여 있었다. 조금 더 자보려는 노력을 포기하고 침대에서 빠져나와 커피 한 잔을 만들어 소파에 기대앉았다. 익숙한 가구들과 가전제품이 다른 집과 똑같은 장소에 놓인 공간. 결혼 후 내가 3년을 반복적으로 생활해온 공간이 마치 낯선 이국의 풍습처럼 왜 존재하는 것인지 의문스러웠다. 내가 혜린과 헤어진 것, 그 애에게 그렇게 냉정할 수 있었던 것이, 이렇게 아무것도 아닌 집에서, 남들과 똑같은 모습으로 살아가기 위해서였나 하는 회한이 나를 사로잡았다. 내가 선의라고 불렀던 것, 아내와 배 속의 아이, 그리고 다른 가족에 대한 배려라는 것들은 나를 위험하게 만들지 않으려는 핑계일 뿐이었다. 나는 그것을 너무나 분명하게 알았고, 혜린에 대한 미안함 때문에 갑자기 눈물이 고였다. 나는 서둘러 자리에서 일어나 욕실로 가서 더운물을 맞으며 울지 않으려고 애썼다. 그 눈물에 휩쓸리게 될까 봐 두려웠다. 그 두려움은 하루 종일 계속되었고 그래서 나는 늘 다시 술을 마셨다.

오정식 교장에 관한 뉴스도 술에 취해 몽롱한 상태에서 처음 들었다. 그래서 나는 처음에는 잘못 들은 것이라 생각했다.

공천에서 탈락한 유원종 측은 할아버지가 사학 재단을 인수할 당시 비리가 있었다고 폭로했다. 다시 말해 할아버지가 장인의 재산, 처가의 사학 재단을 차지하기 위해 증거와 증언을 조작했다는 것이었다.

"정태훈 후보의 부친이, 평생을 조국 수호에 몸 바치다 퇴역한 장인이 이사장으로 있는 사학 재단을 차지하기 위해 당시 교장이었던 오정식을 협박하였으며, 목적을 이룬 후에는 오정식 교장을 강제로 퇴임시켰다는 사실이 확인되었습니다. 이는 사학 재단을 자신의 재산 증식 수단으로 본 파렴치한 행위이며, 오늘날 부패 사학이 심각한 사회문제가 되고 있는 현실에서……."

그 뒷이야기는 내 귀에 들어오지도 않았다. 내 귀에는 오정식이라는 이름만이 울렸다. 혹 잘못 들었나 싶어 타임머신 기능으로 몇 번을 되돌려 들었지만 분명 오정식 교장이 맞았다.

나는 유원종 측에서 폭로한 내용이 상당히 신빙성이 있다고 느꼈다. 그것은 사학 재단 소송에 대해 내가 알고 있는 사실들, 즉 오정식 교장의 증언이 재판에 결정적이었다는 것과 J시의 일등한우갈비 할머니가 할아버지와 오정식 교장의 사이가 나빴다고 말한 것과도 일치했다. 그렇다면 왜 오정식 교장은 이제야 이 사실을 드러낸 것일까. 무엇보다 재판 당시에는 왜 할아버지의 편에 섰던 것일까.

가장 먼저 드는 생각은, 원래는 두 분의 사이가 좋았지만 만리 때문에 다툼이 생기지 않았을까 하는 것이었다. 하지만 그 가정은 만리가 등장하기 이미 오래전에 오정식 교장은 퇴임했다는 사실과 맞지 않았다. 뿐만 아니라 할아버지가 오정식 교장의 무엇을 가지고 협박을 했다는 것인지도 분명하지 않았다. 아버지 측에서는 아무런 근거 없는 억측에 불과하며, 이런 흑색선전이 계속될 때에는 허위 사실 유포로 고소하겠다는 입장을 밝혔다.

"오정식? 그 양반이 아직 살아 있어?"

내가 전화를 하자 할아버지가 대뜸 나에게 물었다.

"제가 어떻게 알겠어요?"

"신경 쓰지 마. 나보다 나이가 많으니 지금쯤 송장 아니면 귀신일 거다."

할아버지의 목소리는 자신감에 넘쳤다. 오정식 교장의 주장이 선거에 별다른 영향을 주지 못할 거라고 믿는 것 같았다. 하지만 내 관심은 선거가 아니었다. 내 관심은 할아버지와 오정식 교장의 관계였다. 여기에는 내가 알지 못하는 무슨 사연이 분명히 있는 것처럼 보였다. 그렇지 않다면 할아버지 말대로 죽을 때가 다 된 오교장이 느닷없이 등장할 이유가 없었다.

나는 취재를 가장해 유원종의 선거 사무실을 비롯한 여기저기에 전화를 걸어 오정식 교장의 현재 주소를 알아낼 수 있었다. 오정식 교장은 미국에 있는 아들의 집에 거주하고 있었다. 나는 그곳으로 전화를 걸어보았다. 오정식 교장의 아들이라는 사람은 그의 아버지가 한국에 와 있다고 말했다.

"돌아가실 때는 한국에 가 있고 싶다고 하셔서 작년에 큰누나 집으로 옮기셨어요."

"통화를 하고 싶은데 연락처 좀 알 수 없을까요?"

"선거 때문에 그러시나 본데, 아버지는 별로 말씀하고 싶어 하지 않으세요."

"그럼 이번에 유원종 측에서 터트린 건 아버님께서 확인해준 사실이 아닌가요?"

"아버지께서 말씀하신 건 맞아요. 하지만 유원종 측과 얘기하세요. 저희 아버지는 조용히 있고 싶어 하세요."

오정식 교장의 아들은 일방적으로 전화를 끊어버렸다. 어렵사리 서울에 있는 딸의 전화번호를 알아내 연락해보았지만 아무도 받지 않았다. 나는 오 교장의 딸이 살고 있다는 아파트까지 찾아가보았다. 하지만 집에는 아무도 없었다. 아파트 경비의 말로는 가족들이 모두 여행을 간 것 같다며 며칠 전부터 집이 비어 있다고 말했다. 아마 언론의 취재를 피해 잠시 거처를 옮긴 것 같았다. 나는 경비에게 방송국 명함과 함께 돈을 좀 집어 주며 오 교장의 집에 식구들이 돌아오면 나에게 연락을 좀 해달라고 부탁했다. 경비는 한참 난처한 표정을 짓더니 결국 그러마 하고 약속을 했다.

국장이 나를 부른 것은 다음 날이었다. 방으로 잠시 올라오라는 것이었다. 전화를 받는 순간 나는 그것이 혜린의 사건 때문일 거라는 예감이 들었고, 이번에도 예감은 맞았다.

"아버지께서 공천을 받으셨다지?"

"네."

"그것 때문인지 갑자기 신문에서 우리하고 일하던 작가가 죽은 걸 떠들던데……."

"……."

"뭐, 아직 확실한 건 나온 게 없지만 조용히 지나가기는 어려울 것 같아. 선거판이다 보니 야당에서는 얼씨구나 하고 떠들어댈 게 뻔하고, 혹 피디와 작가의 불미스러운 관계, 뭐 이런 식의 보도가 나가면 여간 신경 쓰이는 게 아니거든. 요즘 파업 때문에 회사 분위기도 엉망인데……."

예감이 있었다고는 하지만 막상 국장의 입으로 내 상황을 들으니 암담한 기분이 들었다. 동시에 한편으로는 후련하기도 했다. 회사나 동료들이 내 일을 알게 될까 봐 그토록 전전긍긍했음에도 불구하고 막상 부딪치니 죽는 것도 아니고, 세상이 사라지는 것도 아니었다.

"사표를 쓸까요?"

"그렇게까지 할 건 없고……."

하긴 나도 사표를 쓸 생각은 없었다. 동료들의 시선이 곱지 않고 나에 대해 떠드는 이야기가 많다 해도 회사를 그만둘 생각은 없었다. 유복한 집안에서 태어났다고 해도 밥줄은 중요한 문제였다. 무엇보다 나는 내가 하고 있는 일이 좋았다. 사표를 내면 케이블 방송이나 제작사로 갈 수도 있겠지만 갓 조연출 딱지를 뗀 나에게 지금보다 더 나은 조건이 주어질 리는 만무했다.

"일단 휴가를 간 걸로 하자. 그래서 연락이 안 되는 걸로. 회사 생각은 일단 개인 문제로 취급하자는 거야. 그사이에 사건이 해결되었으면 좋겠는데 말이야. 그리고 너 파업에 너무 설치지 마라. 그러다 괜히 그게 빌미가 되어 잘리는 수가 있어."

나는 내 자리로 돌아가 파업 이후에 사용할 방송 자료를 박스 안에 챙겨 넣고 주차장으로 향했다. 얼마 전 나처럼 박스를 안고 집으로 가던 윤 작가는 휴가를 가는 듯한 모습이었지만 정작 휴가를 가는 나는 마치 회사에서 영영 밀려나는 것 같았다. 억울하다는 생각은 들지 않았다. 슬프지도 않았다. 나는 주차장에 세워둔 차에 시동도 켜지 않은 채 앉아서 어느 때보다 또렷하게 의혹을 응시했다. 내가 도망가고 싶을 때 의혹은 나의 두려움을 가중시켰다. 하지만 더는 피할 데가 없다고 생각하니 의혹은 다른 감정을 달지 않은 채 구체적인 사실로만 다가왔다.

오정식 교장. 과거로부터 뛰쳐나온 또 하나의 이름. 만리와 가까웠던 제3의 남자. 그가 만리를 죽였을 가능성은 충분했다. 그가 혜린의 죽음과도 관련이 있을까. 그는 바로 작년에 귀국했다고 했다. 이것은 단지 우연일 뿐일까. 막연히 오 교장을 기다리고만 있을 수는 없었다. 오정식 교장에 대해, 특히 과거의 오정식 교장에 대해 뭔가를 알려줄 사람이 필요했다. 나는 그 사람을 알고 있었다. 정희였다.

나는 휴대폰을 꺼내 정희에게 전화를 걸었다. 지난번에 집으로 전화한 정희의 휴대폰 번호가 남아 있었다. 정희는 받지 않았다. 나는 30분 간격으로 몇 번을 다시 걸었다. 정희는 받지 못할 사정이 있거나 아니면 내 전화를 무시하고 있음이 분명했다. 전화를 부탁한다는 메시지를 남겼음에도 아무런 연락이 없었다. 결국 나는 다시 정희의 집으로 찾아갔다. 지난번처럼 집 앞에서 무작정 기다릴 생각은 없었다. 나는 정희의 집 현관문의 벨을 눌렀다. 서너 차례 누르자 집 안에서 슬리퍼를 끌고 나오는 기척이 느껴졌다.

"누구세요?"

순간 나는 택배 기사라고 거짓말을 할까 생각했다. 그러나 그럴 새도 없이 정희가 문을 열었다. 그녀는 내 얼굴을 보고 놀라지도 않았다. 나는 그녀의 집 안으로 들어갔다.

스무 평 남짓한 실내는 온기 없이 썰렁했다. 주방과 이어진 작은 거실에는 어느 집이나 그러하듯 3인용의 작은 소파와 텔레비전이 놓여 있었다. 평범했지만 아주 깔끔하게 정리된 거실이었다. 주방에도 허튼 물잔 하나 굴러다니지 않았다. 나는 정희의 성품을 대충 알 듯했다. 거실과 대각선으로 두 개의 방문이 보였다. 열린 방문 너머로 침대 위에 헝클어진 이불이 보였다. 지금까지 누워 있다 나온 듯했다. 정희는 내 시선을 느꼈는지 방문을 닫았다.

"회사에 안 나갔어요?"

"잠시 쉬기로 했어요."

정희는 나에게 묻지도 않고 커피를 끓이려다 손을 멈추고 물었다.

"커피가 다 떨어졌는데……."

"안 마셔도 돼요."

정희는 아무 말 않고 주방의 찬장에서 와인 한 병을 꺼냈다. 나는 주방 식탁에 앉았다. 식탁 옆의 벽면에는 정희와 혜린이 웃고 있는 사진이 걸려 있었다. 혜린의 얼굴을 보았다. 머리를 짧게 자르고 야구 모자를 쓴 모습이 개구쟁이 사내아이 같았다.

"혜린이가 대학에 들어갔을 때 둘이 놀러 가서 찍은 거예요. 이 잔도 혜린이와 여행 가서 사 온 건데 두 개가 세트예요. 나와 혜린이 것이죠."

정희가 내 앞에 와인 잔을 놓아주며 말했다. 사진 아래 식탁 구석에 약병 두 개가 놓여 있었다. 정희는 손을 뻗어 약병의 상표가 앞으로 향하도록 가지런히 다시 놓았다.

"이것도 혜린이가 먹던 약인데……."

"어디 아팠었어요?"

"위장에서 위산이 잘 분비되지 않는대요. 그러니 늘 소화가 안 돼서 고생이었죠."

나는 새 모이처럼 아주 조금만 먹고는 이내 손을 내리던 혜린을 떠올렸다. 그러나 혜린이 병을 앓고 있는 줄은 몰랐다. 나는 정희가 부어주는 와인을 한 모금 마시고 말을 꺼냈다.

"최 형사가 나 만났다고 전화 안 했어요?"

"했어요."

"최 형사한테도 물어봤는데, 당신한테 직접 물어보라더군요. 혜린이와 당신은 어떤 사이예요?"

"……."

"당신이 죽은 정만리의 딸이라는 것, 진즉에 알았어요. 혜린은 만리가 죽은 후에 태어났으니 당신과 친자매일 리가 없죠."

"이모의 딸이에요."

"친이모?"

"친이모든 아니든 그게 중요해요? 나는 혜린이와 거의 20년을 살았고, 혜린이는 내 딸과 같았어요."

"왜 사실대로 말해주지 않았어요? 최 형사를 시켜 당신 엄마에 대해 알려주게 한 건 당신 생각 아니에요? 그리고 당신은 박대길이라는 이름을 나에게 흘렸어요. 아마 당신 엄마의 죽음에 대해 알고 싶어서인 것 같은데, 혜린이 당신 친동생이 아니라는 건 왜 숨긴 거죠?"

"그게 중요해요? 친동생이냐, 아니냐가? 친동생이 아니면 뭐가 달라지죠?"

"좋아요. 그럼 당신에게 중요한 걸 얘기해봅시다. 당신 엄마의 죽음. 당신이 그에 대해 그토록 오랜 시간 의문을 가졌다면, 왜 최 형사에게 말해서 어머니 사건을 정식으로 조사하지 않았죠? 공소시효가 지나기 전에 재수사를 요청했으면 됐잖아요."

"경찰 수사 같은 건 믿을 수 없으니까. 엄마가 죽었을 때 얼마나 엉터리였는지, 기가 막혀서. 자살이라고 덮기에 바빴지. 특히 당신 할아버지처럼 그 동네에서 힘깨나 쓰는 사람이 연루됐을 땐 아무 것도 기대할 수가 없더라고요."

"할아버지한테는 알리바이가 있었어요."

"그딴 거 조사하기 나름 아니에요?"

"혹시 할아버지를 고발할 수 없는 다른 이유가 있었던 거 아니에요?"

"무슨 말이죠?"

"혹시 어머니가 전부터 우리 할아버지를 알고 지냈던 건 아니에
요?"

정희는 영문을 모르겠다는 표정이었다. 혹시나 했던 가능성이
사라졌다. 나는 할머니가 말했다는 '그년 딸'이 정희일 거라는 의심
을 포기했다. 하긴, 만리가 그런 건수를 가지고 오랫동안 침묵을 지
켰을 것 같지 않았다.

"그럼 당신은 내가 우리 할아버지가 범인이라는 증거라도 잡아서
가져오길 바란 거예요?"

"……."

"그래서 혜린이를 나한테 보냈어요? 혜린이 시켜서 나한테 의도
적으로 접근한 거 맞죠?"

나는 침착하게 정희를 쳐다보았다. 정희는 와인 잔을 비우고는
다시 술잔을 가득 채웠다.

"어느 날, J시에 있는 동창한테서 당신이 방송국 피디라는 말을
들었어. 지나간 사건을 재구성하는 프로그램을 한다고……. 그때
혜린이는 구성작가가 돼보겠다고 작가연수원에서 수업을 듣고 있
었지. 어쩌다 혜린이한테 당신 이야기를 하게 됐어. 당신과 일할 방
법이 없겠냐고. 당신과 일하면서 슬쩍 우리 엄마 사건에 대해서 흘
리라고……. 내가 원한 건 당신이 엄마 사건을 파헤쳐서 당신 할아
버지가 살인자라는 것, 더 정확하게 말하면 당신 할아버지든, 할머
니든, 당신 집안 때문에 우리 엄마가 죽었다는 걸 알게 하려던 것
이었어. 그래서 당신 할아버지한테도 그 얘기가 들어간다면……. 그
럼 더 좋고."

"그뿐이었어요?"

"그뿐이었어요. 내가 어마어마한 음모라도 가지고 있었을 거라고 생각해요?"

정희가 킥킥 웃었다.

"그러기라도 했으면 차라리 낫지. 엄마가 죽고 나는 삼촌 집에서 자랐어. 나를 맡아준 삼촌과는 사이가 안 좋아서 삼촌 집에서 살던 7년 내내 어서 풀려나고 싶다는 생각만 했어. 숙모는 그저 평범하고 욕심 많은 여자였으니, 그런 사람이 땡전 한 푼 없이 빌붙으러 온 조카한테 애정이 생길 리가 없잖아. 지금 생각해보면 밥 먹여 학교에 다니게 해준 것만으로도 고맙다 싶지만 그때야 어디 그런가. 늘 불만이었고, 그래서 내 엄마를 죽인 원수라고 생각하며 당신 집안에 이를 갈았지. 사춘기 때였으니까. 고등학교를 졸업하고 증권회사에 취직한 후, 1년 딱 모아서 월세 보증금 마련했을 때 나는 삼촌 집을 나왔어. 그리고 이모를 찾아가 혜린이를 만나게 되었지. 이모가 정신이 온전치 못해서 제대로 챙기지도 못했을 텐데, 혜린이는 정말 귀여웠어."

정신이 온전치 못했다. 나는 만리의 집에 와 있던 순옥이 좀 모자라는 애였다는 말을 기억했다. 혜린은 순옥의 딸일 가능성이 있었다. 하지만 나는 아무 말 하지 않았다.

"혜린이는 첫날부터 나한테서 떨어지지 않았지. 아마도 어린아이의 본능이었을 거야. 자신을 보살펴줄 것 같은 사람에 대한 애착. 나도 본능이었어. 나에게 애착을 보이는 아이를 사랑하게 된 건."

"예뻤겠군요."

"정말 예뻤어. 정말……."

정희는 감정이 복받쳐 오르는지 말을 삼켰다. 한 보름 사이 정희는 갑자기 늙어버린 것처럼 보였다. 마흔 줄임에도 불구하고 어딘가 아가씨 같던 느낌은 완전히 없어지고 피로와 불면의 흔적이 역력했다. 나는 그녀에게 연민과 함께 미안함을 느꼈다. 나는 내 문제로 가 있었지만 정희가 여전히 혜린으로 인해 고통스러워하고 있다는 것이 분명하게 느껴졌다. 정희는 혜린과 함께했던 추억들을 한참 늘어놓았다. 나는 와인을 비우며 묵묵히 들었다.

"그러면서 나는 잊었어. 엄마에 대해서, 엄마가 억울하게 죽었다는 것에 대해서. 세월은 그런 거야. 아무리 억울한 것도 시간이 지나니까 희미해지더라고."

"모든 것은 지나가니까."

"맞아. 모든 것은 지나가니까. 지난 일은 그냥 내버려둬야 해. 그냥 흘러가도록. 그렇지 않아요?"

나는 고개를 끄덕였다. 할 수만 있다면 그냥 내버려뒀어야 한다. 그러나 과거는 우리의 현재와 연결되어 있다. 그것은 그냥 흘러가지 않는다. 내버려두어도 스스로 일어난다.

정희는 계속 술을 마셨고, 계속 말했다. 마치 모든 것을 쏟아내고 싶은 사람처럼.

"그렇게 하지 못한 걸 나는 지금 너무나 후회해. 내가 우연히 당신 이야기를 듣지 않았다면, 내가 그 이야기를 혜린이에게 하지 않았다면, 당신 말이 맞아. 지금쯤 혜린이는 살아 있을 텐데……."

후회. 가슴을 파고드는 후회. 나는 그것이 무엇인지를 알았다. 그것이 언제 지나갈지를 모를 뿐이었다.

"혜린은 당신을 찾아갔지. 아마 그 애는 이 모든 일들을 하나도 심각하게 생각하지 않았을 거야. 무슨 영화에 나오는 추적이나 비밀 파헤치기, 그런 정도로 생각했을 거야. 걔는 그런 애니까. 그리고 최악의 일이 발생했지. 정말 최악의 일이었어."

혜린이 나와 연애에 빠져버린 것이었다. 지극히 모범생 같은 얼굴을 가진 신혼의 남자가 대학을 갓 졸업한 신참 작가에게 뻔뻔스럽게 유혹을 손길을 뻗친 것이다. 그때 혜린과 내가 운이 좋았던 건지, 나빴던 건지 정희는 회사 일로 정신없이 바빴고, 혜린은 미안함 때문에 나에 대해 입을 다물었다. 하지만 사랑과 재채기는 감출 수 없다고 했던가. 어느 날 정희의 눈에 예전과는 달라진 혜린이 들어왔다. 혜린이 감추려고 했기 때문에 더 쉽게 알아낼 수 있었다고 정희는 말했다.

죄책감이 나를 아프게 찔렀다. 정희는 내 얼굴을 보더니 고개를 돌리며 눈물을 닦았다. 그러고는 희미하게 미소를 지었다. 지금 이러는 것, 이 후회, 이 속죄가 다 무슨 소용이 있느냐는 듯이.

"그게 당신이라는 걸 알았을 때 내가 얼마나 놀랐는지. 그렇지만 더 놀랐던 것은 혜린이가 당신과 헤어지기를 거부했다는 거야. 걔는 내 말을 거부하는 애가 아니었는데. 절대로 당신 할아버지가 범인이 아닐 거라며, 자기가 그걸 밝혀내겠대. 세상에, 그런 멍청한 소리가 어딨어? 나는 그냥 놔둘 수가 없었어. 그래서 당신 집으로 전화를 했지."

"당신이?"

"그래, 내가 했어. 당신 부인에게."

그제야 나는 하나의 의문이 풀렸다. 아내는 동물적인 직감을 가지고 있었던 것이 아니라 제보를 받은 것이었다.

"혜린이는 길길이 뛰었어. 걔가 그렇게 흥분하는 걸, 나한테 화를 내는 걸 처음 봤어. 손으로 마구 가슴을 치면서 그러더군. 언니가 나한테 무슨 짓을 했는지 모를 거야, 정말로 모를 거야…… 혜린이가 좀 이상해진 것은 그때부터였어. 어딜 간다는 말도 않고 며칠씩 집을 비웠어. 알고 보니 J시에 간 거였어. 딴에는 내 엄마를 죽인 범인을 알아낼 수 있다고 생각했나 봐. 아님 뭔가 다른 것을 알았거나."

"혜린이가 박대길에 대해 말했어요?"

"혜린이가 다시 집을 비웠을 때 나는 걱정이 되어 몇 번이나 전화를 걸었어. 바닷가에 여행을 갔다고 했어. 그러더니 사고가 있기 전날, 나에게 말했어. 혹시 박대길이라는 사람을 아느냐고."

"처음 듣는 이름이었어요?"

"그래요."

정희는 그렇게 말했지만 대답하기 직전에 아주 짧은 순간 망설이는 것을 나는 알아챘다. 정희는 무엇을 숨기고 있는 것일까. 박대길에 대해서. 뭔가 숨긴다는 것은 뭔가 알고 있다는 뜻이었다. 정희가 박대길에 대해 알고 있는 것이 있다면 그것은 만리를 통해서였을 것이다. 만리가 그녀에게 뭔가 들려준 것이 있기 때문이었다.

"아뇨. 당신은 박대길을 알고 있어요. 누구죠?"

"몰라."

"말해봐요. 당신은 그 이름을 누구한테서 들은 거죠? 당신 엄마?

당신 엄마가 뭐라고 했어요?"

정희는 고개를 거칠게 내저었다.

"모른다니까!"

"그럼 오정식은 알죠? J중고등학교 교장 오정식. 그 사람, 당신 엄마와 가까웠잖아요."

정희의 눈이 다시 조금 떨렸다.

"그 사람에 대해 알고 있는 걸 말해줘요. 부탁이에요."

"왜? 내가 왜?"

정희가 차갑게 빈정대듯 말했다. 나는 내가 할 수 있는 최대한의 간절함으로 사정했다.

"이건 아주 중요한 문제예요. 당신 엄마는 우리 할아버지와 오정식 교장, 두 사람을 동시에 만났어요. 분명 아는 게 있을 거예요. 사소한 거라도 좋으니까 뭐든 말 좀 해봐요. 혹 오정식 교장이 박대길이라는 남자와 관련이 있는 건 아니에요?"

정희는 아무 말 없이 나를 노려보면서 술만 입으로 가져갔다.

"제발 말 좀 해요! 그걸 알아야 이 사건을 풀 수 있다고요!"

"내가 왜 당신한테 그걸 말해야 하는 거지?"

정희가 갑자기 날카롭게 소리쳤다.

"혜린이를 죽인 범인을 잡으려고요!"

"혜린인 당신이 죽였어! 당신을 만나지 않았다면 혜린이는 죽지 않았을 거야!"

"내가 그 애를 만난 건 당신 책임도 있어요. 당신도 방금 그렇게 말했잖아요!"

"닥쳐! 뻔뻔스러운 인간."

"다 내 책임으로 돌리면 편해요? 그런데 왜 당신은 고통스러워하죠? 왜 잠을 못 자는 거죠?"

"네가 술을 먹고 그 애를 죽였어. 최 형사도 그렇게 말했어. 네가 제일 의심스럽다고! 넌 아무것도 기억 못 하잖아!"

"당신이 시작한 일이야. 당신도 부정 못 하잖아!"

정희는 자기 앞의 술잔을 집어 마룻바닥을 향해 집어 던졌다. 유리잔이 깨지는 소리가 날카롭게 울렸다.

"너나 네 할아버지나, 너희 집안은 다 뻔뻔스러워. 돌아가. 내가 더 아는 게 있다고 해도 나는 말 안 할 거야. 너는 살인범으로 감옥에 가야 돼. 그래서 네 할아버지 몫까지 죗값을 치러야 돼!"

정희는 그렇게 소리치고는 비틀비틀 일어나 방으로 들어가려 했다. 나는 정희의 앞을 막아섰다.

"비켜."

"못 비켜요. 말해요. 당신도 박대길한테 뭔가 있다고 생각되니까 나한테 흘린 거잖아. 제발, 나에게 숨기고 있는 걸 말하라고. 말해!"

정희는 나를 밀쳤다. 나는 정희의 팔을 꽉 잡았다. 정희는 빠져나가려고 했지만 나는 보내주지 않았다. 나는 정희가 감추는 것이 무엇인지 꼭 알아야만 했다. 힘으로 안 되자 분에 못 이긴 정희는 울음을 터트리며 주저앉았다. 정희의 눈물이 거실 바닥으로 떨어지는 소리가 후드득 들렸다. 나는 정희의 어깨에 손을 얹었다. 들썩거리는 어깨의 떨림이 내 손으로 전해져 왔다.

"왜 그만두지 않았어? 내가 당신 와이프한테 전화를 걸었을 때,

그때라도 멈추지……. 그때라도 포기하게 만들지……. 나는 혜린이 없이는 살 수가 없어. 엄마 없이도 살아왔지만 정말 혜린이 없이는 살 수가 없어……."

"미안해요. 정말 미안해요……."

"꼭 그 애여야 했어? 아니지? 왜 하필 혜린이였어? 그 애가 아니어도 됐잖아."

"아니, 나는 꼭 혜린이여야 했어요."

정희가 나를 노려보았다.

"나도 지금 알았어요. 알았기 때문에, 나는 무슨 일이 있어도, 당신이 아무것도 말해주지 않아도 혜린이를 죽게 만든 사람을 찾아낼 거예요. 당신 말대로 그 범인이 설령 나라고 해도."

"아니, 당신은 아무것도 밝힐 수 없어. 나는 알아. 하지만 내가 아는 걸 말해줄게. 박대길이라는 이름, 그래, 들은 적이 있어. 오래전에 엄마가 누군가와 전화하면서 말했어. 박대길이 살아 있다고. 박대길이 살아 있는 걸 안다고."

"그게 언제죠? 당신 엄마가 죽기 직전이죠?"

"맞아. 그때쯤이었어. 이제 나는 다 말했어. 그만 돌아가."

나는 정희가 나에게 다 말했다는 것을 믿지 않았다. 하지만 더는 들을 수 없다는 것도 알았다. 나는 돌아서 그 집을 나갔다.

나는 가능한 한 빨리 그 집을 벗어나고 싶었다. 계단을 내려오는 걸음이 점점 빨라져 나중에는 숫제 뛰었다. 골목 어귀에 있는 술집이 눈에 띄었다. 무작정 들어가 술을 시키고 나니 지난번에 정희와 같이 왔던 곳이었다. 나는 작정하고 술을 들이부었다. 빨리 취하고,

빨리 잠이 들어, 1초라도 더 빨리 필름이 끊어지기를 바랐다. 하지만 나는 취하지 않았다. 또렷하게 한 문장이 내 머릿속을 맴돌았다. 박대길은 살아 있다.

결국 나는 정신이 남아 있는 상태로 집으로 돌아갔다. 어둠 속에서 현관의 버튼 키를 누르는데 개구쟁이 사내아이처럼 야구 모자를 뒤집어쓴 조그만 여자가 내 앞을 막았다. 나는 심장이 툭 떨어지는 것 같았다.

"오빠."

미래였다.

"아버지한테 쫓겨났어. 선거에 방해된다고, 더 정확하게 말하자면 꼴 보기 싫으니까 오빠한테 가 있으래."

미래는 나 혼자 사는 집에 남아 있는 유일한 식료품인 커피를 끓이며 경쾌하게 말했다.

"뭔가 일이 더 생긴 건 아니고?"

"할아버지는 늘 그러시지만, 자신만만하게 전부 별일 아니래. 사실 유원종 측에서 떠드는 말들은 분명한 증거가 없어. 아마 진실게임으로 몰고 가서 선거에 활용할 생각인 거겠지. 할아버지는 유원종의 비리를 물고 늘어져서 똑같이 갚아주려는 계획이고. 할아버지 말씀으로는 이런 일은 선거판에서 종종 일어나는데 선거에서 이기면 유야무야된대. 하지만 오빠는 다르잖아. 살인 사건이 일어났고, 경찰이 재수사에 나섰는데 그렇게 유야무야될까?"

나는 고개만 끄덕였다. 내 표정이 심드렁했는지 미래가 다시 물었다.

"별로 심각하지 않네."

"유원종 측에서 꾸미는 일, 할아버지의 대응 같은 것에는 관심 없어."

"그럼?"

"나는 진범을 잡고 싶어."

미래가 나를 쳐다보았다.

"내 혐의 때문이 아니라 혜린이를 죽인 사람을 찾아 왜 죽였는지 이유를 알아내고 싶어."

"나도 오빠랑 그 얘기를 하고 싶었어. 근데 일단 뭐 좀 먹자."

나는 근처에 있는, 내가 잘 가던 초밥집으로 미래를 데리고 갔다. 가끔 아내와 들렀던 곳이라 주인이 아는 체를 했다. 미래를 여동생이라고 소개하자 주인은 오누이라 그런지 쏙 닮았다고 말했다.

"내가 오빠보다는 더 낫지 않아? 실망스럽네."

"같이 있으면 다 닮아 보이나 봐. 집사람하고 왔을 때도 남매처럼 닮았다고 하던걸."

하긴, 혜린과 같이 다닐 때도 닮았다는 말을 종종 들었다. 아내와 혜린은 전혀 닮은 구석이 없었지만 내가 지극히 평균적인 한국인의 얼굴이라 누구라도 나와 닮은 것처럼 보이는지도 모르겠다.

"자, 이제 얘기해봐. 무슨 말을 하려고 서울까지 온 거야?"

초밥을 다 먹고 주인이 특별 서비스로 내온 차를 마시며 미래에게 물었다. 미래의 장난스럽던 얼굴이 이내 진지해졌다.

"일단, 지난번에 내가 한 말은 잊어."

"무슨?"

"오빠가 들어오는 소리를 못 들었다는 말. 생각해보니 이어폰을 꽂고 있어서 내가 놓쳤을 수도 있어."

"눈이 온 시각은?"

"중요한 건 그게 아냐. 혜린이라는 그 피해자에 대해 좀 알게 되었어."

"뭘? 어떻게?"

"성중 오빠가 피해자를 만난 적이 있어. 알지?"

"그래. 사건이 나던 날 낮에 동강 호텔에서."

"그때 피해자가 복지원 얘기를 했었대. 지금도 그대로 있느냐면서."

동창 녀석은 나에게 그런 말을 하지 않았다. 중요한 정보라고 생각하고 일부러 말하지 않았음이 분명했다.

"성중 오빠랑 둘이서 복지원에 가봤어."

"같이?"

"그럼 안 돼?"

"너 걔랑 정말 사귀는 거야?"

"그러니까 진짜 오빠 같다. 흥분하지 마. 성중 오빠는 이 사건에 분명히 의혹을 가지고 있지만 없는 사실을 만들어내는 사람은 아냐. 나를 데리고 갔다는 것만 봐도 알 수 있잖아."

"하지만 그 녀석이 복지원까지 갔다는 건 뭔가 알아내서 선거에 이용하려고 하는 거잖아."

"단지 진실을 알고 싶어 하는 사람들도 있어."

"내 생각에는 아무래도 그 녀석이 너에게 흑심이 있는 것 같다."

"오빠, 그 오빠랑 나는 열 살 차이야."

혜린과 나도 열 살 차이였다. 나는 아무 말도 하지 않았다.

"그래서? 계속해봐."

"피해자는 그곳 복지원에서 태어났어. 당시 그곳에 보호 중이던 정신지체 여성이 신체 장애 남성과 결혼식을 올렸대."

"혹 그 정신지체 여성의 이름 알아냈니?"

"응. 이순옥."

미래는 휴대폰의 메모를 확인하더니 말했다. 만리 집에 와 있었다던 친척 여동생의 이름이었다. 내 짐작이 맞았다. 만리가 죽은 후, 순옥은 그 보호 시설로 보내져서 그곳에서 살았던 것이다.

나는 혜린이 J시에서 나고 자랐다는 사실이 쉽게 믿기지 않았다. 혜린은 내가 아주 어린 시절부터 바로 내 옆에서 살았던 셈이다. 손바닥만 한 J시, 그 익숙한 거리와 얼마 되지 않는 상점 어느 모퉁이에서 혜린과 나는 스쳤을지도 모른다. 미래는 내가 충격받은 것을 아는지 잠시 기다리더니 다시 입을 열었다.

"재밌는 게 뭐냐면, 피해자가 태어났을 때 지은 원래 이름이 이정희라는 거야."

"뭐?"

"아는 이름이야?"

"혜린이의 언니 이름이지."

"맞아. 몇 년 후 친척이라는 여자가 방문해서 피해자와 그녀의 엄마를 데리고 갔대. 그때 피해자의 아버지는 병으로 사망한 후였어. 그런데 모녀를 데리고 간 그 친척의 이름도 이정희였어."

지난번에 정희를 만났을 때 혜린의 이름을 직접 지어줬다고 말했던 것이 기억났다. 정희는 자신과 같은 이름을 가진 순옥의 딸에게 혜린이라는 이름을 붙여주었던 것이다.

"많이 알아냈구나. 복지원에서 순순히 다 가르쳐줬어?"

"성중 오빠가 시민 단체 일을 오래 했으니까, 누군가 소개를 해줬나 보더라고."

"능력 되네, 그 녀석."

"근데 이순옥을 복지원에 데려다 놓은 사람이 누군지 알아?"

"할아버지."

미래가 고개를 끄덕였다.

"그건 그다지 이상한 일이 아니야. 정희의 엄마, 만리와 할아버지는 친한 사이였어. 만리가 죽고 난 후 순옥이 오갈 데가 없으니까 복지원에 데려다 놓았겠지."

"아니면 만리의 죽음 때문에 가책을 느껴서 그러셨거나."

"뭐?"

"성중 오빠한테 들었어. 정만리라는 여자의 의문사."

"이제는 할아버지를 의심하니?"

미래는 정색을 하고 내 눈을 들여다보며 또박또박 말했다.

"오빠, 가족 중에 살인자가 있을 거라는 건, 누구에게나 유쾌하지 않은 일이야. 나는 내 가족에게 특별한 원한이나 싫다는 감정을 가지고 있는 게 아냐. 사실은 나도 오빠처럼 우리 가족이 아무런 일 없이 이대로 살아가기를 바라. 하지만 할아버지가 벌인 일, 아니 할아버지가 연루된 어떤 일에 오빠가 말려드는 건 어리석은 짓이야. 오빠도 조금 전에 말했잖아. 무엇보다 진범을 잡고 싶다고."

"그래, 그건 사실이야. 하지만 네가 모르는 게 있어."

나는 미래에게 간략하게 박대길과 오정식 교장에 관한 이야기를 들려주었다. 미래는 마치 흥미진진한 추리소설을 읽는 표정으로 내 이야기를 들었다.

"도대체 뭐야? 박대길이라는 남자가 살아 있고, 그가 오정식일 가능성이 있다는 거야?"

오정식이 박대길이다. 나 역시 머릿속에서 몇 번이나 떠올려보았지만 너무 무리한 생각이라 포기했던 그 가설을 다시 생각해보았다.

"무리인 것은 맞지. 만약 오정식이 박대길이라면 왜 할아버지는 그의 정체를 폭로하지 않았을까? 왜 오정식은 소송 때 할아버지를 도왔을까?"

"서로 약점을 잡고 있거나, 서로 미워하면서도 보호해주지 않으면 안 될 이유가 있을 수 있지."

"그래, 내 생각도 그래. 박대길은 고모할머니 이조와 연인이었어. 할아버지는 고모할머니가 병으로 전쟁 직후에 돌아가셨다고 말씀하셨지만, 만약 고모할머니 이조가 살아서 대길과 달아났다면……. 그 때문에 할아버지와 오정식 교장이 서로를 묵인할 수밖에 없는 관계였다면……."

"오정식 교장에 대해 알아볼 수 없을까?"

"알아봐봤자 헛수고일 거야. 오정식 교장의 인적 사항은 학교 행정실에서 어렵지 않게 알아낼 수 있어. 나도 기본적인 것은 이미 알고 있는걸. 오 교장은 전쟁 전에 장교가 되었고, 진외조부를 모시던 부관이었어. 그 인연으로 예편 후 교장이 되었지. 만약 박대길이 오정식으로 변신했다면 그 이유는 오정식의 경력이 나무랄 데가 없기 때문이었을 거야."

"그때는 할아버지의 장인이 살아 있을 때잖아."

"진외조부가 정확한 호칭이야."

"아이고, 그런 건 오빠나 지켜. 난 헷갈려서 싫어. 아무튼 그 양반이 살아 있는데 어떻게 박대길을 오정식으로 바꿀 수 있지?"

"아마 세 사람 사이에 알려지지 않은 뭔가가 있었는지 모르지. 우리가 전혀 모르는 뭔가. 그걸 알아내면 오정식이 박대길이라는 것을 알 수 있고, 그럼 혜린을 죽인 범인도 알 수 있는 거야."

"좀 이상해. 만약 오정식이 박대길이라면 왜 지금 다시 선거에 개입하지? 살인까지 저질렀다면 조용히 숨어 있고 싶지 않을까? 할아버지가 다 폭로해버리면 어쩌려고?"

"묵은 원한이 있으니까……."

"60년 전의 원한? 그것 때문에 자기 인생이 다 폭로될 위험에 스스로 뛰어든다?"

미래는 곰곰이 생각에 잠겼다.

"나는 생각할수록 오정식 교장의 정체가 이 사건의 핵심이라는 생각이 들어. 하지만 어떻게 그것을 증명할 수 있을까. 오정식이 박대길이라는 걸 어떻게 증명하지?"

"다른 가능성도 있어. 근데 이건……."

"뭔데?"

"아냐, 아냐. 미친 생각이야."

미래가 이내 머리를 저으며 화제를 돌렸다.

"그런데 정희라는 여자, 좀 신기하지 않아?"

"왜?"

"생각해봐. 어떻게 고등학교를 갓 졸업하고 직장을 다니는 어린 여자가 순옥과 혜린을 데려다 함께 살 생각을 할 수 있지? 게다가 순옥은 정신도 온전치 않았어. 얼마나 힘든 일인데 그걸 선택했다는 게 자연스러워?"

"어린 시절을 함께 보냈으니까."

"그래봤자 잠시야. 뭐든 어색한 일을 하는 데는 이유가 있는 거야."

미래의 말이 옳았다. 나는 정희가 혜린을 키웠다는 것만 생각하고 있었다. 하지만 정희는 복지원을 찾아가기 전에 혜린의 존재를 몰랐다. 정희는 혜린이 아니라 순옥을 찾아간 것이었다. 그렇다면 정희에게는 반드시 순옥을 다시 찾아야 하는 이유, 순옥과 함께 살아야 하는 이유가 있었던 것이다. 그것이 박대길과 관련된 것일까.

"오빠, 일단은 순옥에 대해 알아봐. 그게 순서인 것 같아."

다음 날 나는 공식적인 휴가 중임에도 불구하고 다시 회사로 찾아가 혜린의 인적 사항을 뒤져보았다. 혜린이 급여 서류를 만들면서 적어 넣었던 주민등록번호가 있었다. '890230'으로 시작했다. 나는 그제야 혜린의 생일이 2월 30일인 것을 알았다. 아마 음력 생일일 것이다.

지난해 봄에 나는 단 한 번 혜린의 생일을 축하해주었다. 그 전날까지 아무 말 없더니 아침에 나를 만나서 그날이 자신의 생일이라고 말했던 것이다. 나는 혜린에게 좁쌀만 한 다이아가 박힌 귀걸이를 사주었다. 혜린은 오른쪽 귓불과 귓바퀴에 네 개나 구멍을 뚫어두었다. 나는 혜린의 말랑거리는 귀를 붙잡고 네 개의 구멍마다 일일이 귀걸이를 걸어주었다. 그러자 그것들은 마치 별자리처럼 보였다. 그것이 4월쯤이었다.

나는 마치 신기한 부적을 보는 사람처럼 급여 서류에 적힌 혜린의 생일을 물끄러미 쳐다보았다. 2월 30일생. 존재하지 않는 날짜. 결코 올 수 없는 내일. 혜린의 존재는 어디서 시작된 것일까.

나는 혜린의 주민번호를 메모하고, 파업 시위 중인 로비를 뒤져 비교적 나와 친하게 지내던 보도국 선배를 찾았다. 나는 선배를 사람들이 없는 복도 끝으로 데리고 갔다.

"선배, 부탁할 게 있어요."

"뭔데?"

"인적 사항을 좀 조사해봐야 할 사람이 있는데, 도와줄 수 있어요?"

"아는 경찰 통해 알아봐달라고?"

"네."

"제작상 필요하면 정보 공개 요청 절차를 정식으로 밟아서 청구해야지. 개인적인 루트로 알아보는 거, 요즘은 그런 거 힘들어."

"꼭 좀 필요해서 그래요."

"네 사건 때문이야?"

"……."

"마침 파업이라 뉴스가 제대로 돌아가지 않으니까 조용하긴 한데, 다른 언론사에서 가만히 있겠어? 너네 집 이야기가 방송에 나오는 바람에 이게 선거와 물리면서 묘해. 네 아버지께서 선거에서 이기면 별일 없이 무마될 거라는 사람도 있고, 야당에서 물고 늘어져서 너한테 불똥이 튈 거라는 사람도 있고……."

나는 지금까지 국회의원 선거가 내 인생에 영향을 미칠 거라고는 상상도 해보지 못했다. 그것은 안드로메다의 행성만큼이나 나에게 먼 얘기라고 생각했지만 현실은 그게 아니었다. 하지만 이제는 직장과 관련된 일들이 안드로메다만큼이나 머나먼 이야기로 들렸다.

"얘기해줘서 고마워요."

"조심해라. 부탁한 건 내가 잘 아는 형사한테 한번 물어는 볼게. 뭘 알고 싶어?"

"혜린이 엄마에 대해 알고 싶어요. 뭐든 좋아요."

나는 혜린의 주민번호, 휴대폰 번호, 주소를 모두 불러주었다. 선배는 휴대폰에 메모를 하고는 다시 시위대 쪽으로 돌아갔다.

그때 오정식 교장이 사는 아파트의 경비한테서 전화가 왔다. 가족들이 집으로 돌아왔다는 것이었다. 나는 그 집으로 다시 가보았다. 하지만 부질없는 짓이었다. 오정식 교장은 건강 상태가 악화되어 아무도 알아보지 못한 채 중환자실에 누워 있었다.

"저희는 아무것도 몰라요. 다 지나간 일이에요."

오정식 교장의 딸은 그렇게 말하고 문을 닫아버렸다.

그녀의 사진 한 장

방아도로 향하는 배에 올랐을 때부터 비가 내리기 시작했다. 방아도로 가려면 J시 어항의 선착장에서 배를 타고 한 시간쯤 들어가야 했다. 요즘은 관광객이 늘어 단체 손님일 경우 섬으로 연락하면 직접 배를 가지고 나온다고도 했지만 미래와 나에게는 해당되지 않았다.

평일이라 그런지 다른 승객들은 거의 없었다. 바다로부터 뿌연 연무가 피어올랐다. 바다 저편에 점점이 찍혀 있는 작은 섬들은 모두 안개에 가려 보이지 않았다. 우리가 조금 전 떠나온 선착장도 이내 안개에 파묻혀 시야에서 사라졌다. 미래와 나는 우산이 없었지만 선실 안으로 들어가지 않고 배의 난간에 기대서 있었다. 세우(細雨), 비단실처럼 가늘고 부드러운 비가 바다 위로 내려앉고 있었다.

전날 나는 순옥에 대한 조사를 부탁한 선배로부터 전화를 받았다. 순옥에 대한 기록은 많지 않았다. 순옥은 부산에 있는 고아원에서 자랐는데, 고아원에 맡겨졌을 때 이미 대여섯 살 정도로 추정되었다. 그곳에서 자라던 순옥은 나이가 들자 어느 기도원으로 보내졌다. 기도원의 주소를 받아 적던 나는 깜짝 놀라 손을 멈췄다. 방아도.

그곳은 혜린이 J시로 와서 사흘이나 가 있었던 곳이었다. 관광지라 혼자 여행을 갔나 했었지만 아니었다. 혜린은 자신의 엄마가 살았던 곳을 찾아간 것이었다. 혜린이 무엇을 알아내려는 목적으로 그곳을 갔든, 아니면 실연이 준 감상 때문에 엄마의 흔적을 찾아간 것이든 간에, 미래와 나는 방아도의 기도원을 찾아가보기로 결정했다.

검색을 통해 알아본 바에 의하면 방아도로 들어가는 오전 배는 11시에 있었다. 그걸 놓치지 않기 위해 미래와 나는 새벽같이 일어나 부산행 KTX에 올랐다. KTX 안에서 미래와 나는 다시 곯아떨어졌다. 하지만 J시로 가는 시외버스에 오르자 미래는 마치 출근한 사람처럼 휴대폰과 태블릿 피시를 동시에 켜 들고 몹시 분주했다.

"순옥이 자랐다는 고아원에도 가봐야지."

하지만 전쟁 당시 설립된, '성심 천사의 집'이라는 고풍스러운 이름의 고아원은 이미 오래전 종교 단체에 인수되어 다른 보육 시설로 바뀐 후였다. 미래는 그곳으로 전화를 걸어 당시 천사의 집에 남아 있던 원생들에 대한 기록을 찾을 수 없는지 한참을 따져 물었다.

"너는 기자 하면 잘하겠다."

"대학 입학도 못 했는데 내가 무슨 기자야. 여동생이 아직 고졸 상태인 것에 대해 충격받았어?"

"충격은 무슨. 하지만 말 나왔으니 물어볼게. 공부 계속 안 할 거야?"

"하게 되면 하고."

"그럼 안 하게 될 수도 있어? 뭐 해 먹고살게?"

"할아버지, 아버지께서 물려주신 걸로 대충 살면 안 될까?"

미래는 낄낄거리며 대답했다.

"남들이 들으면 진담인 줄 알겠다."

"진담이야. 목표, 성취, 성실, 나는 그런 단어들을 들으면 속이 거북해. 나처럼 마냥 개기며, 부모가 물려준 걸 다 날리는 사람도 조금은 있어야 하는 거 아닌가. 부의 재분배도 되고."

그러는 동안 우리는 J시의 선착장에 도착했다. 미래와 나는 여기서 어머니나 아버지와 마주치면 곤란하다고 농담을 해대며 방아도행 티켓을 샀다. 배가 떠나기 전 나는 선착장에서 일하는 사람에게 방아도에 기도원이 아직 있느냐고 물어보았다.

"아마 있을걸요. 거기 찾아가는 손님들이 요즘도 가끔씩 있는 것 같던데……."

"기도원에 사람이 많아요?

"요즘은 모르겠지만 예전에는 꽤 많았어요. 그 기도원이 병을 잘 낫게 한다는 소문이 있어서, 자리 비기를 기다리면서 근처 여인숙에서 먹고 자면서 기다리는 사람도 있었거든요."

"언제 만들어진 건데요?"

"그건 모르죠. 옛날부터 있었어요. 아주 옛날부터."

그 옛날이라 함은 70년대 초반이었다. 인근에서 개척 교회로 유명해진 어느 목사가 꿈에서 신의 계시를 받고 기도원을 설립했으며, 그래서 수많은 사람들이 이곳에서 병을 완치했고, 기도원은 각종 기관들로부터 표창장을 받았다는 내용의 소개판이 그곳으로 올라가는 산길 입구에 붙어 있었다. 하지만 소개판은 너무 낡아 글자가 희미했다. 기도원을 설립한 목사가 고위 공직자로부터 표창장을 받으며 찍은, 수십 년 전 사진은 붉은 녹과 함께 삭아가고 있었다.

소개판 옆으로 나 있는 산길을 따라 200미터 정도 올라가자 기도원이 나왔다. 기도원은 세 채의 건물로 이루어져 있었다. 정중앙에 있는 2층짜리 건물이 아마 본관인 것 같았는데, 낡은 정도로 보아 가장 오래된 것 같았지만 그럼에도 제일 나아 보였다. 양쪽으로 원생들이 일하는 데 쓰는 작업장과 역시나 원생들을 수용하는 별채가 있었다. 별채 건물은 기도원이 한창 잘나가던 무렵 수용 시설이 부족해지자 응급으로 지은 것 같았다. 지금은 사용하지 않는 듯 문짝은 뒤틀리고 페인트마저 다 벗겨져 을씨년스러워 보였다. 하지만 전망만큼은 일품이었다. 안개가 무리 지어 다니는 바다가 산 아래로 환히 내려다보였다.

우리가 기도원 안으로 들어서자 본관 건물에서 허드렛일을 하는 것 같은 아주머니 한 분이 달려 나왔다.

"어떻게 오셨어요?"

나는 방송사 명함을 내밀며 복지원이 취재의 대상이 아니라는 사실을 분명히 했다. 재정이나 원생 관리가 완전히 투명한 복지 시설은 내가 아는 한 거의 없다. 그러니 취재차 왔다고 하면 기도원

측에서는 무조건 긴장할 터였다. 나는 이 기도원에 살았던 이순옥이라는 여자가 독립 유공자의 자녀로 추정되며 그 때문에 찾았다고 둘러댔다. 명함을 받아 든 아주머니는 고개를 저었다.

"오늘은 실장님이 안 계세요. 내일 오세요."

현재 기도원의 원장은 설립자의 아들로 역시 목사이지만 가끔씩만 들르고 모든 일은 실장이라는 사람이 알아서 처리한다고 했다.

"혹시 아주 오래전부터 여기 계시는 분과 얘기 좀 할 수 없을까요?"

"글쎄, 저는 잘 모르고, 안다 해도 제가 만나게 해드릴 수가 없어요."

"아주머니는 여기 사세요?"

미래가 물었다.

"아니요. 나는 아래 마을에서 출퇴근해요."

"언제부터 일하셨어요?"

"10년도 더 넘었죠. 근데 왜요?"

"여기서 오래 일하셨으면 저희가 찾는 분을 알지도 모르잖아요. 혹 여기 주민 중에서 아주머니처럼 여기서 일하시던 분 안 계세요?"

"왜요, 여럿 있죠. 예전에 이 기도원에 사람이 많을 때는 일하는 사람도 마을에서 여러 명 데려다 썼거든요."

"그중에서 아주 오래전에 일하시던 분, 혹 모르세요?"

"글쎄, 남해댁 할머니가 여기 한창 잘나갈 때 일하셨다던데……."

"그분은 어디 사세요?"

나는 아주머니가 가르쳐주는 위치를 휴대폰에 메모했다. 인사를 하고 돌아서 나오려는데 미래가 내 옆구리를 툭 찔렀다. 미래의 시선이 향한 곳을 보니 쇠창살이 쳐진 본관 2층의 창문에 누군가가 얼굴을 대고 바깥을 내려다보고 있었다. 머리가 하얗게 센 노인이었는데 표정은 어딘가 넋 나간 사람 같았다. 마치 아까부터 우리를 계속 보고 있었던 듯했다. 미래가 다시 물었다.

"저분은 누구세요?"

"누구?"

아주머니는 2층을 힐긋 보더니 대답했다.

"아, 저분은 전도사님이세요. 평생 여기서 원생들을 돌보셨는데 늘 그막에 치매에 걸리셨다네요. 지금도 다들 전도사님이라고 불러요."

미래의 얼굴에 실망의 표정이 역력했다.

"저분은 뭔가 알고 계실 것 같은데, 치매라니."

미래가 다시 산길을 내려오며 말했다. 나도 실망스러웠지만 실장이라는 사람이 뭔가를 알고 있을지 모른다고 위로하며 남해댁 할머니를 찾아 나섰다. 몇 가구 살지 않는 조그만 섬이라 찾는 게 어렵지는 않았다.

하지만 실망하기는 마찬가지였다. 남해댁 할머니는 구순이 넘은 나이로 옛날 일은커녕 본인의 이름도 제대로 기억하지 못하는 듯했다. 미래는 안타깝다는 듯이 남해댁 할머니의 주름 가득한 얼굴을 가만히 쳐다보다 일어섰다.

"저 노인들이 다 돌아가시면, 저분들이 알고 있던 것들, 봤던 것, 들었던 것들은 다 어디로 가는 거지?"

그러고 보니 이 사건 후로 나는 계속 노인만 찾아다닌다는 생각이 들었다. 이장 영감, 부산댁, 평기댁, 만나지 못한 오정식 교장……. 가물거리는 기억들. 죽고 없는 사람들. 마치 서까래가 삭아가는 낡은 집처럼 과거는 그렇게 먼지 냄새를 피우며 조용히 사라지고 있었다.

"그래도 어딘가 흔적이 남지 않겠어? 과거를 완전히 지울 수는 없으니까."

"그 흔적을 아무도 알아보지 못하면? 아무도 찾지 않으면?"

그러면 사라지는 것이다. 지나가는 것이다.

나는 미래와 함께 방아도에서 제일 유명하다는 펜션으로 향했다. 계속 비를 맞으며 돌아다닌 탓에 따뜻한 물로 샤워를 하고 싶은 생각이 간절했다.

방아도 전체가 2000년 들어 개발 붐을 타고 펜션 타운으로 유명해졌지만 그중에서도 '방아도 펜션'이 특히 유명한 데는 이유가 있었다. 펜션 전체가 황토로 만들어진 데다, 주인아주머니가 직접 음식을 해주는데 솜씨가 여간이 아니었다. 단체로 낚시꾼들이 오면 주인 아저씨가 배에 태워 먼바다까지 나간다고 했다. 미래와 나는 밥도 먹지 못한 채 새벽부터 설쳐댄 탓에 허겁지겁 음식을 배 속으로 집어넣었다.

바다에서 검은 비구름이 잔뜩 몰려와 하늘을 뒤덮었다. 섬의 날씨는 어떻게 변할지 모른다더니 그렇게 가느다랗고 곱던 비가 순식간에 굵은 빗방울로 변했다. 후드득후드득 떨어지는 빗방울을 보며 미래와 나는 아주머니가 타주는 커피까지 다 마셨다.

"저기 저 집은 빈집이에요?"

미래가 펜션 옆에 뚝 떨어져 있는 집을 가리키며 아주머니에게 물었다.

"예. 동네에서 흉가로 소문난 집이에요. 저 흉물을 좀 철거해버렸으면 좋겠는데, 집주인도 무서운지, 아니면 그래도 땅값은 오르니까 나 몰라라 하는 건지 내버려두네요."

"흉가? 귀신이 나와요?"

"요즘 세상에 귀신이 어딨어요? 전해 내려오는 소문이 있는데, 아주 오래전에 저 집에 모녀가 살았대요. 엄마는 난쟁인가 그렇고, 딸애는 바보였다는데, 엄마가 원래는 어마어마한 집 딸이었대요. 그런데 남자를 잘못 만나 납치당해서 고생고생하던 끝에 이 섬에 와서 숨어 살았는데, 그 남자가 어떻게 찾았는지 찾아와서는 엄마를 죽여서 바다에 던지고 사라졌다지 뭐예요."

"아이는요?"

"아이는 데리고 갔겠죠."

"흠. 그런 사연이 있으면 보통은 귀신이 나오는데."

"아가씨는 귀신이 안 나와서 서운한가 봐요. 하긴 저 뒤편으로 가면 절벽이 있는데 거기서 엄마 귀신을 봤다는 소문이 있었어요. 폭풍우 치는 밤이면 흰 옷을 입은 여자가 '내 아이 내놔라, 내 아이 내놔라' 하면서 다닌대요."

그 말에 미래가 깔깔 웃었다.

"요즘은 귀신이 안 나타나요?"

"귀신도 시간이 지나면 죽나 봐요. 기억해주는 사람이 없으니까."

밤새도록 폭풍우가 몰아쳤다. 창문이 뽑힐 듯 흔들리고 밤새 뇌성이 울렸다. 아주머니가 차려준 밥을 먹고 낮잠을 잔 탓인지 나는 좀처럼 잠을 이루지 못했다. 습관처럼 태블릿 피시를 꺼내 들었지만 인터넷에 접속할 수 없다는 메시지만 떴다. 미래도 잠들지 못하는지 밖에서 부스럭거리는 소리가 들렸다. 나는 밖으로 나가 미래에게 담배 한 개비를 빌렸다.

미래와 나는 아무것도 보이지 않는 어두운 창밖을 내다보며 담배를 피웠다. 빗소리가 요란했다.

"오빠, 뭐 하나 물어봐도 돼?"

"뭐?"

"미국에서 왜 갑자기 왔어?"

"그건 왜?"

"다들 엄청 충격받았었거든. 특히 할아버지. 나도 놀랐어. 오빠가 그럴 사람이 아닌데 말이지. 무슨 일 있었던 거야?"

"무슨 일은……. 그런 거 없어."

사실 무슨 일이 일어난 것은 아니었다. 그저 내가 모르고 있던 나의 어떤 면을 알아낸 것에 불과했다. 나는 그것이 내가 아니라고 우기고 싶었는지도 모른다. 아마 내가 혜린을 만나지 않았다면 미국에서 있었던 일이 나에게 깊은 죄책감과 두려움을 남기기는 했어도 그것을 하나의 해프닝으로 취급했을 것이다.

"나는 오빠가 미국에서 아주 지독한 실연을 한 게 아닌가 생각했지."

"실연은 아니야."

"여자 문제는 맞지?"

"……"

"맞구나. 혹 혜린이라는 그 여자, 미국에서부터 알았던 여자야?"

"아냐. 전혀."

"하긴 오빠가 미국에 있을 때 그 여자는 10대였을 테니까 완전히 어린애였겠지."

완전히 어린애. 내 눈앞에 침대 위에 알몸으로 누워 있는 히스패닉 여자애의 모습이 떠올랐다. 라스베이거스 근처 모텔이었다. 그 전날, 박사 학위 논문 준비로 엄청난 스트레스를 받고 있던 친구와 나는 동료들과의 파티에서 코카인을 들이마신 후 둘이서 다른 술집을 찾았다. 나는 엉망으로 취해 있었고 그 친구도 마찬가지였다. 필름이 끊기는 버릇은 그 즈음부터 생긴 것이었다. 그날도 필름이 끊겼다. 약에 취해 술집까지 갔던 기억만 남아 있다. 다음 날 아침 일어났을 때 나는 내 침대 위에 조그만 소녀가 누워 있는 것을 보았다. 비쩍 마른 팔다리와 이제 자라기 시작한 빈약한 가슴이 달려 있는 히스패닉계의 여자애였다. 그 몸은 아무리 많이 봐도 열두 살을 넘기 어려웠다.

나는 너무 당황해서 모텔 방에서 튀어나와 친구가 있는 옆방으로 뛰어 들어갔다. 친구 녀석도 여자애를 하나 끌어안고 잠들어 있었는데 그 애는 내 방에 누워 있는 애보다 최소한 두세 살은 많아 보였다. 나는 놀라는 친구 녀석에게 어떻게 된 일이냐고 따져 물었다.

"네가 여자애들을 데리고 오자고 한 거야."

"나는 필름이 끊겼어. 완전히 취한 거 알잖아!"

"몰라! 내가 그냥 가자고 하는데도 굳이 네가 끌고 나왔단 말이야. 나는 네가 사고 칠까 봐 어쩔 수 없이 따라온 거야."

나는 친구의 말을 믿을 수 없었다. 아무리 술에 취해 있었다지만 내가 저렇게 어린애에게 뭔가를 느꼈을 거라고는 상상이 되지 않았다. 그러나 그보다 더 절박하게 느껴진 것은 공포였다. 캘리포니아 주 법에 의하면 나는 바로 감옥행이었다.

친구와 나는 여자애들을 깨워 모텔 주인 눈에 띄지 않게 조심해 가며 차에 태웠다. 혹시나 싶어 내 방에 있던 애에게 몇 살이냐고 물어봤더니 열한 살이라고 대답했다. 친구가 킥 하는 소리를 내며 웃었다. 나는 그 웃음이 너무 거슬려 거칠게 차를 뺐다. 모텔 마당을 벗어나 나오는데 모텔 주인이 사무실에서 나와 우리 차를 물끄러미 쳐다보는 모습이 백미러로 보였다. 등에서 식은땀이 흘러내렸다.

"봤어? 우리 차 번호판을 보는 것 같아."

"그냥 밟아."

나는 미친 듯이 차를 몰았다. 생각보다 먼 길이었다. 술과 약에 취한 채 거기까지 가다니 아예 죽을 작정을 했음이 틀림없었다.

"속도 조심해. 교통 패트롤에게 걸리지 않게."

하긴 패트롤에게 걸리면 뒷좌석에 어린애 둘을 태운 우리를 그냥 보내주지는 않을 것이었다. 나는 부들부들 떨며 차를 몰아 시가지까지 들어갔다. 나는 시 외곽의 한적한 곳에 차를 대고, 주머니를 모두 털어 여자아이의 손에 쥐여주었다. 여자아이는 방긋 웃으며 자신의 전화번호 카드를 내밀었다.

"꺼져, 이 미친 계집애들아!"

친구가 소리를 질렀고, 나는 다시 액셀을 밟았다. 그 길로 나는 친구로부터, 코카인과 캘리포니아로부터, 그리고 내 치부로부터 달아났다. 물론 한국으로 돌아오기 위해 짐을 싸기 전에 사흘 정도 고민을 했다. 당시에 나는 그날 사건이 코카인 때문이라고 생각했고, 중독에서 달아나야 한다고 생각했다.

하지만 내가 달아나려 했던 것은 약물로부터가 아니었다. 나는 그 사실을 혜린을 만나고 난 후에야 비로소 알았다. 혜린의 마르고 작은 몸은 분명 히스패닉 여자애와 닮았다. 나는 나를 믿을 수 없었고, 내가 가진 취향의 병적인 분위기가 두려웠다. 내가 혜린을 사랑한다고 생각하기를 한사코 거부했던 것은 아내에 대한 죄책감이 아니었다. 그것은 내 욕망이 주는 죄책감, 내가 어린애를 좋아할지도 모른다는 두려움 때문이었는지 모른다. 나에게 병적인 욕망이, 마치 고향 집 아래 깔린 땅의 음산한 기운처럼 스며 있을까 봐 나는 늘 두려웠다.

하지만 나는 지금 후회한다. 혜린은 히스패닉 소녀가 아니었다. 혜린은 충분히 사랑할 수 있는 성숙한 여자였고, 차라리 아무런 두려움 없이 사랑하는 것이 더 나았을 것이다. 그 사랑의 정체가 무엇이든 그것을 인정했어야 했다.

참을 수 없는 후회와 자책이 비구름처럼 몰려왔다. 폭풍우는 더욱 거세지고 있었다. 미래는 이렇게 폭풍우가 계속된다면 내일 섬에서 나가지 못할 거라고 걱정했다. 하지만 끝나지 않는 폭풍우는 없을 터였다. 비는 그치고, 내 후회도 그치고, 나는 계속 살아갈 것이고, 늙어갈 것이다. 혜린에 대한 기억이 점점 희미해지는 채로.

다음 날 폭풍우가 그쳤다. 비가 부슬부슬 내리고 하늘엔 여전히 먹구름이 깔려 있었지만 지난밤처럼 요란한 바람은 불지 않았다. 미래와 나는 늦잠을 자고 일어나 주인아주머니가 차려준 거나한 아침상을 받고 서둘러 기도원으로 올라갔다. 또다시 헛걸음을 할까 봐 미리 전화를 했더니 아침 배로 실장이라는 사람이 도착했다고 말했다.

기도원으로 향하는 산길로 막 접어들려는데 휴대폰이 울렸다. 어머니였다. 소심한 나는 혹 어제 선착장에서 누가 나를 봤나 싶어 놀라 전화를 받았다.

"할아버지께서 쓰러지셨다."

"네?"

"심한 건 아니지만 그래도 뇌출혈이라 지금 큰 병원으로 모시는 중이다. 올 수 있니?"

나는 당장 내려간다고 말하고 전화를 끊었다. 실장을 만나고 오후 배로 바로 돌아가면 시간상 딱 맞을 것 같았다. 할아버지가 혹시 무슨 변을 당하는 건 아닐까 걱정스러웠다. 모든 점에서 나는 아직 할아버지를 필요로 했다. 내가 오정식 교장이나 순옥의 비밀을 알아낸다 해도 할아버지가 있어야 했다. 다 알아내지 못한다면 더더욱 있어야 했다. 나는 공연히 조급한 마음에 걸음을 서둘렀다.

실장은 40대 정도로 보이는 차분한 남자로 미리 우리 이야기를 들었는지 우리를 사무실로 안내했다. 말은 사무실이지만 단체로 예배를 올릴 수 있도록 만들어진 작은 강당 같은 곳이었다. 한쪽 귀퉁이에 설치된 칸막이 안쪽에 책상과 컴퓨터가 놓여 있고 그 옆으로 오래된 캐비닛들이 늘어서 있었다. 반대편의 벽면에는 원생들이 단체로 공예품 같은 것을 만드는 모습, 예배를 드리는 모습을 담은 사진들이 죽 걸려 있었다. 소개판에 복사되어 붙어 있던 사진과 똑같은 사진도 걸려 있었다.

"이순옥, 이순옥……. 86년이요?"

실장은 캐비닛에서 묵은 서류들을 꺼내 한 장 한 장 넘기며 물어보았다.

"86년인지 87년인지는 정확하게 말할 수 없지만 그때까지 여기 계셨을 거라고 생각합니다."

실장은 더 오래전 서류 뭉치를 가져와서 한 장 한 장 넘겨보았다.

"아, 여기 있네요. 74년도에 들어와서 87년에 나가셨네요. 그 전에는 부산 성심 천사의 집에 있었고요."

"네, 맞습니다. 혹 그분에 대한 다른 기록 없나요? 방문한 사람이라든가……."

"병들어 버려진 사람들을 모아서 데리고 있는 곳인데 방문객이 있을 리 있나요?"

"아마 이번 달에 젊은 여성이 한 사람 찾아왔을 텐데……."

나는 혜린이 이곳을 분명히 방문했을 거라고 생각했다. 그러나 실장의 대답은 아니라는 것이었다. 그럼 혜린은 이 섬에서 사흘이나 무엇을 했던 것일까.

"예전에 원 목사님이 살아 계실 때는 난치병을 치료한다는 소문을 듣고, 일부러 여기 지내러 온 분들도 계셨지만, 74년이면 기도원이 막 들어섰을 때인데, 그땐 그냥 보호자 없는 장애인들이나 환자들을 데려다 목사님이 돌봐주셨죠. 그래서 하나님께서 보내신 분이라는 별명이 다 붙었을 정도니까요."

미래는 수긍할 수 없다는 듯 벽면에 걸린 사진들을 보았다. 저렇게 노동을 시키면서 마치 그냥 돌봐준 것처럼 말하는 것이 거슬리는 듯했다.

"아마 원 목사님께서 직접 데리고 오신 것 같습니다. 서류 작성을 직접 하셨어요. 필체를 보면 알거든요. 성심 천사의 집 원장님과 친분이 있었는지도 모르죠."

"나가게 된 건 왜였습니까? 정신지체인이라 그냥 생활하기는 힘들었을 텐데……."

"글쎄요, 그냥 퇴원이라고만 되어 있어서……. 그때는 우리 전도사님께서 주로 일하시던 때인데, 그분이 아시려나."

전도사라면 어제 창문을 통해 보았던 그 치매 노인을 말하는 것 같았다.

"혹 2층에 계시는 분, 어제 얼핏 모습만 뵈었습니다만, 그분과 얘기 좀 할 수 있나요."

"치매 증세가 있어서 이야기하기가 어려우실 텐데요. 평생 여기서 일하시다 혼자 늙으셨어요. 그래서 저희가 모시고 있습니다만, 의사소통이 잘 안 되세요."

나는 전도사를 만나게 해달라고 우겼다. 실장은 우리를 2층으로 안내했다. 1층에 별채로 마련된 작업실이나 일반 수용실보다 훨씬 깨끗한 것으로 보아 기도원에서 특별한 사람들이 2층에서 생활하는 것 같았다.

"예전에는 여기 빈방이 없었는데……."

실장은 아쉬운 듯 말했다. 열쇠로 문을 열고 들어서자 백발의 노인이 침대에 오도카니 앉아 있는 모습이 보였다. 우리가 들어가자 그는 고개를 돌려 초점 없는 시선을 우리에게 던졌다.

"전도사님. 손님이 왔어요."

"……."

"이순옥이라고 기억나세요?"

"……."

"이순옥이라고 모르세요?"

나는 그제야 순옥의 사진이 한 장 있었으면 하는 생각이 들었다. 정희라면 가지고 있을 터였다. 성한 사람도 제대로 기억하지 못하는 사람을 치매를 앓는 분이 기억해낼 것 같지 않았다. 그래도 실장은 전도사 앞에 무릎을 꿇고 앉아 눈을 맞추고 끈기 있게 질문을 해댔다.

"여기서 J시로 간 분인데요, 여자고요, 나이는 그때 서른쯤 됐고요."

"몇 살?"

"서른이요, 서른. 서른한두 살쯤 된 거 같아요. 모르세요?"

"……."

"그러니까 전두환 대통령 땐데요, 그때 J시로 간 여자 원생 모르세요?"

"J시?"

"네."

전도사의 눈에서 희미한 빛이 잠시 떠오르나 싶더니 그가 엉뚱한 이야기를 중얼거리기 시작했다. 문맥을 알아듣기 힘든 이야기지만 혹시라도 순옥에 대한 기억이 묻어나올까 봐 열심히 귀를 기울였다.

　갑자기 옆방에서 우당탕하는 소리가 들렸다. 실장이 뛰어나가더니 이어 1층에서도 누군가가 다급하게 달려오는 소리가 들렸다. 이어 입에 수건을 물리라는 둥, 고개를 돌리라는 둥 하는 소리가 들리는 것으로 봐서 누군가가 간질 발작을 일으킨 것 같았다.

　"여기 좀 와주세요."

　실장이 소리쳤다. 미래가 뛰어나갔다. 나도 쫓아 나가려다 전도사가 계속 이야기를 하고 있었기 때문에 멈추었다.

　"이산가족 찾기를 할 때, 아이구, 그때 사람들이 얼마나 울었어. 몇십 년 만에 엄마를 찾아서 울고, 자식을 찾아서 울고……. 그때 개가 나한테 와서, 개도 뭘 알았나 봐. 나한테 와서 엄마 좀 찾아달라고, 개가 나한테 사진을 보여줬어. 엄마가 만들어준 게 있었는데, 사람은 자기 어머니한테 잘해야 하는 거야. 어머니가 없었으면 우리가 어떻게 있겠어. 어머니가 만들어주신 거라면서 늘 들고 다니던 주머니가 있었어. 그 안에 들어 있던 사진을 나한테 보여줬어. 자기 엄마라고. 어떤 남자와 둘이 찍은 사진인데 그 뒤에 이름이 적혀 있었어. 엄마와 아버지 이름. 아버지가 아니었나? 분명히 개가 아버지라고 했던 것 같은데. 이름이 독특하더구면. 이름 하나 가지고 사람을 찾기가 얼마나 어려웠던지. 혹시 이산가족 중에 있나 싶어서 방송국에 전화를 해서 물어보고 그랬는데 찾을 수가 없었어."

실장과 다른 사람들이 간질 환자를 데리고 1층으로 내려가는 소리가 들렸다. 나는 급하게 환자를 데리고 가려면 차가 있어야 할 텐데, 하는 생각을 머리 한구석으로 했다. 그때 노인의 목소리 중 한 토막이 내 귀를 파고들었다.

"나는 혹시나 해서 전화번호부를 뒤져 개 아버지 이름을 가진 사람에게 전부 전화를 걸어봤지. 순옥이라는 애 잃어버린 적 없느냐고⋯⋯."

순옥, 전도사 노인은 분명히 그렇게 말했다. 나는 실장처럼 무릎을 꿇고 노인 앞에 앉았다.

"네, 순옥이요. 뭘 가지고 있었다고요? 사진이요?"

"그래, 순옥이. 개가 자기 엄마, 아버지 사진을 가지고 있었어."

"이름이 기억나세요?"

"사진 뒤에 적혀 있었어."

"이름이 뭐였어요?"

"이름은 허망한 거야. 주님께서 우리를 만드실 때 이름부터 만들었다고 되어 있지 않아. 먼저 만들고 이름을 붙이셨지."

"조금 전에 아버지를 찾았다고 하셨잖아요."

나는 마음이 조급해져서 재촉했다.

"그럼. 수십 번 전화를 했지. 그건 맞아⋯⋯. 그런데 이름이 참 특이했는데, 참 특이하다 생각했어. 엄마, 아버지 이름이⋯⋯. 뭐였지?"

"혹시⋯⋯."

2층 계단을 다시 올라오는 발소리가 들렸다. 미래일까? 전도사는 느릿느릿 말을 이었다.

"사진은 여러 번 봤지. 아무한테도 안 보여주고 나한테만 보여줬어. 여자가 참 예뻤어. 그런데 불쌍하게도 꼽추더구면."

"네?"

"꼽추 몰라? 꼽추. 걔 엄마가 꼽추였어."

그때 미래가 들어왔다.

"오빠."

전도사는 고개를 돌려 미래를 쳐다보았다.

"쟤가 순옥이야?"

노인의 눈동자가 다시 흐릿해졌다. 나는 미래의 손목을 잡고 복도로 뛰어나갔다. 미래가 놀라서 눈을 동그랗게 떴다.

"왜?"

나는 무작정 미래를 끌고 기도원 계단을 내려갔다. 빗방울이 다시 굵어져 있었다. 하늘은 온통 검은 비구름으로 뒤덮이고, 바다에는 검은 물결이 출렁이고 있었다. 내 배 속도 참을 수 없이 요동을 쳤다. 내 몸 안에 있는 모든 것이 비구름처럼 뒤채며 쏟아져 나오려고 했다.

"오빠, 어디 아파?"

나는 비가 내리는 마당으로 뛰쳐나갔다. 그리고 화단에 대고 속에 있는 것을 다 게워냈다. 내 손등으로 물방울이 후드득 떨어졌다. 그것은 비가 아니었다. 내 눈물이었다.

이것은 꿈일까

폭풍우가 몰아치고 있다. 바람 소리가 귀를 때리고, 뇌성이 온몸을 얼어붙게 만든다. 바다의 검은 물결은 우람한 산처럼 일어나 뭍을 삼킬 듯 다가온다. 꺾인 나뭇가지가 바람에 휩쓸려 이리저리 돌아다닌다. 검은 비. 깜깜한 하늘에서 쏟아져 내려오는 검은 비. 그 비를 뚫고 누군가가 걸어온다.

여자다. 몸집이 작은 여자. 치마폭이 바람에 날려 떨어지는 꽃잎처럼 흔들린다. 바람이 너무 거세서 그녀의 작은 몸은 바다 저편으로 날아가버릴 것만 같다. 하지만 그녀는 한 발 한 발 정확하게 나에게 다가온다. 그녀의 흰 얼굴이 보인다. 큰 눈에는 어딘가 짙은 그늘과 슬픔이 어려 있다. 그녀의 굽은 등 때문일까. 그녀는 지치고 피곤해 보인다. 그녀의 창백한 얼굴은 어둠 속에서 마치 흰 나방처럼 보인다. 날아가지 못하는 나방. 나는 그녀를 도와주러 달려가고 싶지만 몸이 꼼짝하지 않는다.

왜냐면 내가 꿈을 꾸고 있기 때문이다. 나는 꿈이라는 것을 알고 있다. 그래도 꿈은 계속된다. 나는 잠들어 있다. 아니 깨어 있다. 그래도 꿈속이다. 그러나 꿈인 것을 안다. 내가 아는 것은 무엇인가. 나는 무엇을 알았는가. 폭풍우가 몰아치고, 바람 때문에 땅마저 흔들리고, 굽은 등에 볼록 혹이 솟은 작은 몸, 파르스름하도록 흰 얼굴을 한 그녀가 내 꿈을 가로질러 나에게 다가온다. 그 얼굴은 낯이 익다. 내가 너무나 잘 아는 얼굴.

혜린아…….

나의 사랑, 나의 여동생. 나는 그녀에게 다가간다.

눈을 떴다. 배가 선착장에 도착했다. 낯익은 건물들, 낯익은 가게들이 늘어선 시장통의 모습이 한눈에 들어왔다.

"좀 괜찮아?"

미래가 걱정스러운 듯 물었다. 미래는 내가 급체를 일으킨 것으로 알고 있다. 아니, 내가 말한 대로 믿는 척해주었다. 그래서 나와 미래는 아무 말 없이 택시를 집어타고 할아버지가 입원한 병원으로 향했다. 병원까지 가는 길은 멀었다. J시에서 고속도로를 타고 인근의 대도시까지 가야 했다. 병실에는 어머니 혼자 있었다. 나는 할아버지의 얼굴을 쳐다보았다. 잠든 듯 눈을 감고 누워 있는 얼굴빛이 평소와는 전혀 달랐다. 짙은 음영이 드리운 눈가와 어느새 살이 내린 듯한 양 볼에는 병색이 완연했다. 할아버지의 목에서 웅얼거리는 소리가 울렸다. 우리는 할아버지가 깨어나나 해서 순간 긴장했지만 그뿐이었다. 할아버지는 죽은 사람처럼 침묵했다.

"뇌 조영술인지 뭔지 그거 받느라 뇌에 약물을 집어넣는 바람에 지금은 정신을 못 차리실 거야. 검사 결과가 나오면 수술이 되는지, 안 되는지 알 수 있다는데, 걱정이야. 이 연세에 수술이 되실지."

몇 년 전 할아버지는 대뇌 속 혈관이 부풀어 올라, 혈관 안으로 백금으로 만든 작은 나사 같은 것을 집어넣어 터지려는 혈관을 묶어두는 복잡한 이름의 수술을 받은 상태였다. 그렇게 함으로써 혈관이 터져도 피해를 최소화할 수 있다는 것이었다. 나는 백금으로 만든 나사가 잘 버텨주기를 간절히 바랐다. 나는 할아버지에게 들어야 할 이야기가 있었다. 너무 많았다. 그 모든 이야기를 혈관이 파묻어버릴 수는 없었다.

나는 보조 의자를 가져다 할아버지 옆에 앉았다. 창문은 모두 커튼이 드리워져 병실 안은 어둑했다. 벽시계의 초침 소리와 할아버지의 혈관 안으로 들어가는 링거액이 똑똑 떨어지는 소리가 시간이 가고 있다고 나에게 쉴 새 없이 일러주었다. 하지만 나로서는 할 것이 없었다. 어머니와 미래는 전화를 받기 위해 번갈아가며 병실 밖으로 들락날락했다. 나는 가만히 할아버지 옆을 지키고 있었다. 잠시 후 미래가 와서 나를 복도로 불러냈다.

"왜?"

"오빠, 이순옥이 자랐던 천사의 집, 그곳을 인수한 분과 연락이 됐어."

"그런데?"

"통화를 해봤는데, 인수할 당시에 가져왔던 서류를 아직도 그대로 가지고 있대. 그래서 이순옥에 관한 서류를 좀 보여달라고 했어.

나 혼자 다녀올까? 오빠 여기 있을 거야?"

"여기 있을게. 혹 안 보여주려고 하면 내 명함을 줘."

"작가라고 뻥쳐야겠다."

미래는 내가 건넨 명함을 받아 들고 부산으로 출발했다. 나는 다시 병실로 돌아갔다. 어머니는 잠시 집에 들렀다 오겠다며 미래와 함께 나갔다.

"할아버지, 제 얘기 들리세요?"

할아버지는 아무런 반응이 없었다. 내 말이 들리지 않으리라는 것을 알면서도 나는 선뜻 말을 꺼내지 못하고 머뭇거렸다. 어디서부터, 무엇을 말해야 할지 혼란스러웠다.

"할아버지, 고모할머니를 찾았어요. 할아버지께서 전쟁 때 업고 피난 오셨다던 그 고모할머니 말이에요. 할아버지, 고모할머니께서 돌아가셨다고 하셨죠? 어디서 돌아가셨어요? 묘지는 있나요? 어떻게 돌아가셨죠? 직접 확인하셨어요?"

"......"

"할아버지, 고모할머니는 달아나셨어요. 박대길과 함께. 그리고 아이도 낳으셨어요. 만리의 집에 있던 순옥이, 할아버지 기억하세요? 만리가 죽은 후 할아버지께서 복지원으로 보내셨잖아요? 순옥이가 고모할머니의 딸이라는 거 아셨어요?"

나는 뒷말을 삼켰다. 혜린은 그 순옥의 딸이라는 것, 그래서 혜린은 나의 여동생이 된다는 것. 내 여동생과 내가 연인이었다는 것. 나는 말로 뱉을 수가 없었다. 나 혼자 하는 말임에도 입으로 나오지 않았다.

"어떻게 순옥이 만리의 집으로 가게 되었던 거죠? 오정식 교장의 짓이었나요? 할아버지와 오정식 교장 사이에는 무슨 일이 있었던 거죠? 할아버지, 제발 말씀 좀 해보세요……."

할아버지가 내 말을 들은 것일까. 희미하게 눈을 떴다. 그러나 그 눈빛에는 초점이 없었다.

"할아버지."

"……."

"할아버지, 제 이야기 들리세요?"

할아버지는 피곤한 듯 눈을 감았다 다시 떴다. 내 말을 알아듣는다는 의미였다.

"할아버지, 대답 좀 해주세요. 만리의 집에 와 있던 순옥이라는 분, 그분은 고모할머니의 딸이에요. 알고 계셨어요? 만리가 죽은 건 그 때문이에요? 순옥이 집으로 온 후에 만리는 박대길을 찾아다녔어요. 아세요? 아시죠?"

"박…… 대…… 길?"

"네. 박대길은 누구예요? 할아버지는 아시죠?"

"박대길은…… 내가 죽였어."

"……."

할아버지는 다시 힘겹게 말했다.

"내가 그놈을 죽였어……. 어쩔 수 없었어. 다 지난 일이야……. 너하고는 상관없어. 너는 아무것도 몰라도 돼……. 그냥 내버려 둬……."

"할아버지!"

그때 의사와 간호사 들이 회진을 왔다. 할아버지는 피곤한 듯 눈을 감았다. 의사는 환자의 상태가 좋지 않으니 가능한 한 말을 시키지 말라고 지시하고는 병실을 나갔다. 할아버지는 다시 깊은 잠으로 빠져들었다.

미래에게서 전화가 온 것은 다음 날 오후였다. 그사이 선거 유세로 정신없이 바쁜 아버지가 밤에 잠시 병실에 들렀다 집으로 돌아갔다. 아침에는 어머니가 잠시 들렀다 무슨 모임이 있다면서 다시 나갔다. 할아버지는 가끔 눈을 떴지만 나를 알아보지 못했다.

나는 밤새 잠을 설친 탓에 병원의 보조 의자에 앉은 채로 잠시 졸았다. 꿈에서 나는 혜린과 개포천의 놀이기구를 타고 있었다. 혜린은 어린아이같이 웃었다. 나는 그 모습을 보며, 혜린이 죽었다고 했는데 사실이 아니었구나 하며 안도했다. 이어 아니다, 이것은 꿈이다, 혜린은 죽었다, 라고 꿈꾸는 내가 생각했다. 반복되는 자각몽(自覺夢)이었다. 꿈인 줄 알지만 혜린은 여전히 내 눈앞에서 깔깔대며 목마를 타고 있었고 나에게 손을 흔들었다. 나도 손을 흔들었다.

그 모습을 보며 나는 혜린은 어디까지 알았을까 생각했다. 내가 아는 모든 것을 혜린도 알았을까. 알고 있었을까. 그러는 사이 꿈은 썰물처럼 스르르 빠져나갔다. 휴대폰이 울리고 있었다. 미래였다. 나는 복도로 나가서 받았다.

"오빠, 고아원 인수하신 분을 지금 만났어."

"서류 확인해봤어?"

"응. 이순옥을 고아원에 맡긴 사람, 바로 오정식이야."

"뭐? 누구라고?"

"길에서 순옥을 주웠다고 진술한 걸로 되어 있어. 아무튼 맡긴 사람은 오정식. 날짜는 1961년 9월. 당시 이순옥의 나이 6세로 추정."

심장이 격하게 뛰었다. 오정식이 박대길임에 틀림없었다. 그렇지 않고는 그가 순옥을 고아원에 맡겼을 리가 없다. 하지만 내 추측을 사실로 확인해줄 증거가 필요했다. 모든 것은 그다음이었다.

나는 어머니에게 전화를 걸어 지금 어딜 좀 다녀와야 한다는 말만 남기고 병원에서 나갔다. 나는 택시를 집어타고 할아버지가 이사장으로 있는 중학교로 달려갔다. 나는 학교에서 할아버지와 아버지를 팔고, 다시 나의 방송사 명함을 들이대면서 과거 서류철에서 오정식 초대 교장의 사진을 얻었다. 그 사진을 들고 나는 할아버지의 고향 D읍으로 달려갔다. 이장 영감을 만나 박대길의 얼굴을 확인해야 한다.

고속버스 터미널에서 버스에 오르려는데 다시 어머니가 전화를 했다.

"할아버지께서 의식을 회복하셨어. 너를 찾으셔. 지금 바로 오라신다."

"안 돼요."

"왜?"

"할아버지께 제가 D읍에 가는 길이라고 전해주세요."

"거긴 왜?"

"금방 다녀올 거예요. 그렇게만 전해주세요."

D읍에 도착했을 때는 다시 어둑어둑해질 무렵이었다. 이번에 만난 택시 기사는 지난번과 달리 굳이 마을 안까지 바래다주겠다고 했지만 나는 근대화 연쇄점이 있는 국도변에서 내렸다. 택시가 멈추자 나는 곧장 사진관으로 갔다. 사진관은 닫혀 있었다. 내가 사진관 문을 두드리자 근대화 연쇄점의 주인아주머니가 내다보았다.

"안녕하세요. 지난번에 찾아왔던 사람인데 저 기억하시죠."

"그렇긴 한데⋯⋯."

연쇄점의 주인은 뭔가 꺼림칙한 표정으로 말했다. 연쇄점 안의 테이블에서 술을 마시고 있는 남자들의 모습이 보였다. 사진관 김 씨와 비슷한 연배들이었다. 나는 목을 빼고 사진관 김 씨가 있나 쳐다보았지만 보이지 않았다. 남자들도 고개를 돌려 일제히 나를 쳐다보았다.

"혹, 사진관 아저씨 안 계세요?"

"병원에 갔죠."

"어느 병원이요?"

"근데 왜 자꾸 여긴 찾아오고 그래요? 지난번에도 이장 영감님에 대해 꼬치꼬치 묻고 그러더니."

연쇄점 주인은 갑자기 화라도 난 사람처럼 퉁명스레 말했다. 그러자 술을 마시던 남자들이 우르르 일어나 나에게 다가왔다.

"당신 뭐야? 누군데?"

나는 당황해서 명함을 꺼내 보여주었다.

"이게 뭐야? 방송국? 당신 방송국 직원이야?"

"예. 지난번 이장 영감님께서 출연하신 방송 때문에 왔는데요."

"그래, 그 얘기 들었지."

그중 한 사람이 앞으로 나서며 말했다.

"근데 당신이 여기 왔다 간 후로 이상한 일이 있었단 말이야."

"이상한 일이라뇨?"

남자는 나를 멀뚱멀뚱하게 쳐다보았다. 그 뒤에 서 있던 남자가 갑자기 땅에 침을 캭 하고 뱉으며, 방송국 직원인지 사기꾼인지 알 게 뭐냐며 욕설 같은 걸 구시렁거렸다. 내가 영문을 알지 못해 어리 둥절해 있는데 연쇄점 주인이 불쑥 말했다.

"이장 영감님이 돌아가셨어요. 뉴스에도 났는데."

"돌아가시다뇨? 어떻게요?"

"몰라요. 며칠 전에 저수지에서 찾았어요. 지금 병원에서 장례 중 이고 사진관 김 씨도 거기 갔어요."

그러자 욕을 하던 남자가 나에게 다가와 나를 향해 한 대 칠 것 같은 위협적인 몸짓을 해 보이며 소리를 빽 내질렀다.

"뭔지 모르겠지만 당신은 그만 가. 가라고! 뭔 방송이니 뭐니 드 나들더니 사람이 죽어 나가잖아."

"왜 이러십니까?"

내가 항의하자 연쇄점 주인이 그를 말리고 나섰다.

"들어가서 술이나 마셔요. 자자, 어서들 들어가. 이 양반, 전에 김 씨 술값도 내주고 그랬어."

술값을 내줬다는 것이 무슨 주문이라도 되는 듯 남자들은 구시 렁거리며 안으로 들어갔다. 연쇄점 주인은 나를 달래듯 목소리를 낮췄다.

"지금 동네가 뒤숭숭해요. 생전 없던 사건이라……."

"어떻게 돌아가셨는지 밝혀졌나요?"

"몰라요. 발을 헛디뎠다고들 하는데, 어떤 사람들은 누가 죽였다고도 하고……. 아유, 무서워."

연쇄점 주인은 진저리를 쳤다.

"죄송하지만 사진관 김 씨의 휴대폰 번호 아세요? 꼭 좀 물어볼게 있어서 그러는데."

"나는 모르지만……. 저 안에 있는 사람들한테 내가 한번 물어볼까?"

"예, 그렇게 해주시면 감사하겠습니다."

덕분에 나는 김 씨의 전화번호를 알아낼 수 있었다. 나는 국도변을 걸어가며 김 씨에게 전화를 걸었다. 김 씨는 나를 기억하지 못했다. 나를 만났을 때 술에 너무 취해 있었던 모양이었다. 지금도 취해 있기는 마찬가지였다.

"혹시 사진관에 옛날 사진 남아 있는 것 없나요?"

"왜 없어? 많지. 다 옛날 사진이지."

"그러니까 전쟁 때 사진이요. 혹 박대길이 살아 있을 때 사진 없어요?"

"그게 언제 적인데 사진이 남아 있어? 옛날에 사진관에 불났을 때, 그때 다 탔지. 지금 있는 것도 다 버려야 될 판이구먼."

나는 마지막 기대가 무너지는 느낌이었다. 그때 김 씨가 덧붙였다.

"그러지 말고 이장 영감님 댁에 가봐요. 우리 아버지랑 박대길, 그리고 이장 영감님이 친했어. 기념사진도 찍었다는 말을 들은 적이 있는데 아직도 가지고 계시려나?"

내가 이장 영감님은 돌아가시지 않았느냐고 말하려는데 사진관 김 씨가 전화를 끊어버렸다. 다시 전화를 걸려다 지난번 이장 영감의 집을 찾아갔을 때 마루에 액자가 걸려 있던 것이 생각났다. 나는 서둘러 이장 영감의 집으로 달려갔다. 집 안에는 아무도 없는 듯했다. 나는 대문을 살며시 밀어보았다. 예상대로 대문은 잠겨 있지 않았다. 하지만 방문은 자물쇠로 잠겨 있었고, 마루에 있던 너절한 물건들은 깨끗이 치워져 있었다. 나는 마루 위를 쳐다보았다. 다행히 액자는 그대로 남아 있었다. 누렇게 변색된 흑백사진은 다른 사진들 사이에 포개져 반쯤만 모습을 드러내고 있었다.

나는 액자를 떼내려고 손을 뻗었지만 닿지 않았다. 뭔가 딛고 올라설 것이 필요한데 눈에 띄지 않았다. 나는 마당의 창고 문을 열어보았다. 부서진 플라스틱 들통이 보였다. 그것을 들고 마루로 가는데 누군가가 나를 불렀다.

"거기 뭐요?"

지나가는 동네 노인이 길에 서서 내가 무얼 하나 물끄러미 지켜보고 있었다. 담이 낮은 탓에 집 안이 다 들여다보였던 것이다.

"경찰입니다."

나는 서두르는 마음에 거짓말을 하고 들통을 딛고 올라갔다. 액자에 손이 닿았지만 얼마나 야무지게 벽에 매달아두었던지 액자는 꼼짝도 하지 않았다. 나는 힘을 주어 잡아당겼다. 딛고 있던 들통이 와지끈 부서져 내렸다. 동시에 벽에서 액자가 떨어지면서 나는 마룻바닥으로 굴러 떨어졌다.

조금 전의 노인이 다른 남자 한 명과 같이 다시 길에서 나타났다. 나는 액자를 바닥에 쳐서 유리를 깨버렸다. 유리가 깨지는 소리가 날카롭게 울렸다. 나는 황급히 유리 조각을 헤치고 흑백사진을 집어 올렸다. 이장 영감을 중심으로 세 명의 청년이 찍은 사진이었다. 이장 영감과 사진관 김 씨의 아버지, 그리고 다른 사진 아래에 가려져 있던 마지막 얼굴이 드러났다. 박대길의 얼굴이었다. 그러나 그 얼굴은 내가 생각했던 것과 달리 오정식의 얼굴이 아니었다. 그것은 내가 30년을 봐온 익숙한 얼굴, 바로 할아버지의 얼굴이었다.

"정현재 씨."

낯익은 음성이었다. 나는 고개를 돌렸다. 최 형사가 다가왔다. 그와 함께 온 노인은 영문을 몰라 나를 멀뚱멀뚱 쳐다보기만 했다. 나는 아무 말도 하지 않고 벽에 등을 기댔다. 너무나 피곤했다. 진실은 결코 복잡하지 않다. 단지 그것을 찾아가는 과정이 힘들 뿐이다.

"당신은 동강 호텔에서 이혜린을 만나 호텔 부근에서 얘기를 나눴습니다. 그리고 포장마차로 옮긴 후 술을 마셨고, 그러고는 기억이 없다는 거죠. 그런 후 당신은 동강 호텔 앞에서 택시를 타고 집에 도착했습니다. 그게 12시경."

"그건 택시 기사의 증언이 있잖아요."

"네. 맞습니다. 택시 기사가 증언했죠. 다른 증언들도 있습니다. 새벽 2시경에 동강 부근에서 이혜린을 봤다는 증언입니다."

"그게 뭐가 문제죠?"

"그 증언들을 할아버지께서 사주했다는 게 문제죠."

"뭐라고요?"

"한겨울, 그것도 새벽 2시에 인적이 드문 유원지를 돌아다닌 사람이 두 명이나 된다는 건 뭔가 어색하지 않습니까? 두 사람의 증언이 너무나 똑같은 것도 신기하고요. 증언한 사람은 인근의 부랑자 하나, 근처에서 장사하는 사람 하나인데 두 사람 모두 카페 휴의 주인과 접촉했다는 근거가 있습니다."

"저는 그 사람을 최 형사님을 만나던 날 처음 봤습니다. 술집에 가본 것도 그날이 처음이자 마지막이고요."

"압니다. 그런데 공교롭게도 카페 휴는 당신 할아버지 건물에 세들어 있어요. 지난번에 휴에서 만났을 때 당신이 말했죠? 휴는 눈에도 잘 띄지 않는 술집이고, 이혜린은 혼자 술을 마시는 타입도 아닌데 좀 이상하다고. 당신이 한 말 덕분에 나도 뭔가 이상하다는 걸 느꼈죠. 그래서 휴 주인을 뒤져봤어요. 당신 할아버지와 꽤 오래 전부터 가까웠더군요. 몇 년 전 할아버지 학교를 수리할 때 그 공사를 맡아서 한 사람이 바로 휴 주인의 형님이에요. 그 형님은 요즘 잘나가더군요. 요즘 이 인근에 혁신도시니 뭐니 해서 한참 개발붐이 일어나지 않습니까? 5층짜리 건물 공사를 세 개나 맡아서 지었는데 그게 다 할아버지께서 소개해주신 거예요. 휴 주인도 요즘 돈을 잘 쓴다는 소문이 돌고 말입니다. 계좌를 조사해봤지만 특별한 건 없었어요. 그런데도 돈을 막 쓰고 다녔더군요. 그 친구가 원래 도박판에서 좀 노는 친구라 그런 소식은 금방 들려요."

그날 밤 혜린이 만날 약속이 있다고 말했던 사람은 휴의 주인이었을지도 모른다. 할아버지의 사주를 받은 휴의 주인. 아니다, 혜린은 할아버지와 만날 약속을 했을 것이다. 하지만 할아버지는 만날 생각이 없었던 것이다.

"그럼 휴의 주인이 혜린을 죽였을 가능성은요?"

"왜요?"

최 형사가 물었다.

"휴 주인이 왜 혜린을 죽이죠?"

"어떤 이유에서건 혜린을 만나서 우발적으로 죽였다면……."

"어떤 이유로 혜린을 만나죠? 왜 그 늦은 시각에 약속을 잡았을까요?"

"미행을 했다면요?"

"왜 미행했을까요? 무슨 이유로?"

나는 최 형사를 쳐다보았다. 최 형사의 입가에는 비웃는 듯한 미소가 걸려 있었다. 나를 비웃는 것은 아니었다. 내가 감추고 말하지 못하는 것을 비웃고 있었다.

"자, 말장난은 그만하죠. 당신은 누군가 휴 주인을 사주해서 그가 이혜린을 유인해서 죽였을 거라고 생각하는 거죠? 나도 그 생각에 동의합니다. 그럼 누가 사주했을까요?"

"……."

"그럴 사람은 당신 할아버지뿐이죠. 그런데 할아버지가 굳이 이혜린을 죽이려는 이유가 뭘까요? 만리의 죽음 때문에? 이혜린이라는 그 아가씨가 만리를 죽인 범인을 알았을까요? 어떻게요? 아, 좋습니다. 그건 그렇다 칩시다. 만리의 죽음은 이미 공소시효가 지났는데 할아버지가 그런 위험을 감수하실까요? 당신 때문이라고 생각해볼 수도 있죠. 손자의 가정을 파괴한다고 생각하면 미울 수 있지만, 그런 이유로 아들이 국회의원에 출마하는 마당에 살인을 사주하실까요? 할아버지께서 바보가 아닌 이상 그럴 이유는 없죠. 그렇지 않나요?"

나는 최 형사의 말을 묵묵히 들었다. 최 형사는 분명 박대길에 대해 알고 있었다. 정희는 그와 함께 있을 때 나에게 전화를 걸었다. 정희가 박대길에 대해 최 형사한테 아무 말도 하지 않았을까. 아니면 최 형사가 알면서도 모르는 척하는 것일까. 알 수 없어서 나는 침묵했다.

"그럼 휴 주인은 무엇을 했다는 겁니까? 사건과 무관하다는 건가요?"

"휴 주인은 증인들을 매수했죠. 휴 주인이 사람을 풀어 증인들에게 시키는 대로 진술하라며 돈을 줬다는 게 드러났습니다. 할아버지께서 손자를 위해 증인을 만드신 거죠."

"그게 제가 범행을 저질렀다는 것을 증명하지는 못합니다. 지난번에 저한테 혜린의 사망 시각을 새벽 2시 이후로 추정한다고 하시지 않았습니까? 저는 그보다 훨씬 전에 집으로 갔어요."

"만약 이혜린이 12시 전에 죽었다면 얘기는 완전히 달라지죠."

"뭐라고요?"

"목격자의 증언을 매수했다면 택시 기사의 증언도 매수할 수 있지 않을까요? 아직 그 증거는 못 찾았지만 굳이 그럴 필요도 없어요. 이 사건에서 가장 힘든 게 사망 시간 추정이었어요. 사체가 눈 아래 며칠이나 방치되어 있었던 탓에 사망 시각을 추정하기가 어려웠죠. 유일한 근거가 위장 내의 음식물이었어요. 피해자는 4시경에 일등한우갈비집, 당신도 가본 적 있는 그 식당에서 밥과 고기를 먹었어요. 호텔 라운지에서는 커피만 마셨죠. 소화가 된 정도를 보고 검시관은 최소한 10시간 이상 경과했다고 판단했어요. 그래서 새벽 2시 이후가 되었죠. 그런데 이혜린이 위장병을 앓고 있었다는 사실을 알게 됐어요."

"혜린의 집에 약병이 있더군요."

"그렇죠. 나도 그걸 보고 알았어요. 위산이 원활하게 분비되지 않는 병이 있었다고 하더군요. 그런데 이혜린은 임신 사실을 알게 되자 약을 끊었어요. 이게 무슨 뜻이죠?"

"아이를 낳을 생각이었다는 건가요?"

"그렇죠. 이혜린의 가방에서도 약은 나오지 않았어요. 아이를 낳을 생각이 아니었다면 그렇게 위장약까지 끊을 이유가 없었던 거죠. 당신이 이혜린을 죽여야 되는, 아니 죽일 만큼 화를 내게 되는 이유가 하나 더 생기는 거죠. 하지만 이놈의 사망 시간이 문제인 거예요. 그래서 국과수에 샘플을 보내서 분석을 맡겼더니 이혜린과 같은 종류의 위장병을 앓는 사람은 위산 분비의 불균형을 겪는다, 즉 갑자기 위산이 촉진되는 증세를 보일 수 있다는 의견을 보내왔어요."

위산이 과다 분비되었다면 사망 시간은 훨씬 앞당겨질 수 있다는 말이었다. 그것은 곧 나와 함께 있었던 시간에 혜린이 죽었다고 의심할 근거가 되는 것이다.

나는 그날 밤 사건이 어떻게 일어났는지 비로소 다 알 것 같은 느낌이었다. 할아버지가 휴의 주인을 매수했고, 그가 혜린을 죽였을 것이다. 혜린이 휴에 갔던 것도 할아버지의 계획 혹은 휴 주인의 계획에 포함되어 있었을 것이다. 모든 것이 계획대로 돌아가 그날 나는 가족들과 식사를 하기로 되어 있었다. 그렇게 되면 내 알리바이는 분명해지고 내가 의심받는 일은 없을 것이라고 할아버지는 생각했을 터였다.

그러나 통제할 수 없는 우연이 끼어들었다. 내가 동강 호텔 로비에서 혜린을 만났던 것이다. 그리고 눈이 내렸다. 좀처럼 눈이 내리지 않는 J시에 수십 년 만에 내린 폭설. 나는 눈 아래 파묻혀 있는 혜린의 모습을 떠올렸다. 그 때문에 할아버지의 계획은 틀어져버린 것이다.

내가 처음 용의자로 경찰에 끌려갈 때부터 할아버지는 내가 12시에 집에 돌아왔다고 강조했다. 예상과 달리 내가 휘말려들자 할아버지는 사망 시간을 붙잡고 늘어져 내 혐의를 벗길 수 있다고 믿었던 것이다. 그러나 눈 때문에 사망 시각을 추정하기 어려워지고, 할아버지는 가짜 증인을 만들 수밖에 없었다. 하지만 아무리 주도면밀한 할아버지라 해도 혜린의 위장 상태 같은 것은 전혀 몰랐을 것이다. 그래서 결론은? 내가 범인이라는 것이다.

최 형사가 다시 입을 열었다.

"혜린의 위산 상태에 대한 국과수 분석 결과는 아직 나오지 않았어요. 뭐 되게 복잡한 것 같더라고요. 논란의 여지도 많고. 하지만 당신의 유일한 알리바이인 범행 시간은 우리가 깼어요. 그럼 당신의 범행 동기로 돌아가볼까요? 당신이 이혜린을 동강 호텔에서 만났던 날 밤."

그날 밤, 동강 호텔 뒤편에서는 마른 갈대가 바람에 휩쓸리고 있었다. 갈대밭 사이로 난 자전거 도로의 오렌지 빛 가로등 아래에 혜린은 몸집에 비해 큰 코트를 입고 겁에 질린 얼굴로 서 있었다. 그 얼굴 위로 최 형사의 목소리가 마치 배경음악처럼 아득하게 들려왔다.

"당신은 이혜린이 임신한 사실을 몰랐다고 말했습니다. 하지만 그날 밤 다투다 이혜린이 말했을 수 있죠. 그뿐인가요? 이혜린이 찾아다닌 것, 만리의 죽음, 만리가 뒤쫓았던 박대길이라는 남자. 이 남자가 누구든 간에 할아버지의 약점과 관련된 인물인 건 분명합니다. 이건 당신이 그 후 박대길에 대해 무척 알아내고 싶어 했다는 것만 봐도 알 수 있어요. 정희를 찾아가서 싸운 건 그 때문이죠?"

"이미 정희한테 다 듣지 않았어요?"

"정희는 자살을 시도했습니다."

"네? 뭐라고요?"

"당신이 찾아갔다는 건 어떤 남자와 싸우는 소리를 들었다는 앞집의 증언 때문에 알았습니다. 그날 밤에 벌인 일이에요."

"괘, 괜찮아요?"

"목숨에는 지장이 없어요. 하지만 더는 아무 말도 하지 않겠다고 하더군요."

혜린에 대한 자책 때문이었을 것이다. 나는 정희의 마음을 내 손 안에 쥔 듯 알 수 있을 것 같았다. 내 마음도 그녀의 것과 다르지 않았기 때문에. 불면의 흔적이 역력하던 정희의 얼굴이 떠올랐다.

생각해보면, 회사도 나가지 않고, 혜린의 물건과 사진이 그대로 걸려 있는 집에서 하루 종일 그 누구와도 말 한마디 나누지 않고 틀어박혀 있던 모습은 자살의 징후를 보여주기에 충분했다. 혜린의 울음소리, 나한테 왜 그랬느냐고, 우리 언니한테 왜 그랬느냐고 따지는 목소리가 들리는 것만 같았다. 내가 잘못했다고 빌어야 할 것처럼 내 마음은 허둥거렸다.

마치 나에게 생각할 시간을 주는 듯 잠시 기다리던 최 형사가 다시 입을 열었다.

"계속해볼까요? 당신은 얼마 전 할아버지 고향에까지 찾아갔죠. 이장 영감을 만나려고 했지만 만나지 못했다고 말했죠?"

"네."

"정말 만나지 못했습니까?"

"무슨 말씀이시죠?"

최 형사는 수첩을 꺼내 메모를 확인했다.

"당신은 시외버스 정류장에 가서 그곳 근대화 연쇄점의 주인, 그리고 사진관을 하는 김 씨와 얘기를 나누고 나왔습니다. 하지만 당신이 택시를 탄 곳은 그곳에서 한참 떨어진 배 과수원이었어요. 택시 기사를 찾았는데, 그 사람 말로는, 당신이 택시를 부른 장소는 시외버스 정류장이었는데 그곳에 가 있더라는 거예요."

"그냥 걷다 보니 그곳에 가게 되었어요. 그게 뭐가 문제가 되죠?"

"이장 영감이 발견된 저수지가 바로 배 과수원 부근이죠."

나는 어이가 없었다. 최 형사는 나를 검거하기 위해 만반의 준비를 한 듯했다.

"나는 이장 영감을 만난 적도 없고, 또 내가 갔던 날 이미 이장 영감은 며칠째 보이지 않는다고 했어요."

"그게 정확할까요? 며칠 눈에 띄지 않았지만 그날까진 살아 있었는지 모르죠."

"모든 사건을 저한테 떠넘기시려는 거예요?"

"아니요. 당신의 동기를 말하는 겁니다."

"내가 왜 얼굴도 제대로 모르는 이장 영감을 죽이죠?"

"당신 할아버지와 당신 집안을 보호하기 위해서. 나처럼 비천한 가정에서 태어난 사람은 내세울 게 없으니까 쪽팔릴 것도 없지만, 당신처럼 내세울 게 있는 집안, 뭐 좀 가졌다는 집안에서 태어난 사람들은 그럴 수도 있지 않겠어요?"

"그렇게 동기가 확보되어 있고, 알리바이도 없는데 왜 당장 체포하지 않는 거죠?"

"당신이 범인이 아니라고 생각하니까요."

"……."

"나는 당신이 범인이 아니라고 생각합니다. 근거가 뭐냐고 하면 그저 육감이라고밖에 말할 수 없지만 아무튼 나는 알아요. 하지만 당신은 당신의 무죄를 증명할 수 없어요."

어리석은 선택의 연쇄

내가 지금 당신에게 무슨 말을 하려는 건지, 나도 알 수 없어. 이 편지를 쓰는 이유는 지금이 새벽 3시이고, 곧 아침이 오기 때문이야. 다시 창이 밝아올 텐데 다시 하루가 시작된다는 것, 하루 몫의 자책과 후회가 반복된다는 것은 나에게 너무 끔찍한 일이야. 나는 다시 날이 밝는 것을 보고 싶지가 않아. 나는 빨리 이 편지를 끝내고 싶어. 그런데 무엇부터 말해야 하지?

나는 어릴 적에 당신을 본 적이 있어. 혹시 개포천에 외국인 서커스가 왔던 것을 기억하는지? 나는 이모와 둘이 손을 잡고 보러 갔었지. 서커스 천막 앞에는 아기 코끼리가 묶여 있었어. 아이들이 아기 코끼리에게 짚을 건네자 코끼리는 그것을 코로 받아 입안에 밀어 넣었지. 나와 이모도 짚을 가져다 코끼리에게 내밀었어. 이모는 정말로 신기해하며 코끼리 앞에서 떠날 줄을 몰랐지.

나는 사람들 속에서 이모를 잃어버릴까 봐 이모의 손을 꼭 잡고 다녔어. 이모는 나를 잃어버리면 집에 찾아오지 못할 테니까. 사실은 나보다 이모가 내 손을 더 꼭 잡았어. 자리에 앉아서 눈앞에 펼쳐지는 황홀한 광경에 입을 딱 벌리고 쳐다보면서도 이모는 내 손을 놓지 않았으니까.

이모는 특히 오토바이 쇼를 좋아했어. 오토바이가 공중에 매달려 있는 커다란 구(球) 안에서 빙글빙글 돌았는데, 오토바이 뒷자리에는 여자가 남자의 어깨에 올라타 횃불을 들고 있었어. 남자도 그렇지만 여자도 떨어지지 않고 매달려 있는 것이 정말로 신기했어. 공연이 끝난 후 오토바이를 타던 남자는 관객석을 돌며 코끼리가 그려진 부채며 목걸이를 팔았어. 나는 어린 마음에 그렇게 대단한 재주를 가진 사람이 고작 부채를 판다는 것에 조금 실망했지만 이모를 위해 부채를 하나 사주었지. 그때 나는 복도 맞은편에 앉아 있는 의사 선생님을 보았어. 손자로 보이는 어린아이와 함께 있었는데, 남자아이였어. 그 아이의 손에도 부채가 들려 있더군. 의사 선생님은 분명히 나와 이모를 보았는데도 모른 척했어. 의사 선생님 옆의 남자아이는 발갛게 상기된 얼굴로 부채를 흔들며 할아버지의 손을 잡고 서커스장을 빠져나가더군.

그 후에도 몇 번 나는 그 남자아이를 길에서 본 적이 있어. '언덕 위의 큰 집'에 사는 아이. 다들 그렇게 말했어. 할아버지는 엄청난 부자고, 아버지는 변호사고 뭐 그렇다고. 나는 당신 집 앞까지 가본 적도 있었어. 그렇게 큰 집은 세상에 태어나서 처음 봤어. 대문 틈으로 눈을 대고 집 안을 훔쳐보았지. 잔디가 깔린 넓은 정원, 정원수에 매달린 그네, 집으로 올라가는 돌계단. 정말 아름다웠고, 어린 내 눈에는 집이 아니라 성채처럼 보였어. 나도 그 성에 사는 사람이고 싶었지. 그 사람들은 나는 알아들을 수 없는 자기들만의 언어로 말하고, 내가 사는 세상이 아닌 자기들만의 질서 속에서 평화롭게 살아가는 것처럼 느껴졌어. 심지어 나는 우리 집으로 종종 찾아오던 당신 할아버지까지 엄청난 권능을 가진 존재로 봤으니까.

내가 어렸을 때부터 우리 집에는 늘 남자들이 찾아오곤 했어. 나는 엄마를 미워했지. 엄마와 함께 집으로 오는 남자들도 미웠어. 아주 어렸을 때부터 나에게 아무리 과자를 주거나 돈을 쥐여주어도 그들은 뭔가 부정하고 더러운 사람들이라는 생각이 들었던 거야. 조금 자라자 우리 집에 드나드는 남자들을 두고 동네 사람들이 수군거리는 소리를 들어야 했고, 어떤 이들은 노골적으로 "너네 집에 어젯밤에는 누가 왔니?"라고 나를 세워놓고 물었어. 아이들은 더 노골적이었지. 아이들은 우리 엄마가 몸을 판다고 말했고, 나 역시 몸을 팔아 낳은 딸이라고 놀렸어.

엄마는 내 괴로움 같은 것은 안중에도 없었어. 몰랐던 탓이겠지만 알았다 하더라도 마찬가지였을 거야. 나는 항상 엄마가 죽어 없어져 차라리 고아원에서 자랐으면 하고 바랐어.

"이모, 고아원은 어떤 데야?"

나는 이모가 고아원에서 자랐다는 말을 엄마로부터 들었어. 내가 이모에 대해 아는 것은 그것뿐이었어. 어느 날 엄마가 "오늘부터 우리 집에 있을 거다. 이모라고 불러"라며 데리고 온 뒤로 엄마는 이모에 대해 한 번도 제대로 말해준 적이 없었어.

"고아원, 안 좋아. 안 좋아."

이모가 하는 말은 항상 짧고 문맥에 맞지 않는 말이 대부분이었지만 그래도 나는 이모가 집에 있다는 것이 좋았어. 동네 공터 끄트머리에 서서 멍하니 친구들이 노는 모습을 보는 대신 이모와 같이 놀 수 있었으니까. 나에게 이모는 생전 처음 가져본 친구였으니까.

나는 엄마가 유난히 이모에게 잘한다는 것을 눈치채고 있었어. 이모가 집으로 오던 첫날 시장에 들러 한 아름 옷 보따리를 들고 왔는데 모조리 이모 옷이었거든. 나는 엄마가 어떤 사람인지 어느 정도 알고 있었기 때문에 크게 실망하지 않았어. 엄마는 자기 기분이 내키면 바라지도 않았던 희한한 디자인의 원피스며 입을 일도 없는 수영복까지 사 들고 오기도 했지만, 내가 겨울 내내 외투가 없어 오돌오돌 떨며 학교를 다녀도 알았다는 말만 하고는 돌아서면 까마득히 잊어버리곤 했지. 우리 엄마는 그런 사람이었어.

이모의 옷을 사 왔다는 것은 엄마가 이모에게 대단히 특별한 대우를 하고 있다는 의미였어. 그렇다고 엄마가 이모를 좋아하는 것은 아니었지. 설거지를 잘못 해놓거나 방을 치워놓지 않으면 엄청나게 짜증을 냈어. 그렇지만 매일 옷을 갈아입히고 그때 늘 집으로 찾아오던 의사 선생님이 오면 이모를 불러서 인사를 시키곤 했어.

그뿐만이 아니었어. 엄마는 술만 취하면, 거의 매일 취했지만, 싫다는 나를 끌어안고는 이모를 가리키며 말했어.

"쟤가 복덩이야. 쟤 덕에 우리는 팔자를 고칠 거야."

"이모가 왜?"

"저 반편이가 부모는 잘 됐더구나."

나는 부모를 잘 뒀는데 왜 고아원에서 자라야 했는지 이해가 되지 않았어. 그러나 엄마가 뭔가 꿍꿍이를 가지고 있다는 것은 알았지. 꿍꿍이가 있다는 건 집으로 찾아오는 의사 선생님에게 엄마가 유난히 더 교태를 부리고, 아침마다 전화기에 대고 이자를 1할로 쳐줄 테니까 급전을 빌려달라고, 이제 곧 다 갚을 수 있다고 큰소리를 뻥뻥 쳐대는 것에서도 느낄 수 있었어.

그리고 엄마는 유난히 더 바빠졌어. 다방을 비우고 멀리까지 다녀오는 날도 잦아졌어. 그런 날이면 언제나 이모를 붙잡고 기도원에 있기 전에 어디에 있었느냐, 어느 고아원이냐, 엄마는 기억나느냐 등등을 꼬치꼬치 캐묻곤 했어. 이모가 대답을 제대로 못 하면 벌컥 짜증을 냈다가도 다시 달래며 이것저것 캐내려고 애를 썼지.

가끔은 엄마가 의사 선생님과 싸우기도 했어. 엄마는 기다려는 주겠지만 당장 자신을 좀 보살펴줘야 하지 않느냐며 화를 냈어. 보통은 둘이 다퉈도 의사 선생님이 달래면 엄마는 금방 풀어지곤 했는데 그즈음은 사뭇 달랐지. 엄마는 의사 선생님에게 소리를 질러 댔어.

"박대길이 누군지 난 다 알아. 머슴이 주인집 딸과 배가 맞아 도망을 갔더구만!"

그러자 의사 선생님은 무섭게 화를 내며 나가버렸어. 그 후로 의사 선생님은 집에 오지 않았어. 그래도 엄마는 태연했어. 또 다른 남자가 엄마에게 종종 전화를 했어. 엄마는 그 남자를 교장 선생님이라고 불렀는데 우리 집에 찾아오기도 했어.

아마 그날이 이모와 서커스를 보러 갔던 날일 거야. 당신이 당신 할아버지와 서커스를 보러 갔던 그날. 집으로 돌아가자 엄마가 이모를 방으로 불렀어. 낯선 남자가 술상을 앞에 놓고 있었어. 나는 그가 교장 선생님일 거라고 생각했지.

"저 애예요. 세상에 인연이란 게 뭔지, 정말 무섭죠?"

이모는 무슨 말인지 모르면서도 고개를 꾸벅 숙였어. 남자는 마치 유령이라도 본 사람처럼 하얗게 질린 얼굴로 이모를 쳐다보았어. 엄마는 그 옆에서 방긋이 미소만 짓고 있었어.

아, 너무 길어지는군. 이럴 생각이 아니었는데. 당신이 가장 관심 있게 들을 부분을 이야기할게.

그날 나는 새벽에 잠에서 깼어. 옆을 더듬어보니 이모가 누워 있었지. 이모가 집으로 온 후로 나는 이모와 함께 잤어. 이모는 코고는 소리가 시끄럽긴 했지만 밤에 깰 때마다 누군가가 옆에 있다는 것만으로 나는 편안하고 든직했어. 안방에서는 (엄마가 혼자 잤다면) 엄마가 뒤척이는 소리나 잠꼬대하는 소리가 들리곤 했지. 엄마는 꿈에서도 남자들을 만나는지 잠꼬대에도 항상 교태가 묻어 있었어.

그런데 그날은 안방에서 아무런 기척이 없었어. 엄마는 아직 돌아오지 않았던 거야. 안방으로 가보니 방은 텅 비어 있고 자리를 편 흔적도 없었어. 엄마는 늘 남자를 집으로 청하기는 했지만 밖에서 자고 오는 일은 드물었어. 나는 왠지 불길했지.

전날 밤 나가기 전 엄마는 아주 정성 들여 화장을 하고 옷도 아주 신경 써서 골라 입었어. 그러고는 이모의 짐을 뒤져 이모가 가지고 있던 색동 주머니를 찾아 핸드백에 넣었어. 그런데 금방 되돌아와서 주머니를 이모의 가방 안에 되돌려놓고는 나갔어.

그 며칠 동안 엄마는 의사 선생님과 싸웠음에도 불구하고 늘 콧노래를 부르며 기분이 좋았지. 그 모습 때문에 나는 더 불안했어. 그때까지 엄마가 너무 기분이 좋을 때는 항상 무슨 일이 일어났으니까. 여자들이 돈을 내놓으라며 집으로 쳐들어오거나, 어떤 남자에게 붙잡혀 두들겨 맞거나, 가방 하나만 들고 야반도주를 했을 때, 엄마는 그 전에 늘 기분이 좋았어.

나는 이모가 자고 있는 작은 방으로 돌아가 이모 옆에 다시 누우며 말했어.

"이모, 엄마가 안 들어왔어. 이모, 자?"

"……."

"이모, 엄마가 없어. 이모……."

이모는 정신없이 잠만 잤어. 나는 눈을 감고 누워 이모처럼 자보려고 애를 썼지. 그럴수록 정신은 더욱 또렷해지고 더욱 불안해졌어.

그때 문소리가 들렸어. 엄마가 늦게 돌아온다고 문을 잠그지 말라고 했던 것이 기억났지. 엄마는 도둑 같은 건 두려워하지 않았어. 혹시 엄마일까? 하지만 조심스레 들어오는 발소리를 들으니 엄마가 아니라는 것을 알 수 있었어.

나는 숨소리를 죽이고 이모의 가슴팍에 꼭 안겨 두 눈을 힘주어 감고 누워 있었어. 그러고 있어야만 안전할 것 같았어. 발소리는 안방이 아니라 나와 이모가 자고 있는 방으로 곧장 왔어. 조심스레 문을 여는 소리가 났어. 이어 살금살금 들어오는 소리, 그리고 조심스레 가방의 지퍼를 여는 소리가 났지.

무엇을 하는 것일까. 나는 그림자가 이모의 가방을 뒤진다는 것을 알았어. 이모의 가방은 이모가 우리 집에 온 이래로 작은 방 책상 아래에 놓여 있었어. 도대체 이모의 가방에서 무엇을 찾는 거지? 나는 어둠 속에서 실눈을 뜨고 낯선 그림자를 쳐다보았어. 하지만 깜깜한 어둠 속이어서 아무것도 보이지 않았어. 단지 여자는 아니고 남자라는 것만 분명했지. 그림자는 다시 조심스럽게 밖으로 나갔어.

그 순간 나는 그림자가 무엇을 하고 있었는지를 알았어. 그는 이모의 가방에서 무언가를 찾고 있었어. 혹 색동 주머니였을까. 나는 다시 이불 밖으로 나와 이모의 가방을 뒤졌어. 역시 색동 주머니가 없어졌다는 것을 금방 알 수 있었지. 왜냐하면 전날 밤 내가 그 주머니를 만졌기 때문이야. 엄마가 나간 후 뭘까 궁금해서 꺼내보았거든.

그 안에는 오래된 사진이 한 장 들어 있었어. 젊은 남녀가 찍은 사진이었지. 뒤에는 두 사람의 이름이 적혀 있었어. 나는 그 사진을 제자리에 돌려놓지 않고 내 책가방 안에 넣어두었어. 뭔가 너무나 이상하다는 것을 느꼈기 때문이야. 사진 속의 여자는 꼽추였고, 남자는 의사 선생님과 아주 닮았어. 그런데 사진 뒤에 누군가가 연필로 꾹꾹 눌러 적은 이름은 "박대길, 정이조"라고 되어 있었어.

그날 아침 엄마는 끝내 돌아오지 않았어. 이모가 차려주는 아침을 먹고 나는 평소와 다름없이 학교로 갔어. 학교에서 돌아왔을 때도 엄마는 돌아오지 않았지. 그다음 날도, 그다음 날도. 며칠이나 지난 후에야 엄마는 강물 위로 떠올랐어. 어떤 경찰관 아저씨가 와서 그 사실을 가르쳐주었어. 그 뒷이야기는 당신이 이미 알고 있는 이야기야. 모르는 부분만 말할게.

처음 나는 그 사진의 의미를 분명하게 알지 못했어. 엄마가 죽은 채 발견되었을 당시에는 너무나 놀라고 모든 것이 정신없이 진행되어 사진 같은 것은 까마득히 잊고 있었어. 어린아이에 대한 배려라고 생각했는지 나에게 사건이 있던 날에 대해 자세히 물어보는 사람조차 없었지.

시간이 지나면서 나는 당신 할아버지가 박대길이고, 어떤 이유로 정윤조라는 이름으로 살고 있으며, 그의 딸이 이모라는 확신을 갖게 되었어. 그리고 엄마는 이 사실을 알았기 때문에 죽었다는. 나는 어떻게든 이모를 찾아야겠다고 생각했어. 물론 반드시 엄마를 죽인 범인을 잡고 싶은 마음 때문만은 아니었어. 나는 늘 이모가 그리웠으니까. 이모를 찾았을 때, 이모는 딸 하나를 낳아 기르고 있었는데 정희라고 부르고 있었어. 우리 혜린이 말이야.

나는 이모를 다시 만났지만 나에게 있는 것은 달랑 사진 한 장, 그 뒤에 연필로 적힌 이름 하나만 가지고 당신 할아버지의 정체를 파헤친다는 것, 엄마의 사건을 규명한다는 것은 사실상 불가능하다는 것을 알았어. 그 사진이 무엇을 증명해줄 수 있겠어? 그리고 두렵기도 했어. 만약 그걸 문제 삼을 경우 엄마처럼 내가 당하지 말라는 보장도 없으니까. 나는 죽고 싶지 않았거든. 나는 혜린이를 키워야 했으니까. 이모가 지병으로 세상을 뜬 뒤에는 더더욱 그랬지. 내가 잘못되면 혜린이는 어떻게 하라고.

하지만 그 사진을 당신이 보면 어떻게 될까? 당신이 우연히 그 사진을 보게 된다면, 그 사진과 함께 내 엄마, 만리의 의문스러운 죽음이 당신한테 알려진다면. 할아버지의 손을 잡고 발갛게 상기된 얼굴로 서커스를 보던, 언덕 위의 큰 집에 사는 소년은 무엇을 발견하게 될까. 어쩌면 가망 없는 사법적 처리보다 그것이 더 통렬한 복수가 아닐까, 나는 상상했지. 성기지만 아무도 빠져나갈 수 없는 하늘의 그물 같은 것을 내가 믿었는지도 모르지. 순진하게도. 어리석게도.

나는 어쩌면 이 긴 이야기에서 가장 어리석은 선택만 했던 것 같아. 그것이 나를 아프게 찔러. 그중에서 가장 나빴던 선택은, 혜린이에게 그 사진을 보여준 거야. 혜린이가 당신과 헤어지기로 한 후에도 포기하지 못하고 계속 만나고 있다는 걸 알고 나는 혜린이에게 그 사진을 보여줬어. 그만 좀 포기하라고. 혜린이는 그 사진을 들고 J시로 내려갔어. 혜린이가 남긴 물건 중에 그 사진은 없었어. 그 사진은 혜린이가 죽는 동시에 어디론가 사라졌을 거야. 만약 당신이 그 사진을 가져간 사람을 알게 된다면 내 말을 전해줘. 엄마가 죽었을 때 내가 그 사진을 제자리에 두지 않았던 것, 그걸 나는 가장 후회한다고. 나는 정말로 후회하고 있다고. 혜린이를 만나게 된다면 혜린이한테도 그렇게 말할 거야.

끝으로 이 말은 하고 싶어. 혜린이는 당신과 만날 때 가장 행복해했던 것 같아. 늘 당신 이야기만 했지. 당신과 혜린이, 두 사람 모두에게 미안해. 그래서 내가 아침이 싫은 거야.

마지막 한 점 불빛

　죽음이 조금씩 다가오고 있다. 대길은 몸으로 그것을 느끼고 있다. 그는 지금까지 여러 번 죽을 고비를 넘겼다. 그때마다 죽을 각오를 했지만, 돌이켜보면 자신이 정말로 죽을 것이라는 생각은 해본 적이 없었다. 정권의 서슬이 시퍼렇던 80년대에 안기부에 끌려가서도 그는 자신이 죽는다는 생각은 하지 않았다. 죽음이 다가올 때 자신은 어떤 생각을 할까, 하는 상상도 해본 적이 없었다. 그는 언제나 삶에 집중했고, 삶만이 중요했다. 삶의 정의도 간명했다. 자신의 눈으로 보고, 귀로 듣고, 손으로 움켜쥘 수 있는 것만이 삶이었다.

　그는 스스로 잘 살았다고 자부했다. 주어진 순간에 최선을 다해 선택했고, 선택한 것을 이루기 위해 또한 최선을 다했다. 인생은 그가 원하는 만큼 다 주지는 않았지만 반드시 가져야 하는 것은 가지게 해주었다. 나이가 가져다준 지혜가 그에게 만족할 줄 아는 법을 가르쳤다.

물론 그에게 아쉬운 것이 없는 것은 아니다. 돌이켜보았을 때 후회되는 것도 많았다. 이를테면, 제때 이조를 버리지 못했던 것, 이조에게서 자식을 얻었던 것은 아무리 생각해도 그에게 치명적인 실수였다.

이조는 윤조가 죽었다는 사실 앞에서 한동안 넋을 잃었다. 어리석고 무책임한 계집. 동생도, 집도, 모든 것을 버리고 자신과 함께 가기로 했던 그 약속을 대길은 기억했다. 애초에 자신과의 약속을 지키고 윤조와 함께 달아나려고 하지 않았다면, 어떻게든 윤조를 따돌리고 자신과의 약속을 지키기 위해 왔더라면 윤조는 죽지 않았을지도 모른다. 그 계집의 변심 때문에 모든 것이 틀어져버렸다.

윤조가 이조를 데리고 달아나는 것을 본 대길은 서두르지 않았다. 그는 나뭇가지 뒤에 몸을 숨기고 이조의 배신을 차분히 지켜보았다. 단숨에 윤조를 따라잡을 수 있었다. 따라잡은 후에 어떻게 할 것이냐가 문제였다. 이조 앞에서 윤조를 때려잡을 수는 없었다.

대길은 어릴 적 아버지가 돼지를 잡던 때를 떠올렸다. 짐승은 자신에게 밥을 준 사람을 따라간다. 대길의 아버지는 자신이 키운 돼지를 냇가로 끌고 가 나무에 묶고 등을 쓰다듬다가 기습적으로 돼지의 멱을 땄다. 아버지는 힘이 장사였지만 돼지를 억지로 끌고 가지 못했다. 아무리 생각 없는 돼지라 해도 죽이려고 끌고 가면 버둥댄다는 것이었다.

"아무것도 모를 것 같지만 지가 죽으러 가는 걸 아는 거지."

대길은 산을 달려 내려가기 시작했다. 저 오누이를 따라잡아야 한다. 대길은 생각하는 지점이 있었다. 조금만 더 가면 저수지가 있었다. 저수지 앞에서 윤조와 이조를 만나야 했다. 그의 뜻대로 일이 풀리든 말든 그건 운에 맡길 뿐이었다.

돼지는 자기가 죽을 것을 알면 버둥댄다. 하지만 사람이라면 어떻게 할까?

윤조를 앞지르는 것은 식은 죽 먹기였다. 오히려 그가 다가오기를 기다리기가 더 힘들었다. 대길은 낮은 잡목 아래에 몸을 숨기고 기다렸다. 이조가 윤조의 등에서 내렸는지 두 사람의 발소리가 들려왔다. 대길은 두 사람이 바로 자기 앞에 올 때까지 기다렸다가 불쑥 그 앞으로 튀어 나갔다. 윤조가 놀라 숨을 들이마시는 소리가 들렸다.

대길은 웃음을 흘리며 윤조에게 한 걸음 다가갔다. 대길은 온통 피로 물든 옷을 입고 있었다. 죽은 복 서방과 옷을 바꿔 입었던 것이다. 대길의 얼굴은 피와 땀으로 뒤범벅이 되어 있었고, 산불의 열기가 사방에 어른거렸다. 대길은 자신의 모습이 어떻게 보일지 알고 있었다. 미친 인간. 다 같이 죽자고 작정한 인간. 증오와 살기에 눈이 뒤집혀버린 인간. 대길은 그렇게 보이기를 원했고 그렇게 보일 것을 알았다.

윤조의 눈이 핼쑥해졌다. 딴에는 제 머리가 영리하다고 생각하는 놈이기 때문에 대길이 따라올 때를 대비하여 칼 한 자루는 가지고 있을 법했다. 아니나 다를까, 윤조는 이조를 자신의 등 뒤로 보낸 뒤 웃옷 주머니에서 칼을 꺼냈다. 대길은 꿈쩍도 않고 가만히 서 있었다. 그는 아무런 무기도 가지지 않았다. 복 서방의 다 찢어진 옷 안에는 무엇도 숨길 수 없었다. 하지만 그는 결코 윤조를 그냥 보내줄 생각이 없었다. 그것을 제발 윤조가 알기를 바랐다. 돼지가 아니니까 자신이 죽는다는 것을 알면 그냥 버둥대는 대신 다른 행동을 해주기를 바랐다.

윤조는 대길의 기대를 저버리지 않았다. 윤조는 칼을 고쳐 쥐고 대길에게 다가왔다.

"안 돼!"

이조가 소리쳤다. 대길은 천천히 뒷걸음쳤다. 그 뒷걸음은 자석처럼 윤조를 끌어당겼다. 윤조는 어느 순간 고함을 지르며 대길을 향해 튀어 올랐다. 대길은 꿈쩍 않고 서서 그 칼날을 받았다. 이조의 비명과 함께 가슴에 타는 듯한 통증이 왔다. 대길은 칼을 쥔 윤조의 손을 움켜쥐었다. 윤조의 눈에 공포가 어른거렸다. 어리석게도 윤조는 자신이 사람을 죽였다고 생각하는 모양이었다. 윤조는 끝까지 상황을 몰랐다. 대길의 입에서 킬킬 웃음이 흘러나왔다.

"너는 바보야."

그 말과 함께 대길은 윤조의 손을 움켜쥐고 바로 뒤에 있는 저수지로 뛰어들었다. 물속에서는 아무것도 보이지 않았다. 검은 물. 완전히 검은 장막. 물은 따뜻했다. 윤조는 온몸을 뒤채며 버둥거렸다. 너는 돼지와 다르지 않구나. 대길은 물속에서도 웃었다. 결핵을 앓았던 윤조는 물속에서 오래 숨을 참을 수 없었다. 무엇보다 공포가 그를 더욱 당황하게 만들었다. 대길은 한쪽 팔로 윤조의 목을 틀어 안았다. 윤조는 대길의 가슴에 꽂힌 칼을 뽑았다. 피가 좍 빠져나가는 느낌이 대길의 온몸을 휩쌌다. 부질없이 윤조는 물속에서 칼을 휘저었다. 그러나 검은 물은 모든 움직임이 줄 수 있는 충격을 다 집어삼켰다. 이내 윤조의 몸이 축 늘어졌다. 대길은 윤조의 목에서 팔을 풀었다. 윤조는 물 아래로 스르르 가라앉았다. 대길은 가슴을 움켜쥐고 물 위로 올라왔다. 공포와 눈물로 뒤범벅된 이조의 얼굴이 보였다. 대길은 저수지 밖으로 빠져나와 땅바닥에 쓰러졌다. 산불이 더욱 거세게 타오르고 있었다. 대길은 눈을 감았다. 이조가 거기서 혼자 달아나지 못하리라는 확신 정도는 그에게 있었다.

이조는 모든 것을 천천히 알아갔다. 마치 아이가 문자를 배우고 책을 읽게 되는 것처럼. 이조는 입을 다물고 멍하니 바다만 쳐다보며 시간을 보냈다. 그러면서 이조는 머릿속으로 끝없이 지난 일을 되돌려보았고, 불쑥 입을 열었다.

"윤조의 사진을 조 경위한테 줬지? 조 경위가 윤조의 보도연맹증을 보여줬어. 당신이 그걸 만들어 넘긴 거야. 맞지?"

그때 이조를 그냥 죽게 내버려두었어야 했다. 그랬다면 모든 무리한 일들은 일어나지 않았을 것이다. 어느 날 밤 이조는 잠든 대길에게 칼을 들이댔다. 이조의 힘으로 그 칼은 제대로 된 상처 하나 내지 못했다.

"이년이 미쳤나!"

"네가 내 동생을 죽였어. 그날 밤 일은 사고가 아니었어. 미리부터 계획된 거였어. 맞지?"

"네 눈으로 보고도 또 그 소리냐? 그럼 달아나서 경찰에 가서 말해! 누가 네 말을 믿어줄까. 미친 꼽추년이 하는 말을 누가 믿어!"

당시에 이조는 머리도 자르지 않고 넋이 나간 얼굴로 집 안에만 처박혀 있어 섬 안에서는 미친년이라는 소문이 돌기도 했다. 하지만 진짜 미친 여자는 이조가 아니었다. 진짜 미쳐가고 있던 여자는 대길의 아내였다.

대길은 이조를 데리고 부산으로 간 후 미군 부대의 치과 보조 자리를 구했다. 윤조의 신분증 사본을 들이밀었기 때문에 가능한 자리였다. 그때부터 박대길은 정윤조로 살았다. 그것은 일자리를 구하기 위해 우연히 시작한 거짓말이 아니었다. 살아오면서 언제나, 기억이 시작되는 그 순간부터 대길은 윤조가 되고 싶었다. 윤조라고 불리면서, 윤조의 아버지를 자신의 아버지라고 부르며, 윤조가 입는 옷을 입고 윤조가 다니는 학교를 다니고 싶었다. 마른 흙덩어리가 무너져 내리는 방 안에 누우면 생각나는 것은 언제나 윤조의 얼굴이었다. 자신이 사랑하는 것이 이조인지 윤조인지 알 수 없을 정도로 대길은 윤조를 생각하고 또 생각했다.

부대에서 대길은 미군으로부터 좋은 평가를 받았다. 대길은 일을 마친 후 틈만 나면 영어 문장을 외워 미군 병사와 금방 의사소통을 할 수 있게 되었으며, 일도 손 빠르게 잘했다. 이조를 통해 윤조가 집에 남기고 간 책들을 빌려다 모조리 외울 정도로 읽어뒀던 대길이었다. 당시에 미군 부대에서 일하던 사람들이 흔히 그랬던 것처럼 PX를 통해 물건을 빼돌리다 걸리는 일 따위는 하지 않았다. 대길이 보기에 미군들은 정확하고 합리적인 사람들이었다. 그들에게 정직하고 성실하다는 인상만 심어주면 훨씬 더 많은 기회가 주어질 것이라 믿었다. 대길의 생각은 정확하게 들어맞았다. 대길은 치과 보조에서 시작해 치과 전체의 인력과 물품을 관리하는 일까지 맡게 되었으며, 이어 군부대 내 병원 전체의 물품을 관리하게 되었다. 대길은 철저하게 일을 했다. 대길이라면 몰라도 정윤조는 그런 푼돈에 눈을 돌릴 이유가 없었다.

대길의 장인이 접근해 온 것은 그때였다. 그는 후방을 맡고 있는 대령이었는데 항상 미군과 줄을 대려고 애를 쓰고 있었다. 장인에게 대길은 사위로 아주 맞춤한 인물이었다. 대길, 아니 새로운 인생을 살게 된 정윤조에게도 군인이라는 안정된 배경을 가진 새로운 가족은 꼭 필요한 조건이었다. 급작스레 혼담이 오갔고, 휴전 직전에 결혼식을 올렸다.

휴전과 함께 대길은 장인의 고향인 J시에 병원을 차렸다. 때마침 정부에서 치과 의사 자격을 주는 시험을 실시했고 대길은 그 시험에 합격했던 것이다. 3년간 미군 부대에서 일했던 경험은 그를 노련한 의사로 만들어주었다. J시에 신혼 살림을 차리면서 이조를 J시 근처 방아도로 옮겼다. 멀리 떼버리고 싶었지만, 이조가 알고 있는 비밀이 두려웠다.

그것이 화근이었다. 화근을 남겨두고 있었다는 것을 대길은 몇 년이 지난 후에야 알았다. 그사이 대길과 아내 사이에는 이미 아이가 셋이나 태어났고 이조도 딸아이를 낳았다. 딸아이를 낳자 이조를 통제하기가 더욱 쉬웠다. 딸아이를 빼앗아 가버리겠다는 대길의 협박에 이조는 모든 저항을 포기했다. 딸아이의 호적 문제, 이조를 정리하는 문제는 생각날 때마다 그의 머리를 아프게 만들었지만 다음에 생각하자고 늘 미뤄두기만 했다. 치과가 날로 번성한 까닭에 대길은 너무 바빴고 돈이 주체할 수 없이 들어와 땅을 보러 다니기에도 시간이 부족할 지경이었다.

그때 아내는 대길이 방아도에 한 번씩 다녀온다는 것을 알아차렸다. 낚시를 다녀온다는 대길의 거짓말이 실수였는지 모른다. 아니, 아내를 너무 얕잡아봤던 것, 질투와 의심에 사로잡힌 여자가 얼마나 꼼꼼하고 집요한지를 생각하지 못했던 것, 그것이 실수였다. 바닷물 한 방울 튀지 않은 낚싯대를 보고 아내는 대길을 의심하기 시작했다. 당시에 대길은 아내 외에 만나는 여자가 따로 있었는데 남편의 행적에 곤두서 있던 아내의 촉수에 엉뚱하게 이조가 걸려든 것이었다.

아내는 방아도를 찾아갔다. 그곳에서 아내는 외따로 떨어진 집에서 아무와도 접촉 없이 살아가는 꼽추 여자를 보았다. 이조는 여섯 살 된 딸아이의 손을 붙잡고 있었다.

그곳에서 어떤 일이 있었는지 대길은 알 수 없었다. 어떤 이야기를 나누었는지도 알 수 없었다. 아내가 이조를 죽였다는 것은 분명했다. 그러나 대길은 한 번도 그 일에 대해서 묻지 않았다.

수십 년이 지났지만 이조가 죽어 있던 모습은 지금까지도 잊히지 않았다. 이조는 자신을 죽이려는 여자가 누구인지는 알면서 죽었을까. 아무것도 모르고 아내의 거짓말에 속았을까. 그것은 알 수 없었다. 이조는 이미 오래전 병이 들어 갈수록 심해지는 통증에 시달리고 있었다. 이조는 누군가가 자신을 죽여주기를 바라고 있었는지도 모르겠다.

귀신이라도 본 몰골로 집으로 돌아와 덜덜 떨고 있는 아내를 보고 뭔가 일이 일어났다는 것을 알아챈 대길이 방아도로 달려갔을 때, 식어버린 이조의 얼굴은 평화로웠다. 마치 지긋지긋한 인생을 그만 살게 되어서 정말로 다행이라는 듯이. 그 순간 대길 자신도 아내에게 조금은 고마운 마음이 들었다. 이조와의 긴 인연을 드디어 끝내게 해준 것에 대해서.

모든 것이 다 지나갔다. 뒷수습은 장인이 모두 해주었다. 겁에 질린 아내가 자신의 아버지에게 달려갔던 것이다. 그것은 아내의 치명적 실수였다. 그 때문에 아내는 자신의 죄를 인정한 셈이 됐고, 장인은 종범이 되었다. 장인은 그의 충성스러운 부하 오정식을 섬으로 보내 뒤처리를 하게 했다. 그러나 오정식은 대길보다 한 발 늦게 도착했다. 그것이 또한 실수였다. 오정식은 대길을 군부대로 끌고 가 흠씬 두들겨 팬 후 대길의 입을 막았다고 생각했던 것이다. 그때는 군인들이 세상을 쥐고 있었다. 군인들의 말 앞에서는 아무도 힘을 못 썼다.

오정식에 의해 섬에서 끌려 나오던 날, 군인들이 창고에서 그를 끌고 나가 지프차에 태우고 그의 집에 데려다 줄 때까지 대길은 시간 감각이 전혀 없었기 때문에 창고 안에서 얼마나 오래 있었는지 전혀 알 수 없었다.

차 소리가 들렸는지 아내가 집에서 뛰어나왔다. 군인들은 말없이 가버렸지만 아내도 누구냐고 묻지 않았다. 대길이 예상한 바였다. 아내는 대길을 부축해 안으로 들어가 의사를 부르겠다고 했다. 대길은 방바닥에 길게 누웠다. 천장의 불빛이 빙글빙글 도는 것처럼 보였지만 집에 왔다는 안도감이 그를 휩쌌다.

아내가 물수건을 들고 들어와 그의 얼굴을 닦아주었다. 대길은 아내가 하는 대로 가만히 있었다. 아내의 눈동자는 불안과 공포로 떨리고 있었다. 하지만 어디서 다쳤느냐고 묻지는 않았다. 대길은 아무 말도 하지 않았다. 아내를 닦달하는 것쯤이야 그에게는 일도 아니다. 작정만 한다면 아내가 어떻게 이조를 찾아냈는지, 이조가 있던 섬으로 데려다 준 사람이 누구인지, 이조에게 가서 무슨 짓을 했는지, 손가락 하나 까딱하지 않고도 다 알아낼 수 있다. 사람을 시키거나 할 필요도 없었다. 그에게는 뱀과 같은 혀가 있었으니까.

하지만 그럴 필요가 없었다. 아내에게서 사실을 알아내는 것이 그에게 무슨 이익을 가져다준다는 말인가. 이미 이조는 죽었고 되살릴 수 없다. 되살리고 싶은 생각도 없다. 그녀는 영원히 바닷속으로 가라앉았다. 하지만 아내가 치러야 할 대가는 정확하게 계산해서 돌려받을 생각이었다. 대길은 빙그레 웃음을 지었다.

"왜요?"

아내가 놀란 눈으로 대길을 쳐다보며 웃었다. 대길은 대답하지 않고 아내의 손을 잡아 자신에게로 끌어당겼다. 아내는 영문도 모른 채 대길의 품에 안겼다. 갈비뼈에 금이라도 갔는지 대길은 진땀이 나도록 아팠다. 시간이 갈수록 점점 더 아파왔지만 그 정도는 상관없었다. 시간이 지나면 뼈는 붙을 터였다.

시간은 모든 것을 다 붙이고 녹인다. 이 여자의 질투, 이 여자의 살의, 이 여자의 비열함, 모든 것을 다 녹여버릴 것이다. 녹지 않고 남는 것은 이 여자와의 계산서. 힘이란 모든 것을 다 까발리는 데 있는 것이 아니라 까발릴 수 있는 것을 그렇게 하지 않는 데에 있다. 대길은 이제 이조의 죽음에 대해 두 번 다시 말하지 않으리라 결심했다. 누가 이조의 밥그릇에 쥐약을 섞어놓았는지 말하지 않을 것이다. 다 털어놓고 용서를 빌 기회를 주지 않을 것이다. 그리하여 평생 아내의 가슴이 두려움과 양심의 가책으로 질식하도록 내버려 둘 것이다. 이제 아내는 그의 인질이었다. 뭐든 그가 요구하는 것을 물어 와야 할 터였다. 그녀의 친정과 힘 있는 아버지로부터.

시간이 흐르고, 장인이 퇴역한 후 대길은 장인에게 아내가 저지른 범죄의 증거를 가지고 있다고 넌지시 암시했다. 장인과 그의 부관이었던 오정식은 그 후로 대길에게 언제나 친절했다.

1987년. 그때는 모든 것이 악화일로였다. 패기 있게 시작했던 병원 사업은 도무지 희망이 보이지 않았다. 욕심을 부려 사채까지 끌어다 쓴 탓에 압박감은 더욱 심했다. 가지고 있던 땅을 팔기 위해 내놓았지만 덩어리가 너무 커서인지 그마저도 여의치 않았다.

일이 그렇게 꼬인 데는 새로 지은 병원의 터가 소송에 걸린 탓이 컸다. 땅을 싸게 사기 위해서 대길이 약간의 수단을 부렸는데 그것이 재수 없이 겹소송에 걸려버린 것이었다. 끝까지 소송을 진행한다면 대길에게 승산이 있었다. 하지만 그사이 병원의 준공이 늦어지고, 돈은 돌아가지 않고, 대길이 물어야 하는 이자는 매달 여자들 달거리 돌아오듯 꼬박꼬박 돌아왔다.

나쁜 일은 혼자서 오지 않는다. 그 얼마 전에는 부산에서 고향 사람을 만났다. 고향을 떠나온 지 무려 30년이 넘었고 대길의 머릿속에서 고향이라는 것은 거의 다 지워졌다. 젊은 시절에는 아는 사람을 만날까 봐 극도로 조심하며 살았고, 고향 사람과 우연히 스친 적도 있었지만 그는 잘 넘겼다. 하지만 기억이 희미해져감에 따라 조심성도 희미해졌던 것이다. 생각해보면 그것이야말로 위험한 신호였다. 거리에서 고향 사람을 만나도 스스로 알아보지 못한다면 피할 수 없는 법이었다. 이 경우가 바로 그랬다.

대길은 채권자들과 합의를 보기 위해 변호사와 함께 호텔의 일식당에서 나오던 길이었다. 합의가 제대로 이루어지지 않았기 때문에 몹시 화가 나 있었던 것도 그가 그렇게 어처구니없는 행동을 한 이유였다. 엘리베이터에서 내려 호텔 로비 쪽으로 걸어가는데 어떤 남자가 다가오는 것을 느꼈다. 남자도 뭔가 긴가민가한 얼굴이었다.

"혹시 아는 사람 같은데……."

대길의 눈에도 그가 익숙했다. 그래서 유심히 그의 얼굴을 쳐다보았다.

"너 혹시 대길이 아니냐?"

대길은 그 순간 숨이 멎는 것 같았다. 변호사는 무슨 일인가 하며 쳐다보았다.

"사람 잘못 보셨습니다."

대길은 그렇게 말하고 돌아섰다. 그때 뒤이어 다른 엘리베이터로 내려온 채권자들이 대길을 부르며 다가왔다. 대길은 빠르게 채권자들에게 다가갔다. 하지만 등 뒤로 여전히 고향 남자의 시선을 느꼈다.

대길은 그제야 비로소 그가 누구인지 생각이 났다. 고향에서 사진관 일을 하던 친구였다. 그는 전쟁 때 군대에 있었는데 무사히 살아온 모양이었다. 채권자들과 이야기하면서 대길은 그가 자리를 떴는지 힐끔 고개를 돌려 확인했다. 그는 그 자리에 서서 대길을 보고 있었다. 연이은 실수였다. 사람을 잘못 봤다면 대길은 그를 다시 돌아볼 필요가 없었다. 돌아보지 않았다면 그는 잘못 봤나 하며 돌아갔을 것이다. 대길이 돌아보았기 때문에 그는 오히려 자신이 바로 본 것이라고 확신했을 것이다.

그때까지 대길은 자신에게 운이 따른다고 믿으며 살았다. 하지만 흰 옷 위에 튄 한 방울의 흙탕물이 옷 전체를 못 쓰게 만드는 것처럼 수십 년 만에 마주친 고향 친구는 자신의 운이 다한 것이 아닌가 스스로 두려워하게 만들었다.

물론 고향 사람이 알아봤다 해도 대길이 어떻게 사는지 알아내는 것은 불가능할 것이고, 그가 박대길이라는 것을 증명할 수도 없을 터였다. 하지만 운을 믿는다면 불운도 믿어야 할 것이다. 그런 의미에서 고향 친구의 존재는 오래도록 대길을 괴롭혔다. 가까스로 고향 친구와 마주친 불안감을 떨쳐낼 무렵, 정말로 대길이 두려워하던 일이 일어났다. 딸아이가 대길을 찾아왔던 것이다. 더구나 딸아이를 연결해준 사람은 다름 아닌 만리였다.

생각해보면 전혀 이해할 수 없는 일은 아니었다. J시에서 어항을 찾아오는 사람, 선착장에서 배를 타려는 사람, 시장통에서 국밥 한 그릇 먹은 사람조차 누구나 조개다방을 찾아갔다. 조개다방에 들어가보지 않은 어린아이들도 그 간판만은 선명하게 기억했다. 더구나 방아도로 가려면 조개다방 아래 선착장에서 배를 타야만 한다.

배를 기다리면서 조개다방으로 올라가는 것은 신의 오묘한 조화에 속하는 일이 아니었다.

딸아이가 살아남은 것, 어디서 어떻게 살았는지 모르겠지만 결국 방아도로 다시 흘러갔다는 것도 전혀 놀랍지 않았다. 딸아이가 할 줄 아는 몇 마디 말 가운데 하나가 방아도였으니까.

"저기는 바다. 저건 하늘. 여긴 섬. 우리가 있는 데는 섬, 방아도. 엄마 고향은……."

이조가 딸아이의 손목을 잡고 바위 끄트머리에 앉아 중얼거리는 모습이 눈앞에 보이는 듯했다. 아이는 제 어미가 들려주는 단어들을 웅얼웅얼 따라하곤 했다. 대길이 이해할 수 없었던 것, 믿을 수 없었던 것은 딸아이가 가지고 있다는 한 장의 사진이었다.

대길이 딸아이를 만났을 때 아이는 그사이 말도 좀 배우고 사는 눈치가 늘었는지 대길에게 고분고분 인사를 하고, 전도사가 그걸 보여드리라고 말하자 끌어안고 있던 가방에서 꼬질꼬질하게 때에 찌든 복주머니를 꺼냈다. 대길은 그 주머니를 알아보았다. 순옥은 그 안에서 사진 한 장을 꺼냈다.

누렇게 변색된 흑백사진이었다. 그 안에는 경복궁 그림을 배경으로 이조와 대길이 서 있었다. 사진관 녀석이 읍내에서 사진사로 처음 일할 때 사진관 주인 몰래 찍어준 사진이었다. 대길은 까마득히 그 사진을 잊고 있었다. 이조가 그것을 딸아이에게 간직하게 했으리라고는 더더욱 생각지 못했다. 사진 뒷면에는 이조가 썼음직한 글씨로 두 사람의 이름이 또박또박 적혀 있었다. 박대길, 정이조.

이조는 무슨 마음으로 그 이름을 썼을까. 자신의 이른 죽음을 예감했기 때문일까. 그래서 자신이 죽은 후에도 대길을 향해 칼 한 자루를 남기려 한 것일까.

하지만 모든 일이 인간의 의도와 의지의 결과로 일어나는 것은 아니다. 어쩌면 모든 것은 우연의 산물인지도 모른다. 인과를 이해할 수 없을 때 사람들은 그것을 우연이라고 부른다. 이 우연을 설명하기 위해 인간은 운명 혹은 신의 섭리라는 관념을 계발해냈는지도 모른다.

전도사라는 남자는 순옥을 위해 박대길이라는 이름의 사람을 찾아다닌 모양이었다. 허탕을 치고 방아도로 돌아가려던 전도사가 배를 기다리는 동안 그 유명한 조개다방으로 올라가 커피 한 잔을 시키고 앉아, 인근의 남자는 다 알고 있다고 큰소리쳐대는 만리에게 혹시 박대길이라는 사람을 아느냐며 순옥에게 받아 온 사진 한 장을 내민 것, 그것은 전도사나 만리의 입장에서 보면 우연이지만 대길의 입장에서 보면 운명이었고, 죽은 이조의 입장에서 보자면 신의 섭리였을 것이다.

만리는 그 우연을 그냥 흘려보낼 여자가 아니었다. 흘려보내기는 커녕 돈 몇 푼이 아닌 아주 큰 거래를 하려고 작정을 했다. 그런 점에서 대길과 만리는 남매처럼 닮았다. 만리는 손바닥만 한 도시에서 다방 마담으로 이름을 날리고 있다 해도 이미 마흔을 넘어 퇴기라고 불리어도 무리가 아닌 처지였고, 이 기회에 팔자를 한번 바꾸어보자고 작정했다.

"늙어서 다방에 앉아 남자들과 농을 주고받는 것도 이젠 지겨워요. 우리 딸애는 공부도 잘하는데, 나중에 조개다방 마담 딸이라는 타이틀 달고 시집을 간다고 생각하면, 너무 억울해서 눈물이 나려고 해요. 개는 번듯한 아버지, 번듯한 배경만 가지면 뭐든 될 수 있을 거예요."

대길은 고개를 끄덕였다. 만리가 원하는 것을 충분히 이해할 수 있었다. 아마 대길이 만리의 입장이라도 그런 기회를 그냥 놓치지는 않았을 터였다. 문제는 대길이 만리가 원하는 것을 들어줄 마음이 없다는 것이었다. 그렇다고 다른 것을 제시하면서 만리와 협상할 생각도 없었다. 만리에게 씨도 먹히지 않을 것이고, 설령 만리가 설득된다 하더라도 만리와 같은 위험한 화약을 내버려두고, 만리가 입조심할 것이라고 믿으며 살아갈 수는 없었다. 대길은 사람을 믿지 않았다. 자기 자신의 마음조차도 믿지 않았다.

게다가 만리는 보통 맹랑한 여자가 아니었다. 만리는 아주 당당하게 전도사를 직접 만나 순옥을 데리고 오게 했고, 데리고 와서 자기 집에 두겠다고 '선언'했다.

"딸아이를 어떻게 그런 데 둬요? 불쌍하지도 않아요? 여태 고생했구먼. 우리 집에 둬요. 내가 내 딸처럼 돌봐줄 테니까. 우리 애도 혼자 있으니 얼마나 좋아. 정치과에서 너무 가까운 게 조금 걸리시나? 걱정 마요. 내 동생이라고 할 테니."

대길은 다시 고개를 끄덕이며 말했다.

"뭐든 시간이 좀 필요하지."

만리가 다시 배시시 웃었다. 거래가 이루어졌다고 생각한 모양이었다. 하지만 대길은 전혀 다른 것을 생각하고 있었다.

그사이에 아내가 만리 집에 와 있던 순옥에 대해 알게 되었다.

우연히 순옥을 보게 된 것인지, 아니면 만리가 또 무슨 일을 꾸몄는지 모르지만 아내는 순옥이 자신이 죽인 여자의 딸이라는 사실을, 게다가 다른 곳도 아닌 자신의 코앞에서 살고 있다는 것을 알고는 극심한 충격을 받았다. 아내는 대길이 자신을 벌주기 위해 순옥을 일부러 그곳에 데려다 놨다고 생각했다. 자신을 그렇게 순정적인 사람, 여자 하나를 못 잊어 수십 년간 복수를 다짐하는 사람으로 생각하다니 대길은 어이가 없었다. 하지만 대길의 아내는 그가 그동안 가졌던 모든 여자관계를, 이조를 잊지 못한 대길이 그녀에게 내리는 벌이라고 생각하며 살았다.

만약 대길이 그 사실을 진작 알았더라면 껄껄 웃으며 계산이 다 끝났는데 무슨 벌이냐고 핀잔을 주었을 것이다. 하지만 아내는 끝까지 오해 속에서, 남편이 자신을 평생 벌주고 있다는 그 질긴 망상 속에서 약을 먹었다. 아내는 죽기 직전에 대길에게 말했다.

"다 용서해도, 그 많은 여자들, 그 여자들과 벌인 온갖 더러운 짓들, 다 용서해도 그것만은 용서가 안 돼. 더러운 것들. 누나한테서 자식을 낳다니……. 그런데 이제는 알겠어. 그 여자, 당신 친누나가 아니었던 거지?"

대길은 아내에게 아무런 대답도 하지 않았다. 나는 정윤조가 아니야. 마지막으로 진실을 말해주는 것이 무슨 의미가 있는가. 아내는 죽으면서도 자신의 남편이 치과 의사 정윤조임을 추호도 의심하지 않았다.

"지난 일이니까 다 잊어."

대길은 죽어가는 아내에게 그렇게 말했다. 그것이 대길이 아내에게 해줄 수 있는 유일한 말이었고, 동시에 대길의 진심이었다.

노크 소리. 대길은 비몽사몽 중에 정신을 차렸다. 그는 누가 들어오는지 알고 있었다. 현재였다.

"왔니?"

현재의 얼굴에는 핏기가 없었다. 대길은 현재가 왜 이 시간에 자신을 찾아왔는지 알고 있었다. 대길은 안쓰러움을 느꼈다. 아마도 대길이 이 세상에서 진심으로 사랑한 단 한 사람을 꼽으라면 그것은 바로 현재였다. 자식보다도 대길은 현재를 더 사랑했다. 그는 대길이 평생을 두고 부러워했던 모든 것을 다 가지고 있었다. 번듯한 집안, 내세울 만한 부모, 좋은 학벌, 좋은 직업. 현재가 학교를 다니고, 유학을 가고, 결혼을 하는, 삶의 모든 굽이굽이마다 대길은 그 모든 과정을 마치 자신의 일처럼 생각하며 흥분하고 만족해했다.

이 아이를 위해서라도 대길은 좀 더 살고 싶었다. 그의 혈관은 극히 위험한 지경에 있었다. 그는 다시 혈관 내에 백금 나사를 집어넣어 혈관이 터지는 것을 막는 수술을 해달라고 우겼지만 소심한 의사들은 그가 고령임을 이유로 들며 주저하고 있었다.

"어서 오너라."

그러나 그 손자는 지금 귀신이라도 직접 마주친 사람처럼 창백한 얼굴이다. 대길은 희미하게 미소를 지었다.

"저 간병인 좀 깨워라. 깨워서 잠시 나가 있게 해."

간병인은 소파에서 잠들어 있었다. 현재는 그에게 나가서 커피나 마시고 오라고 돈을 쥐여 내보냈다.

"어머니는요?"

"선거가 있는데 내 옆에만 붙어 있어 되겠니?"

"몸은 괜찮으세요?"

"괜찮다. 수술 받으면 다시 예전 같아질 거야. 넌 어디에서 오는 길이냐?"

"D읍이요."

"그래."

"거기에 제 과수원이 있더군요. 동네 뒷산 너머에 있는 과수원 말이에요. 읍내 부동산에서 등기부를 떼보고 알았어요."

"내가 네 명의로 바꿨다. 그건 네가 물려받았으면 싶어서……. 남한테 팔지 말고 잘 가지고 있어. 아주 좋은 땅이야."

"하지만 그건 할아버지 것이 아니잖아요."

"내 것이 아니라니? 지난 수십 년간 내 것이었는데."

현재는 대길의 눈을 들여다보았다. 그 눈동자에는 고통이 가득 배어 있었다.

"현재야. 무슨 말을 들었길래 그러냐? 뭘 그렇게 힘들어해? 걱정 말고 다 털어놔봐."

현재는 말없이 한 장의 사진을 내밀었다. 대길이 오래전 고향에서 친구와 찍은 사진이었다. 너무 오래전 사진이라 기억도 없었지만 희미하게 자신의 얼굴을 볼 수 있었다.

"이 사진이 왜?"

"사진관 김 씨 알아보시겠죠?"

"그래, 알다마다. 사진 기술을 배웠다고 좋아했지. 그땐 그게 굉장히 고급 기술이었어. 평생 먹고살 기술이라고 떠들어댔지."

"그 옆에 있는 사람도 기억나시죠?"

"이 친구는 그러니까 이름이……."

"안상철이요."

"맞아. 상철이. 방송에 나왔었지."

"그때 할아버지는 모르는 사람이라고 하셨죠. 하지만 세 분은 친구셨어요. 그래서 기념으로 사진도 찍으셨죠."

"사진관 주인 몰래 한밤중에 가서 찍었지. 그땐 사진 한 장 값이 아주 비쌌거든. 그런데 주인이 원판 필름의 개수를 외우고 있었던 거야. 그래서 사진관 녀석이 쫓겨날 뻔한 것을 내가 돈을 주고 무마했단다. 나 말고 돈을 가진 사람이 없었으니까."

"마치 할아버지가 부잣집 아들이었던 것처럼 말씀하시는군요."

"이었던 것처럼?"

"할아버지, 이 사진이 모든 걸 말해주고 있어요."

"그게 사진에 나와 있어? 내 눈에는 '대성사진관'과 '우정을 영원히'라는 글자 외에 아무것도 안 보이는데, 네 눈에는 사진 속 인물의 이름이라도 보이니? 도대체 무슨 말을 하고 싶은 거냐?"

"이장 영감과 사진관 김 씨, 그리고 박대길은 친구였어요. 할아버지는 정윤조가 아니에요."

당신은 정윤조가 아니야. 이 말을 들어본 지가 얼마나 되었는지. 아내가 자신에게 그렇게 말했고, 이조도 그렇게 말했다. 하지만 모두 꿈에서였다. 오래전, 그러니까 대길이 스스로 정윤조라고 완전히 믿지 못하던 시절에는 꿈을 꾸면 종종 사람들이 자신에게 그렇게 말했다. 너는 정윤조가 아니야. 어린 아들도 그렇게 말한 적이 있었다. 아버지는 정윤조가 아니에요. 그럴 때마다 윤조는 땀에 흠뻑 젖어서 악몽에서 깨어나곤 했다. 그러나 그것은 모두 오래전에 사라진 꿈이었다. 이젠 꿈에서도 그는 자신을 정윤조라고 생각했다.

"내가 정윤조인지, 박대길인지가 뭐가 중요하냐, 너한테?"

"중요해요. 할아버지가 누구냐는 건 할아버지가 무슨 짓을 했느냐와 같은 말이니까요."

"내가 무슨 짓을 했는데?"

현재는 가볍게 한숨을 쉬었다.

"할아버지는 사람을 죽였어요. 정윤조, 만리, 혜린이⋯⋯. 혹 이장 영감도 할아버지가 그렇게 만드신 거 아니에요?"

대길은 웃음을 터트렸다.

"도대체 무슨 말을 하는 거냐? 정윤조? 내가 나를 죽여? 그건 그렇다 치자. 만리도 그렇다 치고. 내가 의심받을 만했으니까. 그런데 혜린이? 네가 사귀던 그 아가씨 말이냐? 내가 그 아가씨를 어떻게 알고? 뭘로 증명할 건데?"

"이러지 마세요, 할아버지! 그런 얘기는 경찰에 가서 하세요. 저는 경찰이 아니라 할아버지 손자예요."

"내가 경찰에 가게 될까? 무슨 이유로?"

"할아버지, 제발! 혜린이는 할아버지 손녀예요. 저와 똑같은 존재. 그 애가 복지원에서 태어나 얼마나 힘들게 살았을지 생각해보셨어요? 혜린이의 엄마, 순옥은요? 할아버지 자식이에요. 아무런 가책, 미안함도 들지 않으세요?"

"……"

"말씀해보세요!"

"만약 그 애가 정말 내 손녀라면……. 고생한 건 안타깝지만, 어쨌든 내 손녀라면, 그렇다면 나는 죽일 수밖에 없지."

"죽일 수밖에 없다뇨? 왜요?"

"정말로 몰라서 묻는 거냐? 그 애가 네 자식을 가졌잖아! 어떻게 그걸 용납할 수 있어? 그 애는 뭐가 되며, 다른 건 다 그렇다 치고 넌 어떻게 되는 거냐? 넌?"

"그래서 죽이셨어요? 저 때문에? 저 때문이라고요?"

"당연히 너 때문이지. 기억해봐. 나는 최선을 다해 네가 그날 밤 12시에 집에 온 것으로 해뒀다. 나는 내 식구들을 지키려는 거야. 무엇보다 너를. 아무것도 기억하지 못하는 너를 지키려는 거라고."

"제가 혜린이를 죽였다는 말씀이세요?"

대길은 현재를 바라만 보았다. 현재의 눈에는 당혹스러움이 완연했다.

"저는, 저는 아니에요."

"그래, 넌 아니야. 하지만 때로 사람은 자신도 감당할 수 없는 감정에 사로잡힐 때가 있지. 나는 그걸 알아. 그 순간에는 그 감정이 한 인간의 전부를 지배하지. 너도 알잖아. 너도 미국에서 그런 일을 겪었을 때……."

현재의 얼굴이 창백해지는 것을 대길은 보았다. 시야가 자꾸 흐릿해졌지만 그 얼굴은 똑바로 보였다.

"왜? 내가 모를 줄 알았니? 네가 미국에서 그렇게 돌아왔을 때 알아봤다. 나는 너를 이해해. 너 스스로도 용서가 안 되겠지만 나는 너한테 아무것도 묻지 않았다. 이번에도 마찬가지야. 너는 그 아가씨에게 화가 났을 거야. 그렇다 해도 네 잘못은 아니야."

"아니에요! 저는 혜린이를 죽이지 않았어요!"

"그래, 바로 그거야. 넌 그렇게 말해야 돼. 끝까지! 그럼 내가 널 구할 수 있어."

"저를 구하시다뇨? 할아버지는 제가 살인 혐의를 뒤집어쓰게 만드셨어요. 알고 계세요?"

"네가 혐의를 쓴 건 나 때문이 아니라 그날 그 여자애를 만났기 때문이야. 나는 네가 동창을 만날 거라고 철석같이 믿었다. 하지만 본질은 그게 아니야."

"맞아요. 본질은 할아버지의 욕망이죠."

"무슨 소리를 하는 거냐? 내 욕망? 평생 나는 다른 사람들이 부러워하는 걸 부러워했고, 다른 사람들도 내가 부러워하는 걸 부러워하는데 그게 무슨 문제냐? 착각하지 마. 이 모든 것은 선거 때문이야. 선거 때문에 야당 놈들이나 유원종 같은 놈들이 물고 늘어져서 일이 이렇게 된 거야. 선거만 이겨봐라. 신문에서도 유야무야될 거야."

"어떻게 그렇게 확신하세요?"

"그게 세상이니까. 두고 봐라. 선거만 이기면 너도 혐의를 벗고, 사람들은 금방 잊어버려. 결국 이기는 게 핵심이야."

현재가 희미하게 미소를 지었다. 기운이 하나도 없는 미소였다.

"할아버지는 지금 사태를 전혀 모르세요. 저는 경찰과 같이 왔어요. 이제 저는 체포당해 경찰로 갈 거예요."

"무슨 증거로? 걱정 마라. 내가 널 지키고 말 테니까."

"아니요. 불가능해요. 모든 정황 증거가 저를 범인이라고 가리키고 있어요. 저는 할아버지의 비밀에 대해 아무 말도 하지 않았어요. 왜인지 아세요? 제가 할아버지의 비밀을 드러내면 그게 제 범죄 동기가 되니까요. 할아버지의 과거가 폭로되는 것을 막기 위해 혜린이를 죽인 것이 된다고요. 그래서 저는 사실을 밝힐 수도 없어요. 방금 저를 지키겠다고 하셨죠? 맞아요, 할아버지만이 저를 지켜주실 수 있어요. 모든 것을 밝히세요. 할아버지는 박대길이고, 혜린이는 할아버지 손녀였어요. 맞죠? 맞잖아요?"

현재는 대길의 손을 잡았다. 따뜻한 체온이 대길의 가슴까지 전해져 왔다. 죽을 때가 다가오면 사람들은 지난날을 뉘우치고 후회한다는 이야기를 대길은 살면서 종종 들었다. 지금보다 훨씬 젊었을 때는 정말 그럴 수도 있겠다는 생각이 들어 죽기 직전에 자신이 그동안의 삶을 후회하게 될까 봐 대길은 두려웠다. 하지만 그것은 틀린 생각이었다. 시간은 그의 기억을 조금씩 갉아먹었고 오히려 죄책감을 점점 더 무디게 해주어 자신의 과거를 반추해보아도 마치 남의 이야기를 듣는 듯 거리감만 느껴질 뿐이었다. 후회라고 부를 만한 것이 없는 것은 아니지만 뜨뜻미지근했고, 가장 가슴 아팠던 기억조차도 고통은 희미하게 머릿속의 관념으로만 남아 있었다.

어리석었던 이조는 단 한 장의 사진을 딸에게 남겼다. 박대길, 정이조라는 이름과 함께. 만리가 우연히 그 사진을 보았다. 그 우연 때문에 만리를 죽여야 했다. 도대체 무엇을 위해 망설여야 하며, 무엇을 위해 가책을 느껴야 한다는 것인지? 모든 삶이 후회와 뉘우침을 남긴다면 대길도 죽기 직전에 후회하게 될 터였다. 다르게 살았다면 다른 후회가 남을 뿐이었다. 그러니 과거는 물과 같다. 윤조가 가라앉았던 저수지의 검은 물과 같다. 모든 것을 삼키고 물은 흘러간다. 진실? 무엇을 위한 진실인가? 그것으로 무엇을 할 수 있다고?

그럼에도 눈을 감으면 그날의 불길이 아직도 보인다. 온 산을 불태우던 그 불길. 불길은 거세게 타올라 저수지의 수면 위로 어른거렸다. 이조야, 보아라. 내가 불을 질렀다. 너의 아버지, 너의 집안, 너의 산에. 저 불길이 과수원도 태우고, 배꽃도 태우고, 옥과 돌을 모두 태울 것이다.

생각해보면 모든 것은 그날 밤에 결정이 났다. 대길의 삶은 그날 밤 이전과 이후가 있을 뿐이었다. 시간을 되돌릴 수 없듯이 그날 밤이 없는 대길의 삶은 생각할 수 없었다.

대길은 현재의 손을 잡았다.

"현재야……"

"네, 할아버지."

"나는 그 애를 몰라. 내가 그 애를 어떻게 알겠니?"

누군가가 노크를 했다. 그 소리가 마치 신호라도 된 듯 머릿속에서 이명처럼 윙 울리는 소리가 났다. 병실에 밝혀진 형광등이 흐릿하게 보였다. 대길은 현재의 얼굴을 보려 애를 썼지만 머리가 터질 듯이 아파 와 집중할 수가 없었다. 대길은 있는 힘을 다해 입을 열었다.

"현재야, 이 불쌍한 녀석. 내가 끝까지 널 지킬 테니 나를 믿어.

하지만 나는 박대길이 아니야. 네가 잘못 알고 있는 거야."

현재가 창백한 얼굴로 입을 열었다.

"최 형사예요. 그는 할아버지가 저를 위해서 모든 것을 고백할 수 있는지 떠보고 있어요. 그는 생각보다 훨씬 유능한 사람이라 모든 것을 알고 있어요. 하지만 그도 저를 무죄로 만들어줄 수는 없어요."

"현재야, 끝까지 아니라고 해. 경찰이 무슨 말을 해도 끝까지 아니라고 해. 꼭 그렇게 해. 그럼 내가 널 구할 수 있어. 아니라고 해, 알았지? 아니라고……."

최 형사가 들어왔다. 그가 뭐라고 말했지만 대길의 귀에는 들리지 않았다. 의식이 점점 멀어지고 있었다. 시야는 온통 어둠이고, 그 어둠 끝 저편에 한 점 빛이 보인다. 대길은 그것이 마지막 구원이라도 되는 것처럼 그 점을 주시하려고 애썼다. 어쩌면 평생 그 한 점을 보며 살아왔는지도 모른다. 그러나 그 점은 가물가물 멀어지려 하고 있었다.

그냥 지나가지는 않는다

　나는 검찰로 송치되었다. 형사 사건 분야에서 가장 잘나간다는 변호사가 나의 변호를 위해 J시까지 내려왔다. 그는 자신만만한 얼굴로 나는 무죄라고 말했다.

　"일단 구체적인 물증이 없어요. 정황 증거뿐이라고요. 그러니까 소송을 하게 되면 분명히 우리에게 승산이 있습니다."

　하지만 며칠 후 변호사는 이런 말도 했다.

　"하긴 요즘 세상에, 범인의 지문과 피해자의 피가 묻어 있는 흉기가 현장에 떨어져 있는 사건이 어딨겠어요? 정황이 분명하고 알리바이가 정확하지 않으면 의심받게 되죠."

　그럼에도 변호사가 검사나 경찰보다 편했던 것은 그가 내 편이라서가 아니라, 변호사는 나에게 끊어진 기억에 대해서 일절 묻지 않았기 때문이었다. 그는 기억이 왜 끊어졌는가, 혹은 그래도 떠오르는 것이 없는가, 하는 것을 묻지 않았다. 즉, 나의 결백 자체에는 관심이 없었다. 그의 관심은 범행 시간을 뒤집는 것이었다. 그는 혜린의 부검에 관한 자료를 미국의 법의학자에게 보냈다고 말했다.

"이와 유사한 사건에서 그렇게 해서 빠져나간 예가 있어요."

변호사는 아마 그것이 유일한 방법이라고 생각하는 것 같았다. 하지만 솔직히 나는 내 재판 결과에 그다지 관심이 없다. 만약 내가 유죄를 받고 형을 받는다면 그 긴 세월을 어떻게 보내야 할지 막막하지 않은 것은 아니다. 하지만 나는 받아들일 수 있을 것 같다. 어떻게 그것이 가능한지는 설명할 수 없다. 단지 그렇게 느낄 뿐이다.

나는 혜린이 내 여동생이라는 것을 알고 난 후부터 더 간절한 사랑과 그리움을 느꼈다. 그 또한 왜 그런지 이유는 알 수 없다. 아마 혜린에 대한 미안함 때문인지도 모르겠다. 그녀를 만나는 동안 나는 그녀에게 단 한 번도 사랑한다거나 하는 말을 하지 않았다. 나를 보호하고 싶었기 때문이다. 그렇다면 내가 이제야 그녀에 대한 사랑을 이토록 간절하게 느끼는 것은 더 이상 내가 나를 보호할 수 없기 때문일 것이다. 그녀를 생각하면 나는 구치소 찬 바닥에 누워 있는 나를 견딜 수 있다. 드러나지 않는 진실과, 진실과 모순되는 사실들, 그리고 과거의 운명이 이끄는 대로 끌려가고 있는 나의 무기력, 그 모든 것을 견딜 수 있었다.

어쩌면 감옥에서 긴 시간을 보내는 동안 나는 더욱 초연해져서 내 이야기를 감방의 동료들에게 할 수 있을지도 모르겠다. 마치 남의 이야기처럼. 그래야 잊지 않을 테니까. 나는 잊고 싶지 않다. 아무것도. 내가 내 여동생을 사랑했고, 그래서 내 여동생이 죽었으며, 그 배경에는 긴 과거가 존재했다는 것을 잊고 싶지 않다. 나에게 가장 큰 잘못이 있다면, 지난날에 대해 아무것도 몰랐다는 것이다. 그건 내 잘못이 아니라고 나를 대신해 변명해줄 사람도 있겠지만 아니다. 내 잘못이다. 가능하든 가능하지 않든 나는 내가 왔던 곳과 나를 이 세상으로 오게 만든 것에 대해 알았어야 했다. 저 먼 우주의 별들처럼 몰랐다고 해서 존재하지 않는 것이 아니니까.

구치소에서 면회 시간은 어김없이 15분이었다. 어느 날 변호사 대신 미래가 면회를 왔다. 미래는 나를 보자 눈가에 눈물부터 그렁그렁 맺혔다.

"미래야, 울지 마. 시간이 15분뿐이야. 너한테 듣고 싶은 이야기가 많아."

미래는 황급히 눈물을 닦고 그동안 있었던 일을 들려주었다. 내가 구속되었다는 신문 기사가 나오면서 선거는 아버지에게 점점 더 불리해졌다. 아버지 측에서는 무죄 추정의 원칙을 내세우며 재판 결과가 나와봐야 안다는 논리로 버텼지만 사람들의 마음속에서 무죄 추정 같은 것은 의미가 없었다. 승기를 잡았다고 생각한 유원종 측은 비록 무소속이지만 선거에서 이긴 후 재입당할 거라고 약속하면서 많은 사람들이 그에게로 돌아섰다.

그사이 할아버지는 다시 수술을 받았다. 내가 검찰로 넘어가기 직전이었다. 수술 경과는 좋은 편이었다. 그럼에도 의사들은 안심할 수 없으니 입원한 상태로 좀 더 경과를 지켜보자고 주장했지만 할아버지는 기어코 집으로 돌아갔다. 할아버지가 간병을 받으며 집에서 누워 있는 동안 유원종 측의 공세는 날로 거세졌고, 야당 쪽에서도 구경만 하고 있지는 않았다. 동창 녀석이 일을 돕고 있는 진보정당에서는 혜린이 고아 출신이라는 사실을 폭로했고, 그로써 나는 불쌍한 고아를 유혹하고 배신한 파렴치범이 되어버렸다.

아버지는 선거운동을 하는 한편으로 내 문제 때문에 경찰과 검찰을 상대로 부지런히 손을 써보려 했다. 하지만 분위기는 냉담했다. 지난번에 경찰서장이 사건을 축소했다는 스캔들 때문에 해임될 위기에까지 처했던 것도 있었지만 무엇보다 선거가 코앞이었다. 누가 이 지역의 국회의원이 될지 모르는 상황에서 함부로 할아버지를 도와주려고 나설 수는 없는 노릇이었다. 아버지는 나름대로 안간힘을 썼지만 점점 더 불리해지고 있다는 사실을 알았다. 선거는 끝났다, 아버지는 힘없이 중얼거렸다. 어머니는 그런 아버지보다 할아버지가 모른 척하고 있는 데서 더 크게 절망했다. 어머니는 내 걱정 때문에 기도서를 끌어안고 방에서 나오지 않았다.

할아버지가 자리를 털고 일어나 나온 것은 그즈음이었다. 그동안 할아버지의 건강을 염려하여 모든 식구들이 선거에 대해 입을 다물었지만 할아버지는 판세가 어떻게 돌아가고 있는지 누구보다 정확하게 알고 있었다. 아버지의 만류에도 불구하고 할아버지는 직접 유세에 나서겠다고 말했다. 직계가족들은 유세에 참여해도 선거법에 걸리지 않기 때문에 문제가 될 것은 없었다. 애초부터 이 선거는 아버지의 선거가 아니라 할아버지의 것이었다.

할아버지는 아버지의 부축을 받으며 유세 차량에 올랐다. 입원과 수술을 거치는 동안 할아버지의 혈색은 전과 달라졌고, 자세도 다소 구부정해 보였다. 그럼에도 할아버지가 마이크를 잡자 아버지가 유세할 때보다 더 많은 사람들이 몰려들었다. 그동안 할아버지가 뇌출혈로 쓰러졌고, 그것이 손자의 살인 사건 때문이라는 소문이 이미 J시에 파다했다. 남의 집 불행에 관한 호기심에 할아버지가 말년에 고생한다는 동정적인 여론이 뒤섞여, 할아버지의 등장 자체가 하나의 서사처럼 사람들에게 받아들여졌다.

할아버지는 마이크를 잡고 J시에서 살아온 지난 60년 세월을 말했다. 정책이나 공약 같은 것은 아예 없었다. 사람들이 듣고 싶어 하는 것도 할아버지의 개인사였다. 그리고 그것은 J시 사람들이 살아온 지난 이야기이기도 했다.

전쟁 직후 고기잡이 배 몇 척뿐이던 이 조그만 항구에 치과를 개업한 후로 이를 때우고 할아버지에게 외상 한 번 달지 않은 사람이 없었고, 뱃사람들이 싸움질에 머리가 터지고 살이 찢어져도 달리 갈 만한 병원조차 없을 때 그것이 불법이든 편법이든 모두 할아버지의 손으로 상처를 꿰매고 피를 닦았음을 모르는 이가 없었다. 그들 중 일부는 할아버지가 선주인 배를 타고 나가 멸치를 잡았고, 그 멸치는 할아버지가 뒤를 봐준 조합장이 관리하는 냉동 창고로 들어가 상품으로 포장되었다. 어업협동조합의 조합장은 할아버지와 힘을 합해 온갖 이권과 청탁, 분쟁을 해결했고, 돈과 술과 여자들이 후렴구처럼 모든 일에 따라붙었다. 과부들은 할아버지를 사랑했고, 남자들은 할아버지의 거간(居間)에 끼어들어 한 번씩은 돈을 만졌다.

생각해보면 할아버지가 이야기하는 그 시절이 J시의 황금기였다. 설령 그 시절 그들의 생활이란 정작 오늘과 별반 다를 것이 없었으며, 여전히 남루하고 변변찮은 것이었다 해도 과거에 겪었던 고통은 기억 속에서 현실의 무게가 사라져 그저 아련한 추억으로 남았다. 그래서 마치 그 시절이 가장 살 만했고 그 시절에 스스로 가장 행복했던 것처럼 여겨졌다. 그 아련한 향수 속에서, 정책이 어떠니 능력이 어떠니 유원종 측에서 떠들어대지만, 언제 정책이 밥 먹여주고 능력 있는 놈이 내 편 들어준 적 있느냐는 할아버지의 목소리가 J시 사람들의 마음을 파고들면서, 뭐니 뭐니 해도 이 동네 사람, 우리가 아는 사람, 급하면 당장 찾아갈 수 있는 사람이 최고라는 할아버지의 말에 죄다 목각 인형처럼 고개를 끄덕였다.

"화력발전소 때를 생각해보라고. 그때 누가 우리를 도와줬나? 국회의원? 도지사? 그 사람들 그때 다들 나 몰라라 했어. 나 혼자 그걸 해결했어, 나 혼자! 내가 그때 안기부에 끌려가서 두들겨 맞고, 고문을 당하면서 화력발전소를 막지 않았으면 J시는 끝났어. 내가 전두환하고 붙어서 그것을 막아냈기 때문에 이 J시가 있는 거야!"

그러자 사람들은 우레같이 박수를 쳤다. 할아버지는 계속 피를 토할 것처럼 목청을 높였다.

"그런데 나한테 비리가 있어서 안 된다고? 내 비리가 도대체 뭐야? 그것 때문에 누가 손해를 봤는데? 손해 본 사람 있으면 나와보라고! 지금 내 손자가 살인죄를 뒤집어쓰고 검찰에 가 있는데, 내가, 이 정윤조가 그게 누명이라는 것을 꼭 밝힐 거야. 내 손자는 아무도 안 죽였어. 이 세상 모든 사람이 내 손자가 살인범이라고 해도, 하늘의 신이 내려와서 그렇게 말해도 내가 아니라면 아닌 거야!"

너무나 열을 올리는 바람에 할아버지는 숨이 차 말을 제대로 잇지 못했다. 할아버지는 숨을 몰아쉬며 애써 정신을 가누려 했다. 그때 유세를 보기 위해 시장통에 모여 있던 관중 속 누군가가, "어머나, 저 영감님이 눈물을 흘리신다"며 안타까워했다.

"아이고, 저 양반이 우실 분이 아닌데, 손자 때문에 어지간히 속을 태우셨나 보네."

그러자 마음 약한 할머니들, 어쩌면 과거에 할아버지와 염문이 있었던 사이인지는 모르겠으나 몇몇은 분명 눈물을 흘렸고, 남자들은 눈물 대신 박수를 보냈다. 할아버지는 다시 목청을 높였고, 결국 다시 쓰러지고 말았다. 사람들이 놀라 유세 차량 앞으로 몰려드는 바람에 시장통은 순간 아수라장이 되었다. 유세 차량은 졸지에 앰뷸런스가 되어 할아버지를 싣고 황급히 병원으로 출발했다. 다음 날 어쩌면 할아버지가 돌아가실지도 모른다는 소문이 온 시장통에 쫙 퍼졌고, 슬픔이 J시를 점령했다. 그 슬픔의 분위기가 너무 강해 아버지는 그 후 아예 유세를 중단했다. 그 편이 더 유리할 거라는 선거 참모들의 충고에 따른 것이었다.

사흘 후 아버지는 불과 2000표 차이로 신승을 거두었다. 신문에서는 갖가지 악재를 딛고 승리를 거둔 의지의 인물로 아버지를 소개했다. 아버지는 선거 때문에 아들이 누명까지 썼다면서 눈물을 보였다. 할아버지에 관한 내용은 없었다. 할아버지가 당신에 관한 내용은 일절 언급되지 않게 하라고 미리 부탁했던 것이다. 할아버지는 다시 입원했지만 건강에는 이상이 없었다. 할아버지는 병원에 누워 도와준 사람들에게 일일이 감사의 전화를 했고, 축하연을 하기 위해 동강 호텔의 식당까지 직접 예약했다.

축하연에는 작은아버지 내외와 고모들, 나를 제외한 할아버지의 모든 손자, 손녀 들이 모였다. 할아버지는 가족들에게 일일이 술을 부어주었다. 특히 어머니에게 그동안 마음고생 많이 했다고 위로하며, 모든 것은 다 지나가니까 걱정 말라고 말할 때는 어머니뿐만 아니라 가족들 전부가 눈시울을 적셨다. 정작 할아버지는 그다지 흥분도 하지 않은 덤덤한 얼굴이었다. 할아버지로서는 간절히 원하던 또 한 가지를 얻은 것에 불과했다. 그것은 최종 목적지도 아니고, 더는 바랄 것 없는 충족 상태도 아니었다.

"우리 집안에서 앞으로 대통령이 나오지 말라는 법도 없지."

술잔을 입으로 가져가며 할아버지가 말했다.

"나는 오빠한테서 박대길이라는 이름을 처음 들었을 때부터 그가 우리 할아버지일지 모른다고 생각했어. 말했었잖아. 또 다른 가능성이 있다고. 아마 오빠도 의심했을 거야. 단지 그 가능성을 보고 싶지 않을 뿐이었지."

"……"

"할아버지의 사진, 정희의 유서, 모든 것을 다 검토해봐도 할아버지의 정체를 밝힐 수 있는 결정적 증거는 될 수 없어. 할아버지도 그걸 알고 계셔."

나는 미래를 쳐다보았다. 미래는 내가 범인일 가능성을 말할 때처럼 냉정하고 흔들림이 없는 표정이었다. 그 표정은 어딘가 할아버지를 닮아 있었다. 나는 우리 가족들 중에 미래가 가장 할아버지를 많이 닮았다는 것을 그제야 느꼈다.

"오빠도 무죄로 나올 가능성이 충분해. 할아버지가 새 변호사를 선임하셨어. 대법관에서 갓 퇴임한 사람이래. 오빠는 무죄가 되고, 결과적으로 할아버지가 모든 것에서 완벽하게 승리하시는 거지."

"그렇게는 안 될 거야."

"왜?"

"내가 그렇게 만들지 않을 거야."

"무슨 말이야, 오빠?"

"내가 범행을 인정하면 어떻게 되는 거지?"

"무엇 때문에 오빠가 인정한다는 거야? 할아버지 대신 죄를 뒤집어쓰겠다고?"

"너는 정말 내가 범인일 가능성이 없다고 생각하니?"

"무슨 소리야?"

"너는 그날 밤 12시에 내가 돌아오는 소리를 듣지 못했다고 했잖아."

"그건 중요한 게 아니야. 범행 시각도 정확하지 않은 마당에……."

"내가 집으로 돌아왔을 때는 눈이 내리기 시작했어. 그때까지 난 뭘 했었지? 다음 날 아침 일어났을 때, 내 손에는 상처가 나 있었어. 그건 어디서, 어떻게 얻은 거지?"

"오빠."

"곰곰이 생각해봤어. 혜린이를 죽인 건 나일지도 몰라."

"아니야. 그럼 혜린이 가지고 있었던 사진, 정희가 줬다고 한 정이 조와 박대길의 사진은 왜 사라진 거야? 그걸 오빠가 없앴단 말이야?"

"그럴 수도 있지 않아? 혜린이가 나에게 그걸 보여주었다면."

"오빠, 왜 그래? 지금 무슨 생각을 하는 거야? 왜 스스로 유죄가 되려고 하는 거야? 그런다고 할아버지께서 사실을 밝히실 거라고 생각해? 아니야. 할아버지는 어떤 대가를 치르더라도 자기 것을 포기하지 않으실 거야. 절대로 안 돼, 오빠. 절대로 인정하지 마!"

나는 미래의 얼굴을 물끄러미 쳐다보았다. 혜린의 얼굴이 그 속에 보였다.

혜린과 한창 사랑에 들떠 있었던 작년 여름에 우리는 강원도 어느 산골 마을로 취재를 간 적이 있었다. 돌아오는 길에 우리는 어느 습지 근처에 차를 세우고 그 안에서 사랑을 나누었다. 자세는 불편했지만 그만큼 기쁨은 강했다. 혜린이 사랑을 끝낸 내 몸을 혀로 핥았다. 그때 파랗게 갠 하늘에는 낙서처럼 한 점 구름이 동그랗게 떠 있어 나는 그것을 오래도록 쳐다보았다. 구름은 천천히 모양을 바꿔가며 끝없이 움직였다. 일부는 원래 있던 곳에서 떨어져 나와 어느샌가 흔적도 없이 사라지기도 했다. 그런데도 구름은 전보다 더 커진 몸집으로 꿈틀거리며 알 수 없는 방향으로 계속 움직였다. 잠시 시간이 지나자 내가 처음 본 구름의 모습은 기억조차 할 수 없었다. 분명 달라졌는데 뭐가 달라졌는지 알 수 없는 구름 한 조각이 하늘에 여전히 걸려 있었고, 혜린은 나의 가슴에 얼굴을 얹었다.

그 구름은 당연히 사라져버렸을 것이다. 내가 기억하는 것은 그 순간의 모습일 뿐이다.

하지만 나는 기억한다. 오랜 시간이 지나고 나면 혜린의 얼굴도,

목소리도, 그 작고 야윈 몸도 희미해지겠지만, 모든 것이 다 흔적도 없이 지나가지는 않을 것이다. 끝까지 혜린은 내가 사랑했던, 나를 미치도록 흥분하게 만들었던 그 모습으로 기억될 것이다.

그것이 할아버지와는 다른 나의 방식이다. 나는 손을 뻗어 미래의 얼굴에 갖다 댔다.

"누구나 한 권의 책은 쓸 수 있다. 누구라도 자신의 삶에서 남에게 들려줄
만한 이야기 하나쯤은 가지고 있다. 그러나 두 번째 책이라면 사정이 다르다."

_이동진(영화평론가)

완성도가 아니라 완성하는 것을 최우선 목표로 허겁지겁 써 내
려갔던 첫 번째 책을 끝낼 즈음에 나는 친구로부터 우연히 그의 고
향 사람에 대한 짧은 이야기를 듣게 되었다. 닥치는 대로 여자를
유혹하고 노름에 빠져 살았던 시골 의사에 관한 이야기였다. 사실
그런 인물이야 동네마다 한 명씩 있게 마련이지만 그 시골 의사에
게는 내 마음을 끄는 무엇인가가 있었다. 곰곰이 생각해보니 그것
은 그가 가졌던 뻔뻔함과 노골적인 욕망이었다.

전부터 나는 지독한 악당에 관한 이야기를 한번 만들고 싶었다.
몇 가지 조건이 있었다. 그는 어마어마한 재벌이라든가 사이코패스

라든가 해서 평범한 우리네와 완전히 다른 인간, 신비화된 악마여 서는 안 된다고 생각했다. 나는 그가 우리와 비슷한 모습이면서 오 히려 선망의 대상이 되기도 하는 인물이기를 바랐다. 동시에 그는 우리 시대의 어떤 분위기, 어떤 핵심을 드러낼 수 있어야 했다. 소 설 속의 모든 인물이 그 시대의 대유라는 것은 자명하다. 외람되지 만 나는『태평천하』의 윤직원이나『삼대』의 조의관 같은 인물을 만 들어보고 싶었고, 그를 통해 우리의 현대사 60년을 관통하는 키워 드가 욕망이라는 것을 드러내고 싶었다.

이쯤에서 눈치 빠른 독자들은 느끼셨을 테지만 이 이야기는『삼 대』와『여자를 혐오한 남자들』에서 모티브를 빌려 왔다. 너무나 유 명한 두 원전을 가져와서 이 정도밖에 만들지 못했느냐고 지적한 다면 얼굴을 들 수가 없다. 첫 번째 책 때와 마찬가지로 이번에도 다음에는 더 잘 쓸 수 있기를 바랄 뿐이다.

더 잘 쓰고 싶다고 늘 생각한다. 누군가처럼 완벽한 문장을 쓸 수만 있다면, 누군가처럼 묵직하고 정교한 이야기를 만들 수만 있 다면…… 이 질투와 선망 때문에 내 마음은 늘 번잡하다.

어쨌거나 나는 두 번째 책을 가지게 되었다. 이 책을 쓰면서 나 는 즐거웠고, 행복했다. 막혀서 끙끙거릴 때조차 신이 났다. 이것만 으로도 나는 충분히 감사한데 다행히 책이 세상에 나갈 기회도 얻 게 되었다. 이 책이 나오기까지 원고를 읽고 조언해주신 모든 분 들, 나무옆의자 식구들과 사랑하는 나의 가족들에게 감사의 말을 전하고 싶다. 무엇보다 내 책을 읽어주실 모든 독자들께 마음 깊은 곳에서 우러나오는 감사를 보낸다.

이 글을 쓰는 지금 '세월호 특별법' 때문에 많은 분들이 단식에 동참하고 있다. 힘없고 평범한 사람으로서 내가 유가족들을 위해 할 수 있는 일이란 없다. 이 자리를 빌려 그분들께 결코 잊지 않겠다고, '세월호 특별법'이 유가족의 바람대로 만들어지기를 간절히 기도하고 있다고 말씀드리고 싶다. 모든 아픔은 지나가지만 그냥 지나가지는 않는다.

2014년 9월
김서진

초판 1쇄 발행 2014년 9월 19일
초판 2쇄 발행 2014년 10월 2일

지은이 김서진
펴낸이 이수철
주 간 신승철
편 집 박상미
교 정 하지순
마케팅 정범용
관 리 전수연

펴낸곳 나무옆의자
출판등록 제396-2013-000037호
주소 (140-750) 서울시 용산구 한강대로 109 용성비즈텔 802
전화 02) 790-6630~2 팩스 02) 718-5752

페이스북 www.facebook.com/namubench9
카페 cafe.naver.com/namubench
인쇄 제본 현문자현 종이 월드페이퍼

값 13,000원 © 김서진, 2014
ISBN 979-11-952602-3-2 03810

국립중앙도서관 출판시도서목록(CIP)

2월 30일생 / 지은이 : 김서진. ─ 서울 : 나무옆의자, 2014
p. ; cm
ISBN 979-11-952602-3-2 03810 : ₩13000
한국 현대 소설[韓國現代小說]
813.7-KDC5
895.735-DDC21   CIP2014025000